David Rosenfelt

Klarer Fall

Roman

Aus dem Englischen
von Antje Kaiser

Ullstein

Besuchen Sie uns im Internet:
www.ullstein-taschenbuch.de

Umwelthinweis:
Dieses Buch wurde auf chlor- und säurefreiem Papier gedruckt.

Ullstein Verlag
Ullstein ist ein Verlag des Verlagshauses
Ullstein Heyne List GmbH & Co. KG.
Deutsche Erstausgabe
1. Auflage Juni 2003

Titel der amerikanischen Originalausgabe:
Open and Shut (Warner Books, New York)
Übersetzung: Antje Kaiser
Redaktion: Edigna Hackelsberger
Umschlaggestaltung: Thomas Jarzina, Köln
Titelabbildung: amana Germany GmbH (photonica), Hamburg
Gesetzt aus der Minion
Satz: Buch-Werkstatt GmbH, Bad Aibling
Druck und Bindearbeiten: Ebner & Spiegel, Ulm
Printed in Germany
ISBN 3-548-25676-7

Für Debbie,
die einfach alles ermöglicht
und dank der es lohnend ist
und Spaß macht.
Und für Heidi, Ross und Brandy,
die mich lehrten, stolz zu sein.

Danksagung

Die »Ohne-meine-Freunde-hätte-ich-es-nie-geschafft«-Rede, die ich für gewöhnlich kaum ertrage, ist in diesem Fall leider so angebracht, dass ich mich gezwungen fühle, sie zu halten. Daher würde ich mich gerne bei folgenden Personen, in keiner besonderen Reihenfolge, aufrichtig bedanken:

Bei meinen Agenten, Robin Rue vom Writer's House in New York in Sachen Buch und Sandy Weinberg von der Summit Talent and Literary Agency in Los Angeles in Filmangelegenheiten. Sie sind zwei der talentiertesten, aufrichtigsten und engagiertesten Menschen, mit denen ich das Glück hatte zu arbeiten.

Bei den vielen großartigen Menschen von Warner, einschließlich – aber sicherlich nicht ausschließlich – Jamie Raab, Susan Richman, Bob Castillo, Colin Fox, Julie Lu und ganz besonders Sara Ann Freed, einer herausragenden Lektorin, die verantwortlich ist für jeglichen logischen Zusammenhang, den das Buch vielleicht hergeben mag. Sie alle hätten einen Erstlingsautor, der keine Ahnung hat, was er da macht, nicht besser unterstützen können.

Bei Jerry Esbin, David Matalon und Steve Randall, den drei Freunden, die für mich da waren, wenn ich sie brauchte, und die mich gelehrt haben, dass die wichtigen Geschäfte intelligent und menschlich sein und noch dazu Spaß machen können.

Bei meinen Rechtsberatern für das Buch: George Kentris aus Findlay, Ohio, und Eric Weiss aus Clifton, New Jersey. Sie stellten mir großzügig ihr Fachwissen zur Verfügung, und falls sich das Buch nicht verkaufen lässt und ich mich gezwungen sehen sollte, ein schweres Verbrechen zu begehen, dann wird das in Findlay oder Clifton geschehen.

Bei Al und Nancy Sarnoff, die auf jegliche ihnen mögliche Art und Weise hilfreich waren, und das war in ihrem Fall nicht wenig.

Ich bedanke mich bei denjenigen, die das Buch in seinen frühen Entwürfen lasen und höfliche Kritik anbrachten – die einzige, die ich wirklich akzeptieren kann. Dazu gehören Debbie Myers, Heidi, Ross, Lynn, Rick, Mike, Sandi und Adam Rosenfelt, Stephanie Allen, Betsy Frank, Emily Kim, Jerry Esbin, Steve Randall, Robert Greenwald, Joe Cugini, George Kentris, Amanda Baron, Holly Sillau, Edna, Abbey und Sandy Silver, Nancy Carter, Roz Wagner, Suzanne Jarmusz, Nancy und Al Sarnoff und die gesamte wunderbare Familie Heller.

Bei Robert Greenwald, einem außergewöhnlich talentierten Regisseur und Produzenten und einem noch besseren Freund, der große Mühen auf sich genommen hat, um mir in jeder möglichen Art und Weise zu helfen. Nur dank Roberts Ermunterungen und Ratschlägen schreibe ich heute. Ich überlasse dem Leser das Urteil, ob das gut ist oder nicht.

Ich würde mich über ein Feedback zum Buch von allen Lesern bei dr27712@aol.com freuen.

Der Lincoln Tunnel ist ziemlich furchteinflößend. Besonders jetzt zur Hauptverkehrszeit. Ich bin ein Glied von vielen in einer endlosen Kette von Fahrern, die ihre Autos durch eine Gashülle aus hundertprozentigem Kohlenmonoxid steuern. Tunnelarbeiter laufen die Gehwege entlang der Mauern ab; sie wollen wohl sicherstellen, dass kein Auto die Geschwindigkeit von drei Meilen pro Stunde überschreitet. Ihre Lungen haben wahrscheinlich eine Lebenserwartung von anderthalb Stunden. Um uns alle herum befinden sich Tausende von Tonnen Dreck und Wasser, die nur einen Spalt suchen, durch den sie hereinbrechen können.

Normalerweise versuche ich, diesen Tunnel zu umfahren. Er ist eine der drei wichtigsten Verbindungsstraßen zwischen New York City und Northern Jersey, wo ich zu Hause bin. Ich fahre lieber über die George Washington Bridge, wo es jede Menge Sauerstoff gibt und ich nicht das Gefühl habe, durch ein riesiges CT-Gerät zu fahren.

Eigentlich komme ich nämlich gar nicht so oft nach New York, und wenn, dann selten während der Hauptverkehrszeiten. Aber ich musste in der rechtswissenschaftlichen Bibliothek der New York University noch für einen Berufungsfall, den ich übernommen habe, recherchieren, und da ich davor den ganzen Tag im Gericht festgesessen hatte, hab ich jetzt eben den Salat.

Es gibt zwei Möglichkeiten. Ich kann über meinen drohenden Tod durch Ersticken unter all diesem Schlamm und Wasser nachsinnen – mit dem Wissen, dass sich meine Lieben für immer fragen werden, ob sich meine letzte Ruhestätte in New York oder New Jersey befindet. Oder ich kann über den Fall und über meine Strategie nachdenken, falls das Berufungsgericht unsere Klage zurückweist. Ich entscheide mich für den Fall, aber die Entscheidung fällt ziemlich knapp aus.

Mein Mandant sitzt in der Todeszelle und heißt Willie Miller, ein achtundzwanzigjähriger Afroamerikaner, der für schuldig befunden wurde, eine junge Frau namens Denise McGregor im Hinterhof einer Bar in Teaneck, New Jersey, in der er arbeitete, ermordet zu haben. Mein Vater, Nelson Carpenter, hatte vor sieben Jahren in dem Fall als Staatsanwalt die Anklage vertreten. Ironischerweise trägt auch mein Vater die Schuld daran, dass ich den Fall jetzt übernommen habe.

Ich erinnere mich an den Tag vor jetzt fast genau zwei Jahren, als ich zu Hause im Fernsehen das Spiel der Giants gegen die Redskins verfolgt habe. Es war an einem bitterkalten, windigen Sonntag im Dezember, einem Tag, an dem Pässe schwierig zu spielen waren, sodass beide Teams versuchten, den Ball mit langen Sprints am Gegner vorbei zu spielen. Mein Vater war vorbeigekommen, um sich das Spiel mit mir anzuschauen. Er war noch nie ein großer Footballfan gewesen und meine Begeisterung für die Giants hatte ich mit Sicherheit woanders her. Aber seit meine Mutter vor einem Jahr gestorben war, hatte er mir mit wachsender Regelmäßigkeit bei den Spielen vor dem Fernseher Gesellschaft geleistet. Ich glaube nicht, dass er Football jetzt besser fand, sondern dass er einfach die Einsamkeit noch weniger mochte.

Es muss in der Halbzeit gewesen sein, als er das Thema

ansprach, denn während des Spiels hätte ich ihn niemals gehört. »Erinnerst du dich an den Fall Willie Miller?«, fragte er.

Und ob ich mich erinnerte. Mein Vater hatte die Todesstrafe verlangt und bekommen; so was vergaß ich mit Sicherheit nicht so schnell.

»Klar. Was ist damit?«

Er erzählte mir, er habe kürzlich eine Information erhalten. Wie er sie bekommen hatte oder was genau für eine Information das war, wollte er mir nicht sagen, doch er habe erfahren, dass eine Geschworene bei der Befragung, die vor Beginn der eigentlichen Verhandlung zur Auswahl der potenziellen Geschworenen durchgeführt wird, gelogen hätte. Dabei handele es sich um eine bedeutsame Lüge, die zu einer Wiederaufnahme des Verfahrens führen könne, wenn das Gericht davon Kenntnis erhielte.

Er wusste nicht, was er mit diesem Wissen tun sollte, denn wenn er die Einzelheiten verriete, würde er vertrauliche Informationen weitergeben. Aber als Vertreter der Gerichtsbarkeit fühle er sich nicht wohl bei dem Gedanken, diese Tatsachen zu verheimlichen, da Willie Miller ein Recht auf die Wahrheit habe.

»Was hältst du von der Idee, ihn in der Berufung zu vertreten?«

»Ich?« Sicher hatte ich den Mund voller Kartoffelchips und so hörte es sich wohl eher wie »Mmmpf?« an.

»Ja, du könntest einen Detektiv darauf ansetzen und die Fakten herausfinden, ohne dass ich dir alles erzählen muss, und dann gehst du vors Berufungsgericht.«

Soweit ich mich daran erinnerte, war es ein klarer Fall. Willie Miller, war – selbst durch meine Brille des skeptischen Verteidigers gesehen – ein Mörder. Ich hatte nicht vor, mich auf eine Berufung aufgrund einer formalen Spitzfindigkeit einzulassen. Und wenn ich damit durchkam? Dann müsste ich einen Prozess durchstehen, den ich verlieren würde.

»Nein, danke.«

»Es wäre mir wichtig.«

Da war er, der Satz, für den es keine Verteidigung gab. Wenn man in meiner Familie jemanden um einen Gefallen bat, dann wurde es toleriert, wenn man Nein sagte. Aber sobald der Bittsteller betonte, dass es ihm wichtig sei, wurde eine Grenze überschritten und die Bitte wurde zu einem unausweichlichen Befehl. Wir nahmen solche Worte nicht unbedacht in den Mund und daher waren sie von außerordentlichem Gewicht.

»Dann mach ich es.«

»Du hast keine Chance, das weißt du.«

Ich lachte. »Warum zum Teufel ist es dir dann so wichtig, dass ich mich in den Sumpf begebe?« So nannten wir die Fälle, die sich ewig hinzogen und die keine oder eine nur geringe Aussicht auf einen Sieg boten.

»Weil der Mann in der Todeszelle sitzt.«

Die Giants übernahmen den Kick-off der zweiten Halbzeit, die Redskins rannten der Länge nach über das Spielfeld einem Touch-down entgegen, und ich hatte einen Fall am Hals, wegen dem ich jetzt vielleicht für immer im Lincoln Tunnel festsitze.

Aber nein! Plötzlich, ohne jegliche Vorwarnung, darf ich dank eines Geschwindigkeitsrausches der Autos vor mir mein Gaspedal durchtreten, bis ich fast fünf Meilen pro Stunde fahre. Bei diesem Tempo besteht tatsächlich die Möglichkeit, dass ich es noch rechtzeitig nach Hause schaffe, um morgen früh ins Gericht fahren zu können.

Nichts geht über einen Golden Retriever. Ich weiß, ich weiß, wir leben auf einem großen Planeten mit vielen wunderbaren Dingen, aber Golden Retriever sind das Allerbeste. Meiner heißt Tara. Sie ist sieben Jahre alt und die perfekteste Gefährtin, die ich mir vorstellen kann. Außerdem ist sie lustig, verspielt und schlau. Probleme bereitet sie mir nur insofern, als ich morgens immer so viel Zeit mit ihr verbringe, dass ich fast ständig zu spät zur Arbeit komme.

Der heutige Morgen ist ein typisches Beispiel. Ich gehe eine Stunde mit Tara spazieren, spiele im Park mit ihr Ball, komme dann nach Hause und gebe ihr das Fressen. Um halb zehn muss ich im Gericht sein, also lege ich einen Zahn zu, springe acht Sekunden unter die Dusche und ziehe die meisten Klamotten unterwegs im Auto an. Gerne würde ich sie mitnehmen, und sie kommt auch oft mit mir ins Büro, aber die Gerichtsdiener halten nicht viel von Hunden im Gerichtssaal. Sie wissen eben nicht, dass sie schlauer ist als die Hälfte der Anwälte, die dort arbeiten.

Nachdem ich mich von ihr verabschiedet und ihr einen Keks gegeben habe, halte ich auf dem Weg zum Gericht noch an einem Zeitschriftenladen an, obwohl ich nun wirklich Gefahr laufe, zu spät zu kommen. Der Zwischenstopp beruht im Wesentlichen auf einer unfreiwilligen Entscheidung: Vor langem habe ich den Halt an diesem besonderen Zeitschriftenladen zu einer ständigen abergläubischen Handlung erklärt. Lieber würde ich den Zorn des Richters wegen meiner Verspätung auf mich ziehen, als den Gott der Zeitschriftenläden zu verärgern.

Dieser spezielle Ort des Aberglaubens nennt sich Eastside News, der meines Erachtens diesen Namen trägt, weil er nur ein paar Straßen von der Paterson Eastside High School entfernt ist. Er führt nicht nur jede erdenkliche Zeitschrift aus der ganzen Welt, es weist außerdem ein Schild darauf hin, dass es »Patersons einziger Zeitschriftenladen mit allen regionalen Zeitungen« ist. Mir ist durchaus klar, warum es für diese ehrenvolle Position keine Konkurrenz gibt; in all den Jahren, die ich dort anhalte, hab ich noch nie jemanden gesehen, der die *Des Moines Register* gekauft hat.

Der Inhaber von Eastside News ist Cal Morris, ein fünfundvierzigjähriger Afroamerikaner. Nach dieser ganzen Zeit betrachte ich Cal als Freund, auch wenn sich mein Wissen über ihn auf seinen Beruf und seine Abneigung für die Knicks und die Rangers beschränkt. Einmal habe ich auch zufällig mit angehört, wie er von seinen Leistungen als Footballspieler auf der Eastside High School erzählte, doch das muss zehn Jahre vor meiner Zeit dort gewesen sein. Jedenfalls reden wir nie über diese Dinge. Cal scheint ein ziemlich netter Kerl zu sein, aber seine Rolle in meinem Leben besteht einzig darin, meinen Aberglauben zu befriedigen.

Wie gesagt, ich bin spät dran, also leite ich rasch den Rest des Rituals ein. Cal bedient gerade einen anderen Kunden, aber aus den Augenwinkeln sieht er mich schon.

»Wie sieht's heute aus, Cal?«

»Düster, Andy, ziemlich düster.«

»Dann mach's Licht an«, lautet meine Standardantwort.

»Versuch ich ja, aber es wird immer dunkler.«

Wir lachen beide, auch wenn keiner von uns diesen Wortwechsel in den letzten Jahren witzig gefunden hat. Ich kaufe die *Bergen Record*, die jetzt als Lokalzeitung fungiert. Ich erinnere mich noch an eine *Paterson Evening News* und eine *Paterson Morning Call*, aber die gibt es beide schon lange nicht mehr. Die *Record* hat nicht den Touch einer Lokalzeitung, aber die nationalen Nachrichten werden darin ganz gut abgedeckt. Außerdem werde ich den ganzen Tag im Gericht verbringen und keine Zeit haben, sie zu lesen. Ich würde mir nur blöd vorkommen, wenn ich am Zeitungsladen anhielte, ohne eine Zeitung zu kaufen.

Das Passaic County Courthouse ist ein ehrwürdiges altes Gebäude, und wenn ich es als das beeindruckendste im Zentrum von Paterson bezeichne, dann ist das eine gehörige Untertreibung. Mein Vater sagte einmal zu mir, dass sich die Größe des Gebäudes und der Gerichtssäle darin nachteilig für die Angeklagten auswirken könne, besonders für diejenigen, denen relativ geringfügige Straftaten zur Last gelegt würden. Ein Geschworener muss sich doch in Anbetracht der Erhabenheit des Ortes sagen: »Das ist sicher ein bedeutendes Verbrechen, wenn es hier verhandelt wird. Geben wir dem Mistkerl die Höchststrafe.« Der Mistkerl wird für gewöhnlich von mir vertreten: Andy Carpenter, Rechtsanwalt.

Mein Mandant heute ist Carmen Hernández, ein dreiundzwanzigjähriger puerto-ricanischer Immigrant, dem ein Einbruch in ein Juweliergeschäft zur Last gelegt wird. Die Anwaltszunft hat sich nicht gerade um Carmen als Mandanten gerissen. Mir wurde der Fall zugewiesen, weil seine Mutter, Sofía Hernández, ein Obstgeschäft neben meinem Büro besitzt. Über Sofía weiß ich, dass sie sechzehn Stunden am Tag arbeitet, jeden Morgen ein Lächeln im Gesicht hat und dass sie vor allen anderen die Sommerfrüchte bekommt. Ich weiß auch, dass sie um meine Hilfe bat und dass Geld keine Rolle spielte, da sie keines hat. Allerdings weiß ich nicht, ob ihr Sohn ein Gauner ist. Aber um das zu entscheiden, sind wir ja hier.

Heute ist der dritte und letzte Verhandlungstag. Der Stellvertretende Staatsanwalt, Norman Trell, hat auf seine übliche kompetente Art dieser kompetenten Jury seine kompetenten Argumente präsentiert, und schon bald werden sie hinausgehen, kompetent beraten und Carmen für schuldig befinden. Einzig mein Abschlussplädoyer steht dieser geballten Kompetenz noch im Weg.

Ich werfe einen kurzen Blick nach hinten, obwohl ich weiß, dass die Tür sich erst in drei Minuten öffnen wird. Dann schaue ich noch einmal zu Carmen, der in seinem Anzug so aussieht, als wäre es das erste Mal in seinem Leben, dass er einen trägt. Wahrscheinlich ist es das auch; dieser Anzug hing bis zum Prozessbeginn in meinem Schrank. Carmen ist eins dreiundneunzig und ich bin eins achtzig; er sieht so aus, als hätte er die vergangenen sechs Stunden in einem Trockner verbracht.

Ich erhebe mich, beginne mein Plädoyer und gehe dabei auf die Geschworenen zu, obwohl ich weiß, dass man mich gleich unterbrechen wird. Ihre Gesichter wirken gelangweilt, ihre Blicke ausdruckslos, zwölf arme Trottel, die kein Attest vom Arzt und keine akzeptable Bescheinigung von ihrem Chef bekommen hatten, die sie von ihrer Geschworenenpflicht hätte befreien können. Für diese engagierten Bürger ist das einzig Positive an der bevorstehenden Rede, dass es die letzte ist, die sie sich anhören müssen.

»Meine Damen und Herren, Sie haben sich in den vergangenen Tagen vieles anhören müssen, und ich bin nicht so blöd, dass ich Ihnen noch viel länger in den Ohren liegen werde.«

Zwei der Geschworenen lächeln, und das zeigt, wie wenig sie in letzter Zeit zu lachen hatten. Die anderen zehn glauben, ich wolle sie verarschen.

»Nur zwei Dinge möchte ich ansprechen und dann halte ich den Mund. Das erste sind Indizienbeweise. Carmen Hernández wird hier aufgrund von solchen Beweisen angeklagt. Niemand hat gesehen, wie er in dieses Geschäft eingebrochen ist. Niemand hat gesehen, wie er Schmuck an sich genommen hat. Niemand hat gesehen, wie er das Geschäft verlassen hat. Stattdessen haben wir es mit Vermutungen, scheinbaren Fakten und wahrscheinlichen Ereignissen zu tun. Der Vertreter der Anklage, Mr Trell, sagt: ›Mann, bei diesen Indizien scheint es mir doch sicher zu sein, dass es Mr Hernández war.‹«

Ich schaue zu Trell hinüber, aber er erwidert meinen Blick nicht. Verteidigern bringt er weder Zuneigung noch Vertrauen entgegen, und was ihn angeht, so bin ich der Schlimmste von allen. Ich halte den starren Blick noch etwas länger auf ihn gerichtet, vor allem weil die Tür erst in fünfzehn Sekunden aufgehen wird.

»Nun, meine Damen und Herren, aber das reicht nicht.« Noch eine theatralische Pause, während ich ungeduldig warte. Nun geh schon auf, Tür!

Und da geht sie auf. Laurie Collins betritt von hinten den Saal. Ich drehe mich um und mit mir alle anderen. Wenn Laurie Collins einen Raum betritt, dann muss man sich einfach umdrehen. So einfach ist das. Sie ist eine schöne, sexy Frau, und das würde ich auch sagen, wenn ich nicht mit ihr schlafen würde. Und ich würde es auch sagen, wenn sie nicht in der Lage wäre, mich zu Höchstleistungen zu animieren.

Laurie trägt, wie angewiesen, einen konservativen Hosenanzug. Sie ist eins siebenundsiebzig, hat blonde Haare und einen perfekt proportionierten Körper. Diese Figur kommt trotz der ansonsten unscheinbaren Kleidung zur Geltung, aber Lauries Körper würde auch in einem Kartoffelsack toll aussehen.

Laurie wirkt aufgeregt, und mit einer Handbewegung versucht sie, meine Aufmerksamkeit auf sich zu lenken – eine wirklich überflüssige Geste. Ich nicke ihr zu und wende mich an Richter Kasten.«

»Euer Ehren, dürfte ich einen Augenblick …?«

Augenblicke gesteht Richter Kasten nicht gerade gern zu, und er starrt mich mit einem intensiven Blick an, der mich veranlassen soll, die Bitte zurückzuziehen. Als ich das nicht tue, fragt er schließlich: »Wo liegt das Problem, Mr Carpenter?«

»Ich weiß es nicht genau, Euer Ehren, aber Miss Collins würde uns sicher nicht unterbrechen, wenn es nicht wichtig wäre.«

Wenn es so etwas wie einen ernsthaften Seufzer gibt, dann stößt Kasten ihn nun aus. »Machen Sie es kurz.«

Ich gehe zu Laurie hinüber, deren Miene noch immer freudige Aufregung verrät. Ihre Worte sind es nicht, obwohl sie leise genug spricht, damit nur ich es höre.

»Hi, Andy«, sagt sie. »Was gibt's Neues in der Welt der Juristen?«

Dies mögen vielleicht keine großen Neuigkeiten sein, aber ich schaue so, als hätte sie eine Bombe platzen lassen.

»Nicht besonders viel«, antworte ich. »Ist es draußen immer noch so heiß?«

Sie nickt begeistert. »Ja, sechsundzwanzig Grad, obwohl ein Gewitter kommen soll. Übrigens, ist dir klar, dass sich dein Vater über die Aktion hier aufregen wird?«

Mein Vater ist nicht nur der pensionierte Leitende Staatsanwalt von New Jersey, sondern auch eine lebende Legende in der Welt der Jurisdiktion. Wie die nächsten Minuten zeigen werden, hat das Gen für die Legendenbildung offensichtlich eine Generation übersprungen.

»Glaubst du, ich hätte Angst vor meinem Vater?«, frage ich sie, ungläubig ob der Möglichkeit.

»Todesangst«, sagt sie.

Triumphierend balle ich die Faust und schaue gen Himmel, so als wolle ich Gott für dieses Glück danken. Vielleicht trage ich etwas zu dick auf, aber vor mir sitzen nicht gerade die schlauesten Geschworenen der Welt.

Ich kann mit meiner Begeisterung kaum noch hinter dem Berg halten, als ich mich umdrehe und zu Carmen an den Tisch der Verteidigung gehe. Da er nur etwa vier Worte Englisch spricht, gebe ich mir keine Mühe, ihm etwas Sinnvolles ins Ohr zu flüstern.

»Die ganze Zeit über dachte ich, ich könnte ein zweiter Lincoln werden, wenn ich nur ein Hirn hätte.«

Ich setze ein breites Grinsen auf und umarme ihn. Er vermutet, dass etwas Tolles passiert sein muss, also grinst er ebenso breit wie ich und erwidert meine Umarmung. Ein einziges glückliches Gespann von Anwalt und Mandant. Zu den Menschen, die nicht so glücklich sind, gehört unter anderem Richter Kasten.

»Vielleicht könnten Sie uns darüber aufklären, was los ist, Mr Carpenter?«

Mit einem aufgesetzten Lächeln drehe ich mich um und gehe zur Richterbank. »Tut mir Leid, Euer Ehren, aber ich dachte, mein Mandant sollte die gute Nachricht als Erster erfahren.«

»Und um welche gute Nachricht handelt es sich dabei?«, fragt er.

»Nun, ich weiß nicht, warum wir auf diese Art und Weise davon erfahren mussten …« Ich lasse das Lächeln gerade lang genug verschwinden, um Staatsanwalt Trell einen vorwurfsvollen Blick zuzuwerfen. »… aber mir wurde zugetragen, dass ein anderer Mann das Verbrechen gestanden hat, für das mein Mandant hier angeklagt wird. Die Medien berichten gerade darüber. Er wurde festgenommen und sitzt derzeit in Untersuchungshaft.«

Ein Tumult geht durch den Gerichtssaal, oder zumindest etwas Tumultartiges, was dieses klägliche Häuflein Leute eben so zustande bringen kann. Mein Blick ruht auf den Geschworenen, die nun hellwach sind und aufgeregt miteinander reden. »Ist das die Möglichkeit?«, fragen sie sich insgeheim. »Heißt das etwa, wir können jetzt nach Hause gehen?«

Carmen schüttelt Hände und umarmt jeden, den er zu fassen kriegt; einen Moment lang befürchte ich, dass er aus Versehen den Gerichtsdiener erwürgt. Mein Blick wandert zum Tisch der Anklage, von dem sich einer von Trells Assistenten erhebt und aus dem Raum eilt, während er im Gehen schon sein Handy aus der Tasche zieht. Ich sehe ihm nach, bis ich mich nach einem zunehmend unangenehmen Geräusch umdrehe. Es handelt sich um Kastens Hammer, den er, so laut er nur kann, immer wieder auf den Tisch donnert.

Schließlich ist die Ordnung wiederhergestellt, wenn auch vielleicht nur aus dem einzigen Grund, diesen blöden Hammer ruhig zu stellen. Kasten wendet sich an Trell, der noch immer verwirrt aus der Wäsche guckt.

»Mr Trell, welche Informationen haben Sie darüber?«

Trell weiß nicht, welche Haltung er einnehmen soll, da er nicht weiß, ob es wahr ist. Er sucht den Weg durch die Mitte. »Ich lasse es gerade überprüfen, Euer Ehren.« Er schaut nach hinten zur Tür, so als wolle er Kasten zeigen, von wo die Antwort kommen wird.

Wie auf das Stichwort öffnet der Assistent wieder die Tür und steckt beim Eintreten das Handy zurück in die Tasche. Rasch geht er zu Trell und flüstert ihm etwas ins Ohr. Das Spiel, darüber bin ich mir im Klaren, ist gleich vorbei.

Trell nickt heftig und wendet sich dann Kasten zu. Ich glaube, er genießt das, was er gleich sagen wird, so sehr, dass er richtig sabbert. Mit ernster Stimme verkündet er: »Euer Ehren, mir wird gerade berichtet, dass diese Geschichte kein Körnchen Wahrheit enthält.« Selbst Roosevelt sprach mit weniger Pathos in der Stimme, als er den Angriff auf Pearl Harbor verkündete.

Kaum hat Trell den Satz beendet, da wendet sich auch schon Kastens Kopf – wie jeder andere im Gerichtssaal – mir zu.

Ich zucke mit den Schultern, wie ein unschuldiger Zuschauer. »Ich bin genauso überrascht wie Sie, Euer Ehren. Die Medien in dieser Stadt sind einfach außer Kontrolle geraten.«

Das kauft er mir natürlich nicht ab. »Das ist ein äußerst befremdliches Verhalten, selbst für Ihre Verhältnisse.«

Offensichtlich kennt er meine Verhältnisse nicht, aber jetzt ist nicht der Zeitpunkt, ihn darüber aufzuklären. Ich zucke so heftig mit den Schultern, dass sie mir schon wehtun. »Euer Ehren, Sie glauben doch sicher nicht …«

Er unterbricht mich, was mir ganz recht ist, da ich noch gar nicht so sicher war, wie ich den Satz beenden wollte. »Beenden Sie Ihr Plädoyer und dann möchte ich beide Anwälte in meinem Büro sehen. Die Geschworenen werden diesen gesamten Vorfall außer Acht lassen.«

Ich gehe zu den Geschworenen und schüttele angesichts

dieser Ereignisse staunend den Kopf. Mal sehen, ob sie das wirklich außer Acht lassen …

»Der zweite Punkt, über den ich mit Ihnen reden wollte, ist der begründete Zweifel. Wenn einer von Ihnen soeben auch nur einen kurzen Augenblick tatsächlich geglaubt hat, dass jemand anders das Verbrechen gestanden hat, dessen mein Mandant angeklagt wird, dann müssen Sie einen begründeten Zweifel an seiner Schuld haben.«

Wie von einem Schleudersitz in die Luft geschossen springt Trell auf. »Einspruch! Einspruch!«

Er schreit so laut, dass ich die Geschworenen anschreien muss, um ihn zu übertönen, während ich auf Carmen zeige. »Sie können doch nicht von der Schuld dieses Mannes überzeugt sein und es gleichzeitig für möglich halten, dass es jemand anders getan hat!«

»Einspruch! Einspruch!« Dieser Trell ist ja nicht gerade sehr wortmächtig. Doch nicht mal Jean Valjean im Steinbruch hat jemals so laut auf den Fels eingedroschen wie Kasten jetzt mit seinem Hammer auf den Tisch.

»Gerichtsdiener, führen Sie die Geschworenen hinaus.«

Während ich den Geschworenen nachblicke, bin ich mir darüber im Klaren, dass Kasten über mich herfallen, mich vielleicht sogar wegen Missachtung des Gerichts drannehmen wird. Ich bin mir auch darüber im Klaren, dass ich der Sohn meines Vaters bin, und Kasten bringt Nelson Carpenter zu viel Respekt und Freundschaft entgegen, als dass er seinen Erst- und Einziggeborenen vernichten würde.

Außerdem wird Carmen Hernández innerhalb der nächsten Stunde ein freier Mann sein und somit verspricht das ein sehr guter Tag zu werden.

An meine Kindheit habe ich eine Menge großartige Erinnerungen – eigentlich habe ich nur großartige Erinnerungen. Ich habe einmal mit einem Psychiater darüber gesprochen, und wir waren uns im Grunde darin einig, dass auch unangenehme Dinge passiert sein müssen, als ich aufwuchs, und dass ich sie einfach verdrängt habe. Ich fragte ihn, wie lange ich sie noch verdrängen könnte, und er antwortet: Vielleicht für immer. Mir war das recht, also beendete ich die Therapie, bevor ich alles vielleicht noch vermasseln und meinen wahren Gefühlen begegnen konnte.

Das war vor acht Jahren. Bisher läuft es gut.

Aber wenn eine Erinnerung alle anderen überragt, dann ist es die an die Spiele der Yankees, die mein Vater und ich uns zusammen im Stadion angesehen haben. Wir wohnten in Paterson, wo ich noch immer mein Büro habe. Die Fahrt von unserem Haus bis zum Yankee Stadium war acht Meilen lang und führte über die Route 4 zur George Washington Bridge, dann über den Cross Bronx und den Major Deegan Expressway zum Stadion.

Bei wenig Verkehr dauert die Fahrt etwa fünfundzwanzig Minuten, das heißt, im wahren Leben braucht man etwa anderthalb Stunden. Aber das machte mir nichts aus, denn ich wusste, dass ich schließlich durch den dunklen Gang hinaus zu unseren Plätzen gehen würde und dass ich den großartigsten Anblick der Welt genießen könnte. Das Infield des Yankee Stadium.

Nirgends auf der Welt gibt es eine Farbe, die dem Grün dieses Innenfelds gleichkommt. Man könnte eine halbe Million Buntstifte kaufen und würde doch nie so eine Farbe zustande bringen. Dagegen hebt sich der bescheidene Farbton der Sandflächen des Infields ab, der aber ein tiefes, kräftiges Braun annimmt, wenn die Spielfeldpfleger ihn wässern. Ihre Aufgabe, das Feld im Stadion der Yankees instand zu halten, ist eine schwere, aber lohnende Mühe, die sie tadellos erledigen.

Heute kann ich den Blick auf dieses Infield wieder mal genießen, da mein Vater und ich Karten für das Spiel haben. Wie immer hole ich ihn ab und fahre zum Stadion. Die Fahrt dorthin ist ebenso aufregend und mit Vorfreude erfüllt wie in meiner Jugend. Der einzige Unterschied besteht darin, dass inzwischen ich hinter dem Steuer sitze, und das scheint mir irgendwie nicht richtig, denn wenn wir zum Spiel fahren, bin ich wieder acht Jahre alt.

Aber wir kommen dort an, parken auf unserem speziellen Platz, von dem aus wir nach dem Spiel schneller wegkommen als alle anderen, mein Vater wird zu meinem »Dad« und die Welt ist wieder in Ordnung.

Heute spielen die Yankees gegen die Red Sox. Früher habe ich die Red Sox gehasst, ebenso wie ich die Orioles, die Indians, die White Sox und alle anderen gehasst habe, die keine Trikots mit Nadelstreifen trugen. Aber heute hasse ich nicht mehr, dafür bin ich zu arrogant. Die anderen zu hassen würde heißen, ihnen eine Bedeutung zuzugestehen, die diese Mannschaften nicht verdienen. Wir gehen über unsere Gegner hinweg, wir hassen sie nicht. Das sind sie nicht wert.

Unsere Plätze befinden sich auf der Höhe des Spielfelds, dritte Reihe hinter der dritten Base-Markierung. Sollte es irgendwo ein perfekteres Stückchen Erde geben, dann weiß ich nicht wo. Ich lecke an meinem Softeis und frage mich, warum die Fressalien, die einem von fliegenden Händlern im Stadion verkauft werden, hier immer besser schmecken als woanders, als mich mein Vater anstupst und auf die Anzeigetafel deutet. Er muss nichts sagen: Das vierte Inning läuft – Zeit für unsere Wetten.

Ich weiß nicht, wann das angefangen hat, aber es muss in meiner frühen Teenagerzeit gewesen sein. Mein Vater und ich setzen im vierten Inning auf alles Mögliche. Wir führen Buch über die Wetten; ich glaube, irgendwann einmal schuldete ich ihm eine Million Dollar. Eine schwere Last für einen Jungen im zweiten High-School-Jahr, aber ich habe alles – und noch mehr – zurückgewonnen. Heute schuldet er mir 41 355 Dollar. Ich schwimme im Geld.

Trot Nixon geht zum Schlagmal und stellt sich Roger Clemens. Mein Vater sucht die Wetten aus, weil er im Rückstand ist. In Gedanken geht er die unendlichen Möglichkeiten durch, so als plane er eine Beweisführung.

»Ich wette mit dir um fünfhundert Dollar, dass der erste Wurf ein Strike wird«, sagt er selbstbewusst.

»Abgemacht«, erwidere ich unnötigerweise, weil jede Wette abgemacht ist. Clemens wirft dreißig Zentimeter außerhalb der Strike Zone. Fängt gut an für mich, aber ich werde noch nicht übermütig. Das vierte Inning kann noch sehr lang werden.

»Sechshundert darauf, dass er die erste Base erreicht. Drei zu eins.«

Dieses Mal nicke ich nur, und er weiß, es ist abgemacht. Nixon ballert in die Mitte, Williams ruft Knoblauch zurück und managt die Sache mit links. Ich balle triumphierend die Faust. »Jaaa!«

Während wir darauf warten, dass Garciaparra sich fertig macht, sagt mein Vater: »Ich hatte gehofft, Nicole würde mitkommen.«

Nicht jetzt, Dad. Du sollst doch die reale Welt draußen auf dem Parkplatz lassen.

»Nicole und ich haben uns getrennt, Dad. Das scheinst du mitunter zu vergessen.« Er vergisst auch, dass ich wieder acht Jahre alt bin, wenn wir hier sind. Da hat man sich noch nicht mit seiner Ehefrau auseinander gelebt.

»Darf ein alter Mann nicht noch hoffen?«

»Mein Alter Herr sollte sich lieber auf das Spiel konzentrieren, weil ich ihn nämlich gerade arm mache.« Ich versuche, seine Aufmerksamkeit wieder auf das Wesentliche zu lenken, aber er macht es mir nicht leicht.

Er schaut auf sein Programm; also denke ich, dass er sich vielleicht wieder mit Baseball beschäftigt. Leider ist es nicht so.

»Richter Kasten hat mir von deiner Aktion im Gerichtssaal erzählt.«

Hoppla! Ich bin ertappt, weiche aber nicht aus. »Meinst du die Aktion, mit der ich einen Freispruch für meinen Mandanten herausgeholt habe?«

»Ich meine die Aktion, die dir den Ausschluss aus der Anwaltschaft hätte einbringen können.«

»Das war mir das Risiko wert«, pariere ich.

»In Zukunft könntest du vielleicht Risiko durch solide Vorbereitung ersetzen«, meint er. »Übrigens, wie weit bist du mit der Berufung im Fall Miller?«

»Die richterliche Entscheidung könnte jederzeit kommen«, antworte ich. »Ich bin zuversichtlich.« Dad macht sich während des vierten Innings um so etwas Banales wie die Todesstrafe Sorgen?

»Du musst wissen, dass es ein Fall ist, den du selbst bei

einer Wiederaufnahme des Verfahrens nicht gewinnen kannst«, sagt er. »Ich hatte damals ein leichtes Spiel.«

»Apropos Spiel, Garciaparra ist dran.« Das scheint zu funktionieren und unsere juristischen Tätigkeiten werden wieder auf den Rücksitz verbannt. Mehr Spielgeld wird auf den Tisch gelegt.

»Garciaparra wird den ersten Wurf ins Aus befördern. Achthundert Mäuse. Neun zu zwei.« Er scheint sich ziemlich sicher zu sein, also erwidere ich ebenso sicher, dass es abgemacht ist.

Clemens holt aus und Garciaparra schlägt ihn die rechte Spielfeldlinie entlang. Ich springe auf. Der Ball fliegt ... und fliegt ... er ist noch drin!

»Der Ball ist gut! Der Ball ist gut!«, schreie ich. Gegen die Yankees zu johlen hasse ich zwar und alle um uns herum blicken verächtlich zu mir her, aber mein Wettfieber geht mit mir durch. Ich drehe mich triumphierend zu meinem Vater um, der seinen Kopf der Niederlage angemessen gesenkt hat.

»Du kannst wohl nicht einmal mehr hinschauen?«, triumphiere ich. Aber es ist etwas anderes. In einem kurzen, grauenvollen Moment wird mir klar, dass er tatsächlich nicht mehr hinschauen kann, nicht reden, nicht einmal mehr aufrecht sitzen. Er fällt vornüber, sein Kopf schlägt gegen das Geländer vor uns, dann rutscht er zu Boden und sein Körper liegt bizarr verrenkt zwischen den Stühlen.

Dann schreie ich, schreie so laut, wie noch nie jemand im Yankee Stadium geschrien hat. So laut, wie noch keiner jemals in irgendeinem Stadion geschrien hat.

Aber mein Dad kann mich nicht hören und ich werde nie wieder acht Jahre alt sein.

Auf der Beerdigung scheinen mehr Leute zu sein als im Stadion, außer dass sich hier alle gezwungen sehen, mit mir zu reden, mich davon zu überzeugen, dass sie meinen Vater kannten, und mich wissen zu lassen, wie Leid es ihnen tut. Ich soll mich dadurch besser fühlen. Von wegen!

Der Friedhof erstreckt sich meilenweit über sanfte Hügel, die wunderschön und erbaulich wären, gäbe es da nicht diese endlosen Reihen mit Grabsteinen. Können hier wirklich so viele Menschen begraben liegen? Haben ihre Lieben auch solchen Schmerz empfunden wie ich im Moment?

Irgendjemandem erzähle ich, dass ich die Grabrede halten möchte, aber mir graut davor. Laurie sagt, dass ich es nicht müsste, dass es mir niemand übel nehmen würde, wenn ich es nicht täte. Sie hat Recht, aber ich gehe trotzdem nach vorn. Ich blicke auf die versammelte Menge. Die einzigen Menschen Amerikas, die nicht auf dieser Beerdigung sind, scheinen diejenigen zu sein, die unter all diesen Grabsteinen liegen.

»Jeder von Ihnen kannte Nelson Carpenter auf seine eigene Weise«, beginne ich meine Rede. »Wie jeder Mensch hatte er seine verschiedenen Rollen, die er stolz und bereitwillig spielte. Für viele war er der Staatsanwalt, ein brillanter Mann, der sich voller Hingabe für die Gerechtigkeit einsetzte und der keine Mühen scheute, um sicherzustellen, dass jeder gerecht und vom Gesetz gleich behandelt wurde.

Für viele war er einfach ein Freund, und wenn man Nelson Carpenter zum Freund hatte, dann brauchte man nicht mehr viele andere. Denn er war nicht nur einfach da, wenn man ihn um Hilfe bat; er verfügte über einen sechsten Sinn, der ihn hinter die Fassade blicken ließ, und über eine Großzügigkeit, die einem diese Hilfe gewährte, ohne dass man darum bitten musste.

Aber ich kannte Nelson Carpenter als Vater und damit bin ich in einer glücklicheren Position als Sie alle. Denn seine Familie war seine Welt, und glauben Sie mir, ich hätte in keiner besseren leben können.«

Meine Kehle fühlt sich die ganze Zeit so an, als stecke sie in einem Schraubstock, aber ich weine nicht, ebenso wie ich drei Jahre zuvor auf dem Begräbnis meiner Mutter nicht geweint habe. Doch ich erinnere mich daran, dass ich damals den Schmerz mit meinem Vater teilen konnte, und ich konnte mich darauf konzentrieren, ihm beizustehen. Jetzt bin ich auf mich allein gestellt.

Das Schicksal des Einzelkinds wird mir noch stärker bewusst.

Nachher gehe ich zu den Autos und nicke den vier oder fünf Millionen übrig gebliebenen Leuten dankend zu, die mir ihr Beileid aussprechen wollen. Philip Gant – US-Senator Philip Gant und Exschwiegervater in spe Philip Gant – kommt mir entgegen.

Philip war der älteste Freund meines Vaters, und obwohl sich die beiden in meinen Augen sehr voneinander unterschieden, war ihre Freundschaft bemerkenswert stark und langlebig. Ihre Beziehung war es, die ihre Sprösslinge zusammenbrachte. Philip war außer sich, als Nicole mich verließ; ich habe mir immer gedacht, dass es ihr schwerer gefallen sein muss, ihm diese Mitteilung zu machen, als es mir zu sagen.

Philip herrscht über jeden Raum, in dem er sich befindet, selbst in Räumen ohne Wände, mit Tausenden von Menschen und sanften Hügeln, die mit Grabsteinen gesprenkelt sind. Als er auf mich zukommt, scheinen alle anderen wegzuschmelzen. Voller Autorität klopft er mir auf die Schulter. Philip macht alles mit Autorität.

»Großartige Grabrede, Andrew. Ich kannte Nelson länger als alle anderen hier, und lass es dir gesagt sein, jedes einzelne Wort, das du gesagt hast, entsprach der Wahrheit.«

Es ist typisch für Philip, dass er immer die Oberhand behält, selbst wenn er nett sein will. Dieses Mal nimmt er an, ich bräuchte seine Bestätigung dafür, dass ich meinen Vater wirklich kannte.

Doch dieses Mal ist er zu weit gegangen. »Danke, Philip. Ich weiß es zu schätzen«, kanzle ich ihn kurz ab.

»Ich habe mit Nicole gesprochen«, sagt er. »Sie war tief betroffen.«

Ich nicke, denn ich weiß, dass das wohl stimmt; Nicole hat ihren Schwiegervater sehr gemocht. Daher überrascht es mich auch, dass sie nicht hier war.

»Schrecklich«, sagt er kopfschüttelnd. »Einfach schrecklich. Lass es mich wissen, wenn ich etwas tun kann.«

Ich nicke erneut. Philip macht sich auf den Weg zu einer Limousine mit den Ausmaßen von North Dakota und sein Chauffeur hält ihm beim Einsteigen die Tür auf. Ich drehe mich um und sehe Laurie, die in dieser ganzen Zeit großartig war. Sie fasst mich am Arm und drückt ihn sanft.

»Geht's?«, fragt sie.

»Es geht«, antworte ich mit einer Lüge.

Ich habe keine Lust, nach Hause zu gehen, also gehen wir zu Charlie's, wo den ganzen Tag der Sportkanal läuft. Es ist mein Lieblingslokal und eindeutig das beste Restaurant auf der ganzen Welt. Jede einzelne Speise auf der Karte ist besser als alle Speisen auf allen Karten in allen Restaurants auf der ganzen Welt. Einige Leute glauben, ich würde Charlie's überschätzen, aber diese Leute haben meines Erachtens keine Ahnung.

Jedenfalls fühle ich mich bei Charlie's mehr daheim als zu Hause, also bin ich jetzt lieber hier. Wir gehen an unseren Lieblingstisch in der Ecke, gleich bei den Videokonsolen. Wir bestellen Burger und Bier, und ich fange an, mein Leben als Waise zu planen.

Als Erstes muss ich in das Haus meines Vaters. Ich muss seine Papiere und persönlichen Sachen durchgehen und sicherstellen, dass alles in Ordnung ist. Das wird nicht leicht werden. Laurie verspricht mir zu helfen, aber ich habe das Gefühl, alles allein machen zu wollen, so als wäre es irgendein Ritual, das ich vollziehen müsste.

Nach kurzer Zeit lachen und scherzen wir, alle paar Minuten begleitet von meinen Schuldgefühlen darüber, dass ich lache und scherze. Aber wir genießen beide die Gesellschaft des anderen und das ist ein gutes Gefühl.

Laurie und ich schlafen erst seit zwei Wochen miteinander – bisher vier Mal. Jedes Mal war es besser gewesen als das Mal davor, und das erste Mal war auch schon nicht übel. Sie hat blaue Augen, die ihrer Meinung nach grün sind, und wenn man hineinblickt, hat man das Gefühl, an einem wunderschönen Tag an einem wunderschönen Strand zu sein und an einem wunderschönen Drink mit einem Schirmchen darin zu nippen.

Außerdem ist sie die beste Detektivin, die ich jemals kennen gelernt habe: klug, hart im Nehmen und unbarmherzig, zumindest wenn sie sich nicht von ihrer Integrität behindern lässt. Sie war früher Polizistin, und ich bin Anwalt, was wahrscheinlich erklärt, warum ich alle meine Mandanten für unschuldig halte, sie dagegen hält sie für schuldig. Das ist der Unterschied zwischen Jurastudium und Polizeischule. Wir überbrücken diese Kluft mit unserem Einvernehmen darüber, dass alle Mandanten das Recht auf eine bestmögliche Verteidigung haben.

Ich habe lange gezögert, bevor ich bei Laurie Sex ins Spiel brachte, von Gefühlen ganz zu schweigen. Ich war seit meinem vierundzwanzigsten Lebensjahr mit Nicole verheiratet und davor hatte ich auch nicht gerade vor sexueller Energie gestrotzt, daher hatte ich selbst nach unserer Trennung so ein Gefühl, als würde ich sie betrügen, wenn ich mit einer anderen Frau zusammen wäre.

Außerdem traute ich mich auch nicht so recht, Geschäftliches mit Privatvergnügen zu vermischen, denn ich wusste, welche Schwierigkeiten das mit sich bringen konnte. Aber der Hauptgrund dafür, dass ich zögerte, mit Laurie zu schlafen, lag darin, dass sie immer Nein sagte, wenn ich das Thema ansprach. Vor zwei Wochen änderte sie ihre Meinung, und das war zufälligerweise auch genau der Moment, in dem ich aufhörte zu zögern.

Aber heute Abend ist Laurie nicht meine Geliebte und auch nicht meine Detektivin. Sie ist eine Freundin und die Zeit mit ihr bei Charlie's ist tröstlich. Sie fährt mich nach Hause und hält gegen neun vor meiner Tür. Ich wohne in Franklin Lakes, einem kleinen gehobenen Vorort etwa eine halbe Stunde nordöstlich von New York City. Jedes Haus, auch meines, ist umgeben von manikürten Rasenflächen und perfekt gepflegten Blumen, die alle nicht von uns selbst, die dort leben, in Ordnung gehalten werden. Ich habe es nie überprüft, aber in Franklin Lakes muss es die größte Anzahl von Gärtnern pro Kopf in den USA geben.

Allerdings gibt es dort kein typisches nachbarschaftliches Verhältnis, zumindest nicht so eines, wie ich es bisher kannte. Meinen Nachbarn winke ich zu – das vorörtliche Äquivalent für ein Zunicken im Fahrstuhl bei denen, die Apartmentblocks bewohnen.

»Willst du noch mit reinkommen?«

»Besser nicht. Ich denke, du brauchst vielleicht ein wenig Zeit für dich allein.«

Ich streite nicht mit ihr, denn wir wissen beide, dass sie Recht hat; wenn sie über Nacht bliebe, hätten wir beide kein gutes Gefühl dabei.

Es ist auch tatsächlich gut so, dass Laurie nicht mit hineinkommt, denn als ich das Haus betrete, sitzt Nicole im Wohnzimmer auf dem Sofa, streichelt Tara und wartet auf mich.

»Hallo, Andy.«

»Nicole …«, lautet die schlaueste Antwort, die mir im Moment einfällt.

»Ich hab das mit Nelson gehört … ich war in Seattle bei meiner Großmutter … ich bin so schnell wie möglich hergekommen … ach Andy …«

Sie kommt auf mich zu und umarmt mich, doch ich fühle mich dabei unbehaglich. Ich frage mich, ob es ihr ebenso geht, doch es ist ihr nicht anzusehen. Ein Gefühl der »Unbehaglichkeit« lässt Nicole wohl nie bei sich aufkommen, sonst würde sie ja tatsächlich Unbehagen verspüren, also vermeidet sie es am besten gleich ganz.

»Er hat dich wirklich furchtbar gern gemocht«, sage ich mit dem spontanen Wunsch, sie zu trösten.

»Und ich habe das Gleiche für ihn empfunden. – Geht's dir einigermaßen?«

»Es geht. Ich bin nicht sicher, ob ich es schon richtig begriffen habe.«

Sie hält mich noch immer umschlungen, es ist die längste Umarmung, die ich je erlebt habe. Und nichts deutet darauf hin, dass sie in nächster Zeit zu Ende wäre.

»Andy, ich hab nachgedacht … noch bevor das mit deinem Vater geschehen ist … ich möchte das mit uns nicht einfach so aufgeben.«

Mir fehlen die Worte, was nicht oft bei mir vorkommt, und zwar eine ganze Weile. Das unangenehme Schweigen bringt sie dazu, die Umarmung zu lösen.

»Du musst jetzt etwas sagen«, fordert sie, obwohl ich das bereits wusste.

Ich versuche mein Bestes. »Nicole, wir sind seit sechs Monaten getrennt. In der Zwischenzeit bin ich weder ein bedeutender Firmenanwalt geworden, noch habe ich mich entschlossen, für den Congress zu kandidieren.«

»Andy …«

»Und ich vertrete immer noch Leute, die Bœuf Wellington für einen Ringkämpfer halten. Kurz, ich bin nicht der, den du anscheinend haben willst.«

»Dann kann ich ja versuchen, mich zu ändern. Zumindest einen Versuch ist es doch wert, oder?«

Da bin ich mir nicht so sicher und das sage ich ihr auch. Das wiederum interpretiert sie als ein bedingtes Ja.

»Ich dachte, wir könnten erst einmal mit ein paar Dates anfangen … zusammen essen gehen oder so?«

»Du willst mit Dates anfangen?«, frage ich. »Was ist los, findest du niemanden, der dich auf den Abschlussball der High-School begleitet?« Das sollte hart klingen, kommt aber als Nettigkeit heraus.

»Andy, lass uns noch mal von vorn anfangen.« Sie erneuert die Umarmung und diesmal reibt sie gewisse Körperteile an gewissen anderen Körperteilen.

»Muss ich dir jetzt ein Bukett besorgen?« Inzwischen bin ich offenkundig zu Nettigkeiten übergegangen. Selbst Tara guckt mich angewidert an.

Niemand konnte mir je den Vorwurf machen, ein Bollwerk der Widerstandskraft zu sein, schon gar nicht Nicole. Ich denke, wir werden es versuchen. Das wäre ein guter Tag für meinen Vater gewesen.

Das Haus, in dem ich meine ersten achtzehn Lebensjahre verbracht habe, befindet sich in der 42nd Street in Paterson, New Jersey. Aufgrund der Art und Weise, wie sich Paterson entwickelt hat, ist dies von beträchtlicher Bedeutung. Es gibt ein Stadtzentrum, ärmlich und überwiegend afroamerikanisch. Dann kommen die durchnummerierten Straßen, 1 bis 42, die am Passaic River enden. Der Fluss ist dort, wo eigentlich die 43rd Street verlaufen müsste.

Je höher die Straßennummer, umso teurer und begehrter die Häuser. Jahrelang waren fast alle Bewohner, die in den Straßen jenseits der Zwanzigsten wohnten, Weiße. Doch allmählich fingen die Afroamerikaner an, weiter nach »oben«, in die Mitte der Zwanziger, zu ziehen, dann in die Anfang Dreißiger und weiter bis hin zu den traumhaften Vierzigern. Die Weißen zogen immer weiter nach oben, aus Angst, in einer gemischten Gegend könnte der Wert ihrer Häuser schwinden.

Aus der Distanz betrachtet, sah es so aus, als würden die Weißen ins Meer getrieben, in diesem Fall in den Fluss, und als hätten sich schließlich seine Fluten geteilt und ihnen so erlaubt, in die Vororte zu fliehen. Das taten sie denn auch, in Scharen, und so besteht Paterson nun zur überwältigenden Mehrheit aus Afroamerikanern. Die Häuser sind noch ganz die Alten, nur die Menschen sehen anders aus.

Mich erfüllt es mit großem Stolz, dass meine Eltern nie den Massen über den Fluss gefolgt sind, und gleichzeitig erfüllt es mich mit einer gewissen Scham, dass ich es dann doch tat. Aber ich liebe dieses Haus und die Gegend, und ich liebe meine Eltern umso mehr dafür, dass sie es nicht verlassen haben.

Ich fahre zum Haus meiner Kindheit; Tara sitzt neben mir auf dem Beifahrersitz und schaut sich aus dem Fenster heraus die Gegend mit einem prüfenden Blick an, so als wolle sie hier ein Grundstück erwerben. Als wir vor dem Haus aussteigen, in dem nun keine Angehörigen mehr wohnen, muss ich tief durchatmen. Wir gehen die Stufen zur Veranda hinauf, auf denen ich mich beim Stoopball-Spielen mit Ruhm bekleckert habe. Wir treten unter das Vordach, von wo aus ich immer die Sommergewitter beobachtet und fasziniert zugeschaut habe, wie die Regentropfen so hart auf den Boden aufschlugen, dass das Wasser zehn Zentimeter zurück in die Luft sprang.

Dann gehen wir hinein. Selbst mit verbundenen Augen könnte ich jeden Quadratzentimeter des Hauses beschreiben, könnte jedes Möbelstück aufzählen, das je darin gestanden hat; dabei kann ich mich kaum mehr daran erinnern, wie die Häuser aussahen, in denen ich seither gewohnt habe.

Nun setzt der Schmerz in meinem Magen ein und bohrt sich dann weiter ins Innere. Als ich im Wohnzimmer ankomme, hat er zuvor unergründete Tiefen erreicht, aber ich bin fest entschlossen, ihm nicht nachzugeben. Mein Entschluss hält etwa acht Sekunden an, dann beginne ich zu schluchzen. Tara kuschelt sich an mich, um mir zu zeigen, dass sie mich liebt und für mich da ist. Ich frage mich, ob sie merkt, wie sehr mir das hilft; ich denke, sie spürt es. Die Kraft der Liebe eines Hundes ist erstaunlich.

Ich fange mich wieder und mache mich an die Arbeit. Mein Vater hat alles in vier Aktenschränken in seinem Büro aufbewahrt und die nächsten drei Stunden gehe ich verschiedenste Unterlagen und Urkunden durch. Alles scheint ordentlich und organisiert zu sein; so war mein Vater, das war für ihn ganz selbstverständlich. Meine (sogar mir selbst gegenüber) uneingestandene Befürchtung, dass ich etwas Unangenehmes (einen alten Liebesbrief an eine Geliebte?) finden könnte, weicht bald fast einer Art Langeweile, während ich das Material durchforste.

Ich glaube mich daran zu erinnern, dass auf dem Dachboden noch eine Menge Sachen verstaut sind, also hole ich mir eine Leiter und steige hinauf. Es ist staubig; oft kam hier offensichtlich niemand herauf. Kartons mit alten Unterlagen, Büchern, Fotos und Erinnerungsstücken stehen herum, und ehe ich mich versehe, bin ich auch schon ins Lesen vertieft. Mit plötzlichem Schuldgefühl wird mir klar, dass ich mein eigenes Leben nicht auf ähnliche Weise aufgezeichnet habe, und mir wird traurig bewusst, dass es niemanden gibt, der dies einmal bemerken wird.

Viele Gegenstände rufen alte Erinnerungen wach, auch wenn manche davon auf Geschehnisse vor meiner Zeit verweisen. Ein vergilbter Zeitungsausschnitt von dem Tag, an dem mein damals dreizehn Jahre alter Vater im Eis eines kleinen Teiches in seinem Heimatort eingebrochen war, fällt mir in die Hände, zusammen mit dem Foto eines triefenden Philip, der ihn heldenhaft herausgezogen hatte. Von diesem Vorfall hatte mir mein Vater vielleicht ein halbes Dutzend Mal erzählt; er rechnete es Philip hoch an, dass er ihm das Leben gerettet hatte. Überraschenderweise habe ich Philip nie davon sprechen gehört, obwohl es doch sicher seinem politischen Renommee genutzt hätte.

Ich greife nach einem Foto meiner Eltern am Strand. Mir fällt daran besonders auf, dass die beiden zusammen eine ungeheure Harmonie ausstrahlen; ich kann mich nicht daran erinnern, dass es je anders gewesen wäre. Wenn man ihre jugendlich wirkenden Gesichter betrachtet, verwundert es, dass sie nicht mehr da sind, ja sogar, dass sie jemals in dieser Form existiert haben.

Das Foto ist eingerahmt, und als ich es zurücklegen will, entdecke ich, dass da wohl noch etwas dahinter versteckt ist. Ich nehme den Rahmen auseinander und hole ein anderes Bild hervor, auf dem vier Männer zu sehen sind; gut gelaunt und lachend posieren sie, den Arm einander um die Schultern gelegt, für das Foto. Alle sind so Anfang zwanzig und mein Vater ist einer von ihnen. In der Auffahrt hinter ihnen stehen zwei typische Autos aus den Sechzigern, eines ist von der Seite zu sehen, das andere von vorn.

Das Schwarzweißfoto war abends aufgenommen worden, und die jungen Männer wirken ausgelassen, vielleicht sogar angetrunken. Im Hintergrund sieht man Bäume und eine große gepflegte Rasenfläche, aber ich erkenne den Ort nicht.

Ich will das Foto gerade wieder weglegen, muss aber plötzlich stutzen und schaue noch mal genauer hin. Einer der Männer sieht aus wie Victor Markham, ein steinreicher und sehr einflussreicher Industrieller hier in der Gegend. Ich habe Markham nie persönlich kennen gelernt, doch für den Mord an der Freundin seines Sohnes war mein Mandant Willie Miller vor Jahren verurteilt worden. Obwohl mein Vater bei dem Fall ursprünglich die Anklage vertreten hatte, war mir bis jetzt nicht bewusst gewesen, dass er Victor Markham als jungen Mann kannte. Merkwürdig, dass er das nie erwähnt hat.

Der Fall Miller zwingt mich auch schließlich zum Aufbruch. Ich stecke das Foto ein und gehe. Heute Nachmittag muss ich noch ins Gefängnis zu meinem Mandanten, um ihn über den aktuellen Stand der Dinge zu unterrichten. Mit hoher Wahrscheinlichkeit ist er einer von denen, die der Todesspritze nicht entgehen werden, daher finde ich, dass er wohl das Recht dazu hat.

Nachdem ich Tara heimgefahren habe, mache ich mich auf zum Gefängnis, das eine knappe halbe Stunde von Paterson entfernt in der Nähe des Newark Airport liegt. Irgendwie ein sadistischer Ort, denn die Gefangenen müssen ständig mit anhören, wie die in Freiheit Lebenden im wahrsten Sinne des Wortes in den Himmel aufsteigen. Ihr Dasein im Käfig muss ihnen dadurch nur noch stärker bewusst werden. Andererseits müssen sie dafür nie den Flugzeugfraß essen.

An die Besuche in den Todeszellen werde ich mich wohl nie gewöhnen und empfehlen kann ich es überhaupt nicht. Das Erste, was mir daran immer auffällt, ist die peinliche Sauberkeit, die dort herrscht. Welche Ironie. Die Menschen, die hier untergebracht sind, werden als der dreckigste Abschaum der Gesellschaft angesehen, der es nicht einmal wert ist, zu leben, und doch wird ihr »Haus« mit einem Eifer sauber gehalten, den man diesseits von Disneyland kein zweites Mal findet.

Gänzlich grau scheint dieser Ort zu sein, so als würde ich ihn durch eine Schwarzweißbrille betrachten. Der Geruch von Hoffnungslosigkeit ist allgegenwärtig; es kommt mir vor wie in dem Tierheim, in dem ich Tara gefunden habe. Alle warten in ihren Käfigen nur darauf, zu sterben, und sie wissen, dass niemand kommen wird, um sie freizulassen.

Ich lasse die Anmeldung über mich ergehen und warte, bis mich der Wärter Danny abholt, um mich zu dem entsprechenden Trakt zu bringen. Danny und ich kennen uns mittlerweile schon, und ich bin fasziniert von seiner Fähigkeit, sich in dieser tristen Umgebung einen Sinn für Humor zu bewahren. Er ist jetzt nicht gerade ein Sitcom-Genie wie Jerry Seinfeld, aber er macht seine Sache ganz gut.

Wir gehen einen Flur entlang, der auf beiden Seiten von Zellen gesäumt ist, genauso wie man es in den Filmen sieht, und währenddessen rufen die Insassen höhnische Bemerkungen über Juristen im Allgemeinen und über mich im Besonderen. Nichts davon ist schmeichelhaft, manches eindeutig widerlich.

Danny amüsiert sich darüber. »Die kennen Sie allmählich ziemlich gut.«

Ich nicke nur und beschleunige meinen Schritt; mir ist nicht nach Geplänkel zumute.

Schließlich erreichen wir die Zelle von Willie Miller, den kleinen eisernen Kasten, in dem er die vergangenen sieben Jahre verbracht hat. Er ist sehr muskulös und hält sich durch Training topfit. Mir fehlt die Selbstdisziplin für Sport, obwohl ich weiß, dass es mir dazu verhelfen würde, ein längeres und gesünderes Leben zu führen. Willie steht kurz vor seiner Hinrichtung und lässt keinen Tag ohne Training vergehen.

Willie reagiert nie auf mein Eintreffen, erst wenn ich in der Zelle drinnen bin, und auch dieses Mal ist es nicht anders. Ich warte darauf, dass Danny die Tür öffnet, doch stattdessen zieht er einen Metallstuhl heran und stellt ihn vor die Zelle.

Ich schaue ihn verwirrt an. Er erklärt: »Keinen direkten Kontakt mit Besuchern in den letzten zwei Monaten.« Er bezieht sich auf die Zeit, die Willies Leben noch dauern wird, und um Willies willen bin ich aufrichtig empört.

»Ich wurde durchsucht und durch einen Metalldetektor geschickt. Habt ihr Angst, dass ich ihm meine Zähne zustecke, damit er die Gitterstäbe durchbeißen kann?«

»Vorschriften sind Vorschriften, Andy.«

Ich sehe ihm an, dass er sich beschissen dabei fühlt, und ich fühle mich ebenfalls beschissen, weil ich der Grund dafür bin. Aber ich mache weiter, denn Willie fühlt sich am beschissensten von uns allen.

»Sind Sie sicher? Vorschriften sind Vorschriften?«

»Stimmt genau.«

»Haben Sie einen Stift? Denn das muss ich mir aufschreiben. ›Vorschriften sind Vorschriften‹«, wiederhole ich. »Was für ein toller Spruch. Darf ich den auf Cocktailpartys benutzen?«

Er ist nicht in Stimmung für meinen Quatsch. »Rufen Sie mich, wenn Sie mich brauchen«, sagt er und geht.

Ich drehe mich zu Willie um, der am anderen Ende seines Zuhauses auf seiner Pritsche sitzt, und das bedeutet, er ist knapp zweieinhalb Meter von mir entfernt. »Wie geht's Ihnen heute, Willie?« Eine unschuldige Frage, aber sie löst einiges aus.

Er steht auf und kommt mit provozierendem Gestus auf mich zu. Den Bruchteil einer Sekunde bin ich froh, dass Danny mich nicht in die Zelle gelassen hat.

»Was für einen Unterschied macht das denn? Glauben Sie, dass nächstes Jahr jemand sagen wird: ›Mann, ich frage mich, wie Willie sich siebenundfünfzig Tage bevor sie ihn kaltgemacht haben, wohl gefühlt hat‹?«

»Was hat die Todeszelle nur an sich, dass die Leute darin immer so gereizt sind?«

Willie guckt mich kurz an und lacht dann. Das Merkwürdige daran ist, dass ich seine Reaktion vorausgesehen habe.

Ich kenne und mag Willie und außerdem halte ich ihn genauso für unschuldig wie meine übrigen Mandanten.

»Mann, Sie sind ein Spinner, wissen Sie das? Aber klar, wenn ich einen Anwalt hätte und keinen Spinner, dann wäre ich jetzt nicht hier.«

Dieser Spruch ist mir mittlerweile vertraut und ich gebe die gewohnte Antwort. »Muss ich Sie daran erinnern, dass ich nicht Ihr Anwalt war, als Sie hierher geschickt wurden? Ich habe lediglich Ihre Berufung in die Hand genommen. Ein kleiner, aber bedeutender Unterschied.«

Willie sieht sich in seiner Zelle um. »Sie scheinen diese Berufung nicht allzu gut zu machen«, lautet seine logische Antwort.

»Weil das Oberste Gericht dieses Staates nichts als Mist baut.«

»Auch so ’n weißer Quatsch«, sagt er.

»Haben Sie schon mal von Clarence Thomas gehört?«, entgegne ich.

»Nein, für wen spielt der?«

Ich lache so laut auf, dass es durch die Flure hallt. Willie weiß verdammt gut, wer Clarence Thomas ist, er hat jedes einzelne Schriftstück zu seinem Fall gelesen und kennt den Namen des Richters, der vielleicht eines Tages die endgültige Entscheidung treffen wird.

Scheinbar zufrieden darüber, dass er mich zum Lachen gebracht hat, kommt er auf den Punkt. Einen Punkt, den wir schon öfter besprochen haben.

»Bekommen wir das neue Verfahren?«

»Die Entscheidung des Berufungsgerichts müsste jederzeit gefällt werden.«

»Gewinnen wir?«

»Ich glaube schon«, sage ich. »Aber selbst wenn wir das

Verfahren bekommen, sitzen wir immer noch ziemlich in der Scheiße.«

»Ich verliere also einfach wieder?«, fragt er.

Ich stelle mich dumm. »Verlieren? Hat da jemand ›verlieren‹ gesagt? Ich weiß, dass ich das Wort schon mal gehört hab, aber irgendwie ist es mir nicht vertraut.«

»Dann sehen Sie mal zu, dass das auch so bleibt.«

Bisher sind die Einzelheiten von Willies Fall zwischen uns noch nicht so richtig zur Sprache gekommen, da ich mich ganz auf die formale Seite der Berufung konzentrieren musste. Wir haben eine Reihe von Argumenten vorbereitet, aber das Beste ist die Tatsache, dass eine der Geschworenen in Willies Prozess eindeutig gelogen hat, indem sie verschwieg, dass ihr Bruder Polizist war. Und noch wichtiger: dass ihr Bruder sechs Monate zuvor in Ausübung seines Dienstes getötet worden war. Das weckt sicher nicht gerade Sympathie für den Angeklagten.

Aber wenn wir ein neues Verfahren bekommen, dann gilt es, keine Zeit zu verlieren. Ich beschließe, mich behutsam vorzutasten, da wir sonst nicht viel zu bereden haben. »Sie werden mir schon mehr helfen müssen, als Sie das bei Ihrem letzten Anwalt getan haben.«

Er wird hellhörig. »Was zum Teufel soll denn das jetzt wieder heißen? Ich kann Ihnen auch nicht mehr erzählen, als ich ihm gesagt hab.«

»Nur, weil ich meine geschickten, bohrenden Fragen noch nicht gestellt habe.«

»Warum fragen Sie nicht einfach Ihren Vater? Er war sich verdammt sicher, dass er alles wusste, was damals in dieser Nacht passiert war.«

Es ist sicherlich nicht ohne Präzedenzfall, dass ein Insasse der Todeszelle einen gewissen Groll gegenüber dem Anklagevertreter hegt, der ihn dorthin gebracht hat, und Willie hat aus seinem Hass für meinen Vater nie einen Hehl gemacht. Deshalb dauerte es auch länger als üblich, bis Willie und ich ein gegenseitiges Vertrauen aufgebaut hatten.

Offensichtlich hat er vom Gang der Ereignisse nichts mitbekommen und sehe keinen Grund, warum ich sie ihm verheimlichen sollte. »Mein Vater ist letzte Woche gestorben.«

In Willies Gesicht spiegeln sich seine Gefühle wider beziehungsweise der Mangel an Gefühlen, als er diese Nachricht vernimmt. Kein Bedauern, kein Triumph, kein gar nichts. »Tut mir Leid für Sie, Mann«, sagt er.

Ich nicke dankend. »Sind Sie bereit?«

»Bereit.«

»Okay«, sage ich, »fangen wir mit etwas Leichtem an. Haben Sie sie umgebracht?«

Ich stelle diese Frage fast nie, denn wenn der Mandant sie bejaht, ist es mir untersagt, ihm zu gestatten, sie im Prozess zu verneinen. Verleitung zum Meineid nennt sich das. Der Grund dafür, dass ich jetzt frage, liegt darin, dass ich seine Antwort bereits kenne. Dadurch klingt sie aber nicht angenehmer.

»Ich hab nicht den geringsten Schimmer.«

Von da an kommen wir nicht mehr weiter. Willie war in jener Nacht vollkommen betrunken, hat überhaupt keine Erinnerung mehr an das, was geschehen ist. Aber er hat in seinem ganzen Leben zuvor keine Gewalttat begangen, abgesehen von ein paar Straßenschlägereien. Er würde – er könnte nie eine Frau umbringen.

Wir kommen nicht sehr weit, doch das ist im Moment kein großes Problem, da wir noch nicht einmal wissen, ob wir überhaupt ein neues Verfahren bekommen. Die einzige Tatsache, die das Gespräch für mich bestätigt, ist der Umstand, dass Willie nie in irgendeinem Prozess aussagen wird, in dem ich sein Anwalt bin. Denn eine Verteidigung, die auf der Aussage »Ich war zu besoffen, um mich daran zu erinnern, ob ich es war« aufbaut, ist nicht gerade sehr aussichtsreich.

Nach weiteren zwanzig Minuten ohne irgendwelche Fortschritte fahre ich nach Hause, wo ich Nicole beim Kochen antreffe. Das an sich ist ein seltenes Ereignis; Nicole kann drei verschiedene Gerichte machen, das beste davon ist ein Thunfisch-Sandwich. Aber jetzt kocht sie gerade Spaghetti, das bedeutet, sie versucht sich zu »ändern«, und das wiederum bedeutet, dass mir jetzt gar nichts anderes übrig bleibt, als wirklich grauenhafte Spaghettis zu essen.

Außerhalb der Küche läuft es relativ gut zwischen uns. Wir sind uns beide darüber im Klaren, dass wir eine Testphase durchlaufen, was nicht viel Raum für Spontaneität lässt, aber ich stimme ihrer Einschätzung zu, dass wir Fortschritte machen. Sex hatten wir bisher nicht, und das zeigt, wie begrenzt diese Fortschritte sind, aber ich denke, das kriegen wir auch noch hin.

Wenn wir keine gemeinsame Vergangenheit hätten, bin ich mir nicht sicher, ob wir uns jetzt heftig ineinander verlieben würden. Aber wir haben eine gemeinsame Vergangenheit, und ich bin einfach nicht bereit, sie aufzugeben. Laurie gegenüber habe ich das noch nicht erwähnt, und ich rede mir ein, das liegt daran, weil ich sie noch nicht gesehen habe. Ich sage mir auch, dass ich ihr nichts schuldig bin, dass wir uns zu nichts verpflichtet haben, aber dennoch kann ich nicht so richtig umhin, mich zu fühlen wie ein Arschloch.

Am nächsten Morgen muss ich im Büro von Roger Sandberg vorbeischauen. Roger ist als »der Anwalt der Anwälte« bekannt und jahrelang hat er persönlich viele der Topanwälte unserer Gegend vertreten. Er und mein Vater waren zwanzig Jahre lang enge Freunde gewesen und mein Vater vertraute Roger sein Leben an. Da er sein Leben nicht mehr hat, bin ich nun hier.

Vereinbart haben wir diesen Termin, um den Nachlass und die im Testament meines Vaters festgehaltenen Bestimmungen zu besprechen. Ich komme zehn Minuten zu früh und fange an, in einer der Zeitschriften zu lesen, die im Wartezimmer liegen. Aus irgendeinem Grund befinden sich in jeder Arztpraxis, bei jedem Zahnarzt und jedem Anwalt, bei denen ich verkehre, immer nur Zeitschriften, die älter als vier Monate sind. Wohin verschwinden die Zeitschriften direkt nach ihrem Erscheinen? Gibt es ein Publikationsfegefeuer, in dem sie verharren müssen, bis ihre Informationen nicht mehr aktuell sind?

Ich greife nach einer sechs Monate alten *Forbes*. Darin wird vorausgesagt, dass die Kurse steigen – eine Voraussage, die sich als falsch erwiesen hat. Ich bin froh, dass ich das nicht vor sechs Monaten gelesen habe.

Die Tür zu Rogers Büro geht auf und er begrüßt mich. Roger ist ein sehr vornehm aussehender Mann mit einem freundlichen Lächeln und einer gewandten Art. Er ist die Inkarnation von Unerschütterlichkeit, nicht schlecht für jemanden, der fünf Mal verheiratet war. Ich habe nur eine problembeladene Ehe auf dem Buckel und ich bin von Grund auf erschüttert.

»Tut mir Leid, dass du warten musstest, Andy.«

Roger gibt mir die Hand und umarmt mich anschließend, genau so, wie er mich auf der Beerdigung umarmt hat. Ich bin kein großer Fan von Umarmungen, aber ich erwidere sie.

»Kein Problem.«

Wir tauschen höfliche Floskeln über seine Frau und seine Kinder aus, die ich alle kaum kenne, und er fragt nach meiner Kanzlei. Ich rede kurz darüber, woraufhin sein Blick starr wird. Strafrecht ist nicht Rogers Ding.

Wir gehen in sein Büro und er bietet mir einen Platz auf dem Sofa an. Er geht zu seinem Schreibtisch und fängt an, die Unterlagen zusammenzusuchen, die er mir zeigen will. Er geht mit juristischen Papieren so um wie ein Geber in Las Vegas mit Karten … gewandt, ohne überflüssige Gesten.

»Roger, bevor wir anfangen, möchte ich dich noch etwas fragen. Hat mein Vater dir gegenüber je Victor Markham erwähnt?«

Ihn scheint die Frage zu überraschen. »Natürlich, weißt du das nicht mehr? Er hat doch vor einigen Jahren bei dem Mord die Anklage vertreten … als die junge Frau in dieser Bar ermordet wurde. Ich glaube, das Opfer war die Freundin von Markhams Sohn.«

»Ich weiß. Ich hab die Berufung beantragt.«

»Wirklich? Wusste dein Vater das?«

Ich nicke. »Und ob. Er hat mich sogar darum gebeten.«

»Soweit ich weiß, kannte Nelson Victor Markham jedenfalls seit dieser Sache«, sagt er.

»Ich rede von viel früher – vor fast vierzig Jahren. Ich bin mir ziemlich sicher, dass er einer der Leute auf einem Foto ist, das ich auf dem Dachboden gefunden hab. Dad war auch auf dem Foto.«

»Das hat er mir gegenüber nie erwähnt. Aber anscheinend gab es eine Menge Dinge, die ich über deinen Vater nicht wusste.«

Damit hat Roger soeben eine Lunte angezündet, und ich kann jetzt nur noch darauf warten, dass die Funken das Dynamit erreichen und es explodiert. Er würde eine solche Bemerkung sicher nicht machen, wenn er mir nichts Bedeutendes zu erzählen hätte. Mich überkommt das ungute Gefühl, dass es mir nicht gefallen wird. Ich spüre deutlich, dass mir davor graut, also tue ich einen so tiefen Atemzug, dass ein Großteil der Luft aus dem Raum gesogen wird.

»Was meinst du damit?«

Er blickt mir direkt in die Augen. »Die Höhe des Vermögens im Nachlass deines Vaters hat mich sehr überrascht. Sehr überrascht.«

Jetzt kann ich wieder ausatmen; erleichtert vernehme ich, dass es um Geld geht. Mir geht es gut genug, und ich brauche wirklich kein Erbe, um über die Runden zu kommen. Aber ich bin dennoch genauso überrascht.

»Wirklich? Dad ist immer sehr vorsichtig mit seinem Geld umgegangen.«

Er nickt. »Kann man wohl sagen.«

»Wie viel ist übrig, Roger?«

Er atmet tief durch und lässt den Sprengsatz hochgehen. »Zweiundzwanzig Millionen.«

»*Zweiundzwanzig Millionen Dollar?*«, stoße ich hervor.

»Und ein paar Zerquetschte.« Er schaut auf die Unterlagen. »Die Zerquetschten belaufen sich auf 432 574 Dollar.«

Mir gehen noch im gleichen Moment drei Möglichkeiten durch den Kopf, beginnend mit der wahrscheinlichsten. Erstens: Roger hat sich geirrt. Zweitens: Roger beliebt zu scherzen. Drittens: Ich bin reich! Ich bin reich! Ich bin reich!

Ich stehe unvermittelt auf, ohne selbst recht zu wissen warum. »Das kann nicht sein, Roger. Das ist eine angenehme Vorstellung, aber es ist einfach unmöglich.«

»Du hattest keine Ahnung davon, dass er so viel Geld hatte?«

»Das hatte er auch nicht«, behaupte ich eisern. »Ich weiß, dass er im Laufe der Jahre ein paar gute Investitionen gemacht hat, aber nicht in diesem Umfang. Das hätte er mir gesagt. Er hätte mir das Taschengeld erhöht.«

»Was soll ich sagen, Andy? Es gibt nichts daran zu rütteln.«

Meine Beine scheinen unter mir nachzugeben und ich sacke zurück auf die Couch. Roger bringt mir die Geschäftsbücher und geht sie mit mir durch, bis ins letzte Detail, und es besteht kein Zweifel. Ich bin tatsächlich reich.

Es ist nicht sofort ersichtlich, woher das Geld kam, aber von besonders cleveren Investitionen scheint es nicht gerade zu stammen. Das Geld ist in langfristigen steuerfreien Kommunalanleihen festgelegt und bringt wesentlich weniger Zinsen ein, als es anderweitig erzielen könnte.

Nichts davon ergibt einen Sinn, also entschließe ich mich nachzuforschen und fasse den logischen Entschluss, meine Detektivin damit zu beauftragen. Ich rufe Laurie von Rogers Büro aus an und erzähle ihr, was ich soeben erfahren habe und wie reich ich nun bin.

»Da bist du ja plötzlich viel attraktiver geworden, du begehrenswerter Superman«, säuselt sie.

Da ich ihr noch nichts von Nicole erzählt habe, scheint

mir dies nicht der richtige Moment für erotisch angehauchte Neckereien. Also lasse ich es bleiben, und sie verspricht mir, der Sache sofort auf den Grund zu gehen. Daran habe ich auch keinen Zweifel.

Als ich nach Hause komme, erzähle ich Nicole die Neuigkeit und sie ist ebenso überrascht wie ich. Mein Vater war eigentlich der letzte Mensch, von dem man erwartet hätte, dass er ein Geheimnis von so großer Tragweite vor seiner Familie verborgen hält, und ich muss davon ausgehen, dass meine Mutter ebenfalls keine Ahnung hatte. Sie war von ihrer Veranlagung her unfähig, ein Geheimnis zu wahren, und hätte mir prompt alles haarklein erzählt.

Normalerweise gibt es nichts, was mir den Schlaf raubt. Meine Fähigkeit, wie auf Befehl einzuschlafen, ist ein Segen, den ich allerdings nie als selbstverständlich hingenommen habe. Aber in dieser Nacht wälze ich mich bis in die frühen Morgenstunden hin und her.

Nicht einmal Tara kann ich streicheln, da sie nicht mehr bei mir im Bett liegt; seit Nicoles Rückkehr wurde sie dazu verdonnert, auf einer Steppdecke auf dem Boden zu schlafen. Ich könnte Nicole streicheln, aber sie würde vielleicht mehr hineininterpretieren, als mir lieb wäre. Also liege ich einfach mit offenen Augen da und starre an die Decke. Waise, Ehemann und Multimillionär in ein und derselben Woche zu werden, scheint bei mir einigen Stress auszulösen.

Am nächsten Morgen gehe ich zum ersten Mal seit der Beerdigung wieder in die Kanzlei. Als ich eintreffe, löst meine Empfangsdame und Sekretärin Edna Kreuzworträtsel. Edna ist sechsundsechzig Jahre alt, und sie verkündet stolz bei jeder Gelegenheit, dass sie seit ihrer Kindheit jeden Tag gearbeitet hat. Und doch hat sie in den fünf Jahren, die sie bei mir ist, noch keinen einzigen Tag richtig gearbeitet. Wer jetzt meint, ich würde ihr das jemals unter die Nase reiben, kennt weder sie noch mich.

Wenn man Edna so zuhört, muss sie wohl eine der größten Familien in den Vereinigten Staaten haben. Man kann nichts erwähnen, sei es eine Begebenheit, einen Beruf, ein Talent, ein Gebrechen … egal was, auf irgendein Mitglied von Ednas Familie trifft es ebenfalls zu. Ihre einzige Gemeinsamkeit scheint darin zu bestehen, dass sie Edna permanent gut zureden, sich bloß nicht zu überarbeiten. Wenn ich vor ihnen allen eine Rede halten könnte – und ein Ort von der Größe des Yankee Stadium wäre dafür nötig –, dann würde ich ihnen versichern, dass sie sich ihren Ratschlag zu Herzen genommen hat. Edna macht vieles, aber arbeiten gehört nicht dazu.

Aber was man auch immer über Edna sagen mag, sie ist das größte Genie in Sachen Kreuzworträtsel, das dieses Land je hervorgebracht hat. Es ist erstaunlich: Sie löst das Rätsel in der *New York Times* in weniger als zwanzig Minuten. Oft lässt sie sich über die Ungerechtigkeit der Welt aus: Michael Jordan hat Millionen gescheffelt, weil er besser Basketball spielte als alle anderen, sie hingegen bekommt nichts für die Hochleistungen in ihrer gewählten Disziplin. Sie schwört, dass sie den Tag noch erleben wird, an dem im Madison Square Garden vor einer kreischenden Menge die Meisterschaften im Kreuzworträtsellösen ausgetragen werden und an dem sie riesige Sponsorenverträge mit Bleistiftherstellern abschließen wird.

Ich bin früh im Büro und versuche mich zu entspannen, was mir immer am besten mit einem guten Socken-Basketballspiel gelingt. Ich nehme mir ein Paar aufgerollter Socken (die ich eigens zu diesem Zweck im Büro aufbewahre) und versuche, die Rahmenleiste über der Tür zu treffen. Ich muss das Dribbeln vortäuschen, da man aufgerollte Socken nicht gut prellen kann, und denke mir bestimmte Spielsituationen aus.

Jetzt bin ich gerade mitten in einem spannenden Spiel, was durch die Tatsache, dass ich gleichzeitig auch als Kommentator fungiere, noch schwieriger wird.

»Carpenter täuscht links an, die 24-Sekunden-Uhr ist aus, die Spieluhr ist runter auf zehn, seine Mitspieler haben den Weg frei gemacht, ihm Platz verschafft … Carpenter liebt es, den letzten Wurf zu machen … bei zwei Punkten herrscht Gleichstand, bei drei gewinnen sie. Das Publikum ist aufgesprungen.«

Edna sieht ohne erkennbare Gefühlsregung und von meinem Können gänzlich unbeeindruckt zu, denn wie sie mir zuvor erzählt hat, wurde Socken-Basketball von ihrem Onkel Irwin erfunden. Die Tür geht auf und Laurie kommt mit einer riesigen Wassermelone auf dem Arm herein. Nicht einmal das reicht, um meine Konzentration zu schwächen.

»Carpenter macht einen Vorstoß, noch drei Sekunden. Er dreht sich, springt ab, wirft … und trifft!« Der Ball war tatsächlich drin, aber ich bin noch nicht fertig. Ich warte einen Augenblick ab, um die Wirkung noch zu steigern.

»Und Foul!«

Ich gehe zu meinem nichtexistenten Gegner und stelle mich direkt vor sein nichtexistentes Gesicht.

»Du kannst mich mal, du kleiner Hüpfer! Du kannst mich mal!«, schnauze ich ihn an.

Laurie hat es schließlich geschafft, die Wassermelone auf einem Tisch abzulegen, und dreht sich zu mir und meinem erfundenen Gegner um. »Ich glaube, du hast ihm ordentlich Angst eingejagt.«

»*Ihr*. Ich hab *ihr* Angst eingejagt«, erwidere ich. »Ich verbinde meine sportlichen und sexuellen Fantasien. Das spart Zeit.«

Laurie sieht sich wie immer im Büro um, wobei sich ihr Missfallen angesichts der Unordnung, die ich angerichtet habe, in ihrem Gesicht widerspiegelt.

»Hier sieht's aus wie auf einer Müllhalde«, sagt sie ziemlich zutreffend.

»Hast du deshalb eine vierhundert Pfund schwere Wassermelone mitgebracht? Um mein Büro aufzuwerten?«

Wir wissen beide, dass Sofía Hernández, die Besitzerin des Obstladens unten an der Straße, uns die Wassermelone als Rate für die Verteidigung ihres Sohnes gegeben hat. Ich hätte lieber Pfirsiche gehabt, aber es ist nicht gerade die Saison dafür.

»Irgendwann wirst du vielleicht mal richtiges Geld als Bezahlung nehmen. Obwohl du es ja nicht brauchst, so reich, wie du jetzt bist.«

Das reicht, um mich aufhorchen zu lassen und den Sockenknäuel aus der Hand zu legen. Ich gehe zu ihr und feuere schon auf dem Weg meine Fragen ab.

»Hast du das Geld überprüft? Woher hatte er es? Gehört es wirklich mir?«

»Ja. Weiß ich nicht. Ja.«

Ich konzentriere mich auf die negative Antwort. »Du weißt nicht, woher er es hatte?«

Laurie nimmt sich eine Cola light aus dem kleinen Kühlschrank und öffnet die Dose mit einem Zischen, bevor sie antwortet: »Richtig. Aber ich weiß, *wann* er es bekommen hat. Vor fünfunddreißig Jahren. Ursprünglich waren es mal zwei Millionen.«

Das Ganze nimmt langsam nicht nur seltsame, sondern geradezu absurde Züge an. Vor fünfunddreißig Jahren war mein Vater Mitte zwanzig und steckte im Jurastudium. Wie zum Teufel kam er an zwei Millionen Dollar heran?

Laurie erzählt weiter: »Es wird noch merkwürdiger. Er hat die Anleihen nie angerührt, in all den Jahren nicht ein einziges Mal. Das Kapital wuchs einfach nur durch die Zinsen.«

»Aber er spielte für sein Leben gern an der Börse. Als er in Rente ging, saß er immer den ganzen Tag vor dem Fernseher und beobachtete den dämlichen Ticker, der über den Bildschirm lief.«

Sie schüttelt den Kopf. »Mit diesem Geld nicht. Die Vermögensverwalter wurden angewiesen, nie neue Investitionen vorzuschlagen ... ihnen wurde gesagt, dass sie ihn nicht einmal anrufen dürften und so tun müssten, als gäbe es das Geld gar nicht.«

»Hast du mit denen geredet?«

Sie nickt. »Nicht mit denselben Leuten, die damals dort gearbeitet haben, aber die Anordnungen wurden weitergegeben und es hat sie nie jemand in Frage gestellt. Kein einziger Mensch von dieser Firma hat je mit deinem Vater über das Geld geredet.«

»Ich muss herausfinden, woher er das Geld ursprünglich hatte.«

Laurie hat die ärgerliche Angewohnheit, Informationen immer nur häppchenweise herauszurücken, und genau das macht sie jetzt wieder. »Die Geschichte wird noch verzwickter. Aus den Unterlagen der Finanzmakler geht hervor, dass es ein einziger Bankscheck war ... also gibt es keine Möglichkeit, das Geld auf diesem Weg zurückzuverfolgen.«

Das ist unglaublich frustrierend, also verbringen Laurie und ich die nächsten zehn Minuten mit einem Brainstorming darüber, wie wir an weitere Informationen kommen könnten. Gemeinsam gelangen wir zu dem Schluss, zu dem sie bereits selbst gekommen war: Der einzige Weg, um mehr herauszufinden, liegt darin, das Leben meines Vaters zu überprüfen.

Laurie ist der Meinung, dass ich lieber die Finger davonlassen sollte, dass ich nichts zu gewinnen habe, wenn ich weiterforsche. Dabei schwingt die unausgesprochene Befürchtung mit, dass es etwas zu verlieren gäbe, dass mein Vater für dieses Geld etwas getan haben könnte, was so verwerflich war, dass er sich fünfunddreißig Jahre lang nicht dazu überwinden konnte, darüber zu reden oder es überhaupt anzurühren.

Die Vorstellung, weitere Nachforschungen anzustellen, ist beängstigend, aber ich habe keine andere Wahl. Ich möchte nicht das Gefühl haben, einen wichtigen Teil meines Vaters nicht zu kennen, obwohl die Tatsachen eindeutig dafür sprechen, dass es so ist. Wir besprechen, wie wir vorgehen wollen, und ich bin der Meinung, dass ich in dieser Sache das meiste erledigen sollte und nicht Laurie.

Das Telefon klingelt, und wir warten darauf, dass Edna das Gespräch annimmt. Beim vierten Klingeln ist klar, dass sie es nicht tun wird; 48 horizontal scheint ihre enorme Konzentrationsfähigkeit voll zu beanspruchen. Ich nehme den Hörer ab und schrecke auf, als ich höre, dass der Sekretär von Richter Henderson am Apparat ist. Henderson will mich im Fall Miller sehen. Das kann nur bedeuten, dass das Berufungsgericht seine Entscheidung gefällt hat.

Ich schnappe mir meine Jacke und gehe zur Tür. Laurie folgt mir und fragt, ob es bei unserem Abendessen heute bleibt. Die Stunde der Wahrheit ist gekommen und ich verschlucke mich fast an meiner eigenen Zunge.

»Laurie … Nicole ist wieder in der Stadt … wir … die Situation …« Gesprochen klingen meine Worte noch jämmerlicher, als wenn man sie liest.

Sofort wird ihr Tonfall drängend. »Raus mit der Sprache, Andy. Nicole ist wieder in der Stadt, und was bedeutet das?«

»Ich weiß es nicht genau. Ein Teil von mir sagt, dass es vorbei ist, und der andere hat das Gefühl, dass ich erst mal abwarten sollte, wie es sich entwickelt.«

»Und du glaubst, ich warte geduldig, während deine Teile das ausdiskutieren? Vergiss es, Andy.«

»Ich weiß, das ist schwer … aber versuch doch mal, mich zu verstehen …« Ich zapple wie ein Fisch an der Angel, doch sie macht keine Anstalten, mich vom Haken zu lassen.

»Oh, ich verstehe sehr wohl. Ich verstehe, dass deine Frau – die Frau, die dich hat sitzen lassen – sich entschlossen hat, dir vielleicht noch mal eine zweite Chance zu geben, und du springst sofort darauf an. Mach das, aber ohne mich.«

Ich stammele noch ein paar Worte, doch sie unterbricht mich abweisend, dass Henderson nicht gerne wartet. Das entspricht zum einen der Wahrheit, zum anderen ist es ein Akt der Gnade, denn so kann ich mit dem bisschen Würde, das mir noch bleibt, meinen Abgang machen.

Obwohl ich nicht direkt in den Gerichtsaal, sondern nur in das Büro des Richters gehe, will ich den Aberglauben-Gott nicht unnötig reizen und lege noch bei dem Zeitungsladen von Cal Morris einen Stopp ein. Die Zeitung von heute habe ich schon, also nehme ich mir eine *Baseball Weekly*, die ich nie lesen werde. Cal und ich absolvieren unsere Unterhaltung gewissermaßen mechanisch; die kommende Unterredung mit dem Richter macht mich zu nervös, als dass ich mich jetzt aufs Plaudern konzentrieren könnte.

Richter Walter Henderson, besser bekannt als »Richter Hackebeil«, ist ein imposanter Hüne, der sich durch die penible Einhaltung einer kohlenhydrat- und fettfreien Nur-

Anwälte-Diät in Form hält. Er terrorisiert alle, die vor ihm erscheinen, mich allerdings weniger als die meisten anderen. Ich habe die Fähigkeit entwickelt, ihn aus der Distanz heraus als Karikatur des »fiesen Richters« zu betrachten, und meistens finde ich sein Auftreten ganz amüsant. Instinktiv weiß er das auch und es macht ihn rasend.

Henderson weigert sich rigoros, den üblichen Smalltalk zu pflegen, der soziale Beziehungen zwischen normalen Menschen herstellt. »Hallo« ist für ihn bedeutungsloses und überflüssiges Geplauder; jedes einzelne Wort, das er sagt oder sich zu hören gestattet, muss eine Information enthalten. Im Moment ist mir das nur recht, denn auf genau das, eine Information, warte ich. Gleich werde ich erfahren, ob Willie Miller sterben wird oder ob man ihm ein neues Verfahren zugesteht.

Der Sekretär führt mich in Hendersons Büro, das dafür bekannt ist, dass der Richter es immer ganz dunkel lässt. Die Vorhänge sind zugezogen und der Erhabene liest im spärlichen Licht der Schreibtischlampe ein Schriftstück.

Er schaut nicht auf, obwohl er weiß, dass ich da bin. Er weiß auch, dass ich dieses Spiel bereits kenne, bei dem man wie ein Idiot herumstehen und warten muss, bis er etwas sagt. Das kann eine Weile dauern und dieses Mal dauert es zehn quälend lange Minuten.

Schließlich sagt er ohne aufzuschauen: »Reden Sie.«

Jetzt darf ich den Mund aufmachen. »Freut mich, Sie wiederzusehen, Euer Ehren.«

»Tut mir Leid, das mit Ihrem Vater.« Für seine Verhältnisse ist das ein erstaunlicher Ausbruch von Menschlichkeit.«

»Danke«, erwidere ich.

»Hervorragender Mann. Hervorragender Mann.« Ein wahrer Wortschwall für seine Verhältnisse. »Einer der Besten.«

»Danke«, erwidere ich erneut.

»Das sagten Sie bereits.« »Richter Hackebeil« ist wieder ganz der Alte. »Die Entscheidung vom Berufungsgericht ist heute gefallen. Sie bekommen Ihr neues Verfahren.«

Das war's. Willie ist gerettet, zumindest fürs Erste. Henderson hat diese Mitteilung derart emotionslos von sich gegeben, dass ich völlig überrumpelt bin, obwohl ich eigentlich nichts anderes erwartet hatte.

Ich werde sie bescheiden kommentieren. »Das ist eine gute Nachricht. Die richtige Entscheidung.«

»Quatsch.«

Ich nicke freundlich. »So kann man es auch sehen.«

Er nimmt seine Brille ab und blickt mich durch die Dunkelheit finster an. Das ist kein gutes Zeichen. Es besteht die Möglichkeit, dass man nie wieder etwas von mir hören wird.

»Sie haben das neue Verfahren aufgrund einer Formalität bekommen.« Das Wort »Formalität« zischt er mit grenzenloser Verachtung zwischen den Zähnen hervor. Es hört sich an wie »Fmaltät«, aber ich denke, ich weise ihn besser nicht darauf hin, sondern höre einfach nur zu.

»Vor Gericht werden Sie eine ganze Menge mehr brauchen«, fährt er fort. »Es gab genug Beweise, um Miller noch zehn Mal zum Tod zu verurteilen, und daran wird sich nichts ändern.«

»Aber …«, setze ich an.

»Quatsch.« Ich frage mich, woher er wohl wusste, was ich sagen wollte. »Ihr Vater hat bei der Anklage gute Arbeit geleistet, doch selbst ein dämlicher Daffy Duck hätte Miller festnageln können. Und Ihre Tricks im Gerichtssaal – sollten Sie so verrückt sein, eine Missachtung des Gerichts zu riskieren und sie auszuprobieren – das wird Ihnen auch nicht weiterhelfen.«

Eine Frage drängt sich mir auf, doch ich zögere, weil ich die Antwort fürchte. Ich kann nicht anders: »Wurde schon ein Richter bestellt?«

»Sie stehen vor ihm«, sagt er mit sichtlichem Behagen.

»Wunderbar«, lüge ich. Abgesehen von der Tatsache, dass mir gerade zweiundzwanzig Millionen Dollar in den Schoß gefallen sind und mein Mandant in nächster Zeit erst einmal nicht hingerichtet wird, waren die letzten Tage ziemlich hart.

»Wissen Sie«, sagt er, »es gibt einige Leute, die mich hinter meinem Rücken ›Richter Hackebeil‹ nennen.«

»Nein!« Mir bleibt die Spucke weg. »Warum denn das?«

»Weil ich in meinem Gerichtssaal den Anwälten, die mich verarschen wollen, die Eier abhacke.«

»Ganz zu Recht.«

»Der Prozess beginnt heute in vier Wochen. Ich möchte Ihre Anträge in zehn Tagen vorliegen haben.«

Das ist schlichtweg inakzeptabel. Vier Wochen sind eindeutig viel zu wenig Zeit. Ist mir egal, ob man ihn »Richter Hackebeil« nennt, aber so lasse ich nicht einfach auf mir herumtrampeln. »Herr Richter, ich brauche mehr Zeit. Die Vorbereitung dauert ...«

Er unterbricht mich. »Sie haben vier Wochen.«

Ich bin jetzt stinksauer. Auf keinen Fall wird dieses Arschloch mich und meinen Mandanten so in den Prozess hineinhetzen. »Vier Wochen«, sage ich nickend.

Henderson beugt sich wieder über seine Unterlagen auf dem Schreibtisch. Er hat mich definitiv entlassen.

»War nett, Sie gesprochen zu haben, Richter.« Keine Reaktion; ich existiere nicht mehr.

Ohne ein weiteres Wort drehe ich mich um und schließe hinter mir die Tür. Aber ich verabschiede mich auch nicht. Das soll ihm eine Lehre sein.

Als Nächstes fahre ich zum Gefängnis hinaus, um Willie die gute Nachricht persönlich zu überbringen. Es ist mein erster Besuch dort, auf den ich mich freue, obwohl ich bereits darüber nachgrüble, wie unwahrscheinlich schwierig sich dieses Verfahren gestalten wird.

Auf dem Weg zur Zelle fragt mich Danny, ob ich schon irgendwelche Neuigkeiten wegen Willies Berufung hätte. Offensichtlich merkt er mir an, dass es so ist.

»Ich möchte wirklich gern zuerst mit Willie darüber reden«, erwidere ich.

Er nickt. »Verstehe. Ich hoffe, er bekommt das neue Verfahren.«

Ich nicke ebenfalls nur, immer noch unverbindlich. Es käme mir wie ein Betrug an Willie vor, wenn ich es jemand anderem vor ihm erzählen würde.

Danny redet weiter: »Ich ergreife nicht immer Partei für die Insassen, müssen Sie wissen. Aber ich mag Willie. Ich weiß nicht, was er getan hat oder was er nicht getan hat, aber ich beurteile sie nach dem, wie sie hier drinnen sind. Und Willie mag ich.«

Willie hat mich bereits erwartet, aber er versucht, gelassen zu wirken. Ganz schafft er es nicht, aber das ist egal. Ich komme sofort zur Sache.

»Wir haben Bescheid vom Berufungsgericht bekommen. Wir kriegen den neuen Prozess.«

Willie zuckt kurz zusammen, als er die Nachricht vernimmt. Selbst ich habe schon nervös darauf gewartet, was Henderson mir zu sagen hatte, dabei bin ich nur der Anwalt. Willie hingegen hört von mir, ob er leben oder sterben wird. Er wird leben, zumindest fürs Erste. Ich mag mir gar nicht ausdenken, wie dieser Augenblick gewesen wäre, hätte ich ihm erzählen müssen, dass man den Antrag auf Berufung abgewiesen hätte. Ich weiß nicht, ob ich dazu in der Lage gewesen wäre.

Ich rufe Laurie an, um ihr die gute Nachricht mitzuteilen. Wir verabreden uns für den nächsten Morgen um acht Uhr in meinem Büro. In den nächsten vier Wochen werden wir die Arbeit von drei Monaten zu erledigen haben und Laurie wird einen großen Teil davon schultern müssen. Sie erwähnt weder Nicole noch die Situation zwischen uns, aber sie flüstert auch keine Zärtlichkeiten ins Telefon. Das werden sicher die längsten kürzesten vier Wochen meines Lebens.

Nicole und ich wollen heute Abend essen gehen. Ich habe noch immer Schuldgefühle gegenüber Laurie, also nehme ich Rache an Nicole, indem ich sie in eine *Sports Bar* ausführe, in der ich noch nie war. Es zeigt, wie sehr sie sich Mühe gibt, denn sie äußert keinerlei Klagen über die Wahl des Restaurants.

Das Einzige an Sportlichkeit, das Nicole toleriert, sind Sportwagen und gelegentlich Sporthemden. Das war ein Problem in unserer Ehe. Einmal habe ich es mir auf dem Sofa bequem gemacht und so lange Football geschaut, dass sie mit einer Gießkanne kam und mich begossen hat. Tara hat mir das Gesicht trockengeleckt und ich habe keinen einzigen Spielzug verpasst.

Der Laden hier ist sogar ziemlich gut; neun große Bildschirme stehen zur Verfügung und man kann Kopfhörer im Tisch einstöpseln, sodass man jedes beliebige Spiel hören kann. Leider läuft im Moment nur ein Hockeyspiel und das interessiert mich nicht. Ich habe diese eine Regel: Ich mag eine Sportart nur, wenn ich dreißig Prozent der Spielernamen aussprechen kann. Ich glaube, Nicole ist auch nicht gerade ein großer Hockeyfan; sie schaut auf den Bildschirm und fragt mich, in welchem Inning sie gerade sind. Nicole scheint die Bar nicht besonders zu beeindrucken. Sie hat diesen Tick, dass sie immer essbare Gerichte haben will, wenn sie in ein Restaurant geht, und das Essen hier scheint dem nicht gerecht zu werden. Ich begehe den Fehler, sie zu fragen, wie ihr Salat ist.

»Tja«, sagt sie, »ich hab so etwas noch nie über Salat gesagt … aber er ist zu zäh.«

Ich nicke wie immer verständnisvoll. »Geht mir mit dem Burger genauso. Ist gut für die Zähne.«

Sie lächelt und ergreift meine Hand. »Aber es ist einfach schön, mit dir zusammen zu sein.«

In diesem Moment denke ich, dass sie Recht haben könnte. Alles entspannt sich ein wenig, wird wie in alten Zeiten. Klar, die alten Zeiten haben zu unserer Trennung geführt, aber das ignoriere ich jetzt gern einmal.

Ich kenne Nicole seit meinem fünfzehnten Lebensjahr; mein Vater und Philip Gant waren alte Freunde, die zusammen in Yale Jura studiert hatten. Beide arbeiteten danach zusammen bei der Staatsanwaltschaft. Während diese Arbeit zur Lebensstellung und zur Leidenschaft meines Vaters wurde, war es für Philip nur eine aussichtsreiche Station in seinem Lebenslauf, und nach vier Jahren beendete er den Kampf gegen das Verbrechen, um für Stimmen zu kämpfen.

Tewje, der Milchmann, wäre von unserer Partnerwahl begeistert gewesen; das Ganze kam einer arrangierten Ehe so nah, wie es die Verfassung der Vereinigten Staaten erlaubt. Wir wurden einander auf einem Wohltätigkeitsball im Country Club von Nicoles Familie vorgestellt, einem so bedeutenden Anlass, dass mir meine Mutter einen neuen marineblauen Blazer und khakifarbene Hosen gekauft hatte. Ich ging nur ungern dorthin und wäre lieber mit meinen Freunden um die Häuser gezogen, als diesen stinkfeinen Privatschul-Fratz kennen zu lernen. Ich war cool, meine Freunde waren cool der Eisstand, an dem wir herumhingen, war cool, und der Country Club galt eindeutig als uncool.

Für einen uncoolen Ort gab es dort allerdings einige der coolsten Dinge, die mir je begegnet waren, und eines davon war Nicole. Sie sah umwerfend aus, war eins dreiundsiebzig groß, hatte lockiges schwarzes Haar, bloße Schultern, die sich an einen vollkommenen Hals anschlossen, und ein Lächeln, das den ganzen Raum erstrahlen ließ. Doch am wichtigsten, am bedeutendsten, am erstaunlichsten war, dass sie schon ein richtiges Dekolletee hatte! Ja, mit richtigen Brüsten! Und sie trug ein Kleid, das sie auch zeigte! Rückblickend betrachtet war die Schlucht dazwischen nicht so gewaltig, aber in meinem damaligen Alter und an jenem Abend kam es mir vor, als starre ich in den Lincoln Tunnel.

Fast hätte ich kein Wort mehr herausgebracht, als wir einander vorgestellt wurden, aber im Laufe des Abends entspannte sich die Situation. Ich unterhielt sie mit Geschichten von meinen Heldentaten im Baseball und sie erzählte mir von ihrer Reise durch den Orient zusammen mit ihren Eltern. Sie hatte eine etwas rebellische Art an sich und ein Lächeln, das verriet, dass sie das protzige Gehabe und Ambiente ringsum sehr wohl durchschaute, doch sie wollte es sich gleichzeitig nicht nehmen lassen – und das war das Durchtriebene daran –, die Vorzüge davon ausgiebig zu genießen. Sie war witzig, schlau – und sie berührte meinen Arm, wenn sie mit mir redete.

Ich glaube, wir beide wussten seit jenem Abend, dass wir zusammenkommen würden. Schule und familiäre Verpflichtungen hielten uns in den nächsten Jahren fast immer voneinander fern, doch wir verloren nie den Kontakt. Wir erzählten uns sogar von unseren jeweiligen Beziehungen, so als wären sie nur vorübergehende, harmlose Schwärmereien, bis wir zu dem einzig Wahren zurückkehrten: zu uns.

Im dritten Jahr meines Jurastudiums wurde uns irgendwie gleichzeitig klar, dass nun wohl der richtige Moment gekommen war, und wir fingen an, uns regelmäßig zu treffen. Keine zehn Monate später heirateten wir, mit einem Hochzeitsempfang, der so kostspielig war, dass man damit ganz Guatemala drei Monate hätte durchfüttern können.

Es klingt zu vereinfachend, wenn man sagt, wir hätten uns auseinander gelebt, unsere unterschiedlichen Lebensstile hätten sich nicht mehr miteinander vereinbaren lassen. Doch soweit ich es beurteilen kann, ist genau das passiert, und als Nicole mich schließlich verließ, schlug meine Traurigkeit bald in Erleichterung um.

Doch jetzt erzählt sie mir, dass es sich gut anfühlt, mit mir zusammen zu sein, und ich lasse mich überzeugen. Ich habe dieser Frau ein lebenslanges Versprechen gegeben und das werde ich halten. Unsere Welt braucht mehr von diesen ehrenwerten, verantwortungsbewussten Leuten wie mich.

Jetzt hat sie gerade auch noch gesagt, dass es sich richtig anfühlt, und ich erhebe meine Bierflasche. »Darauf trinke ich. – Wie geht's deinem Vater?«

»Ist ziemlich beschäftigt. Sie haben immer noch Schwierigkeiten mit dieser Gesetzesvorlage zur Verbrechensbekämpfung … Sie wollen versuchen, sie noch vor der Sommerpause durchzubringen. Aber er freut sich wirklich darüber, dass wir alles wieder ins Reine bringen.«

Vor ein paar Tagen hat sie noch gesagt, wir würden »versuchen«, alles wieder ins Reine zu bringen. Anscheinend waren wir erfolgreich, als ich gerade mal nicht aufgepasst habe.

»Mein Vater hätte sich genauso gefreut. Scheint typisch für Väter zu sein.«

Sie nickt, als wäre das eine tiefe Weisheit. »Hast du irgendwas über Nelsons mysteriösen Reichtum herausgefunden?«

Ich schüttele den Kopf. »Noch nicht. Weißt du, die ganzen

Jahre hab ich geglaubt, ich hätte dich wegen deines Geldes geheiratet, und jetzt stellt sich heraus, dass es gerade umgekehrt war.«

Sie lacht. »Zweiundzwanzig Millionen Dollar? Für uns Gants ist das ein Trinkgeld.«

Das soll ein Scherz sein, ist aber nicht allzu weit von der Wahrheit entfernt. Nicoles Familie hat richtig Geld, und zwar seit so alten Zeiten, dass es damals noch Wampum hieß.

Sie beugt sich verführerisch vor. Dieses Sichvorbeugen beherrscht sie hervorragend. »Aber reiche Männer erregen mich wirklich.«

Ich lehne mich ebenfalls sexy vor, bin aber nicht so gut darin. »Wenn ich auf meiner Brieftasche stehe, bin ich eins dreiundneunzig groß.«

»Und wenn du liegst?«, schnurrt sie.

Seit sie zurückgekommen ist, hatten wir noch keinen Sex miteinander, es knistert also jetzt stärker zwischen uns, als ich mich je erinnern kann. Wir sind wie zwei Kinder, die sich necken, die aber beide genau wissen, wohin das führen wird.

»Sollen wir zu uns gehen?«, lautet mein genialer Vorschlag. Er scheint ziemlich gut angekommen zu sein, denn ehe ich mich 's versehe, sind wir wieder zu Hause, stehen neben unserem Bett und ziehen uns gegenseitig langsam aus.

Tara scharrt von draußen an der Tür. Nicole hat sich schon immer beim Sex unwohl gefühlt, wenn Tara im Zimmer war. Im Moment höre ich Taras Winseln nicht einmal. Nicole hat meine ungeteilte Aufmerksamkeit. Das Ganze kommt mir nicht wie eine Angelegenheit zwischen Ehemann und Ehefrau vor, und ich spüre, dass sie ein wenig nervös ist. Willkommen im Club.

»Andy, ich war mit niemand mehr zusammen, seit wir uns getrennt haben.«

»Ich weiß«, erwidere ich, »ich habe dich beschatten lassen.«

Ich habe da dieses Problem; ich reiße Witze in unpassenden Momenten. Auch in passenden Momenten, aber davon scheint es nicht mehr allzu viele zu geben.

»Und du?«, fragt sie. »Warst du mit jemandem zusammen?«

Ich nicke, obwohl sie mich im Dunkeln nicht sehen kann. »Mit der olympischen Damenmannschaft im Volleyball, Michelle Pfeiffer, den Cheerleader-Girls der Teamsters, den White Sisters, Vanna, Betty und Reggie –«

Sie unterbricht mich, und das ist auch gut so, denn keiner weiß, wie lange ich noch gelabert hätte. »Diese Eigenschaft von dir hatte ich ganz vergessen«, sagt sie.

»Welche?«

»Dass du nie den Mund hältst.«

Doch dann bringt sie mich zum Schweigen, abgesehen von einem gelegentlichen Stöhnen. Sie macht das wirklich toll, aber Mann, irgendjemand musste das ja einfach tun.

Ich schlafe tief und fest, bis über meinen normalerweise funktionierenden inneren Wecker hinaus, der in mein Hirn eingebaut ist. Eine hastig hinuntergestürzte Tasse Kaffee und ein paar M&Ms später fahre ich ins Büro. Zum ersten Mal seit geraumer Zeit fühle ich mich gut; die Vorstellung, mich in die Arbeit am Fall Miller zu stürzen, gefällt mir sogar.

Ich halte am Zeitungsladen von Cal Morris, dieses Mal nicht aus Aberglauben, sondern um herauszufinden, was die Presse über Willies Aussichten schreibt. Im Moment kaufen sie noch den Spruch der Staatsanwaltschaft, dass es sich lediglich um einen Verfahrensfehler gehandelt habe und dass das Urteil beim zweiten Mal genauso aussähe. Im tiefsten Inneren weiß ich, dass sie vermutlich Recht behalten, daher ignoriere ich mein Innerstes und nehme mir vor, einen Termin mit der Presse zu organisieren und dort unseren Standpunkt deutlich zu machen. Jedenfalls sobald wir einen Standpunkt haben.

Auf dem Weg ins Büro werde ich von Sofía Hernández aufgehalten, die vor ihrem Obstladen auf mich wartet. Sie gibt mir zwei Melonen: die zweite Rate für die Anwaltskosten ihres Sohnes.

»Danke«, sage ich. »Wissen Sie, das Beste daran, in Melonen bezahlt zu werden, ist, dass sie nicht platzen.« Sie versteht den Witz nicht einmal im Ansatz.

Als ich ins Büro komme, wartet Laurie bereits auf mich. Es riecht nach Ärger.

»Guten Morgen«, gebe ich munter von mir. Ich bekomme nicht die Antwort, die ich mir erhofft habe. Eigentlich bekomme ich gar keine Antwort.

Ich schaue auf die Uhr. Hoppla! »Du bist sauer, weil ich spät dran bin.«

»Fünfundvierzig Minuten zu spät. Was nicht so schlimm wäre, wenn wir die Besprechung für drei Uhr nachmittags angesetzt hätten. Aber da sie um acht Uhr morgens stattfinden sollte, sind fünfundvierzig Minuten eine sehr lange Zeit.«

»Tut mir Leid. Ist spät geworden gestern Abend.« Ich sehe Lauries Reaktion, aber es ist zu spät, die Worte sind mir bereits entschlüpft.« Vielleicht habe ich in meinem Leben schon dämlichere Dinge gesagt, aber ich kann mich an keine solche Situation erinnern. Hier wurde kein Öl ins Feuer gegossen, sondern eher Kühlmittel auf eine gefrorene Tundra.

Es ehrt Laurie, dass sie nichts dazu sagt. Und das heißt, dass ich noch in Ballbesitz bin. »Okay … du hast Recht … ich bin ein Arschloch.«

»Wir sollten darauf achten, dass dieser offenkundige Fakt nicht unsere Arbeit beeinträchtigt, okay? Und wir sollten unser Privatleben auch privat halten.«

Sie hat Recht, zumindest fürs Erste. Die Spannungen zwischen uns beiden werden sich wahrscheinlich nicht in Luft auflösen und irgendwann müssen wir uns ihnen stellen. Das wissen wir beide, doch jetzt ist nicht der geeignete Moment dazu, nicht mit dem Fall Miller im Nacken. Edna ist natürlich noch nicht da, also koche ich Kaffee und wir stürzen uns in die Arbeit.

Laurie hat die vergangene Nacht mit der Lektüre des damaligen Prozessprotokolls verbracht, was meine Schuldgefühle darüber, wie ich die Nacht verbracht habe, noch vergrößert. Ihre Reaktion war zu erwarten gewesen.

»Unsere Position ist katastrophal. Das ist ein klarer Fall«, sagt sie.

So ist Laurie: im Leben Optimistin, bei der Arbeit eine totale Pessimistin. Sie geht nicht nur davon aus, dass alle Mandanten schuldig sind, sie geht ebenfalls davon aus, dass sie auch schuldig gesprochen werden. Man könnte meinen, es wäre jetzt meine Aufgabe, sie zu ermutigen, sie anzuspornen, aber das ist wirklich nicht notwendig. Laurie arbeitet von Grund auf professionell; sie macht das Bestmögliche für den Mandanten, ungeachtet ihrer persönlichen Ansichten.

Wir fangen an, über den Fall zu sprechen, und sie fragt, warum Willies Anwalt, ein Mann namens Robert Hinton, beim letzten Mal nicht versucht hat, das Strafmaß auszuhandeln. Eine Frage, die ich mir auch schon gestellt habe, und ich mache mir eine Notiz, damit ich Willie danach fragen kann. Vielleicht hat sich Willie vehement geweigert, für ein Verbrechen, das er gar nicht begangen hat, eine mildere Strafe zu akzeptieren. Es ist auch möglich, dass mein Vater es nicht akzeptiert hat. Selbst wenn er nicht der Typ für die Todesstrafe war, so war er vielleicht einer Menge Druck ausgesetzt und musste diese Anklage bis zum Äußersten vertreten.

Ich frage Laurie, ob sie je von Hinton gehört hat, aber sie kennt ihn nicht und ich auch nicht. Wir werden ihn finden müssen; er kann uns sicher ein paar Einblicke verschaffen, die das kalte Protokoll nicht hergibt.

Allerdings stellt das Protokoll eine Version dieser verhängnisvollen Nacht dar, die für Willie verheerend erscheint. Der Anklagevertretung zufolge verließ Willie Miller seinen Arbeitsplatz eine Stunde vor dem Mord, er machte eine Sauftour, kam über den Hinterhof zurück und ging hinein in die Damentoilette, wo er über Denise McGregor herfiel. Willie gab Denise angeblich einen Schlag auf den Kopf und zerrte sie hinaus in den Hinterhof, wo er mit einem Steakmesser aus dem Restaurant auf sie einstach.

Cathy Pearl, eine fünfunddreißig Jahre alte Kellnerin eines nahe gelegenen Imbissrestaurants, ging auf ihrem Heimweg von der Arbeit über den Hinterhof und sah Willie über dem leblosen Körper stehen. Er rannte weg, warf drei Straßen weiter das Messer in einen Mülleimer, bevor er sich in einen Hauseingang setzte und sinnlos betrunken zusammenbrach.

Als wäre das nicht genug, war Willies Gesicht mit Kratzspuren übersät, und Blut- und Hautpartikel von ihm wurden unter den Fingernägeln von Denise gefunden. Nur um den Geschworenen einen weiteren positiven Charakterzug Willies vor Augen zu führen, wurden die Nadelstiche in seinen Armen erwähnt. Der von der Anklage vertretene Fall ist so wasserdicht, dass ich misstrauisch werde.

Laurie glaubt jedes einzelne Wort der Staatsanwaltschaft, während ich sage, dass die Jury das zu entscheiden hat.

»Das haben sie bereits«, bemerkt sie.

»Die Verurteilung wurde aufgehoben«, erinnere ich sie.

»Er gibt es zu.«

»Nein, er bestreitet es nicht. Er kann sich an nichts erinnern. Er war zu betrunken.«

»Andy, lies das Protokoll. Das ist nicht gerade ein Krimi mit vielen offenen Fragen.«

»Für mich liest sich das wie ein Komplott.«

Sie lacht spöttisch. »Du bist erstaunlich«, sagt sie, doch sie meint damit, dass ich ein Arschloch bin.

»Danke, aber wir haben genug über mich geredet. Was wissen wir über das Opfer?«

Laurie zählt die Fakten auf, die ich bereits kenne. Denise McGregor arbeitete als Journalistin für eine regionale Zeitung, die *Newark Star-Ledger*. Es wurden nie Informationen bekannt, dass sie irgendwelche Feinde gehabt hätte, dass es jemanden gäbe, der einen Grund gehabt hätte, sie umzubringen. Zeugenaussagen zufolge war sie seit etwa drei Monaten mit Edward Markham zusammen und mit ihm war sie auch am Abend ihrer Ermordung ausgegangen. Das erinnert mich an das Foto, das ich auf dem Dachboden gefunden habe, also hole ich es aus der Schublade und zeige es Laurie.

»Ist das nicht Victor Markham?«

»Ich habe keine Ahnung, wie Victor Markham aussieht«, sagt sie. Doch dann deutet sie auf den Mann neben ihm. »Aber den meine ich zu kennen.«

Er kommt mir überhaupt nicht bekannt vor, und Laurie erzählt mir, dass sie ihn für den Bauunternehmer Frank Brownfield hält, der überall im Stadtgebiet von New York hässliche Einkaufszentren gebaut hat. Ein Freund von Laurie arbeitet für ihn und sie hat Brownfield vor etwa einem Jahr kennen gelernt. Das alles macht die Geschichte nur noch rätselhafter, denn mein Vater hat auch nie erwähnt, dass er Brownfield kannte.

Laurie dreht das Foto herum und liest das Datum auf der Rückseite: 14. Juni 1965.

»Das ist ja wirklich komisch.«

»Was?«, frage ich.

Sie fischt einen Zettel aus ihrer Handtasche, der ihre Erinnerung bestätigt. »Der Bankscheck über die zwei Millionen, den dein Vater bekommen hat. Er wurde am 17. Juni 1965 eingereicht.«

Keine Woche nachdem mein Vater für ein Foto mit den zukünftigen VIPs der amerikanischen Industrie posiert hat, deren Bekanntschaft er nie erwähnt hat, erhielt er zwei Millionen Dollar, deren Besitz er nie erwähnt hat. Wenn diese Tatsachen nicht miteinander in Verbindung stehen, dann ist das wirklich ein riesiger Zufall.

Laurie fragt, ob sie das genauer untersuchen soll, doch ich muss Prioritäten setzen. Ich sage ihr, dass ich sie voll und ganz für den Fall Miller brauche, und wir einigen uns darauf, dass sie sich auf die Suche nach Hinton macht, den Anwalt von Willie, um ihn nach seinen Notizen und Eindrücken vom ersten Prozess zu fragen. In der Zwischenzeit werde ich sozusagen einen Zeugen mit zwei Klappen schlagen und mich mal mit Victor Markham unterhalten.

Ich nehme an, dass sich Victor Markham auf dem Weg zur Arbeit nie verirrt. Zum einen setzt er sich zweifellos auf den Rücksitz eines Autos und sagt zu dem Chauffeur: »Fahren Sie mich in mein Büro.« Aber selbst wenn er zufällig einmal auf sich selbst gestellt wäre, bräuchte er nur nach oben zu sehen. Dort, hoch über den Bürogebäuden in Paramus, prangt in riesigen Lettern: »Markham Plaza«.

Wenn er in die Tiefgarage käme und immer noch nicht genau wüsste, ob er am richtigen Ort ist, wäre er sofort beruhigt, sobald er sein Ticket aus dem Automaten zieht. Eine weibliche Computerstimme würde ihn begrüßen: »Willkommen im Markham Plaza. Bitte entnehmen Sie Ihr Ticket. Wir wünschen einen schönen Tag.«

»Danke, den werde ich haben«, antworte ich gnädig, als mich der Automat willkommen heißt. Ich denke mir, dass diese Computerfrau vielleicht scharf auf mich ist, aber als ich einparke, höre ich, dass sie den Kerl hinter mir genauso herzlich willkommen heißt. Frauen …

Ich nehme den Aufzug hinauf in die Eingangshalle, die groß genug für die Heimspiele der New York Knicks wäre. Ich betrete einen anderen Aufzug, und diesmal begrüßt mich eine männliche Computerstimme: »Willkommen im Markham Plaza. Bitte drücken Sie auf das Stockwerk Ihrer Wahl.«

»Geht in Ordnung«, sage ich. »Übrigens gibt's da unten in der Tiefgarage so ein Mädchen, das dir vielleicht gefallen könnte. Klein, sieht etwas metallisch aus, hat aber einen guten Charakter.«

Leider betritt hinter mir ein Paar den Aufzug und die beiden hören meine Unterhaltung.

Ich lächle sie gequält an. »Der Aufzug redet.« Ha, ha.

Sie antworten nicht und wir erleben eine unangenehme Fahrt nach oben, besonders für sie. Sie sind diejenigen, die mit einem Spinner im Aufzug fahren müssen.

Der Empfangsbereich vor Victors Büro lässt sich nur als imposant bezeichnen. Ich grüble über die Preise der Gemälde an den Wänden nach, doch dann wird mir klar, dass ich sie mir jetzt wahrscheinlich auch leisten könnte. Ich muss mich erst an diese Vorstellung gewöhnen; ich bin der neueste aller Neureichen im Land.

Victors Sekretärin, Eleanor, scheint einen permanent finsteren Gesichtsausdruck zu pflegen. Sicher ist es ihre Aufgabe, Victor zu schützen, und ich bezweifle, dass Norman Schwarzkopf ein Bataillon an ihr vorbeiführen könnte, wenn er keinen Termin bei ihm hätte. Zum Glück habe ich einen und sie sorgt über die Sprechanlage für meinen Eintritt.

Ich betrete Victors Büro, gegen das der Empfangsbereich nach Dritter Welt aussieht. Victor sitzt an seinem Schreibtisch. Er ist groß gewachsen, an den Schläfen ergraut, trägt einen dreiteiligen Anzug, der sich um seinen ziemlich fülligen Bauch etwas strafft. Ich glaube nicht, dass ich jemals an meinem Schreibtisch gesessen habe, ohne vorher mein Jackett auszuziehen, doch da sitzt Victor im perfekten Dreiteiler in seinen tiefen Ledersessel zurückgelehnt und blickt hinaus in die Welt, als hätte er keinerlei Sorgen. Und es gibt auch wirklich keinen Grund dafür, dass er welche haben sollte.

»Mr Markham, ich bin Andy Carp…«

Er unterbricht mich. »Ich weiß, wer Sie sind. Tut mir Leid, das mit Ihrem Vater. Guter Mann.«

»Ja, ich wollte mit Ihnen reden, und zwar über –«

Er unterbricht mich schon wieder. »Sie wollten über diesen Mörder reden.« Er meint Willie Miller, aber ich glaube kaum, dass er seinen Namen kennt. »Dabei werde ich Ihnen nicht helfen«, fährt er fort. »Sie hätten keinen neuen Prozess bekommen dürfen. Das ist reine Verschwendung von Steuergeldern. Ende der Diskussion.«

Da dies keine richtige Diskussion war, halte ich seine Verkündung des Endes für verfrüht. »Eigentlich dachte ich, da –«

Und noch einmal. »Da ich über Einfluss verfüge und da das Opfer die Freundin meines Sohnes war, könnte ich mit dem Gouverneur reden und die Strafe dieses Abschaums auf ›lebenslänglich‹ verringern lassen. Vergessen Sie's. Wie gesagt, Ende der Diskussion.«

Langsam wird das ärgerlich. »Ich mag Bier«, sage ich schnell.

»Was zum Teufel soll das jetzt bedeuten?«, will er wissen.

»Nichts. Ich wollte nur mal sehen, ob ich einen vollständigen Satz herausbringen kann, ohne dass Sie mich unterbrechen, und ›Ich mag Bier‹ war der schnellste Satz, der mir gerade einfiel.«

An diesem Punkt muss normalerweise selbst der schroffe, Ehrfurcht gebietende Typ Mann widerwillig lachen und taut auf. Victor scheint diese Stereotype leider nicht zu kennen. Er betrachtet mich mit ebenso viel Respekt, wie er einer Kakerlake entgegenbringen würde, die er gerade in seinen Rice Krispies gefunden hat.

»Sie sind tatsächlich ein so großer Schlaumeier, wie behauptet wird.«

»Herzlichen Dank.« Das war mein zweiter Satz hintereinander, daher bin ich recht vergnügt.

»Was wollen Sie? Ich bin ein viel beschäftigter Mann.«

Eigentlich hatte ich mit ihm über den Fall Miller reden wollen, aber er hat mir deutlich gemacht, dass ich meine Antworten diesbezüglich nur durch eine außergerichtliche eidliche Aussage bekommen werde. Rasch wechsle ich zu Plan B, hole das Foto heraus und lege es auf seinen Schreibtisch. »Ich hab mich gefragt, wann und wo dieses Foto aufgenommen wurde.«

Zum ersten Mal sehe ich eine menschliche Reaktion. Ich kann nicht genau sagen, was es ist, vielleicht nur Blähungen, aber irgendetwas ist unter seine äußere Schale gedrungen. Einen Augenblick später ist es schon vorbei und er hat sich wieder unter Kontrolle.

»Woher haben Sie das?«

»Von meinem Vater.«

»Wer sind die Leute?«

»Der Zweite von links sind Sie.«

Er schüttelt etwas zu energisch den Kopf und gibt sich nicht die Mühe, das Foto noch einmal anzuschauen. »Das bin ich nicht.«

Das überrascht mich, denn er ist es eindeutig. »Sie behaupten, Sie sind das nicht? Das ist Ihre Stellungnahme?«

Das ärgert ihn; menschliche Reaktionen werden bei Victor Markham rasch gang und gäbe. »Stellungnahme? Ich muss keine Stellungnahme abgeben. Das bin ich nicht.«

»Kannten Sie meinen Vater vor etwa ... sagen wir fünfunddreißig Jahren?«

»Nein. Wenn das alles war, dann wird mein Mädchen Sie jetzt hinausbegleiten.«

»Ihr Mädchen ist älter als Sie.«

Er ruft Eleanor bereits über die Sprechanlage herbei.

Ich bleibe hartnäckig. »Warum regen Sie sich so darüber auf, dass ich dieses Foto von Ihnen habe?« Nach einem Blick auf das Foto schaue ich wieder zu Victor auf. »Vielleicht weil Sie seit damals einige Pfunde zugelegt haben?«

Er antwortet nicht und tut so, als höre er mir nicht mehr zu. Die Tür geht auf und die ominöse Eleanor kommt herein. Ich kann ihr entweder zur Tür hinaus folgen oder sie zeigt mir den Weg durch die Glaswand.

»Übrigens, Victor, ich werde Sie wegen des Mordes an Denise McGregor unter Eid befragen. Sie können es auf die einfache Art haben oder ich lasse Sie vorladen. Geben Sie mir Bescheid.«

Ich zwinkere Eleanor zu und sage zu Victor: »Ihr Mädchen soll sich bei meinem melden.«

Auf dem Weg nach unten lasse ich meinen Ärger am Aufzug aus, indem ich ihm eine Unterhaltung versage. Von einem Telefon in der Empfangshalle aus rufe ich in meinem Büro an, in dem ich mein Mädchen, Edna, mit vollem Mund erreiche. Ich warte, bis sie aufgegessen hat und mir die hinterlassenen Nachrichten durchgibt.

»Mr Calhoun von einer Firma namens Allied hat angerufen. Er sagte, es geht um Ihr Auto.«

Ich bin grauenhaft, wenn es ums Bezahlen von Rechnungen geht; sie liegen auf meinem Tisch, bis sich Inkassobüros mit Mahnungen melden.

»Vergessen Sie's. Der ist von einem Inkassobüro. Ich kümmere mich später darum.«

»Der Mann von meiner Cousine Shirley, Bruce, hat mal für ein Inkassobüro gearbeitet. Er könnte Ihnen sagen –«

Ich unterbreche sie. »Edna, hat sonst noch jemand angerufen?«

»Cal Morris.«

»Wer?«

»Cal Morris vom Zeitungsladen. Er meinte, wenn Sie sich nicht an seinen Namen erinnerten, sollte ich Ihnen sagen, dass es heute ziemlich düster ist.«

Cal hat mich vorher noch nie angerufen; mir war nicht einmal klar, dass er meinen vollständigen Namen kannte. »Hat er gesagt, was er wollte?«

»Das wollte er mir nicht erzählen«, antwortet Edna, »aber er hat gesagt, es sei dringend, und er klang wirklich aufgeregt.«

Ich fahre auf dem Weg zurück am Zeitungsladen vorbei, und tatsächlich, Cal hat ungeduldig darauf gewartet, dass ich mich bei ihm melde. Er schließt den Laden und geht mit mir in das kleine Restaurant nebenan einen Kaffee trinken. Wir setzen uns an einen Tisch und es sprudelt aus ihm heraus.

»Es geht um meine Tochter, Andy. Sie wurde verhaftet. Sie müssen Sie da rausholen, sie hat das auf keinen Fall getan.«

»Immer mit der Ruhe, Cal. Nun mal ganz von vorne.«

Viel weiß Cal nicht, nur dass seine einzige Tochter, Wanda, wegen des Verdachts auf Prostitution verhaftet wurde. Sie ist erst sechzehn, und bis heute ist Cal davon ausgegangen, dass sie noch Jungfrau ist. Davon geht er übrigens noch immer aus.

Cal weiß, dass ich Leute in der hiesigen Rechtspflege kenne. Er ist verzweifelt und will bezahlen, was immer ich verlange. Da Geld im Moment nicht mein größtes Problem darstellt, tue ich das mit einem Schulterzucken ab und murmele etwas von kostenlosen Zeitungen und Zeitschriften. Obwohl ich das nicht wirklich so meine, denn für die Zeitungen zu bezahlen, gehört zu meinem Aberglauben.

Ich habe noch eine Stunde Zeit, bevor ich mich mit Laurie treffe, also erzähle ich Cal, dass ich noch bei der Polizei vorbeifahren und mal schauen werde, was ich tun kann. Er ist mir so dankbar, dass er fast anfängt zu weinen. Und ich fühle mich immer gut, wenn ich helfen kann – falls ich helfen kann.

Ich fahre zum Polizeirevier und habe das Glück, Pete Stanton anzutreffen. Pete ist nicht nur ein guter Freund von mir (wir spielen Racketball zusammen), er ist außerdem noch Lieutenant und er schuldet mir einen Gefallen. Das heißt jetzt nicht, dass er es mir nicht schwer machen wird, es bedeutet nur, dass er zu guter Letzt nachgeben wird.

Zufällig war er auch mit den Ermittlungen im Fall Willie Miller betraut gewesen. Er nimmt an, dass ich ihn deswegen sprechen will, daher ist er überrascht, als ich ihm erzähle, dass es um Cals Tochter Wanda geht.

Obwohl Pete nichts mit Wandas Fall zu tun hat, treibt er ihre Akte auf und schaut sie sich an. Ich erzähle ihm, dass Wanda Morris ein Mädchen ist, das gerade in einer Krise steckt; aber nach kurzer Lektüre betitelt er sie als Nutte.

Ich korrigiere ihn. »*Angeblich* eine Nutte.«

»Für wen hältst du mich?«, fragt er sarkastisch. »Für einen Geschworenen? Sie hat sich angeblich einem Bullen mit Prostitutionsabsichten angeboten. Die Sitte hat es angeblich auf Kassette.«

»Offensichtlich wurde hier eine strafbare Handlung provoziert.«

Pete lacht und zeigt mir das Namensschild auf seinem Schreibtisch. Er deutet auf das Wort »Lieutenant«. »Siehst du das?«, fragt er. »Das bedeutet, dass ich hier ein hohes Tier bin.«

Ich nicke. »Du bist eine lebende Legende, eine Mischung aus J. Edgar Hoover und Eliot Ness. Und das bedeutet, dass du die Zeit damit verbringst, in Zivil rumzulaufen und nach illegalem Fusel Ausschau zu halten.«

Das ignoriert er. »Komm schon, Andy, warum redest du mit mir über eine Nutte? Ich kümmere mich um die großen Dinger, um Morde oder dergleichen. Wenn diese Nutte einen Typen zu Tode bumst, dann kannst du wiederkommen.«

»Du bist mir etwas schuldig.« Ich wollte bei unserem Gespräch mein Ass nicht so früh aus dem Ärmel zaubern, aber ich möchte auch nicht schon wieder zu spät zu meinem Treffen mit Laurie kommen. Ich habe Petes Bruder bei einer Anklage wegen Drogenbesitzes in einer Stadt in der Nähe vertreten. Ich habe ihn herausgehauen und Petes Namen aus der Sache herausgehalten. Seinem Bruder geht es jetzt gut, er hat sein Leben umgekrempelt und Pete hat mir das nie vergessen. Pete ist so ein Typ, der es bis zu seinem Tode und vielleicht sogar noch ein paar Jahre darüber hinaus niemals vergessen wird.

Das heißt aber nicht, dass er so leicht nachgibt. »Du forderst deinen Mist für so was ein? Für einen Nuttenfall? Du weißt genauso gut wie ich, dass sie schon am nächsten Tag wieder auf der Straße stehen wird.«

»Ihr Vater ist mein Freund.«

Pete nickt; es sind keine weiteren Erklärungen notwendig. Pete ist ein Kerl, der weiß, was Freundschaft ist.

»Ich werde McGinley anrufen«, sagt er. »Ich werde ihm sagen, dass er auf eine Bewährungsstrafe plädieren soll. Wenn sie sauber bleibt, wird es aus ihrer Akte gestrichen.«

»Danke. Und nun zu Wichtigerem.«

Er ist überrascht. »Es gibt noch etwas? Hast du noch einen anderen Freund, dessen Sohn ein Bankräuber ist? Oder ein Brandstifter? Warum gibst du mir nicht einfach eine Liste mit deinen Freunden und wir verhaften einfach keinen mit diesen Nachnamen?«

Dem Sarkasmus, der mich von etwas abschrecken könnte, bin ich noch nicht begegnet, also lege ich los. »Was weißt du über Victor Markham?«

»Das ist ein reiches Arschloch.« Er überlegt kurz. »Das klingt vielleicht doppelt gemoppelt.«

Als jemand, der auch reich ist, bin ich beleidigt, aber das zeige ich nicht. »Was hatte Markham mit dem Fall Miller zu tun?«

»Soll ich dir erzählen, was du bereits weißt? Das Opfer war die Freundin seines Sohnes. Sie waren zusammen aus, als es passierte.«

»Wusstest du von einer besonderen Verbindung zwischen Victor Markham und meinem Vater?«

Pete wirft mir einen wütenden Blick zu. »Dein Vater hatte keine besonderen Verbindungen. Außer zur Wahrheit.«

»Meinst du nicht, dass ich das weiß?«

Er nickt. »Mhm, klar weißt du das. Tut mir Leid.«

Ich warte darauf, dass er fortfährt, dass er mir erzählt, was er weiß. Ich muss nicht lange warten.

»Markhams Sohn, Edward, war ein Weichei«, sagt er. »Ich hatte das Gefühl, dass Victor für ihn die Fäden zog, so als mache er sich Sorgen, was der Junge von sich aus sagen oder tun könnte. Da war nichts Bestimmtes, es war nur so ein Gefühl von mir.«

Ich nehme das sehr ernst. Pete ist ein hervorragender Polizist mit einem guten Gespür.

»Wo ist Edward jetzt?«, frage ich.

»Arbeitet für seinen Daddy. Wichtiger Posten.«

Ich nicke. »Muss ein gutes Bewerbungsgespräch hingelegt haben.«

Ich bedanke mich bei Pete und fahre auf dem Weg zum Büro noch beim Zeitungsladen vorbei. Ich erzähle Cal, dass Wanda in drei Tagen vor Gericht stehen wird, und wenn sie sich ordentlich benimmt, kommt alles in Ordnung. Fürs Erste. Cal ist mir so dankbar, dass ich einen Moment lang glaube, dass er gleich weinen oder, noch schlimmer, mich umarmen wird. Aber da große Gefühle nicht gerade üblich für unsere Beziehung sind, bin ich froh, dass es nicht so weit kommt.

Ich schaffe es frühzeitig ins Büro, und Laurie ist noch nicht da. Eine Nachricht wurde von Richard Wallace hinterlassen, einem Stellvertretenden Staatsanwalt. Wallace ist der beste Staatsanwalt im Aufgebot; wenn er mit dem Miller-Prozess betraut wurde, ist eine unmögliche Aufgabe soeben noch aussichtsloser geworden.

Wallace ist höflich, als ich ihn anrufe; er und ich haben über die Jahre hinweg eine gute berufliche Beziehung aufgebaut. Klar, er kann es sich leisten, nett zu sein; er hat mich in zwei von den drei Prozessen, in denen wir uns gegenüberstanden, geschlagen. Und ich habe nicht das Gefühl, als würde er sich wegen dieses Prozesses allzu große Sorgen machen.

Der andere Grund für unser gutes Verhältnis liegt darin, dass er für meinen Vater gearbeitet hat, der als Bezirksstaatsanwalt sein Vorgesetzter war. Mein Vater war ein Mentor für Wallace gewesen und sie respektierten sich gegenseitig. Etwas von dem hat sich auf mich übertragen.

Hauptsächlich geht es in dem Gespräch darum, Erkenntnisse auszutauschen; beide Seiten legen im Vorfeld eines Prozesses ihre Beweise auf den Tisch, damit die gegnerische Partei nicht überrumpelt wird und Zeit hat, sich vorzubereiten. In diesem Fall ist das aus zweierlei Gründen nicht so sehr von Bedeutung. Wir haben bereits alles vorliegen, was im ersten Prozess herauskam, also können sie uns nicht mehr so viel erzählen. Und wir haben überhaupt keine Informationen für sie.

Richard setzt mich darüber in Kenntnis, dass von den Hautpartikeln unter den Fingernägeln von Denise jetzt zusätzlich DNA-Analysen gemacht werden, um Willie noch stärker mit dem Verbrechen in Verbindung zu bringen, als die Kriminaltechnik zum Zeitpunkt der Tat in der Lage war. Unsere Reaktion darauf wird sein, dieses Beweismaterial anzufechten, da es nicht zuverlässig ist und damals nicht fachmännisch sichergestellt wurde; doch das Problem ist, dass das weder auf jetzt noch auf damals zutrifft. Ich mache mir eine Notiz, damit ich daran denke, uns einen eigenen Gutachter zu besorgen, der widerlegen soll, was sie sagen werden.

»Wann haben Sie die Ergebnisse?«, frage ich.

»Gerade rechtzeitig für die Eröffnungsplädoyers.«

»Warum hat Henderson es mit der Verhandlung eigentlich so eilig?«

Ich höre über das Telefon sein Schulterzucken. »Sie kennen doch ›Richter Hackebeil‹. Er ist kein großer Fan von Berufungsverhandlungen aufgrund von Verfahrensfehlern. Und das ist jetzt wahrscheinlich seine Art, dem Ausdruck zu verleihen. Ich hab auch um mehr Zeit gebeten; mein Urlaub wird mir dadurch vermiest.«

Gegen Ende des Gesprächs erwähnt Richard die Möglichkeit, ein geringeres Strafmaß auszuhandeln. Das geschieht ohne die geringsten Umschweife.

»Wollen Sie ein geringeres Strafmaß aushandeln?«

»Klar doch. Wir akzeptieren einen Freispruch und eine Entschuldigung von der Staatsanwaltschaft. Demütig sollte sie klingen, aber auch nicht allzu sentimental.«

Er lacht das Lachen eines wohlwollenden Gewinners. Wir

verabreden uns, morgen in seinem Büro darüber zu reden, obwohl ich mir nicht vorstellen kann, dass es etwas bringt. Der Druck der Öffentlichkeit auf Richard, die Berufungsverhandlung, die ich aufgrund eines Verfahrensfehlers durchgesetzt habe, zurückzuweisen, wird sehr groß sein. Außerdem hat Willie gesagt, dass er sich keinesfalls einer Tat schuldig bekennt, die er nicht begangen hat beziehungsweise in diesem Fall, von der er sich nicht vorstellen kann, sie jemals begangen zu haben.

Laurie kommt und ihr Verhalten ist kühl, aber professionell. Ich habe das Gefühl, dass ich etwas unternehmen muss, um die Situation zu entspannen, aber ich habe keine Ahnung was. Ihre Haltung ist völlig berechtigt und das macht die Sache nur noch frustrierender.

Wir begeben uns daran, noch einmal alle Akten des Falles durchzugehen, obwohl wir beide sie bereits mindestens drei Mal gelesen haben. Ich lasse meinen Gedanken freien Lauf, ohne sie durch Logik zu bremsen. Oft bringt mich das auf Dinge, nach denen ich gesucht habe, aber genauso oft führt es mich auch nirgendwohin.

»Und wenn Denise nicht nur ein zufälliges Opfer war? Wenn der Mörder nun ein Motiv hatte?«

»Zum Beispiel …?«, will sie wissen.

»Keine Ahnung … sie war Journalistin … vielleicht wollte sie gerade eine Story schreiben, die dem Täter geschadet hätte. Er hat sie beseitigt, um die Story zu verhindern.«

»Warum sollte sie über so einen Loser wie Willie Miller eine Story schreiben?«

Ich provoziere sie: »Wer sagt denn, dass Willie Miller der Mörder ist?«

»Die Geschworenen.«

Ihr Pessimismus nervt mich allmählich. »Machen dich all

diese Beweise nicht misstrauisch? Findest du nicht, dass die von der Staatsanwaltschaft präsentierte Geschichte etwas zu plausibel ist?«

»Eigentlich nicht«, sagt sie. »Ich finde Beweise in der Regel überzeugend. Je mehr Beweise, umso überzeugender.«

Ich will diese Logik gerade in Frage stellen, als es an der Tür klopft; das chinesische Essen, das Laurie für uns bestellt hat, wird geliefert. Sie hat mich nicht gefragt, was ich haben will, aber ich habe mir verkniffen, etwas zu sagen, weil ich mir gedacht habe, dass sie es mir heimzahlen wollte, in kulinarischer Hinsicht. Sie zahlt es mir auch in finanzieller Hinsicht heim, indem sie ein großes Trinkgeld unter die Rechnung setzt und dem Boten sagt, dass sie das Ganze von meinem Konto abbuchen sollen.

Sie fängt an, das Essen auszupacken, also frage ich sie, was sie bestellt hat.

»Gedünsteten Broccoli, gebratene Spargelspitzen und gebratenen Seetang mit Tofu.«

Da läuft mir nicht gerade das Wasser im Mund zusammen. »Machst du das Catering für einen Kaninchenkongress?«

»Das ist gut für dich, im Gegensatz zu diesem fetten, giftigen Zeug, das du immer bestellst.« Sie nimmt zwei Happen und schaut dann auf die Uhr. »Sind wir hier bald fertig? Ich hab nämlich noch etwas vor.«

Oh, oh! Das hatte ich befürchtet. In meinem Inneren breitet sich eine Leere aus von der Größe Argentiniens.

»Du hast noch etwas vor?«

»Ja, ich habe noch etwas vor«, sagt sie. »Soll heißen, ich habe ein Privatleben, also habe ich noch etwas vor.«

»Okay, das habe ich verdient.«

»Nein, wenn ich dir geben würde, was du verdient hast,

dann wäre ich bald in der gleichen Situation wie Willie Miller.«

Langsam ärgere ich mich und mein Grad an Ärger verhält sich seit jeher direkt proportional zu meinem Grad an Mut. Das ist sogar eine Theorie von mir. Ich glaube, dass alle Helden ihren Mut nur dann unter Beweis stellten, wenn sie verärgert waren.

Hat Nathan Hale etwa die Kerle gemocht, die ihm das Seil um den Hals gelegt haben? Hat Davy Crockett die Mexikaner, die über die Mauern von Alamo kletterten, etwa als seine guten Kumpel angesehen? Ich bin da nicht anders. Man muss mich nur ausreichend nerven und schon wird man Lieder über mich schreiben können.

Los geht's. »Hör zu, wir hatten was miteinander. Es war nett … wirklich nett … aber wir haben uns nie etwas versprochen.«

Sie ist darauf vorbereitet. »Richtig. Du und Nicole, ihr habt euch etwas versprochen.«

»So ist es, ja. Und vielleicht wird einer von uns dieses Versprechen auch letztendlich brechen, aber das wissen wir im Moment noch nicht.«

Sie steht auf. »Das freut mich für dich, aber ich habe etwas vor. Also, was soll ich jetzt als Nächstes tun?«

Ich nehme an, dass sie nicht das chinesische Essen als Nächstes zu sich nehmen wird, sondern es alles mir überlässt. Lecker. Ich werde genug Reste haben, um morgen Sandwiches mit gebratenem Seetang zu machen.

»Überprüf die Augenzeugin … Cathy Pearl. Vielleicht können wir sie verunsichern. Vielleicht hat sie es ja auch getan, was weiß ich.«

»Großartige Idee!«, ereifert sie sich. »Ich werde auch die Leute im Supermarkt fragen, ob sie nicht zufällig Denise

McGregor umgebracht haben. Vielleicht können wir ja jemanden so verunsichern, dass er es gesteht.«

»Abgesehen von unserer persönlichen Situation, was hast du für ein Problem mit diesem Fall?«

Sie schaut mir direkt in die Augen, obwohl sie das immer tut. Sie blickt einem ständig in die Augen, wenn sie mit einem spricht; ich dagegen schaue den Leuten auf den Mund, wenn sie reden.

»Mein Problem liegt darin, dass wir einen brutalen Mörder verteidigen, Andy. Und wenn wir erfolgreich sind, was wir nicht sein werden, kommt er wieder auf freien Fuß.«

»Und wenn er es nicht war, dann ist der Kerl, der es wirklich war, bereits *jetzt* auf freiem Fuß.«

Sie seufzt resigniert und in dem Wissen, dass ich Recht habe. Wir hatten diese Diskussion bereits. Wir haben eine Rolle zu spielen, und wenn wir sie nicht voll ausspielen, funktioniert das ganze System nicht.

»In Ordnung. Das hier ist ein Job und den erledigen wir. Und womit fängst *du* an?«

»Mit Denise McGregor.«

Vince Sanders ist ein schroffer, zerzauster, sehr übergewichtiger Mann, der einhundertzwölf seiner einundfünfzig Jahre mit der Arbeit für Ostküsten-Blätter verbracht hat. Er ist die Art von Kerl, von der man denkt, er haue seine Storys noch in die Tasten einer alten Smith-Corona, während all seine Kollegen modernste Computer benutzen. Als ich in sein Büro komme, recherchiert er gerade mit Warp-Geschwindigkeit im Internet. Tja, so kann man sich irren.

Vince war Denise' Chef bei der *Newark Star-Ledger*. Ich frage ihn, ob Denise gerade an etwas arbeitete, als sie umgebracht wurde, und er lacht. Kein freundliches Haha-Lachen, aber in der Not frisst der Teufel Fliegen. »Ob sie an etwas gearbeitet hat? Machen Sie Witze? Denise hat immer an etwas gearbeitet.«

Ich frage ihn, ob er weiß, an was sie gearbeitet hat. Weiß er nicht.

»Wollte sie mir nicht erzählen, aber sie war wirklich aufgeregt. Und es muss gut gewesen sein, denn sie bat mich um ein Treffen hier am nächsten Tag und das war ein Samstag. Sie wusste verdammt gut, dass ich meinen fetten Hintern samstags nicht hochkriege.«

Ich lache, da es mir so vorkommt, als erwarte er es, doch er spricht mich darauf an. »Worüber lachen Sie, verdammt noch mal?«, will er wissen.

»Ich dachte, das muss auf der Größe Ihres Hintern beruhen, dass Sie ihn samstags nicht hochkriegen, da am Wochenende keine Kranführer arbeiten.«

Er sieht mich eine Zeit lang an, so als überlege er, ob er mich umbringen soll oder nicht. Er hat keine Waffe, und das bedeutet, dass er eben diesen fetten Hintern aus dem Sessel heben und mich erwürgen müsste. Er scheint zu dem Schluss zu kommen, dass es das nicht wert ist.

»Glauben Sie, dass Sie an Informationen kommen, wenn Sie mich beleidigen?«, fragt er.

»Ich hoffe, dass Sie meine Aufrichtigkeit bewundern.«

Er schüttelt den Kopf. »Tue ich nicht. Außerdem mache ich gerade eine Diät. Nur Fisch.«

»Mhm«, sage ich. Sosehr ich es auch zu verbergen versuche, ich befürchte, dass meine Skepsis durchschimmert, doch er scheint es nicht zu bemerken.

»Haben Sie schon mal bemerkt, dass jeder Fisch gleich schmeckt?«, fragt er. »Ich glaube ja, dass es auf der Welt nur eine einzige Fischart gibt und dass sie bloß unterschiedliche Namen benutzen, um die Allgemeinheit hinters Licht zu führen.«

Unserer keimenden Freundschaft zuliebe gehe ich darauf ein. »Wenn ich es mir so recht überlege«, sage ich, »habe ich tatsächlich noch nie einen Schwertfisch und eine Flunder zusammen in einem Raum gesehen.«

»Natürlich nicht«, sagt er. »Das hat niemand. Und zwar weil es der gleiche dämliche Fisch ist. Ich sag's Ihnen, die Allgemeinheit wird betrogen.«

Ich nicke. »Daher stammt wahrscheinlich auch die Redewendung ›Das sind faule Fische‹.«

»Eben«, stimmt er mir zu. Und dann: »Sind Sie hier, um mit mir über Fische zu reden?«

Er weiß, dass dem nicht so ist, also komme ich wieder auf Denise zu sprechen. »Ist es ungewöhnlich, dass Denise Ihnen nicht erzählen wollte, an was für einer Story sie gerade recherchierte?«, frage ich.

»Ungewöhnlich, aber das war nicht das erste Mal. Ich hab ihr eine Menge Freiraum gelassen, weil ich ihr vertraut hab.«

»Hat sie Notizen zurückgelassen?«

Er kramt in seinem Gedächtnis und schüttelt den Kopf. »Das war das Seltsame daran, ich konnte keine finden. Und Denise hat sich alles notiert. Wenn man nur ›Guten Morgen‹ zu ihr sagte, schrieb sie es schon auf. Sie kennen diese Art Leute sicherlich.«

Kenne ich nicht, aber ich nicke trotzdem. »Was ist mit Edward Markham?«

Damit ernte ich wieder ein Lachen bei Vince, diesmal ein etwas fröhlicheres. »Denise hat ihn mal zu einer Party mitgebracht. Hab ein paar Minuten mit ihm geredet und dann zu ihr gesagt, dass er ein arrogantes Arschloch ist. Mann, war die sauer.«

»Warum?«

»Weil er daneben stand, als ich es zu ihr gesagt hab.« Er fängt wieder an zu lachen und ich lache mit. So langsam glaube ich, wir sind Kumpel, doch ehe ich mich 's versehe, sieht er mich an, als wäre ich irgendein Scheißhaufen, in den er gerade getreten ist.

»Ich möchte Sie etwas fragen: Warum verteidigen Sie den Mistkerl, der Denise umgebracht hat?«

Ich schaue ihm direkt in den Mund. »Ich glaube nicht, dass ich das tue. Ich glaube, dass der wahre Mörder draußen frei herumläuft.«

Er blickt mich einen Augenblick finster an und ein Gefühl drohenden Verderbens überkommt mich. Schließlich schüttelt er nur den Kopf und sagt: »Ist ja Ihr Job, das zu glauben.«

Ich schüttele ebenfalls den Kopf. »Nein, mein Job ist es, ihn zu verteidigen. Es ist nicht mein Job, an ihn zu glauben.«

»Wenn Sie irgendwelche richtigen Beweise finden, lassen Sie mich wissen, wie ich Ihnen helfen kann. Ich und mein fetter Hintern können eine Menge erreichen, wenn wir wollen.«

»Danke«, sage ich. »Wenn das alles mal vorbei ist, lade ich Sie zu einem Thunfisch-Steak ein.«

An diesem Abend bin ich zu Hause und wate buchstäblich knöcheltief in Unterlagen. Meine Arbeitsmethode sieht so aus, dass ich auf dem Sofa sitze, die Sitzfläche neben mir, den Couchtisch und den Fußboden mit Papieren bedecke und durch sie hindurchwate. Im Fernsehen läuft als Hintergrundmusik ein Basketballspiel. Die New York Knicks spielen gegen die Pacers und ich wette auf die Knicks mit drei Punkten Rückstand. Houston hat gerade einen Jump Shot hingelegt. Nur einmal im Leben möchte ich eine Rückhand die Seitenlinie entlang spielen wie Pete Sampras und einen Jump Shot so elegant werfen wie Allan Houston. Die Knick führen mit elf Punkten und es ist nur noch eine Minute zu spielen. Meine Wette gilt, und wie meine Mutter zu sagen pflegte: »Geld kommt zu Geld.«

Es klingelt an der Tür, und ich rufe Nicole, damit sie aufmacht. Sie hört mich nicht, also gehe ich selbst hin, und das ist auch gut so, denn Laurie stürzt völlig erregt herein. Als sie das letzte Mal hier war, war sie auf eine andere Art erregt, aber das ist inzwischen Geschichte.

Sie sagt nicht einmal Hallo, sondern legt gleich mit dem los, was sie mir zu erzählen hat. Das ist immer ein Zeichen dafür, dass sie sich in einen Fall hineinkniet, und das freut mich natürlich. Wie sich herausstellt, hat ihr Besuch jedoch überhaupt nichts mit dem Fall Miller zu tun.

»Das muss ich dir erzählen«, sagt sie. »Ich hab zufällig meinen Freund getroffen, der für den Bauunternehmer Frank Brownfield arbeitet. Er stimmte mir darin zu, dass der Kerl auf dem Foto wie Brownfield aussieht, also hab ich ihm eine Kopie des Fotos gegeben, und er meinte, er überprüft das mal.«

»Und?«, frage ich.

»Ich hab vor einer Stunde – wie spät ist es, zehn Uhr? – einen Rückruf von meinem Freund bekommen …«

In diesem Moment kommt Nicole die Treppe herunter und ins Zimmer. Auf der Rangliste der Leute, die mir in diesem Moment am ungelegensten kommen, steht Nicole direkt hinter Charles Manson.

»Oh, hallo Laurie. Wie geht's?«

Laurie zögert, sagt dann aber: »Ganz gut … Mir geht's ganz gut. Mir war nicht klar, dass ich hier stören würde.«

»Ach, das haben Sie nicht. Ich wollte gerade erst ins Bett gehen. Wir sehen uns gleich, Andy?« Typisch Nicole, ganz die huldvolle Siegerin.

»Gleich. Laurie muss mir noch etwas erzählen.«

Nicole nickt. »War nett, Sie zu sehen, Laurie.«

Nicole geht nach oben; jetzt bin ich an der Reihe. Nur schade, dass ich mich fühle, als hätte ich die vierhundert Pfund schwere Wassermelone von Sofía Hernández verschluckt.

»Ich hätte es dir sagen sollen. Nicole ist wieder eingezogen.«

Laurie setzt einen überraschten Blick auf. »Ach wirklich? Das meinst du doch nicht im Ernst! Ich hab gedacht, ihr Auto hat sicher zufällig hier eine Panne gehabt und sie wäre nur schnell hereingekommen, um den Abschleppdienst anzurufen.«

»Laurie …«

»Deine Frau wartet auf dich. Wir können morgen über Brownfield reden.«

»Nein, lass uns jetzt darüber reden. Dein Freund hat dich also angerufen und hat was gesagt?«

Die Begeisterung ist zwar aus Lauries Stimme gewichen, aber sie antwortet: »Er hat gesagt, der Typ auf dem Foto sei nicht Brownfield, sähe bei näherer Betrachtung nicht einmal wie Brownfield aus, und Brownfield wisse nichts darüber.«

»Und?«

»Und er klang überhaupt nicht wie sonst, er hat es so hartnäckig abgestritten, dass man geradezu meinen könnte, der Kerl auf dem Foto wäre mit einer Ziege nackt im Bett gewesen. Und dann, kurz bevor er aufgelegt hat, fragte er noch, woher ich das Foto hätte.«

»Was hast du geantwortet?«

»Wieso ihn das interessiert, wenn es nicht Brownfield ist.«

Da haben wir also ein scheinbar harmloses Foto mit ein paar Kerlen drauf, von denen keiner zugeben will, dass er darauf abgebildet ist. Und wir haben immer noch keinen blassen Schimmer warum.

Laurie verabschiedet sich und ich gehe nach oben. Nicole ist schon im Bett und wartet auf mich, wie versprochen. Sie liest ein Buch, sieht aber auf, als ich hereinkomme.

»Ein Durchbruch in diesem Mordfall?«

Nicole benutzt das Wort »dieses« zur Distanzierung. »Dieser« Mordfall. »Dieser« Freund von dir. Es mindert die Bedeutung dessen, worüber sie spricht, und weist jegliche Verbindung mit ihr zurück.

»Nein. Aber die Situation mit dem Foto wird immer seltsamer. Brownfield leugnet vehement, dass er es ist.«

»Vielleicht war das eine Gruppe von Männern, die sich getroffen haben, um ihre Frauen zu betrügen. Das soll es geben, weißt du.«

»Nur dass es dieses Mal vielleicht damit geendet hat, dass mein Vater zwei Millionen Dollar bekommen hat.«

»Wohin soll das führen, Andy? Was willst du tun, wenn du herausgefunden hast, was passiert ist?«

Darauf habe ich keine Antwort. Ich kann nicht vorhersagen, wie ich reagieren werde, bevor ich nicht weiß, worauf ich reagieren werde.

Mittlerweile habe ich mich bereits ausgezogen. Ich kann meine Klamotten schneller von mir schmeißen als ein Basketballspieler beim Einwechseln seinen Trainingsanzug. Als ich ins Bett schlüpfe, lässt Nicole die Bombe platzen.

»Du und Laurie, ihr hattet etwas miteinander.«

Oh, oh! »Ist das so offensichtlich?«

Sie nickt. »Es ist so offensichtlich.«

»Wir hatten etwas angefangen … und dann war es vorbei.«

»Und was ist dazwischengekommen?«, fragt sie.

»Du«, antworte ich.

Vier Wochen reichen zur Vorbereitung auf einen Mordprozess einfach nicht aus. Es gibt Anwälte, die brauchen so lange, um einen Anzug auszuwählen, den sie zu ihrem Eröffnungsplädoyer anziehen wollen. Aber mehr hat Henderson uns nun einmal nicht gegeben und wir müssen damit auskommen.

Einige Dinge drohen schon in der Hektik unterzugehen: Anträge müssen eingereicht, Beweismittel angefochten, Informationen der Gegenseite durchgegangen, Zeugen befragt, die Presse angeheizt und Gebete gesprochen werden. Ich brauche Hilfe.

Normalerweise würde ich so etwas sofort mit Laurie besprechen, aber Gespräche mit Laurie sind dieser Tage alles andere als angenehm. Ich hadere kurz mit mir, komme dann aber zu dem Entschluss, dass mein Mandant durch meinen Privatkram in Mitleidenschaft gezogen würde, wenn ich auf ihren kostbaren Rat verzichte. Das kann ich nicht zulassen.

Laurie stimmt mir zu, dass wir Hilfe brauchen, und nach kurzer Überlegung rückt sie mit einem Namen heraus, den ich noch nie zuvor gehört habe: Kevin Randall.

»Er ist der beste Anwalt, den ich je getroffen habe«, sagt sie. »Und man kann ihm voll und ganz vertrauen.«

Laurie schmeißt sonst mit Lob nicht gerade um sich, daher bin ich ganz Ohr.

»Wo praktiziert er?«

»Gar nicht«, sagt sie. »Er hat aufgehört.«

»Warum?«

»Weil er ein Gewissen hat.«

Nach Lauries Auskunft hat Kevin vor etwa zwanzig Jahren an der Harvard University in Jura seinen Abschluss gemacht, doch anstatt sich seinen Kommilitonen auf ihrem Marsch zum Ruhm eines Firmenrechtlers anzuschließen, hatte er für den Bezirksstaatsanwalt in Essex County gearbeitet. Er war ein talentierter Staatsanwalt mit Scharfblick und vollem Engagement, doch er hatte das Pech, seine Fähigkeiten ganz klar zu erkennen. Kevin gewann dank seines Geschicks und seiner Arbeitsmoral die Mehrzahl der Fälle, und seine Befürchtung wuchs, dass vielleicht unschuldige Angeklagte nur deshalb ins Gefängnis wanderten, weil ihre Anwälte von ihm ausgestochen wurden.

Um dieser Situation zu entgehen, entschloss sich Kevin, fortan als Verteidiger zu arbeiten. Doch es kam nicht ganz so, wie er es sich erhofft hatte. Wenn er jetzt einen Fall gewann, befürchtete er, dafür verantwortlich zu sein, wenn gefährliche Verbrecher frei herumliefen. Seine Zweifel bestätigten sich, als einer seiner Mandanten bei einem bewaffneten Raubüberfall zwei Menschen tötete, und das nur einen Monat nachdem gegen ihn Anklage wegen eines Überfalls auf ein Lebensmittelgeschäft erhoben worden war und Kevin für ihn einen Freispruch erlangt hatte. Kevin fühlte sich für die Morde verantwortlich.

Das, so Laurie, war der Tropfen, der das Fass zum Überlaufen brachte. Nachdem Kevin sowohl Staatsanwalt als auch Verteidiger gewesen war, blieb ihm nun keine Seite mehr, die er noch einnehmen konnte. Die einzige Möglichkeit, noch weiter in der Gerichtsbarkeit tätig zu sein, wäre das Richteramt gewesen, also traf Kevin Randall die für ihn nahe liegende Entscheidung.

Er eröffnete einen Waschsalon.

Laurie und ich fahren hinaus nach East Brunswick, um Kevin in seinem Laundromat-Laden aufzusuchen, der sich in einem schäbigen kleinen Einkaufszentrum befindet. Abgesehen von einer 7-Eleven-Filiale, einem Chinese Takeaway und einer kleinen Bank befindet sich dort Kevins Waschsalon mit dem vielsagenden Namen »Law-dromat«. Das Schild draußen wirbt mit »kostenlosem juristischen Rat beim Waschen und Trocknen«.

Ich schaue auf den Laden und dann auf Laurie, die ihre Fähigkeit, meine Gedanken zu lesen, mittlerweile perfektioniert hat. Sie sieht mir an, dass ich es kaum fassen kann, dass wir überhaupt hergekommen sind.

»Sei offen für alles«, sagt sie. »Reiß deine Scheuklappen runter und sei offen für alles.«

Laurie hat erwähnt, dass sie Kevin recht gut kennt, aber Einzelheiten hat sie nicht genannt. Ich denke sogar, dass sie ihn mehr als nur recht gut kennt, vielleicht sogar viel mehr als recht gut. Ich habe das Gefühl, sie könnte ihn einst im biblischen Sinne gekannt haben, und mein argwöhnisches Inneres kommt zu dem Schluss, dass sie ihn aus diesem Grund empfohlen hat. Aber ich war einverstanden, ihn mir mal anzuschauen, also gehen wir hinein.

In dem Laden sieht es aus wie in einem Waschsalon, was an sich keine größere Überraschung darstellt, da es ja einer ist. Nur eine Kundin, eine Frau mittleren Alters, befindet sich darin und redet mit dem Besitzer Kevin. Dieser ist zu meiner ungeheuren Erleichterung eins siebzig groß, hat dreißig Pfund Übergewicht und bekommt allmählich eine Glatze. Er hat zwar keinen Buckel und sabbert nicht beim

Reden, doch seine insgesamt geringe Anziehungskraft sollte meine Eifersucht in Grenzen halten.

Kevin und die Frau unterhalten sich angeregt – worüber genau, können Laurie und ich von uns aus allerdings nicht hören, da die Waschmaschinen und Trockner zu viel Krach machen. Die Frau scheint sich aufzuregen, und nach Kevins Gesten zu urteilen, versucht er, sie zu besänftigen. Das funktioniert anscheinend nicht, denn sie fuchtelt wütend mit den Händen und geht.

Kevin entdeckt Laurie und winkt uns herbei. Als wir zu ihm kommen, schüttelt er noch immer den Kopf. Laurie umarmt ihn und gibt ihm einen Kuss, was mich kurz die Frage aufwerfen lässt, ob meine anfängliche Eifersucht vielleicht doch berechtigt war. Aber nein, sie ist sieben Zentimeter größer als er. Das kann nicht sein.

»Hallo, Kev. Darf ich dir Andy vorstellen? Andy, das ist Kevin.«

Wir geben uns die Hand und sagen, wie sehr wir uns freuen. Ich frage ihn, ob die soeben gegangene Frau eine schwierige Kundin ist.

»Schwieriger geht's nicht«, antwortet er.

Laurie fragt: »Wo liegt das Problem? Oder ist es vertraulich und du kannst nicht darüber reden?«

»Nein, ich erzähl's euch«, sagt er. »Sie hat fünfundsiebzig Cent eingeworfen und ihre Handtücher sind nicht trocken geworden.«

Wir gehen in einen Coffeeshop um die Ecke, um uns zu unterhalten, und ich lege ihm den Fall Miller dar. Kevin isst drei Stück Kuchen und eine Schale Obst, während ich alles erzähle, und ich bezweifle nicht, dass er so lange essen wird, wie ich rede. Zum Glück ist der Fall nicht so kompliziert, sonst müsste er sich den Magen auspumpen lassen.

Ich frage ihn, was er davon hält, und warte auf seine Antwort, während er den Mund leer macht. Sein Urteil lautet, dass wir in einer schwierigen Position sind. Mein Gott, darauf wäre ich nie gekommen!

Laurie fragt ihn, ob er daran interessiert sei, bei uns anzuheuern, doch er antwortet: »Nein, danke. Hab das alles schon mitgemacht.«

Ich bin erleichtert, denn noch teile ich Lauries hohe Meinung von diesem Kerl nicht. Doch Laurie bedrängt ihn weiter und er scheint weich zu werden, daher klinke ich mich mit einem für mich nahe liegenden Argument wieder ein. »Nehmen Sie's mir nicht übel, Sie sind sicher ein bombastischer Anwalt, aber immerhin führen Sie einen Waschsalon.«

Kevin nickt und wendet sich an Laurie. »Siehste? Das ist ein schlaues Kerlchen. Der will jemanden, der nicht den ganzen Tag schmutzige Wäsche wäscht.«

Wir reden noch ein wenig darüber und so allmählich beeindruckt er mich tatsächlich mit seinen Ansichten. Laurie setzt ihre nicht unbeträchtliche Überredungskunst bei ihm ein, und schließlich stimmt er zögernd zu, im Team mitzuarbeiten, allerdings nicht an vorderster Front. Er erledigt die niederen Aufgaben, reicht Anträge ein und macht die Laufarbeit, wird aber keine aktive Rolle im Gerichtssaal übernehmen. Das ist mir nur recht, da ich ihm ohnehin keine anbieten wollte.

»Ich denke, wir sollten über mein Honorar reden«, sagt er.

»Auf dem Schild steht, Ihr Rat ist kostenlos«, entgegne ich.

»Mein kostenloser Rat besteht darin, dass man nicht zu viel Waschmittel benutzen sollte. Mein Honorar für Rechtsbeistand beträgt einhundertfünfzig pro Stunde. Sind Sie so reich, wie Laurie erzählt hat?«

Ich werfe Laurie einen wütenden Blick zu, doch sie zuckt nur mit den Schultern. »Ist mir so rausgerutscht«, sagt sie.

Kopfschüttelnd sinniere ich über die Ungerechtigkeit der Welt. Warum können wir Reiche nicht wie normale Menschen behandelt werden? »In Ordnung, einhundertfünfzig pro Stunde. Aber Sie zahlen selbst für Ihren Kuchen.«

»Abgemacht«, sagt Laurie. Dann geben sie sich die Hand darauf. Und umarmen sich. Ein schöner Augenblick. Kein Auge im Raum bleibt trocken, abgesehen von meinen beiden.

Wir vereinbaren, dass Kevin am nächsten Morgen ins Büro kommt, und Laurie und ich verabreden uns für später, um den Tatort zu besichtigen. Dann fahre ich zum Gericht, um mich mit Richard Wallace zu treffen, worauf ich mich nicht gerade freue.

Wer schon mal Geraldo oder Larry King oder irgendeine andere Sendung im Kabelprogramm gesehen hat, die den Simpson-Prozess oder das Debakel um Clintons Amtsenthebungsverfahren verfolgt hat, konnte feststellen, dass sich fünfundneunzig Prozent der juristischen Sachverständigen »ehemaliger Staatsanwalt« schimpften. Es ist ganz genau so wie bei den Baseballmanagern: Mit jedem Tag länger im Amt kommt man seiner fristlosen Entlassung näher. Nur dass mit jedem Tag als Staatsanwalt der Tag näher rückt, an dem man selber die Kündigung einreicht. In diesem Berufsstand herrscht nämlich das allgemeine Gefühl vor, dass der »ehemalige« Staatsanwalt immer noch am meisten hat von seinem Beruf.

Die Ausnahme zu dieser Regel ist Richard Wallace. Er vertritt die Anklage seit achtzehn Jahren, und wenn er genug zu trinken hat, gibt er auch zu, dass ihm sein Job gefällt. Er ist der zweite Mann in der Hierarchie und somit in der höchsten Position, für die man nicht gewählt werden muss. Und genau so will er es auch, denn würde er eine Stufe höher steigen, müsste er den Gerichtssaal gegen einen Verwaltungssessel eintauschen.

Aus der Sicht eines Verteidigers ist das Gute an Wallace, dass er nicht blufft; im Großen und Ganzen weiß man, wo er steht und warum. Das Schlechte an Wallace ist, dass er nicht blufft; das bedeutet, man kann seinen Bluff nicht offen legen und ihn schlecht dastehen lassen.

Meine Theorie über Staatsanwälte sieht so aus, dass sie die Spülmaschinen des juristischen Berufsstandes sind: Ihr Hauptziel besteht darin, ihre Teller abzuwaschen. Das Problem ist, dass die Verbrecher immer wieder Essen auf diesen Tellern abladen und sie diese niemals sauber bekommen. Doch sie versuchen es immer weiter, und Wallace hofft zweifellos, dass ich ihm dabei behilflich sein werde, den Teller von Willie Miller in die Spülmaschine zu stellen.

Wir setzen uns pünktlich um vierzehn Uhr dreißig zusammen und um vierzehn Uhr einunddreißig hat er den Smalltalk beendet und sein Angebot unterbreitet. Willie kann sich des Mordes schuldig bekennen und eine lebenslange Haftstrafe ohne die Möglichkeit der vorzeitigen Entlassung akzeptieren. »Das ist ein erstklassiges Angebot«, sagt er, ohne eine Miene zu verziehen.

»Toll«, entgegne ich. »Den Rest seines Lebens soll er also in einem Scheißkäfig verbringen. Da müsste er ja verrückt sein, wenn er darauf nicht einginge! Mann, ich wünschte, Sie würden mir so was anbieten. Ich würde das sofort akzeptieren.«

»Wenn er das nicht akzeptiert, dann können Sie ihm gleich sagen, dass er gar nicht erst seine Sachen auspacken braucht: Er sitzt sofort wieder in der Todeszelle.«

»Er wird es nicht akzeptieren.«

Wallace schüttelt den Kopf, so als stimme ihn meine Antwort traurig. »Andy, dieser Prozess hat bereits stattgefunden. Sie haben das Protokoll gelesen; es wäre so, als schiebe man eine Kassette in ein Videogerät und spiele den ganzen Film noch einmal ab.«

»Sie kalkulieren meinen brillanten Verstand nicht mit ein.«

»Henderson hält nicht viel von brillantem Verstand. Er zerreißt Sie in kleine Stücke und wirft Sie den Gerichtsdienern zum Fraß vor.«

Ich bin gerade nicht in der Stimmung, mir Vorträge anzuhören, auch wenn jedes Wort davon wahr ist. Gerade *weil* jedes Wort davon wahr ist.

»Dafür haben Sie mich also hierher gebeten? Lebenslang ohne die Chance vorzeitiger Entlassung?«

»Genau. Die Medien werden uns dafür zwar den Hals umdrehen, aber damit müssen wir leben.«

»Ihr Mut ist ja geradezu vorbildlich.«

Er lächelt. »Deshalb werde ich ja auch so gut bezahlt.«

»Das werden Sie sich dieses Mal verdienen müssen«, sage ich. »Willie wird Ihr Angebot ablehnen.«

Meine Antwort überrascht ihn nicht, aber es gefällt ihm auch nicht, dass er immer noch seinen schmutzigen Teller hat. »Dann sehen wir uns wohl vor Gericht wieder, Herr Anwalt«, meint er schulterzuckend.

Ich stoße auf dem Weg hinaus noch ein paar gemurmelte Drohungen aus, um den Einschüchterungsprozess einzuleiten, aber er telefoniert bereits, daher hat das anscheinend keine allzu große Wirkung.

Da ich noch einige Stunden Zeit habe, bevor ich mich mit Laurie treffe, fahre ich hinaus zum Gefängnis, um das Gespräch mit Willie hinter mich zu bringen. Hinter *uns.*

Willie wurde von der Todeszelle in den Hochsicherheitstrakt verlegt. Ein feiner Unterschied: Man tauscht Anspannung, Angst und den Geruch des Todes gegen das Recht ein, von doppelt so vielen Mördern und Vergewaltigern wie zuvor umgeben zu sein. Willie ist schon eine Art Berühmtheit, da nicht allzu viele von der anderen Seite zurückkommen. Das scheint sich nicht gerade positiv auf seine Stimmung auszuwirken.

Ich berichte ihm von dem angebotenen Handel, und er sagt mir, ich solle mich doch ins Knie ficken. Mir ist klar, dass er mich damit als Repräsentanten des Systems treffen will, dennoch sage ich ihm, dass er nicht den Boten für die schlechte Nachricht umbringen solle. Er meint, dass er nicht nur den Boten nicht umbringen würde, sondern dass er auch Denise nicht umgebracht hat, also plädiert er auf nicht schuldig.

»Willie, es bestehen sehr gute Chancen, dass Sie diesen Prozess verlieren werden.«

»Warum?«

»Betrachten Sie es mal so: Angenommen das Football-Team der Dinky University fährt runter zur Florida State University und wird hundertzehn zu null geschlagen. Dann sagt jemand: ›Hey, wartet mal, Florida State war gar nicht für das Spiel qualifiziert, weil sie viel zu schlecht sind und keine gleichen Chancen hatten.‹ Also wird entschieden, dass das Spiel nicht zählt, und man entscheidet, es in der folgenden Woche zu wiederholen.«

»Kommen Sie noch auf den Punkt, bevor der Prozess beginnt?«, fragt er.

Ich nicke. »Wenn nun das Spiel wiederholt wird, glauben Sie, dass Dinky dann gewinnt?«

»Das hängt davon ab, ob Dinky mit derselben Mannschaft anreist.«

»Dieselbe Mannschaft.«

»Aber ich gehe nicht mit derselben Mannschaft zurück in den Prozess. Ich hab mir ’nen neuen Trainer besorgt. Sie.«

»Das wird nicht reichen. Dinky ist immer noch Dinky. Auch wenn Sie Bill Parcells als Trainer gewinnen, sie bleiben immer noch Dinky.« Ich treibe die Analogie vielleicht etwas auf die Spitze, aber er bleibt am Ball.

»Sie wollen also, dass ich das Flugzeug der Dinky-Mannschaft abstürzen lasse, bevor es überhaupt in Florida ankommt. Das geht nicht, Andy, ich sitze nämlich in diesem Flugzeug.«

Es ist sicher unmöglich, ihn zu überzeugen, und eigentlich will ich das auch nicht, denn vermutlich würde ich an seiner Stelle genauso handeln. Würde man mich ohne Aussicht auf vorzeitige Entlassung lebenslänglich ins Gefängnis stecken, würde meine erste Handlung wohl darin bestehen, mich umzubringen. Das kann dann genauso gut der Staat für mich erledigen. Außerdem mache ich das Ganze nicht nur für Willie und ich mache es auch nicht nur für mich. Ich mache es für die gute alte Dinky University.

Ich rufe Nicole an und sage ihr, dass ich heute Abend erst sehr spät nach Hause komme. Sie ist enttäuscht, weil ihr Vater während der politischen Sommerpause in der Stadt ist und mit uns essen gehen wollte. Ich sage ihr, dass ich es nicht schaffen werde und dass sie allein mit ihm gehen soll. Dass ich mich mit Laurie vor einem Pornokino treffe, lasse ich unerwähnt.

Denise und Edward hatten sich in der Nacht, in der sie umgebracht wurde, einen Film angesehen. In den Jahren danach hat das Kino, in dem sie waren, angesichts der Konkurrenz durch die großen Filmpaläste bei den Einkaufszentren draußen am Highway nicht gerade einen Aufschwung erlebt. Damals hieß es Cinema One und zeigte Premieren; jetzt ist es das Climax und präsentiert heute Abend stolz *Hot Lunch* und *The Harder They Come*. Ich möchte hineingehen, damit wir den Abend wirklich rekonstruieren können, doch Laurie hält das nicht für nötig.

Wir stehen vor dem Kino, so wie Edward und Denise es wahrscheinlich taten. Ein ganz normales Rendezvous eines ganz normalen Paares, nur dass einer von beiden nur noch etwa eine Stunde zu leben hatte. Denise kann uns nichts mehr über den restlichen Abend erzählen, also können wir uns nur auf Edwards Zeugenaussage berufen. Bisher habe ich keine Veranlassung, sie anzuzweifeln. Zumindest nicht diesen Teil.

»Kurz nach Mitternacht«, sage ich, »gehen sie also von hier fort.«

Laurie nickt. »Und sie beschließen, noch etwas trinken zu gehen.«

Ich deute die Straße entlang. »Sie gehen in diese Richtung, obwohl Edward dort hinten geparkt hatte. Das bedeutet, dass sie nicht nur zufällig an der Bar vorbeikamen … sie wollten dorthin.«

»Edward hat gesagt, das sei die Bar gewesen, in die er während seiner Zeit am College immer ging.«

Edward hatte die Fairleigh Dickinson University besucht, die sich weniger als eine Meile von unserem jetzigen Standpunkt entfernt befindet. Ich nicke. »Sollen wir etwas trinken gehen?«

Wir gehen die drei Straßen weiter zur Bar. Das Innere scheint die Wandlung von schick zu schäbig durchgemacht zu haben, und die etwa zehn Gäste sehen nicht so aus, als warteten sie auf den Beginn ihres Literaturkränzchens. Im Fernsehen über dem Billardtisch läuft ein Ringkampf, der die Aufmerksamkeit der meisten Anwesenden auf sich gezogen hat.

Der Barkeeper ist ein stämmiger Kerl, etwa vierzig und hat ein freundliches, aber verlebtes Gesicht. Es ist so, als hätten wir eine Casting-Agentur angerufen und gebeten, uns einen typischen Barkeeper zu schicken. Er kommt zu uns.

»Was möchten Sie?«, fragt er.

Ich deute auf den Fernseher. »Besteht vielleicht die Möglichkeit, dass Sie auf CNN umschalten könnten? Da kommt gleich eine Pressekonferenz mit Donald Rumsfeld.«

Laurie und ich haben eine merkwürdige Art der Synchronisierung zwischen uns beiden entwickelt. Sobald ich den Mund aufmache, verdreht sie auch schon die Augen. »Kümmern Sie sich nicht um ihn«, sagt sie. »Er kann nicht anders.«

Der Barkeeper zuckt mit den Schultern. »Kein Problem.« Man könnte denken, er höre Tag für Tag Witze über Donald Rumsfeld. Er wendet sich mit seiner nächsten Frage an Laurie. »Was kann ich für Sie tun?«

»Wir suchen einen gewissen Donnie Wilson.«

»Sie haben ihn gefunden.«

Überrascht sagt Laurie: »Derselbe Donnie Wilson, der hier vor sieben Jahren gearbeitet hat, auch in der Nacht, in der Denise McGregor ermordet wurde?«

Er nickt. »Ich mache nicht gerade große Karrieresprünge, verstehen Sie?«

»Erinnern Sie sich noch an einiges von damals?«, frage ich.

»Machen Sie Witze? So als wäre es gestern gewesen.«

Das höre ich mit gemischten Gefühlen. Einerseits wird er uns erzählen können, was passiert ist, aber andererseits wird er den Geschworenen auch glaubwürdig vorkommen. Wenn ein Verbrechen so lange zurückliegt, dann hofft die Verteidigung unter anderem stets auf verblasste Erinnerungen der Hauptzeugen. Dieser Typ hat das Gefühl, es sei erst gestern gewesen, und das ist für unsere Zwecke nicht verblasst genug.

Ich bitte ihn, uns von jener Nacht zu erzählen, und er legt sofort los. »Da gibt's nicht viel zu erzählen. So ein geschniegelter Typ und eine gut aussehende Tussi kommen rein ... sahen nicht so aus, als gehörten sie hierher, aber wer weiß das schon. Damals war die Kneipe hier noch schicker. Jedenfalls steht die Tussi auf und geht zum Klo. Ich hatte ziemlich viel zu tun, denn Willie, der Typ, der sie umgebracht hat, hatte sich eine Stunde vorher freigenommen.«

»Haben Sie etwas von einem Kampf gehört?«

»Nee«, sagt er. »Ich hab auch erst von allem erfahren, als ihr Freund es mir gesagt hat. Dann tauchte dieser ältere Typ auf, und es stellte sich heraus, dass der geschniegelte Typ seinen Alten und die Bullen angerufen hatte, nachdem er die Leiche der Tussi gefunden hatte. Als die Bullen auftauchten, brach hier drin das Chaos aus.«

Laurie beugt sich zu ihm vor, so als wolle sie ihm ein Geheimnis anvertrauen. »Hören Sie, Donnie, nehmen Sie es mir nicht übel, aber wenn Sie Denise McGregor noch einmal Tussi nennen, dann schneide ich Ihnen die Eier ab und stopfe sie Ihnen in den Rachen.«

Hilfreich, wie ich bin, erzähle ich Donnie: »Ich hab ihr schon etliche Male dabei zugeschaut. Dauert nur ein paar Sekunden.«

Donnie ist vernünftig genug, um gleich nervös und respektvoll zu werden. »Hey, ich wollte niemanden beleidigen.«

Laurie lächelt ihn süßlich an. »Hab ich auch nicht so verstanden.«

Ich muss nun Donnie wieder dazu bringen, an die Mordnacht zu denken und weniger an die Horrorvision, seine Hoden schlucken zu müssen. Das ist keine leichte Aufgabe, aber ich versuche es. »Denise steht also auf, um zu telefonieren. Das Telefon ist auf der Damentoilette.«

»Richtig. Die Damentoilette … die Damentoilette.« Laurie hat ihn ganz aus dem Konzept gebracht.

»Und das war das letzte Mal, dass Sie sie gesehen haben?«

»Na ja, ich hab sie nachher noch auf dem Hinterhof gesehen. Sie wissen schon … ihre Leiche. Die Leiche der Frau.«

Laurie und ich gehen zur Damentoilette, und Donnie freut sich wirklich, uns gehen zu sehen. Auf der Tür prangt ein verblasstes Bild von Kleopatra, das darauf hinweist, dass es sich um die Damentoilette handelt. Ich will gerade die Tür aufdrücken, als Laurie mich am Arm packt.

»Was willst du tun?«

»Den Raum auskundschaften, mir das Telefon anschauen, das Verbrechen aufklären – was weiß ich.«

»Lass mich erst mal schauen, ob da auch niemand ist«, erwidert sie.

Ich schüttele betont angewidert den Kopf. »Ach, komm

schon, das ist beruflich. Warum musst du aus allem immer was Sexuelles machen?«

In diesem Moment, noch bevor Laurie Gelegenheit hat, mir zu sagen, was für ein Schwein ich bin, geht die Tür auf. Eine Person kommt heraus; ich glaube, es ist eine Frau, aber das ist nur eine Annahme. Sie wiegt mindestens zweihundertfünfzig Pfund und ist auf den Schultern und Armen überall tätowiert. Wenn die für Dinky spielen würde, könnten wir Florida State einen Tritt in den Hintern verpassen.

Ich atme tief durch und warte darauf, dass mir mein bisheriges Leben nicht mehr wie ein Film vor den Augen abläuft. Hätte Laurie mich nicht aufgehalten, wäre ich allein mit dieser Queen Kong auf der Damentoilette gewesen.

Aber ich lerne schnell. »Laurie, vielleicht solltest du mal nachschauen, ob sonst noch jemand da drin ist.«

»Ist vielleicht besser.«

Laurie geht hinein und kommt wenige Augenblicke später wieder heraus.

»Die Luft ist rein, du Macho.«

Ich nicke und gehe hinein. Außer vielleicht früher mal mit meiner Mutter, als ich noch zu klein war, um mich daran zu erinnern, war ich nie mehr auf einer Damentoilette. Wie sich herausstellt, habe ich nicht so viel verpasst.

Diese spezielle Damentoilette ist ebenso wenig erhellend wie beeindruckend. Neben dem Telefon hatte man damals Blutspritzer gefunden und der Polizei zufolge hatte Denise einen Schlag auf den Kopf bekommen und war dann nach draußen in den Hinterhof gezerrt worden. Da es keine Anhaltspunkte für einen sexuellen Übergriff gab, frage ich mich, warum der Täter sie nicht gleich hier umgebracht hat, aber das war eindeutig nicht der Fall. Das Blut wäre überall gewesen.

Laurie und ich gehen hinaus auf den Hinterhof, wo die Leiche gefunden worden war, und der befindet sich keine fünf Meter von der Toilettentür entfernt am Ende eines Flurs. Der Flur kann von dem Restaurant aus nicht eingesehen werden; wenn Denise also bewusstlos war und nicht schreien konnte, ist es nachvollziehbar, dass sie und ihr Angreifer nicht bemerkt wurden. Es ist sehr wahrscheinlich, dass sie bewusstlos war, zum einen wegen des Blutes auf der Damentoilette und zum anderen wegen der Spuren an den Fersen ihrer Schuhe, die darauf hindeuten, dass sie den Flur entlang gezogen wurde.

Zwar gibt es offensichtlich keinen geeigneten Ort, um dort brutal getötet zu werden, doch dieser Hinterhof ist ganz besonders würdelos. Verschiedene Etablissements werfen ihren Müll in und neben eine Reihe von Tonnen an der Wand, und es wimmelt nur so von streunenden Tieren, die darin herumwühlen, sodass sie hier sicherlich vorher reservieren müssen. »Zwei Rottweiler-Mischungen, ein Tisch für zwei? Ja, wir sind etwas spät dran. Wie wär's mit einem Drink aus der Abflussrinne, während Sie warten?«

Es nimmt einen wunder, was die Augenzeugin hier mitten in der Nacht gemacht hat. Willies Anwalt, Hinton, hat diesen Aspekt im Prozess kaum angesprochen, aber andererseits hat er schließlich kaum etwas richtig angesprochen. Er scheint keinerlei Strategie verfolgt zu haben, kein schlüssiges Ziel und zeigte keinerlei Verlangen nachzuhaken, es sei denn, er wäre auf Schwächen in der Argumentation der Staatsanwaltschaft gestoßen.

Wir bleiben noch eine Zeit lang am Tatort, ohne viel zu sprechen, da wir beide unseren eigenen Gedanken nachhängen und überlegen, wie grausam diese Nacht wohl für Denise McGregor gewesen sein muss. Ich versuche mir vorzustellen, wie Willie Miller dieses Verbrechen verübt hat, doch es gelingt mir nicht. Ich versuche mir vorzustellen, wie irgendjemand dieses Verbrechen verübt hat, doch auch das gelingt mir nicht.

Ich fahre Laurie zurück zum Büro, da sie dort ihr Auto abgestellt hat. Sie erwähnt das Foto, und ich merke, dass ich den ganzen Tag nicht daran gedacht habe. Am nächsten Tag esse ich mit Philip Gant in seinem Club zu Mittag. Er hatte mich angerufen und eingeladen, da er wissen wollte, »was es Neues gibt«, obgleich er doch in Wirklichkeit nur erfahren will, wie es zwischen mir und Nicole läuft. Ich werde die Situation ausnutzen und ihn nach dem Foto fragen. Ich brauche Informationen über reiche Leute, und Philip ist dafür die beste Quelle.

Nicole schläft bereits, als ich nach Hause komme, und mit einem Anflug von Schuldgefühl wird mir klar, dass ich froh darüber bin. Ich muss mir für die kommenden Tage im Geiste einen Plan zurechtlegen, damit die Ereignisse mich nicht überrollen. Ich möchte mit einem Glas Wein und Tara allein sein, nicht unbedingt in dieser Reihenfolge.

Während ich an dem Wein nippe, geht mir zum fünfzig Millionsten Mal die Situation durch den Kopf, wie ich Tara in einem Tierheim entdeckt habe. Sie war zwei Jahre alt und dort von ihrem Besitzer zurückgelassen worden, weil er umzog und keinen Platz mehr für sie hatte. Sie sollte eingeschläfert werden und ich habe sie gerade noch an ihrem letzten Lebenstag adoptiert.

Ich finde, es ist egal, ob diese Leute in eine Telefonzelle gezogen sind, sie hätten irgendwie Platz für Tara schaffen müssen. Dafür, dass sie damit fast ihren Tod verursacht hätten, verdienen sie es, in eine Zelle neben Willie Miller gesteckt zu werden. Aber natürlich bin ich froh, dass sie Tara nicht behalten haben, denn hätten sie es getan, würde ich jetzt nicht meinen Wein trinken und sie dabei streicheln. Das Leben ist für Tara äußerst einfach: Sie möchte bei mir sein und sich von mir über den Kopf streichen und den Bauch kraulen lassen. Diese einfachen Freuden mitzuerleben, hilft mir im Moment.

Ich plane meine Strategie, sowohl die juristische als auch die private, etwa eine Stunde lang, bis ich mit dem Stift in der Hand einschlafe. Noch in der gleichen Stellung werde ich zwei Stunden später durch das Klingeln des Telefons geweckt. Die Gefängnisaufsicht informiert mich darüber, dass Willie Miller von zwei Insassen mit Messern angegriffen wurde und nun im Gefängniskrankenhaus liegt.

Einen Augenblick erwäge ich, Laurie anzurufen und ihr davon zu erzählen, entschließe mich dann aber doch dagegen. Es hätte keinen anderen Zweck, als es jemandem zu erzählen und mir eine kleine Erleichterung meines Unbehagens darüber verschaffen zu können, dass ich jetzt um drei Uhr in der Früh zum Gefängnis fahren muss. Doch ich werde mich wie ein großer Junge benehmen und die Sache allein bewältigen.

Ein Wärter nimmt mich am Haupttor in Empfang und bringt mich zum Gefängniskrankenhaus. Er weiß nichts über Willies Zustand, und wenn mich meine Menschenkenntnis nicht ganz im Stich lässt, dann könnte er daran auch nicht desinteressierter sein.

Er bringt mich zu Willies Zimmer und überlässt mich dort meinem Schicksal. Das Zimmer ist abgedunkelt, Willie schläft, und so stehe ich da und weiß nicht, was ich tun soll. Ich will ihn nicht wecken; er könnte schwer verletzt und sehr schwach sein. Andererseits möchte ich auch nicht die ganze Nacht darauf warten, dass er aufwacht.

»Was glotzen Sie so?« Das ist Willies Stimme, doch im Dunkeln kann ich seine Lippenbewegungen nicht sehen.

»Willie?«, frage ich. Das ist eine kurze, dämliche Frage, gefolgt von einer weiteren. »Sind Sie wach?«

»Scheiße, ja. Glauben Sie etwa, dass Sie sich im Dunkeln an mich heranschleichen können? Am anderen Ende des Gangs liegen nämlich zwei Typen, die auch geglaubt haben, sie könnten sich an mich heranschleichen.«

»Sind Sie schwer verletzt?«, frage ich.

»Nee, nur ein paar Schnittwunden am Arm.«

Er erzählt mir dann, dass sich ihm im Aufenthaltsraum zwei Männer genähert und ihn mit geschärften Küchenmessern angegriffen haben. Sie wussten nicht, ebenso wenig wie ich, dass Willie den schwarzen Gürtel in Karate hat. Wenige Augenblicke später waren sie bewusstlos, und Willie trug nur ein paar kleinere Schnittwunden davon, die von dieser nächtlichen Auseinandersetzung zeugen.

Ich bin entsetzt darüber, dass Willie so etwas zugestoßen ist, doch ich bin der Einzige im Zimmer, der so darüber denkt. Willie ist richtig aufgedreht.

»Mann, so viel Spaß hatte ich die letzten sieben Jahre nicht mehr«, spottet er mit gackerndem Lachen. »Diese Typen dachten, ich wäre tot. Sie hätten mal sehen sollen, was ich mit denen gemacht hab. Die mussten sie mit einer Schaufel vom Boden kratzen.«

»Freut mich, dass Sie sich so gut amüsiert haben«, sage ich. »Das hat auch meiner Nacht den richtigen Pepp gegeben.« Als ich gerade gehen will, sagt er: »Das Ganze hab ich Ihnen zu verdanken, Mann.«

Ich bleibe an der Tür stehen. »Wieso?«

»Die haben Ihren Namen erwähnt und meinten, sie wollten mir mal zeigen, wo's langgeht, weil Sie nicht wissen, wann Sie aufzuhören hätten. Das war kurz bevor ich die beiden platt gemacht hab.«

Das kommt für mich unerwartet. »Sie meinen, die hätten Sie aus einem bestimmten Grund angegriffen, das war nicht nur einfach eine zufällige Rauferei?«

Willie lacht über meine Naivität. »Eine zufällige Rauferei? So was gibt's hier drin nicht, Mann. Nee, wer die auch immer geschickt hat, er hatte einen Grund, und ich wette, er hat auch eine Menge dafür bezahlt. Sie scheinen auf irgendwas gestoßen zu sein, Mann.«

Diese Ansicht kann ich mit Willie nicht teilen, und das Einzige, auf das ich bis jetzt gestoßen bin, sind verwirrende Ungereimtheiten. Irgendjemand hat versucht, Willie töten zu lassen, weil ich etwas aufdecke. Drei kleine Probleme tun sich dabei für mich auf: Ich weiß nicht, wer dieser Jemand sein könnte. Ich weiß nicht, warum sie sich an Willie heranmachen. Und ich habe noch überhaupt nichts aufgedeckt.

Ich biete Willie an, ihn zu seinem eigenen Schutz in Einzelhaft verlegen zu lassen, doch er führt sich auf, als versuche ich, ihm sein Fahrrad zu klauen. Er verspricht mir, dass er auf sich selbst aufpassen kann, und das scheint ein Versprechen zu sein, das er halten kann.

Ich mache mich auf den Weg nach Hause, um mir erholsame drei Stunden Schlaf zu gönnen, obwohl ich genau weiß, dass ich am Morgen noch genauso ratlos sein werde.

Als ich an diesem Morgen ins Büro komme, wartet Kevin auf mich und mampft seine zweite Himbeertasche. Edna hat ihn bereits in ihr Kreuzworträtsel miteinbezogen und prahlt mit ihrem Können. Er ist angemessen beeindruckt, so wie sie es von ihm erwartet hat. Ich höre, wie sie ihm sagt, er habe ein Gespür für Kreuzworträtsel; sie sagt es auf eine so gönnerhafte Art, wie Joe DiMaggio vielleicht zu einem Anfänger gesagt hätte: »Guter Arm, Junge.«

Mir gefällt Kevins Art. Wenn er sich nicht gerade den Mund voll stopft, hat er einen trockenen Humor, aber eine effiziente Arbeitsweise. Seine Mitwirkung an diesem Fall ist einfach und wie angekündigt; er möchte, dass ich ihm Aufgaben stelle, die er dann so gut wie möglich erledigt. Wenn ich eine große Firma hätte, würde ich nach dieser Erfahrung alle neuen Mitarbeiter aus Waschsalons rekrutieren. Die erste Aufgabe, die ich Kevin anvertraue, ist die Vorbereitung für einen Antrag auf Verlegung des Verhandlungsortes.

Die Anträge auf Verlegung des Verhandlungsortes sind selten erfolgreich, und das zu Recht. Wenn die Publicity um ein Verbrechen derart groß ist, dass eine unvoreingenommene Jury nicht zusammengestellt werden kann, dann ist diese Publicity selten örtlich begrenzt. Die Richter wissen das, und da sie von Natur aus ohnehin darauf bedacht sind, ihr eigenes Revier zu schützen, weisen sie den Antrag fast immer ab.

Mein Grund für die Verlegung hat in diesem Fall mehr mit Henderson als mit der Bevölkerung zu tun. Liebend gern wäre ich dadurch nämlich »Richter Hackebeil« losgeworden, aber ich kann keinerlei Gründe für einen solchen Antrag anführen. Wenn ich es versuchen würde, brächte es mir nichts ein und höchstwahrscheinlich wäre er dann nur stinksauer. Der Antrag auf Verlegung des Verhandlungsortes stellt eine Möglichkeit dar, ihn loszuwerden, ohne ihn selbst direkt als den Grund anzugeben.

Kevin schildert mir in groben Zügen, wie seine Argumentation aussehen wird, und sie ist schlüssig. Über Willies Fall wurde damals nicht besonders intensiv in den Medien berichtet; nach so langer Zeit wäre die Kenntnis darüber in anderen Orten also nicht besonders groß. Die Leute hier allerdings haben davon gehört, und vor allem wissen sie, dass die Geschworenen Willie beim ersten Mal schuldig gesprochen haben. Die Staatsanwaltschaft hat der Presse gegenüber bereits deutlich gemacht, dass der Prozess aufgrund eines Verfahrensfehlers für ungültig erklärt wurde, wodurch sich in den Köpfen möglicher Geschworener eine Schuldvermutung festgesetzt haben könnte.

Kevin ist es auch gelungen, aussagekräftige und detaillierte Informationen darüber zusammenzutragen, wie viel Aufmerksamkeit die Medien diesem Fall geschenkt haben, und sie belegen, dass die aktuelle Berichterstattung fast ausschließlich örtlich begrenzt war. Das ist eine gute Argumentation; Kevin wird sie überzeugend darstellen und wir werden verlieren.

Ich bin von der letzten Nacht noch ganz erschöpft und liebend gern würde ich das Essen mit Philip absagen. Das Problem liegt nur darin, dass niemand ein Essen mit Philip absagt. Also fahre ich hinaus zum Westmount Tennis Club in

Demarest. Der Club liegt etwa zwanzig Autominuten von meiner Kanzlei entfernt, doch im Grunde ist es eine ganz andere Welt. Achtunddreißig Plätze stehen dort zur Verfügung, sowohl harte Beläge als auch Clay und Gras. Die neunundzwanzig Hektar sind tadellos gepflegt und neben den drei herrlichen Swimmingpools gibt es ein Spitzenklasse-Restaurant, tödliche Daiquiris und Balljungen auf jedem Platz. Unter den Clubmitgliedern findet sich – soweit ich es beurteilen kann – kein einziger anständiger Tennisspieler.

Philip sitzt im Gesellschaftsraum und stochert in einem Obstteller herum, als ich eintreffe. Er scheint sich zu freuen, mich zu sehen, und stellt mich diversen reichen Leuten vor, die sich gerade in Reichweite dazu befinden. Mir schießt die Frage durch den Kopf, wie viele von ihnen wohl weniger Geld haben als ich, und ich gehe davon aus, dass ich wohl im Mittelfeld rangiere. Wartet nur, bis ich mein Honorar für den Fall Miller bekomme!

Wir halten belanglosen Smalltalk, bis wir mit dem Essen fertig sind und ich das Foto heraushole, um Philip zu fragen, ob er irgendeinen der Männer erkennt. Anfänglich erkennt er nur meinen Vater, also weise ich ihn auf Markham und Brownfield hin. Er ist beiden häufig bei diversen Anlässen begegnet, und obwohl auf dem Foto wesentlich jüngere Ausgaben der beiden abgebildet sind, glaubt er doch, dass sie es sein könnten, obwohl er sich bei weitem nicht sicher ist.

»Warum ist das so wichtig für dich, Andy?«

Ich erzähle ihm von dem Geld, von dem ihm Nicole bereits berichtet hat, und davon, dass das Foto damit in Verbindung stehen könnte. Außerdem interessiere es mich, weil Markham und Brownfield es so vehement abgestritten hätten. Ich nenne ihm allerdings nicht den Hauptgrund, nämlich dass ich nach dem Tod meines Vaters etwas über ihn in

Erfahrung bringen muss, was ich zu seinen Lebzeiten offensichtlich nicht wusste. Das auszusprechen, käme mir wie ein Verrat an meinem Vater vor, und vor allem gegenüber Philip wäre ich da sehr vorsichtig.

»Wie kann ich dir also helfen?«, fragt er.

»Nun, mit deinen Verbindungen in der Wirtschaft und deinem Zugang zu Informationen …«

»Ich soll also Brownfield überprüfen?«

Ich nicke. »Und vielleicht herausfinden, was er und Markham vor fünfunddreißig Jahren gemacht haben. Vielleicht gab's da eine Verbindung zwischen ihnen.«

»Oder zu deinem Vater?«

Es führt kein Weg daran vorbei. »Oder zu meinem Vater.«

Er verspricht, sein Möglichstes zu tun, und daran habe ich keinen Zweifel. Dann kommt er zu seinem eigenen Grund für unser Treffen.

»Wie läuft's mit Nicole?«

»Gut. Richtig gut.« Ich sage das allen Ernstes und tatsächlich könnte es sogar zutreffen. Klar, selbst wenn Nicole letzte Nacht mit einem Fleischmesser auf mich losgegangen wäre, hätte ich auch zu Philip gesagt: »Gut. Richtig gut.«

Das freut ihn; offensichtlich bestätigt es Nicoles Ausführungen vom Vorabend. »Hervorragend«, sagt er. »Ich würde nur ungern einen neuen Schwiegersohn abrichten.«

Er fragt, ob ich noch Zeit für eine Tasse Kaffee habe, aber ich lehne ab. Ich danke ihm für seine Hilfe und sage dann etwas, was man wahrscheinlich besser nicht zu seinem Schwiegervater sagen sollte: »Ich muss mich um eine Nutte kümmern.«

Philip will wissen, wovon zum Teufel ich rede, woraufhin ich gezwungen bin, noch fünf Minuten zu bleiben, um ihm von Wanda, Cals Tochter, zu erzählen. Doch schließlich kann ich mich verabschieden, zum Gericht fahren und mich um Wandas Fall kümmern. Das scheint mir ein besonders angebrachter Zeitpunkt zu sein, meinem Aberglauben zu frönen, und daher halte ich auf dem Weg dorthin an Cals Zeitungsladen an. Dieser ist zum ersten Mal, seit ich mich erinnern kann, geschlossen. Ich nehme an, dass Cal im Gerichtssaal sein wird, um seine Tochter zu unterstützen.

Im Gerichtsgebäude organisiere ich als Erstes ein Treffen mit Wanda in einem Nebenzimmer. Als ich hereinkomme, sitzt sie an einem Tisch. Sie sieht ganz wie sechzehn aus, aber mit einem um zehn Jahre älteren und traurigeren Gesicht. Ihr Anblick schockiert mich.

Nahezu alle meine Mandanten bringen zu unserem ersten Treffen eines mit: einen angsterfüllten Blick. Abgesehen von den härtesten Verbrechern haben alle aufrichtig Angst vor dem bevorstehenden Prozess, denn sie sind sich sehr wohl darüber im Klaren, dass er damit enden könnte, dass sie hinter Stahlgittern weggeschlossen werden. Viele von ihnen tun so, als ginge sie das alles nichts an, aber wenn man ihnen tief in die Augen blickt, sieht man die Angst. Seltsamerweise ist das eines der Dinge, die mir an meiner Arbeit gefallen; wenn ich sie gut mache, kann ich ihnen diese Angst nehmen.

Wanda hat diese Angst nicht. Ihre Augen verraten mir, dass das hier eine ihrer leichtesten Übungen ist, dass sie viel Schlimmeres durchgemacht hat. Ihr Blick jagt mir einen gewaltigen Schrecken ein.

Als ich den Raum betrete, schaut Wanda mich an, als wäre eine Stechmücke durch ein offenes Fenster hereingeflogen.

»Wanda?«

»Mhm.«

»Ich bin Andy Carpenter. Ihr Vater ist ein Freund von mir. Er hat mich engagiert, um Sie anwaltlich zu vertreten.«

Wanda scheint es nicht für nötig zu halten, darauf zu antworten. Mein Charme hat sie eindeutig noch nicht betört.

»Kommt er heute?«

»Wer?«, fragt sie.

»Ihr Vater.«

Sie lacht kurz und humorlos auf, was mich noch etwas mehr entmutigt. »Nein, das glaub ich nicht.« Und dann lacht sie erneut.

Ich erkläre ihr, dass ich ihr Verteidiger bin, und dann erläutere ich ihr im Detail die Anklage. Sie nimmt das mit einem Minimum an Reaktion auf, so als hätte sie es schon viele Male gehört. Ich halte Cals Tochter nicht für eine Jungfrau.

»Bis hierhin irgendwelche Fragen?«

»Wie lange wird das hier dauern?«

»Nicht sehr lang. Eine Übereinkunft wurde bereits getroffen. Sie müssen nur etwas Asche auf Ihr Haupt streuen und –«

Sie unterbricht mich. »*Was* muss ich streuen?«

»Asche auf Ihr Haupt. Das heißt, Sie müssen sagen, wie Leid es Ihnen tut. Erzählen Sie dem Richter nur, dass es Ihnen Leid tut und dass Sie es nie wieder machen werden.«

»Okay.«

»Und, Wanda, wenn Sie es sagen … dann meinen Sie es bitte auch so.«

Sie nickt nicht gerade überzeugend. Ich sage ihr, dass wir an vierter Stelle auf der Prozessliste stehen und sie in etwa einer Stunde aufgerufen wird. Sie rümpft die Nase und schaut auf die Uhr, als hätte sie Karten für die Oper und könnte eventuell die Ouvertüre verpassen.

Ich verlasse das Zimmer und frage mich, wie ein Vater der Veränderung seines Kindes gegenüber so blind sein kann. Mir tut Cal Leid, denn Wanda hier herauszuhauen wird bei weitem noch nicht ihr Leben umkrempeln. Und mir tut Wanda Leid, denn sie wird nie ein Mieder anziehen und zum Abschlussball ihrer High School gehen.

Die County-Verwaltung ist so umsichtig, dass sie den Verteidigern im Gerichtsgebäude kleine Büros zur Verfügung stellt, damit wir die Wartezeit produktiv nutzen können, bis sich die Mühlen der Justiz schwerfällig bis zu unserem Fall vorgearbeitet haben. Ich mache mich auf den Weg in das mir zugewiesene Büro im zweiten Stock.

Als ich aus dem Aufzug steige, treffe ich auf Lynn Carmody, eine Gerichtsreporterin für die *Bergen Record*. Sie erklärt mir, dass sie auf mich gewartet hat, und fragt mich, ob ich Zeit für ein Gespräch hätte. Ich bejahe, da ich ohnehin vorhatte, mit der Presse über unseren Standpunkt im Fall Willie Miller zu sprechen. Ich bitte sie in mein Büro, nachdem ich noch an einem Automaten Halt gemacht habe, um uns einen vollkommen ungenießbaren Kaffee zu holen.

Ich hatte eigentlich noch nie ein Problem mit Reportern. Sie werden von mir wie Menschen behandelt, nicht wie Objekte, die man manipulieren kann. Ich finde, so kann ich sie noch besser manipulieren. Schon vor langem habe ich gelernt, dass im Umgang mit der Presse Aufrichtigkeit die wichtigste Eigenschaft ist. Wenn man Aufrichtigkeit vortäuschen kann, ist man aus dem Schneider.

Lynn ist eine besonders gute Reporterin. Sie schreibt seit fast fünfzehn Jahren über das Geschehen im Gericht ohne den Ehrgeiz, woanders hinzugehen. Sie weiß um die menschlichen Tragödien, die sich Tag für Tag in den Gerichtssälen abspielen, und vermittelt diese emotionalen Extremsituationen leidenschaftlich gern ihren Lesern. Wir beide kommen ziemlich gut miteinander aus, weil wir uns verstehen. Sie weiß, dass ich ihr nur das erzählen werde, was für meine Zwecke förderlich ist, und sie hält es umgekehrt genauso.

Ich bin mir nicht so sicher, was ich ihr über Willie erzählen soll, also gebe ich Plattitüden über unsere zuversichtliche Haltung angesichts des Prozesses von mir und mache Andeutungen über neues Beweismaterial, indem ich ihr versichere, wie sehr sich dieses Verfahren von dem ersten unterscheiden wird. Merkwürdig ist allerdings, dass ich nicht einmal so viele bohrende Fragen über den Fall beantworten muss, da sie gar nicht besonders daran interessiert scheint.

Lynn stellt ebenso viele Fragen über den Grund meiner Anwesenheit heute im Gericht wie über den Fall Miller. Ich erzähle ihr von Wanda, wobei ich jedoch meine Verbindung zu ihr durch Cal nicht erwähne. Sein Name muss nicht durch die Presse gehen, obwohl ich mir nicht vorstellen kann, warum Lynn überhaupt darüber schreiben sollte. Sie fragt mich, ob sie mit mir nach unten gehen kann, wenn Wandas Fall aufgerufen wird, und schulterzuckend antworte ich, dass ich nichts dagegen hätte. Sie ist ganz offensichtlich süchtig nach Gerichtssälen.

Wenige Augenblicke später wird der Fall aufgerufen und Lynn und ich gehen hinunter. Wir betreten den Gerichtssaal, der von einer überraschend hohen Anzahl von Pressevertretern bevölkert ist. Offensichtlich wird anschließend an meinen Fall ein Prozess von öffentlichem Interesse geführt, und ich spiele mit dem Gedanken, nachher noch etwas hier zu bleiben, um die versammelten Reporter von den guten Aussichten für Willies Berufungsverfahren zu überzeugen. Ich wünschte nur, ich könnte ihnen eine überzeugendere Geschichte bieten.

Auf dem Weg zum Tisch der Verteidigung komme ich an Alex vorbei, der seit dem vierzehnten Jahrhundert hier als Gerichtsdiener tätig ist. Alex sieht zwanzig Jahre älter aus als seine einundsiebzig Jahre. In diesem Gerichtsgebäude stellen die Metalldetektoren die erste und letzte Verteidigungslinie dar; wenn die Bösen erst mal bis zu Alex vorgedrungen sind, gewinnen sie.

»Bedeutender Fall heute, Alex? Die Presse ist in voller Stärke vertreten.«

Er dreht sich überrascht um, so als hätte er die Journalisten noch gar nicht gesehen. Die russische Armee könnte sich an Alex heranschleichen. Er zuckt mit den Schultern. »Keine Ahnung. So viele von denen hab ich hier noch nie gesehen.«

Ich nehme meinen Platz am Tisch der Verteidigung ein, während Richter Walling einen Fall von illegalem Drogenbesitz abschließt. Walling ist zweiundsechzig Jahre alt und stolpert auf seine Pensionierung zu, wie ein Amateur-Marathonläufer auf die Ziellinie zustolpert. Fast schlaftrunken bringt er diese Verhandlung hinter sich, und ich bezweifle, dass Wanda und ich ihm mehr Nervenkitzel verschaffen können.

Wandas Staatsanwalt, Barry Mullins, begrüßt mich und spricht mit mir die letzten Vereinbarungen für die Minderung des Strafmaßes durch. Wanda wird sich uneingeschränkt schuldig bekennen, Wallace wird ihr einen Vortrag darüber halten, wie verrucht ihr Lebenswandel ist, und sie wird zwei Jahre auf Bewährung bekommen. Wenn sie sauber bleibt, wird es aus ihren Akten gestrichen. Meiner ersten Einschätzung nach wird es dazu wohl nicht kommen.

Jedenfalls ist alles klar und schon Millionen Mal zuvor so

gehandhabt worden; man kann mit Sicherheit darauf wetten, dass zukünftige Anwälte den Fall New Jersey vs. Morris nicht als Präzedenzfall heranziehen werden.

Schließlich wird Wanda hereingebracht und unser Fall wird aufgerufen. Wanda ist nicht freundlicher oder lebhafter als vorher und nervöser ist sie ebenfalls nicht.

Ohne aufzuschauen fragt Walling, ob die Staatsanwaltschaft bereit ist, ihre Anklage vorzutragen. »Ja, Euer Ehren«, sagt Mullins.

»Und die Verteidigung?«

»Wir sind ebenfalls bereit, Euer Ehren«, gebe ich mit sonorer Stimme von mir.

Zum ersten Mal schaut Walling auf und nimmt seine Brille ab, damit er mich sehen kann. Er wirkt überrascht.

»Hm, Mr Carpenter, es ist ungewöhnlich, dass Sie in einen solchen Fall involviert sind.«

Ich verbeuge mich andeutungsweise. »Eine Rückkehr zu meinen bescheidenen Wurzeln, Euer Ehren.«

Ich spüre etwas und drehe mich herum. Die Pressevertreter sind in Scharen vorgetreten und interessieren sich anscheinend für diesen Wortwechsel. Ich bin nur froh, dass meine Replik wie gewohnt geistreich war.

Mullins ist weniger darauf bedacht, eine Show abzuliefern, und kommt sofort zur Sache. »Euer Ehren, Miss Morris wurde am 15. Mai dieses Jahres verhaftet, weil sie sich mit Prostitutionsabsichten einem Polizeibeamten angeboten hat. Die Staatsanwaltschaft und der Verteidiger der Angeklagten haben sich in diesem Fall auf eine Bewährungsstrafe geeinigt, sofern das Gericht keine Einwände hat.«

Richter Walling sieht die ihm vorliegenden Unterlagen durch, so als müsse er sich entscheiden, ob er dieser Vereinbarung zustimmt oder nicht. Das Warten auf seine Entscheidung ist nicht gerade mit Nervenkitzel verbunden. So eine Art von Fall ist ihm bestimmt schon zehntausend Mal vorgetragen worden, und man kann mit Sicherheit sagen, dass die nächste Vereinbarung über eine Bewährungsstrafe, die er ablehnt, seine erste sein wird.

Als er fertig ist, nimmt er die Brille ab und schaut zu Wanda auf, die gerade herzhaft gähnt. »Junge Dame, wissen Sie, was hier vor sich geht?«

»Ja, ich komm raus.« Die liebe kleine Wanda, sie hat bestimmt die Abschiedsrede ihrer Abschlussklasse an der Charme-Akademie gehalten.

Walling ist weder von ihrer Antwort noch von ihrem Benehmen angetan. »Sie bekommen vielleicht Bewährung. Das ist ein Unterschied.« Er sieht mich an. »Den Ihnen Mr Carpenter hoffentlich erklärt hat.«

Ich nicke. »In allen Einzelheiten, Euer Ehren.«

Walling wendet sich wieder an Wanda. »Verstehen Sie den Unterschied?«

»Mhm.«

»Von Ihnen wird erwartet, sich eine ordentliche Arbeit zu suchen und in Zukunft Tätigkeiten dieser Art zu unterlassen.«

Wanda deutet mit dem Daumen auf mich. »Sagen Sie *dem* das, nicht mir.«

Jetzt geht sie mir vollends auf die Nerven und Walling wohl auch. Er fragt: »Warum sollte ich das Mr Carpenter sagen?«

»Weil er mein Zuhälter ist.«

Es dauert den Bruchteil einer Sekunde, bis ich die Bedeutung dessen, was sie gesagt hat, begreife. Die Pressevertreter dagegen brauchen nicht so lange.

Sofort bricht tumultartiges Geschnatter unter ihnen aus;

und mit schlagartigem Entsetzen wird mir klar, dass sie darauf angesetzt waren.

Walling verschafft sich mit seinem Hammer Gehör. »Was haben Sie gesagt?«, fragt er.

»Ich hab gesagt, dass er mein Zuhälter ist.« Dann sieht sie mich mit verwundertem Gesichtsausdruck an. »Ich dachte, die wussten das.«

Walling wendet sich an mich. »Mr Carpenter, haben Sie zu der Behauptung Ihrer Mandantin irgendetwas zu sagen?«

Ich wurde hereingelegt. Ich weiß nicht warum oder von wem, doch ich kann nicht glauben, dass Cal mir so etwas antun würde.

»Euer Ehren, sie meint mit ›Zuhälter‹ sicherlich, dass ich alles unternehme, um die Gefängnistüren vor ihr zuzuhalten.«

Ich gerate ins Schwimmen und versuche, das Desaster mit Humor zu entschärfen. Doch Wanda lässt das nicht zu.

»Er lässt mich und einen Haufen anderer Mädchen draußen auf den Strich gehen. Wir zahlen ihm einen Teil unserer Einnahmen.«

Walling wendet sich an mich. Er amüsiert sich prächtig; ich sehe ihm an, dass er seine Pensionierung noch einmal überdenkt. »Nun, Mr Carpenter, sieht aber ganz so aus, als meine sie die Bedeutung, die im Wörterbuch steht.«

Noch bevor ich antworten kann, lässt Wanda eine weitere Bombe platzen. »Und er kriegt umsonst einen geblasen, wann immer er will.«

Die Pressevertreter drehen durch vor Freude, sie lachen und johlen, als wären sie in einem Nachtclub. Ich versuche mich zu sammeln.

»Euer Ehren, das alles ist äußerst seltsam. Der Vater von Miss Morris ist ein Freund von mir, er bat mich, seiner Tochter zu helfen. Ich habe sie vor dem heutigen Tag noch nie gesehen.«

Wanda setzt zum vernichtenden Schlag an. »Mein richtiger Name ist nicht Morris und mein Vater ist seit zehn Jahren tot.«

Walling wendet sich nun fast schadenfroh an mich. »Nun, Mr Carpenter?«

Ich schaue zu Wanda, dann zu den hysterischen Reportern und dann wieder zu Walling.

»Die Verteidigung hat ihre Beweisführung abgeschlossen«, sage ich nur.

Von da an geht es bergab. Nach einer solchen Anschuldigung in einer öffentlichen Verhandlung ist Walling gezwungen, die Angelegenheit für weitere Ermittlungen an die Staatsanwaltschaft zu übergeben.

Eine Anhörung wird nach zwei Monaten angesetzt, um die Ergebnisse dieser Ermittlungen zu präsentieren, und Wanda wird angewiesen, dann vor Gericht zu erscheinen. Sie sagt, dass sie da sein wird, aber das wird sie nicht. Dies war ihre Abschiedsvorstellung.

Als ich schließlich aus dem Gerichtssaal komme, stoße ich auf Lynn Carmody. Sie versucht, ihr Kichern so lange zu unterdrücken, dass sie mit mir reden kann. Das wird einige Zeit dauern, also gehe ich an ihr vorbei. Sie dreht sich um und begleitet mich, nachdem sie ihr Lachen endlich unter Kontrolle gebracht hat.

»Tut mir Leid, ich konnte es Ihnen vorher einfach nicht erzählen.«

Ich bleibe stehen. »Sie wussten also davon?«

Sie nickt. »Meine Kollegen hätten mir den Hals umgedreht, wenn ich Sie vorgewarnt hätte.«

»Wer hat mich reingelegt?«

»Ich habe keine Ahnung.« Sie hebt die Hand wie zum Schwur. »Ehrlich, ich weiß es nicht.«

Ich glaube ihr. Wenn sie einen Informanten schützen würde, hätte sie es gesagt.

»Und Sie werden die Story bringen?«, frage ich.

»Andy, das fragen Sie noch? Das wird die Titelstory.«

Ich schüttele nur den Kopf und gehe fort, während sie mir hinterherruft, dass ich es ihr erzählen solle, falls ich herausfände, wie es dazu kommen konnte, damit sie auch das abdrucken könne. Irgendwie finde ich das nicht besonders tröstlich.

Nachdem ich das Gerichtsgebäude verlassen habe, fahre ich zu Cals Zeitungsladen. Er ist noch immer geschlossen, und mich überkommt das ungute Gefühl, dass er nie wieder öffnen wird. Was zum Teufel ist mit Cal Morris passiert?

Am nächsten Morgen komme ich ins Büro und erlebe ein Novum: Edna hat die Zeitung nicht beim Kreuzworträtsel aufgeschlagen. Die Zeitung ist überhaupt nicht aufgeschlagen, da sich Edna, Laurie und Kevin gemeinsam die Titelseite anschauen. Ich will sie gar nicht sehen, kann es mir dann aber doch nicht verkneifen. Ein Bild von Wanda und mir trägt den Titel »Eine andere Art von Mandantin?«.

Ich stöhne auf, und Edna versucht mich aufzumuntern, indem sie mir erzählt, es sei ein gutes Bild und ich sehe darauf aus wie eine etwas dickere Version ihres Onkels Sidney. Laurie stimmt mit ein und offenbart uns, dass sie schon viel gesehen hätte, aber noch nie einen besser aussehenden Zuhälter. Ich lächele und versuche, gute Miene zum bösen Spiel zu machen. Ich habe einen ebenso guten Sinn für Humor wie andere auch, aber im Normalfall ist es mir definitiv lieber, wenn die Witze über andere gerissen werden.

Das Ganze ist jedoch auch – abgesehen von der vernichtenden öffentlichen Bloßstellung – sehr beunruhigend. Irgendjemand hat sich unglaubliche Mühe gegeben, mir das anzutun, und er hat dabei eine beträchtliche Macht unter Beweis gestellt. Wenn ich mich nicht täusche, hat man dabei sogar einen Menschen, nämlich Cal, verschwinden lassen. Ich glaube nicht einmal, dass Cal eine Tochter hat, und wenn, dann ist es sicherlich nicht Wanda. Entweder hat man ihn eingeschüchtert oder bezahlt; das hier war nicht nur ein kleiner Streich, um mich zu blamieren. Man wollte mich ordentlich beeindrucken. Man hat keinen abgehackten Pferdekopf in mein Bett gelegt, aber die Wirkung war die gleiche.

Sobald meine Mitarbeiter ihr Gekichere beendet haben, spekulieren wir über die Möglichkeiten. Ich vermute, dass Cal bezahlt wurde, und bin fest überzeugt, dass eine Menge Geld dafür nötig war. Da Laurie und ich ein wenig im Leben von Markham und Brownfield – beides steinreiche Leute – herumgeschnüffelt haben, scheint die Möglichkeit gegeben, dass einer von ihnen oder beide damit zu tun haben.

Das ist eine ziemlich weit hergeholte Vermutung, aber meine Intuition sagt mir, dass ich Recht habe. Eine andere Meinung vertreten Laurie und Kevin, die mich für verrückt halten. Ich hoffe, dass sie Recht behalten, denn wenn nicht, dann war mein Vater irgendwie in so üble Dinge verwickelt, dass die beiden verzweifelt versuchen, das zu vertuschen.

Nachdem wir alle Möglichkeiten eine halbe Stunde ergebnislos diskutiert haben, bietet sich Laurie an, Cal aufzutreiben. Ich erkläre ihr, dass sie das später gern versuchen soll, aber nicht im Moment. Wir müssen uns jetzt ganz auf Willie Miller konzentrieren.

Kevins Antrag auf Verlegung des Verhandlungsortes ist durch und durch professionell und gut argumentiert. Ich nehme ein, zwei winzige Änderungen vor, wische ein paar

Senfflecken weg und weise ihn dann an, den Antrag Henderson zu übergeben. Ich beauftrage ihn auch damit, mit dem Büro der Staatsanwaltschaft alle Angelegenheiten des gegenseitigen Informationsaustausches zu regeln. Ich kenne ihn erst seit ein paar Tagen, doch vertraue ich ihm schon so weit, dass ich ihm etwas übertragen kann und das sichere Gefühl habe, dass er es erledigen wird. Ein schönes Gefühl.

Laurie berichtet über ihre Fortschritte, die weniger hoffnungsvoll stimmen. Das habe ich erwartet; wenn ein Mord vor so langer Zeit begangen wurde, ist die Wahrscheinlichkeit, viel Neues ausfindig zu machen, sehr gering. Noch ärgerlicher ist die Tatsache, dass sie Willies Anwalt, Robert Hinton, nicht aufspüren konnte. Seine Unauffindbarkeit ist merkwürdig. Anwälte verschwinden normalerweise nicht gern; es kommt nicht gut beim Anwerben neuer Mandanten.

Laurie wird ihre Bemühungen, Hinton aufzutreiben, verdoppeln und gleichzeitig Treffen mit Augenzeugen vereinbaren, deren Aussagen im ersten Prozess halfen, Willie ans Messer zu liefern. Sie hat auch einen DNA-Sachverständigen für uns engagiert, den wir möglicherweise präsentieren können, um die Beweise der Staatsanwaltschaft zu widerlegen oder uns dabei zu helfen, dass sie gar nicht erst vorgelegt werden dürfen. Zwar ist das ebenso wie die Verlegung des Verhandlungsortes und wie fast alles in diesem Fall so ziemlich vergebliche Liebesmüh, aber ich erkläre mich einverstanden, ihn um drei Uhr an diesem Nachmittag zu treffen.

Wir packen gerade alles zusammen, als das Telefon klingelt. Edna, die angewiesen wurde, uns nicht zu unterbrechen, widersetzt sich meiner Anordnung.

»Ich glaube, dieses Gespräch wollen Sie annehmen«, sagt sie.

»Wer ist es?«

»Ihre Frau. Klingt wie ein Notfall.«

Ich greife nach dem Hörer und führe ein 10 Sekunden-Gespräch, in dem Nicole mir mitteilt, was geschehen ist. Ich lege auf und gehe zur Tür.

»Alles in Ordnung?«, fragt Laurie.

Ich erzähle ihr alles. »Auf dem Anrufbeantworter bei uns im Erdgeschoss wurde eine Nachricht mit einer Drohung hinterlassen.«

»Was haben die gesagt?«

Ich schüttele den Kopf. »Weiß ich noch nicht. Aber was immer die auch gesagt haben, das ist noch nicht das Schlimmste.«

»Und was ist das Schlimmste?«

»Wir haben unten im Haus keinen Anrufbeantworter.«

In Rekordzeit fahre ich nach Hause. Nicoles Zustand war hart an der Grenze zur Hysterie, als ich mit ihr sprach, und sie wird sich wahrscheinlich kaum beruhigen, bevor ich bei ihr bin. Vermutlich wird sie sich auch kaum beruhigen, wenn ich bei ihr bin.

Ich halte vor dem Haus an und sehe, dass sie durch die Vorhänge späht und nach mir Ausschau hält. Sie macht die Tür auf und bringt mich zu dem Anrufbeantworter, der im Wohnzimmer angeschlossen ist. Das Gerät habe ich vorher noch nie gesehen.

Um keine Fingerabdrücke zu verwischen und so zu wirken, als wüsste ich, was ich tue, drücke ich mit der Spitze eines Kugelschreibers auf die Play-Taste. Der Sprecher versteckt sich erfolgreich hinter einer Computerstimme.

»Ihr peinlicher Auftritt im Gericht war nur der Anfang … ein kleines Zeichen unserer Macht. Wir sind größer als Sie, Carpenter … viel größer. Wir können machen, was wir wollen … und wann wir es wollen. Beenden Sie also Ihren

Kreuzzug, bevor es zu spät ist. Die Vergangenheit ist vergangen.«

Nicole sieht mich an, als könne ich etwas sagen, was ihr die Angst nimmt. So etwas wie: »Ach, ist das alles? Mach dir keine Sorgen. Ich habe einem Freund gesagt, er könne in unser Haus einbrechen und einen Anrufbeantworter mit einer Drohung darauf installieren.«

Sie merkt, dass ich nichts Tröstliches anzubieten habe, daher sagt sie überaus dramatisch: »Andy, die waren hier drin. Als wir geschlafen haben. Die waren in unserem Haus.«

Vor meinem geistigen Auge taucht Michael Corleone auf, der mit Pentangeli spricht, nachdem bewaffnete Gangster sein Haus zusammengeschossen haben. »In meinem Schlafzimmer, in dem meine Frau schläft! In dem meine Kinder mit ihrem Spielzeug spielen!«

Ich entschließe mich, meiner Frau gegenüber die Szene aus *Der Pate* nicht zu erwähnen, stattdessen frage ich: »Hast du die Türen und Fenster überprüft?«

»Nein, hab ich nicht«, sagt sie noch, bevor sie in die Luft geht. »Ich bin keine Polizistin, Andy. Ich will nicht, dass so etwas in meinem Haus passiert!«

»Natürlich willst du das nicht, Nicole, und ich auch nicht. Aber ...«

Sie hat sich jetzt besser unter Kontrolle, lässt aber eine nie gehörte Anspannung in ihrer Stimme erkennen. Mir wird klar, dass ich Nicole noch niemals verängstigt gesehen habe. Sie ist nicht in einer Welt aufgewachsen, in der sie jemals Anlass zur Angst gehabt hätte.

»Ich will diese grauenvollen Leute, mit denen du zu tun hast, nicht in meinem Leben. Die Mörder nicht, die Prostituierten nicht und auch nicht die anderen Bestien. Ich will das nicht und ich verdiene es nicht.«

»Wir wissen nicht, wer das war. Und auch nicht, warum er das getan hat.«

Sie schüttelt den Kopf, so als verstünde ich sie nicht. »Das ist unwichtig. Wichtig ist nur, dass es nicht wieder vorkommt.«

Ich fange an, mich umzuschauen, doch ich kann mir nicht vorstellen, dass ich eine Spur finden werde. Tara begleitet mich schnüffelnd; aber wenn sie in dem Fall schon aktiv werden wollte, hätte ich es vorgezogen, sie hätte bei dem Einbruch gebellt. In Gedanken versuche ich, mir das Ganze zusammenzureimen: das Debakel im Gericht, das Foto, die zweiundzwanzig Millionen Dollar, den Angriff auf Willie Miller, den Prozess ... irgendwo darin liegt die Antwort, aber ich will verdammt sein, wenn ich wüsste wo.

Laut sage ich dann, eher zu mir selbst: »Das vermischt sich alles irgendwie.«

»Was?«

Ich erzähle es Nicole: »Die ganzen verschiedenen Dinge, das Foto ... der Prozess. So als wären sie Teile eines Puzzles. Aber es ergibt keinen Sinn. Wie zum Teufel soll ein Foto, das meinen Vater vor fünfunddreißig Jahren zeigt, etwas mit Willie Miller zu tun haben?«

»Egal was es ist, das ist es nicht wert. Diese Leute sind gefährlich. Andy, wir haben das nicht nötig.«

Sie hat natürlich Recht, aber nach all den Jahren, die sie mit mir zusammenlebt, glaubt sie da wirklich, ich kann die Sache einfach auf sich beruhen lassen? Kann es sein, dass sie mich sogar nicht kennt?

»Vielleicht wäre es eine gute Idee, wenn du eine Zeit lang wegfahren würdest.«

»Wohin?«

»Ich weiß nicht ... in eines der Häuser von deinem Vater.

Nach Cannes, Gstaad, Aspen ... such dir ein Haus aus, irgendeines.«

»Warum? Weil du Angst um mich hast? Weil du nicht mit dem aufhören wirst, was du gerade machst? Weil du den Märtyrer spielen willst? Weil du ein dickköpfiger Mistkerl bist?«

»Alles, was du genannt hast, trifft zu.«

Sie fasst ihren Entschluss. »Nein, Andy, ich gehe nicht weg. Ich bin nicht diejenige, die dieses Problem verursacht hat, und ich bin nicht diejenige, die es zu regeln hat.«

DNA-Analysen sind mir verhasster als die Oper. Sie sind mir verhasster als Eidechsen, verhasster als irgendwelche bedeutungslosen Touchdowns der Schwächeren, die die Differenz verkleinern, wenn ich auf den Favoriten gesetzt habe. Ich gestehe zu, dass die DNA-Analyse die größte Erfindung seit der Entdeckung der Fingerabdrücke ist und dass sie ein unschätzbares Werkzeug darstellt, um der Gerechtigkeit zum Sieg zu verhelfen, aber nichts davon kann mich von meiner Meinung abbringen. Mir ist die DNA verhasst, weil ich sie nie verstehen werde und weil sie fast immer gegen mich arbeitet.

Meine Besprechung heute Nachmittag führt mich zu Dr. Gerald Lampley, einem Chemieprofessor mit halber Stelle am William Paterson College. Dr. Lampley war früher Professor mit einer vollen Stelle, bis das Rechtswesen die DNA-Analyse für sich entdeckte.

Sobald die Leute, die mit dem Strafrecht zu tun haben, sich etwas zunutze machen, brauchen sie Sachverständige, die ihnen dieses Etwas erklären. Sie bezahlen diese Sachverständigen sehr gut, daher auch Dr. Lampleys plötzlicher Verlust seines brennenden Verlangens, College-Studenten die Chemie zu lehren. Da draußen gibt es Leute, die sich ein Vermögen verdienen, weil sie verstehen und einer Jury erklären können, warum und wie Blut spritzt. Eine verrückte Welt ist das.

Normalerweise sagen Sachverständige stets für dieselbe Seite aus und Dr. Lampley ist als Zeuge für die Verteidigung bekannt. Mit anderen Worten: Er neigt zu der Aussage, dass die DNA-Analyse, sein Fachgebiet, unzuverlässig ist. Er vertritt natürlich nicht die Ansicht, dass diese Wissenschaft ein Schwindel ist, denn wenn er die Juristen je davon überzeugen würde, wäre er sofort wieder Chemieprofessor mit einer vollen Stelle. Also beschränkt sich Dr. Lampley auf die Aussage, dass die DNA-Analyse in dem speziellen verhandelten Fall unzuverlässig ist.

Dr. Lampley hatte Gelegenheit, den Schriftsatz der Staatsanwaltschaft über ihre Absichten in Sachen DNA-Analyse im Fall Willie Miller zu lesen. Sie haben vor, eine neue Art von Test zu benutzen, zusätzlich zu den PCR- und RFLP-Verfahren, die sie zuvor angewandt haben. Ich frage Dr. Lampley, inwiefern dieser neue Test besser sein soll.

»Die Regierung behauptet, dass er wesentlich exakter ist.« Er sagt »die Regierung«, so als rede er vom großen Führer und seinen Gefolgsleuten.

Ich bitte ihn, mir das näher zu erläutern, und er erklärt mir, dass bei diesem Test die Fehlerquote bei eins zu sechs Milliarden liege, sollten die gefundenen Partikel mit der DNA von Willie Miller übereinstimmen. Bei den alten Tests liegt die Fehlermöglichkeit bei eins zu drei Milliarden.

Wenn es nicht so frustrierend wäre, könnte man darüber lachen. »Eins zu drei Milliarden reicht denen also nicht?«

»Das Ziel der Wissenschaft und der Wissenschaftler liegt darin, nach absoluter Gewissheit zu streben.«

Die grundsätzliche Frage ist, ob wir Henderson um eine Kelly-Frye-Anhörung bitten wollen. Eine solche Anhörung würde klären, ob dieses neue Testverfahren zuverlässig genug ist, um das Ergebnis den Geschworenen vorzulegen. Für die älteren Tests ist eine solche Anhörung nicht notwendig, da sie schon in der Vergangenheit in Kelly-Frye-Anhörungen für zulässig erklärt wurden, also hat Henderson volle Rückendeckung, wenn er solche Tests als Beweismittel zulässt.

Für eine solche Anhörung sind etwa sieben bis zehn Tage quälend langweilige und detaillierte Aussagen von Wissenschaftlern anzusetzen. Diese könnten genauso gut Suaheli reden, denn die Zuhörer sind Rechtsberater und Richter, von denen keiner die geringste Ahnung hat, worüber die Wissenschaftler reden. Aber die Rechtsberater beraten, die Richter richten – und die Anklage gewinnt.

Fünf Minuten nach dem Beginn unseres Gesprächs fälle ich die Entscheidung über die Kelly-Frye-Anhörung. Ich werde sie nicht beantragen. Wir würden ohnehin verlieren und es wäre totale Zeitverschwendung, aber das ist nicht der Grund, weshalb ich auf den Antrag verzichte. Falls wir am Ende den Prozess verlieren und Willie zum Tode verurteilt wird, möchte ich seinem zukünftigen Anwalt eine Grundlage für eine Berufung geben, weil Willies idiotischer Anwalt Andy Carpenter damals nicht einmal um eine Kelly-Frye-Anhörung gebeten hat.

Ich bin mehr daran interessiert, mit Dr. Lampley über die Sicherstellung der Beweisstücke in diesem Fall zu reden. In dieser Hinsicht ist die DNA-Analyse oft angreifbar und ein Fall wie dieser bietet mehr Gelegenheit dazu als die meisten anderen. Die Beweise wurden zu einer Zeit sichergestellt, als diese Art der Analyse noch in den Kinderschuhen steckte und noch weniger ausgeklügelte Verfahren bei der Beweissicherung angewandt wurden. Wenn wir deutlich machen können, dass die Sicherstellung nicht korrekt vonstatten ging, dann sind die Ergebnisse für die Staatsanwaltschaft nutzlos.

Dr. Lampley erklärt sich bereit, sich den Fall und die dazugehörige Polizeiarbeit anzuschauen. Das ist kein besonders großzügiges Angebot, da er uns dreihundert Dollar pro Stunde in Rechnung stellt, aber ich bin einverstanden. Ich erzähle ihm noch nicht, dass ich auf die Kelly-Frye-Anhörung verzichten werde, denn ich bin mir ziemlich sicher, dass es seinen Enthusiasmus dämpfen würde. Mit der Vorbereitung und der Präsentation würde ihm diese Anhörung zwanzigtausend einbringen. Das schlägt die Benotung von Abschlussklausuren um Längen.

Nachdem das langweilige Palaver über die DNA-Analyse zumindest fürs Erste aus dem Weg geräumt ist, wird es Zeit, sich auf Willie Millers Geschichte zu konzentrieren – vorausgesetzt Willie Miller hat eine Geschichte. Ich nehme Kevin und Laurie mit ins Gefängnis, damit sie diese zumindest aus seinem Munde hören können.

Willie ist wieder zurück in den Haupttrakt verlegt worden und nur ein kleiner Verband erinnert noch an sein zweifelhaftes Vergnügen im Aufenthaltsraum. Ihm fallen fast die Augen aus dem Kopf, als er Laurie erblickt. Nachdem ich alle einander vorgestellt habe, wedelt Willie abwechselnd mir und Laurie mahnend mit dem Zeigefinger vor dem Gesicht herum und sagt dann mit einem lasziven Grinsen zu mir: »Uuuhh … Sie und diese junge Dame?« Als er das macht, werde ich unvermittelt zum Befürworter der Todesstrafe.

»Lassen Sie das, Willie. Wir sind hier, um über Sie zu reden.«

Immer noch Laurie mit den Blicken verschlingend, sagt er: »Mann, Ihr Leben ist verdammt noch mal wesentlich interessanter als meins.«

Nachdem ich ihn endlich wieder zurück auf die Spur gebracht habe, reden wir über die Mordnacht. Er glaubt sich noch daran zu erinnern, wie er an dem Abend zur Arbeit angetreten ist, aber danach folgt ein alkoholbedingtes Blackout.

»Erinnern Sie sich daran, wann Sie anfingen zu trinken?«, fragt Laurie.

»Sie meinen in dieser Nacht damals?«

Sie nickt, und er antwortet: »Nee, normalerweise hätte ich's ja gar nicht, das ist ja das Merkwürdige. Aber anscheinend hab ich's wohl doch, wie?«

»Die Alkoholtests bestätigen es zumindest«, sage ich. »Hatten Sie jemals Probleme mit Alkohol?«

»Nee.«

»Wie lange hatten Sie schon in dieser Bar gearbeitet?«

»Etwa sechs Monate.«

»Gab es vor dieser Nacht jemals Probleme? Irgendwelche Vorfälle? Wurde Ihnen jemals etwas vorgeworfen?«

Er schüttelt den Kopf. »Nee, ich hab meine Arbeit erledigt und sonst alle in Ruhe gelassen.«

»Was ist mit den Nadeleinstichen an Ihren Armen?«

Auf diese Frage reagiert Willie äußerst allergisch: »Ich hab nie Drogen genommen. Niemals.«

Das ergibt natürlich keinen Sinn. Ich habe die Einstiche auf den Polizeifotos selbst gesehen. »Woher kamen dann die Einstiche?«

»Wissen Sie, was ›niemals‹ bedeutet? Ich hab *niemals* Drogen genommen. Ich weiß nichts von irgendwelchen Nadeleinstichen. Sagen Sie denen, dass sie aufhören sollen, mit diesem Quatsch hausieren zu gehen, Mann.«

Wir befragen Willie eine Stunde lang, aber im Grunde bringt es uns nicht weiter. Er hat Denise McGregor nie vorher gesehen, hat keine Ahnung, was in jener Nacht passiert ist, kann sich aber nicht vorstellen, dass er jemanden umgebracht haben könnte. Nicht gerade eine Geschichte, die Geschworene überzeugt.

Zu Hause erwartet mich nicht gerade stürmischer Beifall. Tara scheint sich einigermaßen über meinen Anblick zu freuen, sie wedelt mit dem Schwanz und nimmt dankbar ihren Abendkeks entgegen. Nicole empfängt mich etwas reservierter, da sie noch nicht so ganz über den Vorfall mit dem Anrufbeantworter hinweg ist. Ich muss zugeben, dass ich auch noch nicht ganz darüber hinweg bin, und daher überprüfe ich auch noch einmal, ob alle Türen und Fenster verschlossen sind.

Wir essen zu Hause, da Nicole anscheinend nicht versessen darauf ist, mit dem berühmtesten Zuhälter von New Jersey in ein Restaurant zu gehen. Das ist mir nur recht, denn ich habe eine Aktentasche voller Arbeit mitgebracht. Um ein Uhr sitze ich immer noch daran, danach schlafe ich auf dem Sofa mit Taras Kopf auf meinem Oberschenkel ein. Ein Junge und sein Hund.

Am nächsten Morgen mache ich eine Inventur der Situation und das Ergebnis gefällt mir gar nicht. Ich habe fast nichts erfahren, was Willie Miller helfen könnte, und der Prozess nähert sich mit rasendem Tempo. Außerdem habe ich keine Ahnung, welche Geheimnisse sich hinter dem Foto und dem Geld meines Vaters verbergen, und ich weiß auch nicht, warum ich angegriffen und bedroht werde. So weit, so schlecht.

Der einzige Keim einer Spur bisher ist Vince Sanders' klitzekleine Offenbarung, dass Denise an etwas Mysteriösem und für sie Aufregendem arbeitete, als sie ermordet wurde, und dass sie anscheinend zum ersten Mal in ihrer beruflichen Laufbahn keine Notizen machte. Das haut einen nicht gerade vom Hocker, aber es ist interessant und vermutlich wert, genauer überprüft zu werden. Zumindest bis mir etwas Besseres über den Weg läuft.

Ich gehe noch einmal zum Büro von Vince Sanders, ohne mir die Mühe zu machen, mich am Empfang anzumelden, da ich ja den Weg kenne. Ich betrete sein Büro durch die offene Tür und treffe Vince an, der gerade Papierflugzeuge zielgenau in einen Abfalleimer segeln lässt. Ich sollte diesem Typen Socken-Basketball beibringen.

»Ein engagierter Journalist«, staune ich, »der unermüdlich daran arbeitet, das Recht der Menschen auf die Wahrheit zu verteidigen.«

Er wirft weiter seine Flugzeuge. »Zusammen mit dem Recht, sich eine Prostituierte zu halten, ist es eine unserer heiligsten Traditionen.«

»Sie wissen, dass das eine abgekartete Sache war«, erwidere ich matt. »Ich dachte, ich würde einem Freund helfen.«

»Wirklich? Zu schade. War eine gute Story. Hat für eine gute Auflage gesorgt.«

»Sie sind ein schmarotzendes Reporterschwein.«

Er nickt. »War ich schon immer und werde ich auch immer bleiben. Übrigens, können Sie mir für heute Abend zwei einundzwanzigjährige Nutten – aber bitte Zwillinge und Studentinnen an einer gemischten Uni – besorgen? So für zehn Uhr?«

»Kein Problem, ich kümmere mich darum.«

»Großartig, und sagen Sie ihnen, dass sie mich Lord Sanders nennen sollen. Nein, streichen Sie das. Stecken Sie sie in indianische Klamotten und nennen Sie sie Kleine Feder und Plapperndes Bächlein.«

»Okay.«

»Und sagen Sie ihnen, dass sie mich Häuptling Großer Radiergummi nennen sollen.«

»Wird gemacht. Aber jetzt sind Sie mir auch was schuldig.«

Ich hole das Foto meines Vaters heraus und lege es auf den Schreibtisch. »Fangen wir hiermit an.«

»Was ist damit?«

Ich zeige auf meinen Vater. »Das ist mein Vater vor fast vierzig Jahren. Ich will wissen, wer die anderen drei sind.«

Er schaut es sich einen Augenblick an. »Leichte Übung. Wir lassen es einfach durch unser tolles Gesichter-Programm auf dem PC laufen.«

»Es ist wichtig«, erkläre ich ihm. »Wenn ich mit meiner Ahnung richtig liege, könnte es sogar etwas mit dem Mord an Denise zu tun haben.«

Er starrt mich einen Augenblick ausdruckslos an. »Ich glaube, Sie sind in etwa der dümmste Zuhälter, dem ich je begegnet bin.«

»Vielen Dank für Ihre Unterstützung.«

Ich bereite mich darauf vor, ihn zu beschwatzen, damit er das mit Hilfe seiner Informanten weiter überprüft, doch das brauche ich gar nicht, da er sich das Foto noch einmal anschaut und dann auf die vierte Person deutet.

»Wissen Sie, dieser Typ da kommt mir richtig bekannt vor.«

»Wer ist das?«

Er antwortet mir nicht, sondern geht stattdessen zur Sprechanlage und drückt auf die Taste. Eine Frauenstimme erkundigt sich nach seinen Wünschen.

»Sagen Sie Carl doch mal, dass er kommen soll, ja?« Und dann an mich gewandt: »Carl wird Ihnen das mit Sicherheit sagen können.«

Es ist sinnlos, Vince zu fragen, für wen er ihn hält, da Carl ohnehin auf dem Weg ist, und Carl »wird das mit Sicherheit sagen können«.

Carl kommt herein. Er ist Ende fünfzig und trägt einen Anzug mit Krawatte. Ist in der Zeitungsbranche denn heutzutage niemand mehr mit Tinte voll geschmiert?

Vince macht sich nicht die Mühe, uns einander vorzustellen, und Carl scheint mich nicht einmal zu bemerken. Vince gibt ihm das Foto.

»Kommt dir der Typ bekannt vor?« Er muss ihm nicht einmal sagen, von welchem Typ er redet.

Carl holt eine Brille hervor, deren Gläser dicker sind als die des Hubble-Teleskops. Er setzt sie auf und begutachtet das Foto genau drei Sekunden.

»Das kann man sagen wohl. Ich hab für ihn gearbeitet. Das ist Mike Anthony.«

Vince grinst mich triumphierend an. »Hab ich's doch gesagt.«

»Wer ist Mike Anthony?«, frage ich.

Vince klärt mich auf: »Er war Redakteur bei einer kleinen Zeitung in Essex County. Ich sag Ihnen was: Er war ein wenig verrückt, aber ein teuflisch guter Zeitungsmann.«

Carl nickt zustimmend. »Einer der Besten.«

»Ist er in Rente? Wo kann ich ihn jetzt finden?«, frage ich voller Hoffnung.

Vince antwortet: »In jener großen Zeitungsredaktion im Himmel.«

»Tot?« Warum können wir nicht auch mal Glück haben?

Carl erklärt: »Er hat Selbstmord begangen. Ich glaube, wir haben das Teil vor vielleicht sechs oder sieben Jahren gebracht.«

Ich schaue Vince an, um zu erfahren, von welchem Teil Carl redet. Er erklärt es mir: »Carl ist für die Nachrufe zuständig. Wir schreiben sie und bewahren sie auf, bis die betreffende Person das Zeitliche segnet. Wollen Sie Ihren mal lesen?«

»Nein, danke«, sage ich.

»Sind Sie sicher? Ich arbeite heute sowieso gerade daran. Ich füge die Sache mit dem Zuhälter als Schlagzeile ein«, meint Carl.

»Wie es aussieht, dementiert er es«, sagt Vince.

»Zum Glück muss ich das Dementi nicht mit aufnehmen. Tote verklagen nicht so oft.«

Carl lacht über seinen Witz und geht. Ich kann ihn noch draußen im Flur lachen hören. Wie schön, dass meine Pein etwas Freude in sein Leben bringt.

Ich frage Vince, wo ich die Familie von Denise McGregor finden kann, nur für den unwahrscheinlichen Fall, dass sie mir etwas erzählen können. Falls sie überhaupt einverstanden sind, mit dem Mistkerl zu reden, der den Mörder ihrer Tochter verteidigt.

»Ich glaube, ihr Vater lebte irgendwo in South Jersey; ich müsste Ihnen die Adresse über die Personalabteilung beschaffen können. Ich glaube nicht, dass sie jemals ihre Mutter erwähnt hat.«

»Lebt ihr Vater noch?«

»Weiß ich nicht, aber ...« Er scheint plötzlich mit den Gedanken ganz woanders zu sein.

»Aber was?«

»Vielleicht ist es ein Zufall«, sagt er, »aber ich erinnere mich daran, dass Denise mir einen Haufen Fragen über Mike Anthony gestellt hat. Damals dachte ich mir, er hätte ihr eine bessere Stelle angeboten und sie wollte etwas über ihn erfahren, um entscheiden zu können, ob sie den Posten annimmt.«

»War das in etwa in der Zeit, als sie ermordet wurde?«

Er nickt. »Ich glaube, ja.«

Ich hake noch eine Zeit lang nach und versuche, mehr Informationen aus ihm herauszubekommen, aber seinem Gedächtnis lässt sich nicht mehr nachhelfen. Ich habe das Gefühl, als habe er mir ein bedeutendes Teil des Puzzles gegeben, auch wenn ich noch nicht weiß, wie es hineinpasst. Aber auf eines wette ich: Denise hat mit Sicherheit in Sachen Mike Anthony recherchiert. Das ist die erste richtige Verbindung zwischen dem Prozess von Willie Miller und dem Foto. Es bestätigt meine Intuition, weshalb ich mich noch nicht besser fühle, da ich immer noch keine Ahnung habe, was zum Teufel hier eigentlich vor sich geht. Aber je mehr ich erfahre, umso stärker wird mein Verdacht, dass die Männer auf dem Foto irgendwie in Zusammenhang mit Denise' Ermordung stehen.

Bevor ich gehe, besorgt mir Vince noch die Adresse von Denise' Vater, unter der er zumindest damals zu erreichen war. Außerdem gibt er mir Kopien von jedem Artikel, den sie in dem Jahr vor ihrem Tod geschrieben hat.

»Danke«, sage ich, »Sie haben etwas gut bei mir.«

Vince erwidert, wenn ich die Zwillinge dazu bringen könne, den Song der Doublemint-Werbung nackt zu singen, dann seien wir quitt. Er sagt auch, er habe das Gefühl, ich sei auf der richtigen Spur, und er würde mir weiterhin gern auf jede ihm mögliche Art helfen. Ich bedanke mich, ohne zu erwähnen, dass ich noch meilenweit von der richtigen Spur entfernt bin.

Auf dem Parkplatz treffe ich auf Laurie. Mein cleveres Anwaltsgehirn sagt mir, dass das kein Zufall ist.

Das bestätigt sie. »Ich bin froh, dass ich dich erwischt habe.«

»Was gibt's?«

»Ich hab Hinton aufgetrieben ... Willies Anwalt.«

»Hast du ihn gefunden?«

»So kann man's auch nennen«, sagt sie.

»Du sprichst wohl heute gern in Rätseln?«

»Die Rechtsanwaltskammer hat keinerlei Unterlagen über ihn. Er hat, abgesehen von dem Fall Willie Miller, niemals und nirgends eine Verteidigung übernommen, und er hat nie einen Juraabschluss gemacht, zumindest nicht in diesem Land.«

»Willst du damit etwa sagen, dass Willies Anwalt nie existiert hat?«

»Ich will damit nur sagen, dass Willies Anwalt kein Anwalt war.«

Das sind verblüffende Neuigkeiten und irgendwie ist das Ganze auch peinlich. Eine solche Enthüllung wäre natürlich ein hundertprozentiges Argument für eine Wiederaufnahme des Verfahrens gewesen, doch Willies sagenhafter neuer Anwalt, Andy Carpenter, hat es bis jetzt nicht herausgefunden. Hätte Willie nicht wegen des Fehlverhaltens einer Geschworenen vom Berufungsgericht eine neue Chance bekommen, wäre der Betrug nie aufgeflogen und er wäre hingerichtet worden.

Als nächste, wichtigere Frage kommt mir in den Sinn: Wie kam Willie zu Hinton? Die Antwort auf diese und andere Fragen kann mir nur Willie selbst geben.

»Komm, wir fahren zu Willie.«

»Ich kann nicht«, sagt Laurie, »bin zum Essen verabredet.«

Ich wollte schon zu meinem Auto eilen, drehe mich aber noch mal um und sehe erst jetzt, dass jemand in Lauries Wagen sitzt. Jemand, der männlich und gut aussehend ist, zumindest wenn man die großen, gut gebauten Schönlinge mag. Ich persönlich mag sie nicht.

»Mit ihm?«

Sie nickt. »Mit ihm.«

»Kommt mir bekannt vor.«

»Er heißt Bobby Radburn. Du hast ihn vielleicht schon mal im Fernsehen gesehen. Er ist Pitcher bei den Yankees.«

Wesentlich lieber als diese Erklärung wär's mir gewesen, sie hätte mir mit einem Baseballschläger eins über die Rübe gehauen, und ihr geht es wohl genauso.

»Ich weiß, für wen er pitcht. Er ist nicht mal in der Startaufstellung.« Das hat sie nun davon.

»Das ist nur noch eine Frage der Zeit«, erwidert sie. »Er ist unglaublich sportlich. Soll ich dich ihm vorstellen? Ich kann dir auch sein Autogramm besorgen.« Sie genießt es.

»Nein, danke.«

Sie nickt. »Dann sehen wir uns später im Büro.«

Ich setze zu einem weiteren Schlag an. »Du gehst also lieber mit einem Typen essen, der ein jämmerliches Verhältnis von Strike-outs und Walks hat, als den Hochsicherheitstrakt eines Gefängnisses zu betreten?«

»Die Entscheidung fällt schwer«, meint sie. »Ich denke beim Essen darüber nach.«

Bevor ich zum Gefängnis hinausfahre, rufe ich noch Richard Wallace an, um ein Treffen zu vereinbaren. Er sagt, er habe ein paar Minuten Zeit und ich solle gleich vorbeikommen, denn er habe mich auch gerade anrufen wollen. Es ist schön, begehrt zu sein.

Dort eingetroffen, komme ich sofort zur Sache. Ich erzähle ihm, dass Hinton kein Anwalt war, und beobachte seine Reaktion. Er scheint ehrlich überrascht und kann sich nicht vorstellen, wie das passieren konnte. Er verspricht mir, die Sache zu überprüfen, und ich sage zu ihm, dass das ein Beweis dafür ist, was ich als eine Verschwörung zur Verurteilung eines vollkommen unschuldigen Willie Miller ansehe.

Er lächelt. »Wenn das wahr ist, dann ist es eine klare Basis für eine Wiederaufnahme des Verfahrens. Aber Sie haben das neue Verfahren ja bereits, Andy. Und Miller hat bereits einen neuen Anwalt.«

»Das Rechtssystem hat Willie Miller im Stich gelassen. Es hat ihn abserviert, indem ein Betrug zugelassen wurde und man Hinton die Verteidigung übernehmen ließ. Was weiß ich, vielleicht hat ihn sogar das Gericht selbst bestellt; Willie hatte mit Sicherheit keine Rücklagen für Anwaltskosten gebildet.«

»Und?«

»Und ich werde einen Freispruch beantragen und dann den Staat verklagen und zehn Millionen Dollar Entschädigung fordern.«

Er lacht. »Wollen Sie's in bar oder lieber einen Scheck?« Er lässt sich nicht aus der Ruhe bringen, und obwohl es mich ärgert, kann ich es ihm nicht übel nehmen. Wir wissen beide, dass ich den Freispruch nicht bekommen werde.

Dann teilt Wallace mir mit, weshalb er mich anrufen wollte. Von oben wird Druck auf ihn ausgeübt, er solle mit der gegnerischen Seite vereinbaren, dass sich der Angeklagte schuldig bekennt und er dafür eine geringere Strafe zu erwarten hätte, obwohl ihm nicht ganz klar sei warum. Mein Verdacht ist, dass Markham und/oder Brownfield ihren Einfluss geltend machen und den Chef von Wallace bedrängen, doch das werde ich nie beweisen können.

Das neue Angebot von Wallace liegt bei vierzig Jahren bis lebenslang, mit der Möglichkeit der bedingten Haftentlassung nach fünfundzwanzig Jahren. Willie wäre dreiundfünfzig, bis sich erstmals die Chance ergäbe herauszukommen. Immer noch schrecklich, aber wesentlich besser als lebenslang ohne die Möglichkeit der bedingten Haftentlassung oder als eine Giftspritze in den Arm.

Ich glaube nicht, dass Willie das Angebot annehmen wird, denn es ist seine Entscheidung, und das sage ich auch zu Wallace. Er meint, obwohl er es anbieten musste, hoffe er doch, dass Willie das Angebot nicht annehmen wird. Wallace glaubt, dass jemand, der Denise McGregor derart brutal abschlachten konnte, es nicht verdiene, jemals wieder die Freiheit genießen zu können. Darin sind wir uns einig.

Nachdem ich ihm versprochen habe, mit Willie zu reden, mache ich mich auf den Weg zum Gefängnis. Ich frage Willie, wer ihm Hinton vermittelt hat.

»Wer mir meinen Anwalt vermittelt hat? Was glauben Sie denn? Die verdammte Anwaltsfee?«

»Wenn ich wüsste, woher Sie ihn hatten, würde ich nicht fragen. Nerven Sie mich also nicht, okay?«

Er merkt, dass ich sauer bin, und will mich nicht noch mehr verärgern. Ich bin der einzige Anwalt, den er hat – jetzt weiß ich sogar, dass ich der einzige Anwalt bin, den er je hatte.

»Das Gericht hat mir das Arschloch zugewiesen.«

»Sind Sie sicher?«

»Das hat er mir erzählt. Glauben Sie, ich hätte die Knete gehabt, um mir einen Anwalt auszusuchen?«

»*Er* hat es Ihnen erzählt?«

Willie nickt. »Hat er. Hat er mich verarscht?«

Ich bestätige ihm, dass er in der Tat verarscht wurde. Willie stellt die nahe liegende Frage: »Warum hätte er sich darum reißen sollen, mein Anwalt zu sein, wenn er nicht bezahlt wurde?«

Ich ignoriere die Frage, aber die Antwort steht für mich fest. Jemand anders hat Hinton bezahlt. Jemand, der wollte, dass Willie Miller verliert. Sehr wahrscheinlich, dass es derselbe Jemand war, der auch Cal Morris bezahlt hat, ebenso wie die Typen, die Willie angegriffen haben.

Bevor ich gehe, erwähne ich noch das neue Angebot von Wallace. Seine Antwort ist kurz und eindeutig:

»Nein.«

»Es ist das beste Angebot, dass sie machen werden«, sage ich.

»Dann sagen Sie denen, das sie sich ihr bestes Angebot in den Hintern stecken können.«

»Ich sage ja nicht, dass Sie es annehmen sollen, aber ich meine, dass Sie es ernsthaft überdenken sollten. Wenn wir den Prozess verlieren, sieht es noch verdammt viel schlechter für Sie aus.«

»Ich hab Ihnen schon gesagt, dass wir den Prozess nicht verlieren werden«, sagt er.

Ich werde ihn nicht von unseren düsteren Aussichten überzeugen können, daher gehe ich und fahre zurück ins Büro. Laurie ist von ihrem Essen mit Mr Wonderful zurückgekehrt. Ich hoffe, er hat die Kartoffeln ins Aus geworfen. Sie hat nachgeforscht und herausgefunden, dass das Gericht Hinton in der Tat nicht bestellt hat, und Wallace hat ebenfalls eine Nachricht hinterlassen und diese Tatsache bestätigt.

In der Anhörung morgen werde ich Henderson davon unterrichten, doch dazu muss ich meine Fakten schlüssig aufbereiten. Das bedeutet heute noch eine lange Nacht, daher schnappe ich mir alle nötigen Unterlagen und fahre nach Hause.

Eine riesige Limousine mit einem Chauffeur auf dem Fahrersitz steht vor dem Haus, als ich dort ankomme. Ich gehe hinein und treffe Nicole in der Küche bei einer Tasse Kaffee an. Sie sieht nicht glücklich aus, womit wir etwas gemeinsam haben.

»Hallo, Nicole.«

»Hallo, Andy.«

»In Anbetracht der Größe der Limousine da draußen ist entweder der Präsident der Vereinigten Staaten, der Sultan von Brunei oder dein Vater hier.«

»Letzteres ist richtig«, sagt Philip, als er die Küche lächelnd, aber nicht gerade überschäumend vor Herzlichkeit betritt.

»Daddy hat gehört, was passiert ist.« Sie greift nach Philips Arm, was wohl ihre Art ist, mir zu sagen, wen sie mit »Daddy« meint. »Er macht sich Sorgen.«

»Willkommen im Club«, sage ich.

»Was unternimmst du in der Sache?«, will Philip wissen.

»Ich habe die Polizei angerufen, habe überprüft, ob die Fenster und Türen richtig verschlossen sind, habe die Alarmanlage reparieren lassen … aber vor allem versuche ich herauszufinden, was hier vor sich geht und wer das gewesen sein könnte.«

»Bist du irgendwie vorangekommen?«

»Nicht viel.« Nicole stöhnt niedergeschlagen auf, aber ich wende mich weiter an Philip, der Nicole tröstend über den Kopf streichelt. »Hast du Brownfield überprüft?«

Er nickt. »Ja. Er hat das ganze Jahr über, in dem das Foto gemacht wurde, in London Wirtschaft studiert.«

»Vielleicht ist er in den Semesterferien zurückgekommen.«

Philip lächelt sein gönnerhaftes Lächeln, als wäre ich ein Hinterwäldler, der versucht, die Großstadt zu verstehen. »Ich habe ein paar Beziehungen spielen lassen und es bei der Einwanderungsbehörde überprüft. Deren Unterlagen belegen, dass er um dieses Datum herum vierzehn Wochen durchgehend in London war. Wenn das Datum stimmt, dann ist es sicherlich nicht Brownfield.«

Noch eine niederschmetternde Neuigkeit, die sich zu dem Haufen gesellt, der sich bereits aufgetürmt hat. Laurie und ich waren uns beide so sicher, Brownfield erkannt zu haben und sein vehementes Leugnen darauf zurückführen zu können, dass er in irgendein verbrecherisches Unterfangen verwickelt war. Wenn er sich außer Landes aufhielt, dann verliert er die Beziehung zu dem Foto und zu dem Zeitpunkt, zu dem mein Vater das Geld erhielt. An meinem Gesichtsausdruck muss man die Enttäuschung und Niedergeschlagenheit wohl deutlich ablesen können, denn Philip stürzt sich geradezu darauf.

»Darf ich einen Vorschlag machen?« Bescheidenheit ist nicht sein Ding.

»Sicher.«

»Da wir nicht wissen, was oder wer hinter dem Ganzen steckt, schlage ich vor, dass du die potenziellen Gefahren ausschaltest.«

»Und wie soll ich das tun?«

»Indem du den Mordprozess aufgibst. So gut verdienst du

daran sicher ohnehin nicht und du brauchst inzwischen ja auch kein Geld mehr. Vielleicht wäre es außerdem eine gute Idee, keine weiteren Nachforschungen wegen dieses Fotos anzustellen. Nur für den Fall.«

Jetzt bin ich richtig sauer, besonders wegen des Vorschlags, ich solle den Fall Miller aufgeben. Hält er das alles etwa für ein Videospiel? Kann er nicht erkennen und berücksichtigen, dass ein Menschenleben auf dem Spiel steht?

»Philip, du gestattest mir die Bemerkung, dass das lächerlich ist. Ich werde den Prozess bis zum Ende durchziehen. Es geht darin um das Leben meines Mandanten.«

»Er hat bereits einen Prozess verloren. Und du weißt genauso gut wie ich, wie klein deine Chance ist, das Blatt zu wenden. Mann, als ich damals noch bei der Staatsanwaltschaft war, hätte ich um so einen Fall gebettelt.«

Da bin ich mir sicher, denn Philip war einzig und allein dort tätig gewesen, um genügend Publicity zu bekommen. Gerade will ich ihm antworten, doch er ist noch nicht fertig. »Außerdem«, sagt er, »wurde Nicoles Leben bedroht, Andrew.«

»Nicht ganz. Meines wurde bedroht. Aber ich verstehe, was du meinst, und ich habe bereits vorgeschlagen, dass Nicole an einen sicheren Ort gehen sollte, bis das Ganze vorbei ist. Vielleicht kannst du sie davon überzeugen, dass ich Recht habe.« Wir reden über Nicole, als wäre sie nicht anwesend, und wenn Philip in der Nähe ist, ist sie es tatsächlich nicht. Es stimmt mich traurig, dass das Verschwinden der Nicole, die ich kannte, während meiner Wache geschah.

Dann holt Philip zu seiner geschwungenen Rechten aus. Er wirft mir vor, ich sei nicht bei Verstand, denn sonst wäre ich mir darüber im Klaren, egal was immer ich auch herausfände, es könnte einen negativen Einfluss auf das Gedenken meines Vaters haben.

»Mein Vater hat in seinem Leben nie gegen ein Gesetz verstoßen«, sage ich.

Er kommt zu mir herüber und legt mir den Arm um die Schulter. Wahrscheinlich habe ich gegen um meine Schulter gelegte Arme eine noch größere Abneigung als gegen sonstige Umarmungen. »Hör mal zu, wir sind doch eine Familie. Ich bin auf deiner Seite. Aber, Andrew, dein Vater hat diese zwei Millionen Dollar nicht durch das Austragen von Zeitungen verdient. Wenn es so wäre, hätte er es nicht geheim gehalten und das Geld all die Jahre nicht angerührt. Du musst dieser Tatsache ins Auge sehen.«

Damit zumindest hat Philip natürlich Recht, und nachdem er gegangen ist, versuche ich, diese Wahrheit unter einem Berg von Papierkram zu vergraben. Es gelingt mir nicht. Also versuche ich zu schlafen, da morgen mein erstes Spiel mit Henderson in seinem Stadion stattfindet, und da bin ich lieber gut vorbereitet, denn er und Wallace werden es mit Sicherheit sein. Aber auch das gelingt mir nicht; ich muss immer wieder daran denken, dass mein Vater dieses Geld nie angerührt hat.

Ich kann mich noch genau an eine Situation erinnern, als ich elf Jahre alt war. Mein Schlafzimmer lag direkt neben der Küche, es war nach Mitternacht, und meine Eltern glaubten, ich schliefe. Ich schlief nicht, und ihr merkwürdiger Tonfall, besonders der meines Vaters, ließ mich mit dem Ohr an der Wand lauschen.

Sie unterhielten sich über meine Bitte, die ich zuvor am Tag ausgesprochen hatte: Ich wollte im Sommer ins Zeltlager fahren. Das schien mir keine unangemessene Bitte zu sein, denn meine besten Freunde waren im letzten Jahr dort gewesen und fuhren nun auch wieder mit. Doch das Lager kostete über zweitausend Dollar, dazu kamen noch die ganze

Ausrüstung und Kleidung, und über dieses finanzielle Problem unterhielten sich meine Eltern.

»Du musst es ihm sagen, Nelson«, sagte meine Mutter. »Er ist ein vernünftiger großer Junge, er wird es verstehen.«

»Das weiß ich«, erwiderte mein Vater. »Aber ich will dennoch unbedingt versuchen, es irgendwie zu schaffen.«

Meine Mutter wies darauf hin, dass sie im Moment einfach nicht das Geld hätten und dass ein Zeltlager ohnehin Luxus und keine Notwendigkeit wäre. Lieber sollten sie das Geld fürs College sparen, was ja auch in nicht allzu ferner Zukunft auf sie zukäme.

Mein Vater war unnachgiebig. Mit zitternder Stimme meinte er, er wolle, dass ich diese Erfahrung mache und dass ich jede Erfahrung machen könne, die er nie machen konnte. Irgendwie würde er schon einen Weg finden, mir meinen Wunsch zu erfüllen.

Zu meiner größten Schande zog ich die Bitte am nächsten Morgen nicht zurück. In diesem Sommer hatte ich in dem Zeltlager so viel Spaß wie noch nie in meinem Leben, und inzwischen weiß ich, dass mein Vater, der sich so verzweifelt wünschte und Unmögliches auf sich nahm, damit ich daran teilnehmen konnte, mehrere Millionen Dollar hatte, die er nicht anrühren wollte.

Geld, das er nicht durch das Austragen von Zeitungen verdient hatte.

Hendersons Hammer sorgt im Prozess New Jersey vs. William Miller für Ruhe. Für die Staatsanwaltschaft sind anwesend Richard Wallace und eine Reihe von Stellvertretenden Staatsanwälten. Am Tisch der Verteidigung sitzen meine Wenigkeit, Kevin Randall und Willie Miller.

Zum ersten Mal sehe ich Willie jetzt außerhalb der Gefängnismauern. Er trägt Häftlingskleidung und hat die Hände hinter dem Rücken in Handschellen, aber ich sehe ihm dennoch an, dass er diesen winzigen Hauch von fast realem Leben genießt. Wenn die Geschworenen anwesend sind, werde ich ihm normale Sachen besorgen; in der Gefängniskleidung sieht er so aus, als gehöre er dorthin.

Aus irgendeinem Grund wurde beschlossen, unsere Verhandlung in den Gerichtssaal drei zu legen, in den modernsten und den am wenigsten beeindruckenden der sechs Säle im Gebäude. Er wirkt, als habe man den Architekten in ein typisches Zimmer im Holiday Inn geführt und gesagt: »Machen Sie mir so etwas.«

Für Publikum und Pressevertreter ist nicht viel Platz, weshalb man sich vielleicht gerade für diesen Saal entschieden hat. Henderson liebt ruhige und kontrollierte Gerichtssäle; wenn er könnte, würde er den Prozess wohl am liebsten unter einer Käseglocke führen. Mir persönlich wäre eine gewisse Unruhe und mangelhafte Ordnung lieber. Besonders in diesem Fall möchte ich, dass die Geschworenen hellwach und bereit sind, weiterzudenken.

Allerdings gefällt mir an dem Saal, dass er recht klein ist, die Anwälte sind sowohl dem Richter als auch den Geschworenen nah. Das bietet gute Möglichkeiten für Interaktionen, für die kleinen beiseite gesprochenen Worte, die eine unverhältnismäßig große Wirkung haben können. Den Geschworenen eine Show zu bieten, wird mit dem wachsamen Henderson als Vorsitzendem schwierig werden, aber versuchen werde ich es trotzdem.

Henderson nimmt die Namen der Anwälte zu Protokoll und sagt dann: »Gibt es irgendetwas zu bereden, bevor wir diese Anträge durchgehen?«

»Euer Ehren«, melde ich mich zu Wort, »ich möchte darum bitten, dass die Handschellen meines Mandanten abgenommen werden, wann immer er sich im Gerichtssaal befindet. Es ist unnötig, unbequem und beeinflusst die Geschworenen nachteilig.«

Henderson schaut sich um. »Sehen Sie hier irgendwelche Geschworenen, Mr Carpenter?«

»Nein, Euer Ehren. Aber ich gehe davon aus, dass sie noch kommen werden.«

»Antrag abgelehnt.« Kein besonders guter Anfang.

Ich bleibe hartnäckig. »Euer Ehren, könnten wir seine Hände nicht zumindest vor seinem Körper in Handschellen legen? Mir wurde berichtet, dass das wesentlich angenehmer wäre, während es keine allzu ernste körperliche Gefahr für die Mitglieder des Gerichtes darstellen würde.«

»Mr Wallace?«, erkundigt sich Henderson.

»Keine Einwände, Euer Ehren.«

»Nun gut. Wärter, bitte legen Sie ihm die Handschellen vor dem Körper an.«

Der Wärter kommt herüber und befolgt die Anweisung. Anschließend beugt Willie sich zu mir herüber und flüstert: »Danke, Mann. Sie sind jetzt schon besser als der letzte Anwalt.«

Ich nicke nur, während Henderson einige Unterlagen durchblättert. »Wir werden mit dem Antrag auf Verlegung des Verhandlungsortes beginnen. Mr Carpenter, ich habe Ihren Schriftsatz gelesen. Haben Sie dem noch etwas hinzuzufügen?«

Ich erhebe mich. »Ja, Euer Ehren. Indem die Staatsanwaltschaft gegenüber der Presse ihren Standpunkt deutlich gemacht und betont hat, das neue Verfahren sei das Ergebnis eines folgenlosen Formfehlers, hat sie unserer Ansicht nach die potenziellen Geschworenen beeinflusst, und –«

Henderson unterbricht mich. »Das alles steht in Ihrem

Schriftsatz. Ich habe gefragt, ob Sie dem noch etwas hinzuzufügen haben.«

»Tut mir Leid, Euer Ehren. Der Schriftsatz macht unsere Position angemessen deutlich, auch wenn er vielleicht nicht die Leidenschaft wiedergibt, mit der wir sie vertreten.«

»Ich bin überaus beeindruckt«, sagt Henderson. »Mr Wallace?«

»Unsere Erwiderung ist vollständig, Euer Ehren.« Wallace ist einer, der zu High-School-Lehrern gehen und ihnen für eine gerechte und gut durchdachte Abschlussprüfung danken würde. »Wir glauben, dass es in Fällen mit weitaus größerer öffentlicher Aufmerksamkeit gelungen ist, ohne größere Schwierigkeiten unvoreingenommene Geschworene zu finden.«

»Ich tendiere dazu, dem zuzustimmen«, sagt Henderson.

»Euer Ehren«, melde ich mich noch einmal zu Wort und versuche so, die Flut abzuwehren. »Unser Schriftsatz erläutert die Berichterstattung in den Medien sowohl innerhalb als auch außerhalb dieser Gegend sehr detailliert. Wir denken –«

Er unterbricht mich. »›Sehr detailliert‹ ist untertrieben. Ich wäre Ihnen dankbar, wenn Sie sich in Zukunft etwas kürzer fassen könnten. Aber betrachten Sie es von der positiven Seite, Mr Carpenter. Jeder Antrag, den ich ablehne, kann Ihnen als Grundlage für zukünftige Berufungen dienen.«

»Wir hätten lieber erst gar keinen Schuldspruch, Euer Ehren.«

»Dann präsentieren Sie uns Ihre besten Argumente. Was kommt als Nächstes?«

»Die Angelegenheit Robert Hinton, dem so genannten Verteidiger von Mr Miller im ersten Prozess«, antworte ich.

Henderson nickt und nimmt seine Brille ab. Er hat bereits alles darüber gehört und schaut daher zu Wallace.

»Das kann doch nicht wahr sein, oder?«

»Ich befürchte«, erwidert Wallace, »dass es unseren Informationen zufolge tatsächlich so ist, Euer Ehren. Wir können Mr Hinton nicht finden, und es gibt keinerlei Unterlagen darüber, dass er je Mitglied der Anwaltschaft war.«

»Wie konnte das passieren?«

»Das überprüfen wir noch. Aber es scheint, als habe Mr Miller Hinton unabhängig vom Gericht engagiert und als seien seine Zeugnisse nie überprüft worden.«

Henderson wendet sich an mich. »Stimmt dies mit Ihrer Einschätzung der Tatsachen überein?«

Ich werfe Willie einen raschen Blick zu, bevor ich antworte: »Ja, Euer Ehren, aber unsere größte Sorge gilt nicht der Verteidigung beziehungsweise der fehlenden Verteidigung meines Mandanten im ersten Prozess, so schlimm das auch sein mag. Dieses Urteil ist bereits aufgehoben worden.«

Henderson scheint überrascht. »Und was genau ist dann Ihre Sorge?«

Jetzt kommt's. »Euer Ehren, wir halten dies für einen Beweis, dass zum Zeitpunkt des Mordes eine Verschwörung stattgefunden hat, die bis zum heutigen Tage fortgesetzt wird, um gewisse einflussreiche Interessen zu schützen. Wir möchten darum bitten, diese Angelegenheit im Verfahren mit angemessenem Spielraum verfolgen zu können.«

»Haben Sie irgendwelche anderen Beweise für eine solche Verschwörung?« Offensichtlich ist Henderson skeptisch, doch das hatte ich nicht anders erwartet.

»Wir arbeiten sie gerade aus, Euer Ehren.«

Wallace mischt sich ein. »Euer Ehren, dem Antrag der Verteidigung nachzugeben, würde bedeuten, ihr einen Freibrief für zeitraubendes Fischen im Trüben auszustellen. Die Staatsanwaltschaft möchte den Vorschlag einbringen, dass die Informationen, wenn und falls sie *ausgearbeitet* sind, dem Gericht vorgelegt und auf Zulässigkeit überprüft werden.«

Ich gehe davon aus, dass Henderson Wallace zustimmt, doch stattdessen wendet er sich an mich. »Mr Carpenter, wurde Mr Hinton für seine Dienste bezahlt?«

»Nicht von meinem Mandanten, Euer Ehren. Hinton stellte sich als Pflichtverteidiger vor, der vom Gericht bestellt wurde. Mein Mandant, *dem zuvor noch nie ein Verbrechen zur Last gelegt wurde*, besaß nicht die Spitzfindigkeit, um zu merken, dass er das Opfer einer Verschwörung war.«

Henderson scheint diese Tatsache sehr zu beunruhigen. »Mr Wallace, wir haben hier den außergewöhnlichen Umstand vorliegen, dass ein Gericht in einem Kapitalverbrechen einem Betrug erlegen ist. Da wir mit Sicherheit davon ausgehen können, dass die meisten Anwälte, auch die falschen, zumindest ein finanzielles Eigeninteresse haben, scheint mir die Annahme recht glaubwürdig, dass Mr Hinton für diesen Fall von einer oder mehreren Personen, aber nicht dem Angeklagten, engagiert wurde, die bereit waren, für seine Dienste zu bezahlen.«

»Von dieser Annahme voreilig auf die Unschuld des Angeklagten zu schließen, scheint mir sehr weit hergeholt«, sagt Wallace.

Henderson nickt. »Das ist wahr und, Mr Carpenter, ich werde keine wirren Theorien über irgendwelche kolumbianischen Todesschwadronen zulassen.« Damit spielt er auf die im Fall O. J. Simpson aufgebaute Verteidigungsstrategie an. »Aber ich werde Ihnen einigen Spielraum lassen und von Fall zu Fall entscheiden.«

»Danke, Euer Ehren.« Das ist kein Sieg, aber es lief wesentlich besser, als ich erwartet hatte, und auch Wallace wirkt etwas überrascht.

Henderson macht sofort weiter und wendet sich an Wallace: »Wenn ich richtig informiert bin, müssen wir über die DNA-Analysen sprechen.«

»Die Staatsanwaltschaft hat ihre Absichten diesbezüglich vorgelegt. Zusätzliche Tests werden derzeit durchgeführt.«

Henderson nickt. »Mr Carpenter, wenn Sie eine Kelly-Frye-Anhörung beantragen wollen, schlage ich vor, dass Sie das so bald wie möglich tun.«

»Euer Ehren«, erwidere ich, »wir möchten bei allem Respekt darauf hinweisen, dass wir keine Überlegungen anstellen können, ob wir Beweise anfechten werden oder nicht, bis wir diese Beweise gesehen haben.«

Ich habe bereits entschieden, diese Anhörung nicht zu beantragen, aber wenn ich die Mitteilung dieser Entscheidung noch hinausschiebe, kann ich uns vielleicht etwas mehr Zeit für die Vorbereitung auf den Prozess verschaffen.

Wallace nimmt mir das nicht ab. »Euer Ehren, die Kelly-Frye-Anhörung dient dazu, wie die Verteidigung sehr wohl weiß, die DNA-Analyse als solche anzufechten, unabhängig von dem einzelnen Fall. Die Ergebnisse werden erst kurz vor dem Prozess vorliegen, und wenn die Verteidigung bis dann mit der Entscheidung wartet, ob sie die Anhörung beantragen soll, wird der Termin, den Sie für das Verfahren angesetzt haben, nahezu unweigerlich verschoben werden müssen.«

Das ist mein Stichwort. »Im Interesse der Gerechtigkeit ist die Verteidigung bereit, einem Aufschub zuzustimmen, obwohl es uns lieber wäre, wenn unser Mandant nicht in einer Gefängniszelle sitzen müsste, während die Staatsanwaltschaft ihre Angelegenheiten regelt.«

Wallace wird wütend und genau das war meine Absicht, aber Henderson macht unserem Streitgespräch ein Ende.

»Mr Carpenter, Ihre Bitte, die Entscheidung zu verschieben, wird abgelehnt. Beantragen Sie nun eine solche Anhörung oder nicht?«

»Nein, Euer Ehren.« Wallace dreht sich überrascht zu mir um. »Aber die Verteidigung behält sich das Recht vor, die Beweise anzufechten, wenn sie vorgelegt werden.«

»Kein Einspruch, Euer Ehren«, stimmt Wallace zu.

»Sehr schön. Und was nun?«

»Da wäre noch die Frage der Freilassung auf Kaution, Euer Ehren«, sage ich.

»Bei einem Kapitalverbrechen?«

»Die Staatsanwaltschaft hat ihre Absichten diesbezüglich nicht offiziell kundgetan.«

»Das ist nur eine Formalität«, sagt Wallace. »Der Papierkram wird gerade erledigt.«

»Mein Mandant hat bereits sieben Jahre für ein Verbrechen abgesessen, das er nicht begangen hat. Jeder zusätzliche Tag ist eine inakzeptable Zumutung.«

»Der Antrag auf Freilassung auf Kaution wird abgelehnt. Sonst noch etwas?«

Bevor Wallace oder ich Gelegenheit haben, noch etwas zu antworten, knallt Henderson auch schon seinen Hammer auf den Tisch. »Wir sehen uns bei der Auswahl der Geschworenen.«

Kevin und ich verabschieden uns von Willie und vereinbaren ein Treffen mit ihm, um Einzelheiten des Verfahrens zu besprechen. Nachdem Willie gegangen ist, sagt Kevin: »Der Richter war nicht so stur, wie Sie gesagt haben.«

»Warten Sie's ab«, entgegne ich. »Warten Sie's ab.«

Der Staat New Jersey hatte schon immer mit einer Identitätskrise zu kämpfen. Er ist im Wesentlichen in drei Teile geteilt: den an New York angrenzenden Teil, den Teil bei Philadelphia und alles dazwischen. Dieser mittlere Teil umfasst sowohl wohlhabende Vororte als auch ärmere bis mittelständische Städte und ländliche Gegenden. In so einer wirtschaftlich schwachen ländlichen Gegend wuchs Denise McGregor auf und dorthin fahre ich heute.

Den Garden State Parkway entlang robben sich die Autos Stoßstange an Stoßstange vorwärts, zum einen wegen des Ausflüglerverkehrs zum Strand und zum anderen wegen der Mautstationen, die uns scheinbar alle zehn Meter Geld abverlangen. Ich wechsle auf den New Jersey Turnpike, auf dem es wesentlich besser vorangeht. So habe ich Zeit zum Nachdenken.

Ich habe erfahren, dass der Vater von Denise noch immer dort lebt, aber ich wollte ihn trotzdem nicht vorher anrufen und auf mein Kommen vorbereiten. Es ist gut möglich, dass er nicht mit mir reden will, da er zweifellos glaubt, dass ich den Mörder seiner Tochter vertrete, und daher denke ich, dass ich bessere Chancen habe, wenn ich ihn überrasche. Ich habe wirklich keine genaue Vorstellung von dem, was ich von ihm erfahren könnte, aber wenn meine Theorie stimmt, dass der Mord an Denise kein Zufall war, sondern einem

Zweck diente, dann muss ich so viel wie möglich über sie herausfinden.

Schon bald finde ich mich auf einer kleinen, großteils unbefestigten Straße in einer sehr ärmlichen Gegend wieder. Ich fahre an einer Reihe von kleinen Baracken vorbei, vor denen jeweils Tiere und Pick-ups zu sehen sind. Schließlich halte ich vor einem baufälligen Wohnwagen, der die Adresse hat, unter der ich den Vater von Denise zu finden hoffe. Zum Glück steht er nicht auf einem Wohnwagen-Park, denn dort scheinen die Tornados vorzugsweise zuzuschlagen. Doch ich habe nicht die Zeit, um über die meteorologische Bedeutung dieser Tatsache nachzudenken, denn ich entdecke einen älteren Herrn, der gemächlich auf einem Schaukelstuhl vor dem Wohnwagen vor- und zurückwippt.

Neben dem Mann sitzt ein großer Deutscher Schäferhund; er gibt keinen Laut von sich, beäugt mich aber, als träfe soeben sein Mittagessen ein. Ich fahre ziemlich nah mit dem Auto heran und steige aus, wobei ich die Tür offen lasse, damit ich einen Fluchtweg habe, sollte sich der Hund auf mich stürzen.

Ich nähere mich dem Mann, der sich nicht anmerken lässt, ob er mein Kommen überhaupt registriert hat.

»Hallo, ich suche Wally McGregor.«

»Das ist der Blinde in dem Schaukelstuhl.«

Ich schaue mich nach der Person um, von der er redet, bis ich plötzlich peinlich berührt merke, dass er sich selbst meint und mich bereits zum Narren gehalten hat.

»Sie sind Wally McGregor?«

Er lacht. »Ihnen kann man nichts vormachen, wie?«

Ich lache ebenfalls. »Nein, dafür bin ich viel zu clever. Mein Name ist Andy Carpenter.«

»Was kann ich für Sie tun?«

»Ich möchte mit Ihnen über Denise reden.«

Als er den Namen von Denise hört, zuckt er zusammen; wenn Eltern ein Kind verlieren, verjähren die Gefühle nicht.

»Warum?«

Ich habe mit dem Gedanken gespielt, ihm die Wahrheit zu verschweigen, ihm nicht zu erzählen, dass ich Willie vertrete, bis ich meine Informationen von ihm erhalten habe. Wie ich ihn jedoch so vor mir sitzen sehe, kann ich es nicht. Er hat das Recht, zu wissen, mit wem er es zu tun hat, ebenso wie das Recht, mich rauszuwerfen, wenn ihm danach ist.

»Ich vertrete den Mann, von dem die Polizei behauptet, er habe sie getötet. Ich glaube, dass sie den Falschen haben.«

Er antwortet nicht, sondern schaukelt nur langsam vor und zurück, während er nachdenkt.

»Mir ist klar, was Sie fühlen müssen«, sage ich. »Aber ich wäre Ihnen sehr dankbar, wenn Sie sich mit mir unterhalten würden.«

»Ich habe von der Wiederaufnahme des Verfahrens gehört ... Mr Wallace rief mich an. Ich kann nicht behaupten, dass ich glücklich darüber bin.«

Er denkt noch eine Weile nach und ich warte ab. »Aber ich will, dass der richtige Mörder bestraft wird, und ich denke nicht, dass es die Chancen darauf verringert, wenn ich mich mit jemandem unterhalte.«

»Danke.«

Er lädt mich zu einer Tasse Kaffee in den Wohnwagen ein und ich folge ihm hinein. Seine Blindheit schränkt mit Sicherheit nicht seine Fähigkeit ein, sich zurechtzufinden, und innerhalb von vielleicht drei Minuten hat er den Kaffee aufgesetzt.

Während er damit beschäftigt ist, schaue ich mich um. Einige Fotos hängen an der Wand. Eines zeigt eine junge Frau, vielleicht einundzwanzig Jahre alt, auf einem Pferd. Das ist das erste Foto von Denise McGregor, das ich sehe und das nicht vom Coroner von ihrer Leiche gemacht wurde. Ihr brutaler Tod wird dadurch nur noch entsetzlicher.

»Sie war eine sehr schöne junge Frau«, sage ich.

Natürlich kann Wally nicht sehen, wo ich bin, daher fragt er: »Welches Foto schauen Sie sich an?«

»Denise auf einem Pferd.«

Wally nickt. »Sie war schön, so viel ist sicher. Aber das ist nicht Denise … das ist ihre Mutter Julie. Alle sagen, dass sie sich sehr ähnlich gesehen haben.«

»Oh! Ist Julie –«

»Noch am Leben?«, unterbricht er mich. »Kann ich Ihnen nicht sagen. Sie hat mich und Denise verlassen, als Denise erst ein Jahr alt war. Julie war kein Familienmensch, sie ließ sich nicht anbinden. Als sie dann plötzlich mit einem Mann und einem Kind festsaß, tja, da hat sie sich davongemacht und hat nie wieder zurückgeschaut.«

Wally McGregor hat seine Frau, seine Tochter und sein Augenlicht verloren, und doch hat er die Fähigkeit, einem Besucher das Gefühl von Geborgenheit zu geben. Eine großartige Fähigkeit.

»Und Sie haben Denise ganz allein großgezogen?«

Er lacht. »Nachdem ich mein Sehvermögen verloren habe, war es eher sie, die *mich* großgezogen hat. Es gab nichts, was Denise nicht konnte.«

»Haben Sie eine Ahnung, an was sie gerade gearbeitet hat, als sie umgebracht wurde?«

»Nicht die geringste. Aber Denise rief mich immer an und las mir all ihre Artikel vor, sobald sie in der Zeitung standen. Das hat mir immer mächtig viel Spaß bereitet. Sie war eine tolle Journalistin.«

Ich habe ihre Artikel gelesen, und er hat Recht. Sie war eine großartige Journalistin.

»Und haben Sie eine Ahnung, warum jemand sie hätte umbringen wollen?«

»Nein. Alle liebten Denise ... es ergibt keinen Sinn ... Da müssen Sie schon Miller fragen, warum er das getan hat.«

»Sie glauben also, dass er es war?«

Er zuckt mit den Schultern. »Ich weiß nur, was mir die Polizei erzählt hat. Aber wenn Sie nach einem Grund für Denise' Tod suchen – den gibt es nicht.«

Er schüttelt den Kopf und verspürt zum tausendsten Mal die Sinnlosigkeit des Ganzen. »Verdammt, den gibt es einfach nicht!«

Ich merke, dass sich Wally immer mehr aufregt, daher lasse ich ihm etwas Zeit, damit sich der Schmerz wieder legt. Ich kenne Menschen, die ein Kind verloren haben, und sie erzählen, dass der Schmerz nie ganz verschwindet, vierundzwanzig Stunden am Tag ist er da, aber nach einer Zeit entwickelt man wohl Methoden, die dabei helfen, ihn zu verbergen. Wally gelingt das, und wir führen eine Unterhaltung, die das Thema Denise ausklammert.

Später frage ich ihn nach Edward Markham, und er erzählt mir, dass sie sich nie kennen gelernt haben, nicht einmal auf der Beerdigung. Edward hat ein großes Blumengebinde und einen Beileidsbrief geschickt, ist aber selbst dort nicht aufgetaucht.

Wally scheint diese Kränkung nicht besonders empfunden zu haben; Edward hatte nie irgendeine Bedeutung für ihn gehabt. Und Denise hatte Edward nicht ein einziges Mal erwähnt.

Fast ist es für mich an der Zeit, zu gehen, und Wally weiß, dass er mir nicht die Informationen gegeben hat, die ich brauche. Er spricht es von sich aus an. »Sie glauben also, jemand anders könnte sie ermordet haben?«

Ich nicke. »Das glaube ich. Genau weiß ich es allerdings nicht.«

»Wenn Sie etwas herausfinden, möchte ich es wissen. Versprechen Sie mir das.«

»Versprochen«, sage ich. Ein Versprechen, das ich halten werde, egal was wird.

Es ist zu spät, um wieder ins Büro zu fahren, also mache ich mich auf den Weg nach Hause. Ein Haufen persönlicher Angelegenheiten muss erledigt werden und das Geld meines Vaters ist nur eine von vielen. Finanziell gesehen ist es verrückt, es in diesen niedrig verzinsten Anleihen liegen zu lassen, aber irgendwie will ich es noch nicht anrühren. Vielleicht kann mir ein Psychiater den Grund dafür nennen, und ich kann mir sicher Sigmund Freud leisten, falls ich Termine bei ihm kriege. Wenn ich die Zeit dazu hätte.

Nicole ist wesentlich freundlicher gestimmt und begrüßt mich herzlich mit einem Glas Chardonnay und einem Kuss. Ein schönes Gefühl, und ich bin ihr dankbar, aber ich weiß, dass ich nicht die Zeit haben werde, um ihr genügend Aufmerksamkeit zu schenken, was mir Schuldgefühle einflößt. Ich erkläre es ihr und sie versteht mich, sodass ich mich nach dem Essen zusammen mit Tara ins Wohnzimmer zurückziehe und mich wieder an die Arbeit mache.

Ich muss mich durch den letzten Schriftsatz von Kevin durchkämpfen, in dem argumentiert wird, dass die Todesstrafe in diesem Fall nicht in Betracht gezogen werden sollte. Sein Hauptargument beschäftigt sich mit der offenkundig unfairen Art und Weise, mit der sie im ganzen Land gehandhabt wird. Abgesehen von der offensichtlichen Rassendiskriminierung ist die Anzahl der Todeskandidaten, die später entlastet wurden, Schwindel erregend. Allein in Illinois wurden über einen Zeitraum von fünfzehn Jahren mehr Todeskandidaten entlastet als hingerichtet.

Kevins Arbeit ist erneut professionell und gut argumentiert, eine klare und präzise Anklage gegen die Todesstrafe, daher nehme ich nur wenige Änderungen vor. Leider wissen sowohl Kevin als auch ich, dass der Schriftsatz erneut zum Scheitern verurteilt ist, zumindest was Henderson angeht. Er ist seit langem ein Befürworter der Todesstrafe, und da nächstes Jahr Wahlen anstehen, ist es unwahrscheinlich, dass wir seine Meinung ändern werden.

Ich habe Kevin auch mit der Aufgabe betraut, unsere Zeugenliste vorzubereiten und ebenso die Zeugenliste, die Wallace uns vorgelegt hat, durchzusehen. Wie üblich hat Wallace uns eine ellenlange Liste gegeben, auf der jeder erdenkliche Name steht. Nie im Leben kann er auch nur zehn Prozent dieser Leute aufrufen, aber er will, dass wir unsere knappe Zeit und begrenzten Möglichkeiten dafür aufwenden, uns mit Leuten zu beschäftigen, die nicht vor Gericht erscheinen werden. Das ist nicht gerade sehr nett, aber so wird das Spiel nun mal gespielt. Ich habe Kevin gebeten, mich oder auch Willie nach jedem auf der Liste zu fragen, über dessen Rolle in dem Fall wir uns nicht im Klaren sind, damit wir uns auf jede Eventualität vorbereiten können.

So viel gibt es zu tun – und so wenig Zeit bleibt uns. Der Prozesstermin nähert sich langsam, aber sicher wie ein Güterzug und wir stecken in ernsthaften Schwierigkeiten. Gegen zwei Uhr morgens schlafe ich ein, ohne besonders viel geschafft zu haben, außer mein Schlafdefizit zu vergrößern.

Der Wecker klingelt um sechs Uhr. Hab ich studiert, um Anwalt oder um Melker zu werden? Ich gehe kurz mit Tara hinaus, dusche und fahre dann ins Büro.

Mittlerweile läuft mein Arbeitsmodus auf höchster Stufe und ermöglicht es mir, mich voll auf die aktuellen Angelegenheiten zu konzentrieren. In diesem Bewusstseinszustand kann ich irgendwohin fahren, ohne mich im Nachhinein an die Fahrt zu erinnern. Es ist erstaunlich, dass ich dabei keine Unfälle baue, aber mein Instinkt scheint mich sicher zu leiten.

An diesem Morgen herrscht ein vollkommenes Chaos in meinem Kopf, während ich versuche, Millionen verschiedene Dinge, die erledigt und überprüft werden müssen, im Geiste zu sortieren. Kevin kommt mit einer Geschworenen-Beraterin zu einer Besprechung. Ich hatte noch nie viel für diese Leute übrig, da ich immer meiner Intuition vertraut habe, aber Kevin hat mich davon überzeugt, mich dem nicht zu verschließen. Anschließend vernehme ich Victor Markham unter Eid im Büro seines Anwalts.

Um halb neun treffe ich in meinem Büro ein – zu früh, als dass Edna schon da wäre, daher stelle ich überrascht fest, dass die Tür unverschlossen ist. Mir kommt der unschöne Gedanke, dass jemand in der Nacht eingebrochen sein könnte, doch ich schaue mich rasch um und sehe nichts Ungewöhnliches.

Einen Augenblick später sehe ich überhaupt nichts mehr, da entweder eine Faust oder ein Baseballschläger auf meinen Schädel kracht. Dann verschwimmt so ziemlich alles, aber ich höre mich noch wie in Zeitlupe aufschreien, bevor ich zu Boden gehe.

Ich schaue auf und sehe einen Mann mit einer Skimütze, und da es seit einiger Zeit im Büro nicht mehr geschneit hat, kauere ich mich instinktiv zusammen. Das erweist sich als gute Idee, da er mir in den Magen tritt und dann noch auf meinen Brustkorb und meinen Kopf eindrischt.

Mein Verstand registriert, dass niemand in der Nähe ist, der mir helfen könnte; dass dieses Ungeheuer mich noch so lange treten und schlagen kann, wie er will. Zum Glück hört er nach einigen weiteren, gut platzierten Hieben auf, die allesamt einen stechenden Schmerz durch meinen Körper schicken. Er beugt sich hinunter und faucht mich durch die Skimütze hindurch wütend an:

»Du solltest langsam kapieren, wie du mit einer Warnung umzugehen hast, du Arschloch!«

Ich versuche, etwas zu erwidern, doch ein weiterer Tritt bringt mich zum Schweigen.

»Beim nächsten Mal, bist du tot, Arschloch! Tot!«

Er entfernt sich und geht zur Tür hinaus – einer der schönsten verschwommensten Anblicke, die ich je genossen habe.

Wenige Minuten später schleppe ich mich zum Telefon und rufe die Polizei an. Ich verlange Pete Stanton und erzähle ihm, was passiert ist. Dann sacke ich zu Boden und warte darauf, dass die Kavallerie eintrifft.

Als erster Soldat erscheint Edna in der Tür, die bei meinem Anblick laut schreit. Sie ist früh am Morgen auch keine Schönheit, aber anscheinend sehe ich noch schlimmer aus.

Sie reagiert großartig auf die Krise, indem sie mir kalte Lappen auf die blauen Flecken legt und mir aufs Sofa hilft.

Schon bald wimmelt es im Büro von Sanitätern und Polizisten. Die Sanitäter wollen mich ins Krankenhaus bringen, doch ich weigere mich. Anscheinend ist nichts gebrochen, auch wenn ich am ganzen Körper höllische Schmerzen habe, aber ich darf einfach keine Zeit mehr verlieren. Also bringen sie mich ins hintere Büro und verarzten mich, während die Polizei den Tatort unter die Lupe nimmt.

Als die Sanitäter ihre Arbeit schließlich beendet haben, schleppe ich meinen verbeulten und bandagierten Körper ins vordere Büro. Der einzige verbliebene Polizeibeamte ist Pete, der gerade telefoniert. Er macht mir ein Zeichen, zu warten, da er ein wichtiges Gespräch mit seinem Büro führe.

Ich stolpere zum Sofa und setze mich hin und nach einigen Minuten beendet Pete sein Gespräch. Doch statt sich mit mir zu unterhalten, telefoniert er erneut. Ich schenke dem nicht viel Beachtung, bis ich etwas von dem Telefonat aufschnappe.

»Ich muss noch bei der Reinigung vorbeifahren, und ich weiß nicht, ob ich die Zeit finde, das Auto zu waschen. Ich komme also so gegen sieben. Genau. Tschüss.« Dafür habe ich gewartet?

Er legt auf und wendet sich mir zu. »In Ordnung. Dann erzähl mal«, sagt er.

»Ich soll dir etwas erzählen? Was denn? Etwas über ein zwei Meter dreißig großes, zweihundert Kilo schweres Monster, das mich grün und blau geschlagen hat? Das glaube ich nicht. Ich gebe zu, dass es mir zunächst wichtig vorkam, aber im Vergleich zu der traurigen Tatsache, dass du keine Zeit hast, dein verdammtes Auto zu waschen, verblasst es vollkommen. Das relativiert wirklich alles.«

Er lacht; dieser Vorfall scheint ihn nicht so sehr zu beunruhigen wie mich. Er sagt, ich müsse ein paar Fragen beantworten und eine Beschreibung des Angreifers geben.

»Ich hab ihn nicht gesehen, Pete. Der Mistkerl trug eine Skimütze.«

»Dir ist gar nichts aufgefallen? Eine besondere Stimme vielleicht?«

Obwohl ich scharf nachdenke, fällt mir fast nichts ein. »Er hat große Füße.«

»Na, das ist doch was.«

Ich bin jetzt richtig wütend. »Hör mal, in mein Haus wurde eingebrochen, ich wurde bedroht und jetzt wurde ich in meinem Büro zusammengeschlagen. Besteht die Möglichkeit, dass du irgendeinen Zusammenhang darin siehst, Sherlock?«

»Andy, so etwas kommt mir jeden Tag unter. Das passiert ständig, und du verteidigst viele der Scheißkerle, die so etwas machen.«

Ich schüttele den Kopf. »So etwas dürften die eigentlich mit mir nicht machen. Ich bin Anwalt, zum Teufel! Wenn ich Leute nerve, dann sollen sie gefälligst aufstehen und Einspruch erheben.«

Pete fragt, ob im Büro etwas fehlt oder ob der Eindringling etwas durchgewühlt hat. Es gibt keine Anzeichen dafür und das teile ich ihm mit.

»Hmmm«, meint er.

»Was bedeutet dieses Hmmm?«

»Offensichtlich war der Eindringling hier, um genau das zu tun, was er getan hat, nämlich dich zusammenzuschlagen und dir zu drohen.«

»Jetzt fühle ich mich schon wesentlich besser.«

»Wann bist du ins Büro gekommen?«

»Früh. Halb neun.«

»Bist du immer als Erster hier?«

»Nein, wenn ich Termine im Gericht habe, komme ich manchmal erst nachmittags.«

»Jemand beobachtet und verfolgt dich, Andy. Hast du eine Ahnung, wer das sein könnte?«

»Nein.«

»Vielleicht ein anderer Zuhälter, der deinen Stall übernehmen möchte?«

»Du kannst mich mal am Arsch lecken.«

»Glaubst du mir, im Moment ist der wahrscheinlich wesentlich hübscher als dein Gesicht.«

Pete stellt mir noch eine Menge Fragen, die ich so gut wie möglich beantworte. Na ja, vielleicht doch nicht so vollständig, da ich die Punkte, die meinen Vater, das Geld und das Foto betreffen, unerwähnt lasse.

Mein Psychiater und ich werden eine Menge zu bereden haben.

Pete fährt zurück in sein Büro, nachdem er mir versprochen hat, seine besten Leute auf diesen Fall anzusetzen. Er erwähnt auch nebenbei unser nächstes Treffen, nämlich wenn er als wichtiger Zeuge im Fall Miller aussagen wird. Mein Job wird dann sein, Pete im Kreuzverhör anzugreifen, und das wird nicht einfach.

Als Pete geht, trifft Laurie ein. Sie hat von dem Überfall noch nichts gehört und sieht als Erstes mein zerschundenes Gesicht.

»Oh, mein Gott! Was ist passiert?«

»Eine Art außergerichtliche Konferenz«, antworte ich. Hey, ich hab früher mal mit ihr geschlafen, da muss ich doch tapfer sein.

Sie legt die Hand auf meinen Arm und ich kann nicht anders, ich stöhne vor Schmerz auf. »Nicht anfassen. Bitte, nicht anfassen.«

Das ist ihr nur recht. Ich wusste es.

Ich rufe Nicole an und erzähle ihr, was passiert ist, da ich befürchte, sie könnte über die Medien davon erfahren. Sie macht sich Sorgen und ist aufgewühlt, wenn auch weniger als nach dem Einbruch ins Haus. Ich erneuere meinen Vorschlag, dass sie auszieht, bis die Gefahr vorüber ist, doch sie lehnt erneut ab.

Kevin taucht kurz darauf auf und zeigt deutlich mehr Mitgefühl als Laurie. Schon bald sind wir wieder mit den Einzelheiten des Falls beschäftigt und fast vergesse ich meine Schmerzen. Fast, aber nicht ganz.

Die Geschworenen-Beraterin trifft zu unserer Besprechung ein. Sie heißt Marjorie Klayman und zu meinem größten Bedauern finde ich sie sofort sympathisch. Mein Vater hat mich im Glauben an die alte Schule des Prozessanwalts erzogen und die Geschworenen-Beratung ist Teil der neuen Schule. Marjorie ist Mitte dreißig, schlicht in Aussehen, Kleidung und Auftreten, aber voller Selbstvertrauen in ihre Fähigkeit, mir bei der Auswahl der Geschworenen zu helfen.

Sie erklärt mir, was sie die »Wissenschaft« des Auswahlverfahrens nennt, die darin besteht, ausgewählten potenziellen Geschworenen gut durchdachte Fragen hinsichtlich Gesinnung und Lebensstil zu stellen. Die Antworten werden dann mit der Haltung dieser Leute in Bezug auf die Informationen über den jeweiligen Fall abgeglichen. Was sie zu sagen hat, haut mich nicht um; aber wie oft soll ich eigentlich noch an einem Tag umgehauen werden? Ich engagiere sie vom Fleck weg, gebe ihr eine Woche Zeit und sie soll sich dann wieder bei mir melden. Das ist großzügig; die Auswahl der Geschworenen beginnt in zehn Tagen.

Ich bitte Laurie, mich zu der Befragung von Victor Markham zu begleiten, also fahren wir zum Büro eines gewissen Bradley Anderson, Victors Anwalt. Laurie soll mit von der Partie sein, da sie clever ist, und in diesem Fall sind zwei Köpfchen besser als eines, insbesondere da auf das eine vor kurzem brutal eingedroschen wurde.

Bradley Anderson ist einer der wenigen Anwälte, denen ich je begegnet bin, die dem Titel »Esquire« alle Ehre machen. Sein Büro befindet sich in einem eleganten Vorkriegsgebäude in Ridgewood, ist riesig groß und überladen möbliert. Das Besprechungszimmer wäre eher angemessen für einen Staatsempfang als für eine außergerichtliche Befragung in einer Strafsache, doch genau dazu haben wir uns nun mal hier eingefunden.

Ein Obstteller lädt uns zum Kosten ein, dazu noch Käse und Kräcker, nur dass sie so dünn und zerbrechlich sind, dass sie wahrscheinlich einen viel edleren Namen als »Kräcker« tragen. Daneben stehen noch eine silberne Kaffeekanne und Tassen, die kleiner als Puppenstubentässchen sind.

Victor spielt uns Freundlichkeit vor, als wir eintreffen, und drückt angesichts meiner blauen Flecken sogar Mitgefühl aus. Es scheint, als habe er überhaupt nichts Besseres zu tun, als bei einer Tasse Kaffee mit uns zu plaudern. Bradley ist reserviert, aber höflich, obwohl ich den Eindruck gewinne, dass er das Gefühl hat, sich bei dem Gespräch mit uns schmutzig zu machen. Bradley erklärt, dass er sich normalerweise nicht mit Strafsachen beschäftige, doch Victor sei ein lieber Freund – wenn wir also zur Sache kommen könnten …

Sobald die Stenografin bereit ist, stelle ich Victor ein paar einleitende Fragen zu seiner beruflichen Tätigkeit und seiner Familie. Um genau zu sein, ich stelle ihm diese Fragen bis in alle tödlich langweiligen Einzelheiten, und ich spüre den stechenden Blick von Laurie, die sich fragt, wozu zum Teufel das gut sein soll.

Es soll dazu gut sein, Victor Markham zu verärgern, seine glänzende kleine Schale abzukratzen und unter seinen Panzer zu dringen. Das gelingt mir, als ich ihn zum vielleicht fünften Mal nach den Noten seines Sohnes Edward auf der Fairleigh Dickinson University frage. Victor antwortet wutschnaubend, und Bradley droht damit, die Befragung zu beenden. Ich drohe meinerseits damit, Victor wegen mangelnder Kooperation Henderson vorzuführen. Nachdem ich nun den herzlichen Ton geschaffen habe, den ich haben wollte, ist es an der Zeit, zur Sache zu kommen.

Der Zweck einer außergerichtlichen eidlichen Aussage, zumindest eines Zeugen der gegnerischen Partei, liegt nicht unbedingt darin, Informationen zu erhalten, und sicherlich nicht darin, jemanden aufs Glatteis zu führen.

Ziel ist es eher, jemanden unter Eid aussagen zu lassen und sie oder ihn damit auf bestimmte Antworten festzunageln. Diese Antworten dienen später als Grundlage für das Kreuzverhör, und der Zeuge kann dann nicht plötzlich eine neue Geschichte auftischen, wenn er in die Ecke getrieben wird.

»Wie gut kannten Sie Denise McGregor?«

»Ich kannte sie nicht besonders gut«, sagt Victor. »Aber Edward wollte sie heiraten.«

»Waren die beiden verlobt?«

»Nein, ich glaube nicht.«

»Sie können nicht mit Sicherheit sagen, ob Ihr eigener Sohn verlobt war?«

»Er war nicht verlobt.« Er stößt seine Antwort wütend hervor.

»Wissen Sie, an welcher Story Denise vor ihrem Tod gearbeitet hat?«

»Natürlich nicht.«

Die Befragung dreht sich nun um die Mordnacht. »Warum hat Edward Sie von der Bar aus angerufen?«

»Ich würde annehmen, dass Sie sich das denken können; er war schrecklich aufgewühlt. In Krisensituationen wendet er sich immer an seinen Vater. Das macht er auch heute noch. Ich ermutige ihn darin.«

»Wo waren Sie zu dem Zeitpunkt?«

»Im Club.«

»Und was für ein Club wäre das?«

»Der Preakness Country Club. Wir sind seit vielen Jahren dort Mitglied.«

»Woher wusste er, dass Sie dort waren?«

»Das war ein Freitagabend. Ich bin freitagabends immer im Club.«

»Als Edward Sie also anrief, was genau sagte er?«

»Er erzählte mir, wo er war und dass seine Freundin ermordet wurde. Er bat mich, sofort zu kommen.«

»Und das taten Sie?«

Er nickt. »Ja, das tat ich.«

Ich hole das Foto hervor, das ich im Haus meines Vaters gefunden habe. »Würden Sie auf diesem Foto bitte auf sich selbst zeigen?«

Bradley war offensichtlich darauf vorbereitet. Augenblicklich meldet er sich zu Wort und rät Victor, nicht auf die Frage zu antworten, da sie für den Fall Miller keinerlei Relevanz habe. Egal wie sehr ich ihm zusetze, auch nicht die Drohung mit Richter »Hackebeil« Henderson kann ihn dazu bringen, seine Haltung zu ändern.

Meine letzte Frage an Victor bezieht sich auf den gegenwärtigen Aufenthaltsort von Edward, denn Laurie konnte ihn bisher nicht ausfindig machen.

Victor lächelt. »Er ist in Afrika, auf einer dieser Safaris. Ich fürchte, er ist schlicht und einfach nicht erreichbar.«

Ich erwidere das Lächeln. »Dann werden wir uns eben einfach im Zeugenstand mit ihm unterhalten.«

Zehn Tage vergehen, als wären es zehn Minuten, und bevor ich mich 's versehe, tönt der Gerichtsdiener: »In der Strafsache des Staates New Jersey gegen William Miller wird unter dem Vorsitz des Ehrenwerten Richters Walter Henderson verhandelt ...«

»William« sitzt am Tisch der Verteidigung, trägt einen neuen Anzug, den Edna ihm zu diesem Anlass gekauft hat, und sieht toll aus. Er sieht auch ruhig und gefasst aus; er war schon viel weiter unten und hat wesentlich Härteres durchgestanden als das hier, und nun glaubt er, es gehe wieder aufwärts. Er hat keinen richtigen Durchblick.

Ein besonderes Gefühl, eine gewisse Aufregung, verbunden mit innerer Unruhe, überkommt mich jedes Mal kurz vor dem Beginn eines Prozesses. Vergleichen kann ich es nur mit dem ehemaligen Spieler der Boston Celtics, dem großen Bill Russel, der gesagt hat, egal wie lange er schon spielt, er muss sich noch immer vor jedem Spiel in der Umkleidekabine übergeben. Ich glaube nicht, dass das die richtige Art und Weise wäre, Henderson für sich zu gewinnen, wenn ich mich auf dem Tisch der Verteidigung übergeben würde, daher unterdrücke ich den Drang.

In Prozessen geht es meines Erachtens hauptsächlich um Strategien und Konfrontationen. Strategien sind eine meiner Stärken, aber Konfrontationen meistere ich schon im wahren Leben nicht besonders gut, also muss ich sie in den Verhandlungen auf eine andere Art bewältigen.

Mein Vater hat mir immer mahnend vorgehalten, dass ein Prozess eine ernste Angelegenheit und kein Spiel ist, doch ich bin mittlerweile anderer Meinung. Für mich sind der Prozess und die dazugehörigen Ermittlungen in der Tat ein Spiel. Ich mache eines daraus, damit ich inmitten all dieser Konfrontationen agieren und wachsen kann. Im Sport ist jeder Spielzug eine Konfrontation zwischen den Beteiligten, aber damit kann ich umgehen, weil es der Sinn und Zweck des Spiels ist. Sobald ich Prozesse in die gleiche Schublade stecken kann, werden sie entpersonalisiert und ich kann unbeschwert loslegen.

Die Auswahl der Geschworenen ist in einem Verfahren, in dem ein Kapitalverbrechen verhandelt wird, besonders für die Verteidigung schwierig und gefährlich – aus dem einfachen Grund, weil jeder Geschworene zunächst einmal generell gewillt sein muss, für die Todesstrafe zu stimmen, sollte sie berechtigt erscheinen. Solche Jurys sind per se konservativer und eher geneigt, Partei für die Staatsanwaltschaft zu ergreifen.

Der erste potenzielle Geschworene, den Wallace und ich zu befragen haben, wird hereingeholt. Marjorie sitzt neben mir während dieser Anhörung, die an sich schon ermüdend genug ist, in diesem Fall aber noch umso mehr, als auch Henderson selbst ständig Fragen einwirft.

Nummer eins ist ein Türsteher, der vorgibt, nichts über den Fall zu wissen. Er behauptet außerdem, vollkommen unvoreingenommen zu sein, keinerlei festgelegte Ansichten über die Polizei oder das Rechtssystem zu haben und gewillt zu sein, die Todesstrafe in Betracht zu ziehen, sollte es nötig sein. Dies ist eindeutig ein Kerl, der lieber ein paar Wochen auf der Geschworenenbank sitzt, als Türen zu öffnen. Marjorie findet ihn in Ordnung, doch Wallace lehnt ihn ab, daher wird er entlassen.

Wir brauchen zwei Tage, um eine Jury aus zwölf Geschworenen und zwei Ersatzleuten zusammenzustellen. Sieben Weiße, vier Schwarze und ein Lateinamerikaner – fünf Männer und sieben Frauen sind darin vertreten. Alle zwölf behaupten, vollkommen unvoreingenommen zu sein. Ich glaube, ich habe in meinem ganzen Leben noch keine zwölf Leute kennen gelernt, die vollkommen unvoreingenommen waren, aber ich bin mit dieser Gruppe recht zufrieden. Marjorie ist überaus begeistert, aber wenn sie der Meinung wäre, wir hätten einen Haufen Idioten ausgewählt, hieße das ja nichts anderes, als dass sie schlechte Arbeit geleistet hätte.

Der eigentliche Ablauf eines Prozesses beginnt mit den Eröffnungsplädoyers. Der Ankläger erhebt sich und gibt den Geschworenen einen Orientierungsplan für den Prozess in die Hand. Er erklärt ihnen, was sie hören werden, was er beweisen und was das alles bedeuten wird. Sein Ziel ist es, zuversichtlich zu wirken und die Geschworenen davon zu überzeugen, dass er diesen Angeklagten da vorne in der Hand hat, und dann ist es seine Aufgabe, Argumente zu präsentieren, die den Versprechungen seines Eröffnungsplädoyers gerecht werden.

Richard dankt den Geschworenen für ihre Bereitschaft, in der Jury zu sitzen, und dann erläutert er ihnen noch eine Zeit lang ihre gesetzlichen Pflichten. Das alles sind sachliche Informationen, bis er schließlich auf Willie Miller zu sprechen kommt.

»Er war also betrunken«, sagt Wallace und deutet dabei auf Willie. »Passiert vielen von uns mal, richtig? Aber was machen Sie und ich, wenn wir zu viel getrunken haben?«

Er lacht in sich hinein, so als erinnere er sich an vergangene Nächte im Studentenwohnheim.

»Nun, ich muss zugeben, ich schlafe dann ein. Haut mich einfach um. Aber in dieser Hinsicht bin ich vielleicht eine Ausnahme. Andere Leute, vielleicht sogar einige von ihnen, werden dann aufgekratzt, haben Spaß, sagen vielleicht sogar ein paar Dinge, die sie nicht sagen sollten.«

Die meisten Geschworenen nicken ihm zu. So langsam hat das hier etwas von einem Treffen der Anonymen Alkoholiker.

Wallace wird ernst. »Aber nicht Willie Miller. Nein, Alkohol hat eine etwas andere Wirkung auf Willie. Willie bringt Menschen um. Und am 14. Juni 1994 brachte Willie Miller Denise McGregor um. Sie war eine fleißige, intelligente junge Frau, eine fürsorgliche Tochter, voller Lebensfreude, und sie ist heute nicht mehr unter uns, weil Willie Miller eines Nachts getrunken und getötet hat.

Ihre Aufgabe ist eine sehr ernste, da besteht kein Zweifel. Aber in diesem Fall ist es keine besonders schwere. Denn wir werden alles beweisen, was ich Ihnen über jene Nacht berichten werde. Jeden einzelnen, grässlichen Augenblick. Wir werden Ihnen zeigen, wer Willie Miller ist und was er getan hat. Wir werden Ihnen überwältigende Beweise liefern und Sie werden eine Augenzeugin des Verbrechens kennen lernen. Genau, eine Augenzeugin.

Jemand hat gesehen, wie Willie Miller sich über den Leichnam beugte, kurz nachdem er das Verbrechen begangen hatte. Sie wird den Saal hier betreten und Ihnen erzählen, was sie gesehen hat. Und Sie werden keinerlei Zweifel hegen, dass sie die Wahrheit sagt.

Die Staatsanwaltschaft wird beweisen, dass Willie Miller ein kaltblütiger Mörder ist. Wir werden mit den vorgelegten

Beweisen nicht nur begründete Zweifel ausräumen, wir werden jegliche Zweifel beiseite fegen. Ich danke Ihnen.«

Wallace beendet sein Plädoyer kurz vor der Mittagspause, und Laurie, Kevin und ich haben zwei Stunden Zeit, um zu entscheiden, ob ich mein Eröffnungsplädoyer jetzt halten oder lieber warten soll, bis die Staatsanwaltschaft ihre Zeugen aufgerufen hat und wir an der Reihe sind.

Ich beziehe Willie in unsere Diskussion mit ein, wie ich es immer mit meinen Mandanten mache. Sie fühlen sich dadurch besser, auch wenn ich dem, was sie zu sagen habe, nie Gehör schenke. Willie findet, dass ich jetzt reden solle, da Wallace ihn soeben wie ein Ungeheuer dargestellt habe, und er glaubt, ich könne das Bild wieder etwas zurechtrücken. Laurie ist der Ansicht, ich sollte lieber abwarten, denn Wallace sei nicht so weit gegangen, wie er hätte können, und dass wir unsere beste Munition erst dann verschießen sollten, wenn die Staatsanwaltschaft ihre Zeugen befragt hat, was ihrer Ansicht nach geradezu niederschmetternd für uns werden wird. Kevin findet, ich solle jetzt loslegen, da die Geschworenen sonst denken werden, dass ich dem, was gerade gesagt wurde, nichts zu entgegnen habe.

Ich entschließe mich in der Tat dazu, jetzt zu reden, da ich das Gefühl habe, die Ansichten der Staatsanwaltschaft könnten sich ansonsten in den Köpfen der Geschworenen festsetzen. Sie sollen zur Kenntnis nehmen, dass es eine ernst zu nehmende andere Seite dieser Darstellung gibt, und wenn ich es ihnen nicht sofort klar machen kann, fürchte ich, dass sie es nicht kapieren werden.

Als die Verhandlung wieder aufgenommen wird, teile ich Henderson mit, dass ich mein Eröffnungsplädoyer jetzt halten will. Ich erhebe mich und trete den Geschworenen gegenüber.

»Ich werde mit der Beantwortung einer Frage beginnen, die Ihnen auf der Zunge brennen muss. Wenn dieser Mord vor so langer Zeit begangen und Willie Miller so kurz nach dem Mord verhaftet wurde, warum – so fragen Sie sich sicher – warum steht er dann jetzt vor Gericht? Nun, die Wahrheit ist, dass er schon einmal vor Gericht stand und schuldig gesprochen wurde. Dieses Urteil wurde aufgehoben und wir stehen erneut hier.«

Wallace steht, wie ich sehe, fast auf, während er überlegt, ob er Einspruch erheben soll oder nicht. Es ist zwar in seinem Interesse, dass diese Information zur Sprache kommt, aber er weiß nicht, warum ich es erwähne.

Ich fahre fort: »Eigentlich sollte ich nicht sagen, *wir* stehen erneut hier. Ich habe Mr Miller beim letzten Mal nicht vertreten. Um genau zu sein, sein Anwalt war gar kein Anwalt. Er war eine Fälschung, die benutzt wurde, um sicherzustellen, dass Mr Miller verlieren würde. Das ist ein überzeugender Beweis für eine Verschwörung, die dazu führte –«

»Einspruch!« Wallace springt auf.

»– dass mein Mandant sieben Jahre seines Lebens verlor –«

»Einspruch!« Wallace dreht durch und Henderson donnert mit seinem Hammer auf den Tisch.

»Gerichtsdiener, führen Sie die Geschworenen hinaus. Ich will beide Anwälte in meinem Büro sehen.«

Ich habe mein Ziel erreicht, die Geschworenen wurden wachgerüttelt und erwarten hoffentlich jetzt einen Kampf zweier unterschiedlicher Positionen. Unsere Seite steht nun fast auf gleicher Höhe und mehr können wir uns zu diesem Zeitpunkt nicht erhoffen.

Im Büro von Henderson steigt mir der Richter nicht so sehr aufs Dach, wie ich erwartet hatte. Wallace beschwert sich darüber, dass ich einfach so wilde Anschuldigungen wegen angeblicher Verschwörungen erhebe, aber Henderson will weiterhin von Fall zu Fall im Verlauf der Verhandlung darüber entscheiden. Er weiß, dass ich versuche, auf die Schnelle Beweise heranzuschaffen, und es ist sehr wohl möglich, dass er sich schuldig fühlt, weil er uns so wenig Zeit gelassen hat. Er sagt, ich könne in meinem Eröffnungsplädoyer über eine Verschwörung und ein Komplott reden, aber bevor ich weitere Einzelheiten einbringe, müsse ich sie mit dem Gericht absprechen. Eine vernünftige Entscheidung, die meine Meinung von Henderson positiv verändert.

Wallace ist mit dem Ergebnis dieser Unterredung nicht zufrieden, aber wir beide wissen, dass er sich im Verlaufe des Prozesses noch des Öfteren aufregen wird. Mein Stil als Verteidiger zeichnet sich oft dadurch aus, dass ich die Argumente der Staatsanwaltschaft ins Lächerliche ziehe, sie darstelle, als seien sie es nicht wert, von den Geschworenen in Betracht gezogen zu werden.

Anwälte – auch diejenigen, die wissen, dass es verrückt ist, sich persönlich mit ihren jeweiligen Positionen zu identifizieren – neigen dazu, sich im Laufe des Prozesses immer stärker mit ihrem Fall zu identifizieren. Wenn ihre Seite verliert, dann verlieren sie selbst, und der Schlüssel zum Erfolg liegt für den Anwalt darin, Objektivität und Leidenschaft gleichermaßen in seine Arbeit einfließen zu lassen.

Immer wenn ich versuche, die Argumente von Wallace schlecht zu machen, wird er reflexartig reagieren, weil er meint, dass ich ihn selbst schlecht mache. Er ist ein Profi, und die Qualität seiner Arbeit wird darunter leiden, aber es wird hart für ihn sein, persönlich damit umzugehen, und gelegentlich wird er vor Wut platzen. Es ist schade, dass ich diese Seite von ihm zeigen muss, aber für mich gehört das zu diesem Spiel einfach mit dazu.

Nachdem wir in den Gerichtssaal zurückgekehrt sind, fahre ich mit meinem Plädoyer vor den Geschworenen fort. »Die interessante Frage, mit der Sie sich konfrontiert sehen, ist nicht, ob Willie Miller dieses grausame Verbrechen verübt hat oder nicht. Er hat es schlicht und einfach nicht getan und die Beweise werden das belegen. Der Beweis, auf den sich Mr Wallace bezieht, existiert nicht, egal was er behauptet. Er wird einen fingierten Beweis vorlegen, an den er zweifellos ernsthaft glaubt, der aber dennoch eine Täuschung ist.

Doch die wirklich faszinierende Frage ist die, weshalb Willie Miller hier überhaupt vor Ihnen steht. Denn es gab hier kein Versehen, keine Verwechslung. Nichts in diesem Fall ist zufällig geschehen. Willie Miller wurde hereingelegt … auf clevere, teuflische und skrupellose Art und Weise. Das ist ein Komplott, das in der Mordnacht begann – um es genauer zu sagen, noch vor jener Nacht – und das bis zum jetzigen Augenblick andauert.

Denise McGregor ist in jener Nacht auf tragische Weise ums Leben gekommen, doch Willie Miller ist ein zweites Opfer, und das Ausmaß, in dem er zum Opfer wurde, wird Sie in Staunen versetzen.«

Ich nehme einen Schluck Wasser aus dem Glas, das auf dem Tisch der Verteidigung steht, und nicke kaum merklich Kevins Cousin zu, der in der ersten Reihe hinter unserem Tisch sitzt, genau dort, wo wir ihn platziert haben. Das Wort »Staunen« war das Stichwort, daher steht er auf, lehnt sich über das Geländer zu mir herüber und tut so, als flüstere er mir etwas ins Ohr. Ich nicke und er verlässt den Gerichtssaal durch die hintere Tür.

Ich drehe mich um und wende mich wieder an die Geschworenen. »Wenn ich fertig bin, wird die Staatsanwaltschaft ihre Beweisführung vortragen. Ich weiß bereits, wie diese aussieht, und Sie können mir glauben, der bedeutendste Bestandteil ihrer Argumentation wird eine Augenzeugin sein.«

Ich mache eine Kunstpause, so als dächte ich ernsthaft über die Bedeutung einer solchen Zeugin nach.

»Eine Augenzeugin. Klingt ziemlich folgenschwer, nicht wahr? Das Wort klingt fast so, als müsse dem ein Trommelwirbel vorausgehen. Jeder durchschnittliche Mensch denkt: Was soll's, da kann er gleich auf schuldig plädieren, die haben ja eine …«

Ich trommele mit den Händen auf dem Geländer vor der Geschworenenbank.

»… Augenzeugin.«

Die Geschworenen lachen und genau das wollte ich.

»Jeden Tag in jedem Moment sind wir Augenzeugen für das, was vor unseren Augen geschieht. Vor wenigen Augenblicken stand ein Mann von diesem Stuhl auf, sagte etwas zu mir und verließ dann den Gerichtssaal. Da es hier sonst nicht viel anderes zu tun gibt, nehme ich an, dass die meisten von Ihnen ihn beobachtet haben. Sie waren Augenzeugen.«

Ein leises Gemurmel geht durch die Jury, während Kevin unter den Tisch langt und ein großes Plakat hervorholt. Er reicht es mir und ich bringe es zu den Geschworenen, nachdem ich es zuerst als Beweisstück der Verteidigung habe registrieren lassen.

Auf dem Plakat kleben sechs Fotos von sechs verschiedenen Männern. Sie sehen sich alle etwas ähnlich und tragen die gleiche Kleidung. Jeder von ihnen könnte Kevins Cousin sein, sofern man nicht genau hingeschaut hat.

»Auf einem dieser Fotos ist der Mann abgebildet, der gerade mit mir gesprochen hat. Ich frage mich, ob irgendjemand von Ihnen ihn identifizieren könnte. Und wenn Sie es versuchen würden, wären Sie dann auch bereit zu sagen: ›Ich bin so sicher, dass er es war, dass ich diesen Menschen aufgrund meiner Gewissheit in den Tod schicken würde‹?«

Der Ausdruck auf ihren Gesichtern zeigt eindeutig, dass sie keinerlei Ahnung haben, welches das richtige Foto ist, und sie haben alle anscheinend Angst, dass ich sie tatsächlich bitten werde, einen Versuch zu unternehmen und auf ein Foto zu zeigen.

»Ich glaube nicht. Und bedenken Sie, kein Schock und keine Aufregung haben Sie vorhin verunsichert. Sie waren aufmerksam, aber niemand hatte ein Messer, niemand verblutete vor Ihren Augen und Sie fürchteten nicht um Ihr Leben. Glauben Sie, das hätte Ihre Aufgabe einfacher oder schwieriger gemacht?«

Eine dramatische Pause, dann: »Ich nehme an, wesentlich schwieriger.«

Viele der Geschworenen nicken gemeinsam mit mir.

»Ziemlich schwierig, oder? Und denken Sie daran, Sie waren allesamt …«

Wieder trommele ich mit der Hand auf das Geländer.

»… Augenzeugen.«

Ich rede nicht mehr länger weiter, hauptsächlich weil ich etwas Gutes nicht überstrapazieren oder gar vermasseln möchte. Außerdem ist Wallace bezüglich der Beweise, die er vorlegen will, nicht besonders ins Detail gegangen, also muss ich nicht in allen Einzelheiten darlegen, wie ich sie widerlegen werde. *Falls* ich sie widerlegen werde.

Als ich zurück zum Tisch der Verteidigung gehe und mich setze, scheint Willie ziemlich aus dem Häuschen zu sein. Ich habe Angst, dass er mich abklatschen will, aber es gelingt ihm, den Drang zu unterdrücken. Ich werde mit ihm darüber reden müssen, dass er unbeteiligt zu wirken hat. Doch ich nehme an, dass selbst Lee Strasberg Willie nicht lehren könnte, wie man unbeteiligt wirkt.

Henderson kommt zu dem Schluss, dass es zu spät sei, um an diesem Tag noch Zeugen aufzurufen, also vertagt er die Verhandlung. Während wir zusammenpacken und die Geschworenen bereits gegangen sind, kommt Wallace mit einem dünnen Lächeln im Gesicht auf mich zu.

»Oben rechts«, sagt er.

»Wie bitte?«

Er zeigt auf das Plakat mit den sechs Fotos. »Der Typ im Gerichtssaal ist auf dem Foto oben rechts in der Ecke.«

Um die Wahrheit zu sagen, ich habe keine Ahnung, welches Foto das richtige ist. Ich schaue zu Kevin, der gehört hat, was Wallace sagte, und der offensichtlich weiß, auf welchem Foto sein Cousin abgebildet ist. Kevin nickt. Wallace hat Recht.

Ich lächle. »Welch ein Glück für mich, dass Sie nicht auf der Geschworenenbank sitzen.«

Er erwidert das Lächeln. »Da haben Sie verdammt Recht.«

Während eines Prozesses halte ich in der Regel abendliche Besprechungen mit dem Rest des Verteidigungsteams ab, damit wir uns auf den nächsten Verhandlungstag vorbereiten können. Mitunter finden diese Meetings in meinem Haus statt, doch in Anbetracht der Nicole-Laurie-Situation treffen wir uns im Büro.

Ich muss davon ausgehen, dass ich immer noch in Gefahr bin; die Leute, die in unser Haus eingebrochen sind und mich im Büro angegriffen haben, könnten sehr wohl noch einmal zuschlagen, vielleicht mit einem tödlicheren Ausgang. Wahrscheinlich sollte ich mir einen Bodyguard zulegen, doch der Dickkopf in mir sträubt sich dagegen.

Das Absurde an den Drohungen ist, dass ich mir gar nicht sicher bin, wovor sie mich eigentlich warnen. Es könnte den Fall Miller betreffen, nur dass es unlogisch ist zu glauben, ein Anwalt könnte einen Fall einfach mitten im Prozess aufgeben, zumal er dann sofort durch einen anderen Anwalt ersetzt würde.

Wenn ich aus irgendeinem Grunde Willies erneute Verurteilung erreichen wollte, dann würde ich doch sicher befürworten, dass alles so schnell wie möglich über die Bühne geht. Je mehr Verzögerungen auftreten, je mehr öffentliche Aufmerksamkeit der Prozess erhält, umso größer ist doch die Chance, dass sich entlastende Beweise finden lassen.

Die andere Möglichkeit liegt natürlich bei dem Foto. Ich war in meinen Nachforschungen diesbezüglich nicht gerade hartnäckig; bisher haben wir lediglich Markham und Brownfield gefragt, ob sie auf dem Foto sind. Wenn das ausreicht, um diese gewalttätige Reaktion auszulösen, dann muss das Geheimnis hinter dem Foto wahrlich Zündstoff bieten. Warum wirkt das Foto dann so nett?

Ich bin mir immer noch nicht sicher, dass es eine Verbindung zwischen dem Foto und dem Fall Miller gibt, aber meine Intuition sagt mir, dass es so ist. Wenn ich Recht habe, dann bedeutet das, dass ich meine Nachforschungen bezüglich des Fotos vorantreiben muss, bevor es zu spät ist und Willie wieder in der Todeszelle sitzt. Und wenn ich das mache, dann bin ich wahrscheinlich in größerer Gefahr und brauche noch dringender einen Bodyguard. Womit wir wieder am Anfang wären. »Wie die Kreise, die man geht, in den Mühlen des Verstandes.«

Die Besprechung ist kurz und konzentriert. Kevin und Laurie teilen mir ihre Eindrücke von dem Eröffnungsplädoyer mit (überwiegend positive). Kevin glaubt zu Recht, dass wir einen mühseligen Kampf vor uns haben und es unser Ziel sein sollte, dass sich die Geschworenen am Ende nicht einigen können. Daher hat er mit Marjories Hilfe zwei von ihnen herausgepickt, die am ehesten auf unserer Seite sein werden: eine vierundzwanzigjährige Afroamerikanerin, die als Lehrbeauftragte am College tätig ist, und einen vierunddreißigjährigen Lateinamerikaner, der Kundenberater in einer Agentur für Direktmarketing ist. Kevin ist der Ansicht, dass ich diese beiden bei jeder sich bietenden Gelegenheit direkt ansprechen sollte, und ich bin einverstanden, das bis zu einem gewissen Grad zu befolgen.

Laurie teilt mir mit, dass sie Betty Anthony ausfindig gemacht hat, die Witwe von Mike Anthony, dem Zeitungsmann, den wir für den Vierten auf dem Foto halten. Ich hatte sie gebeten, noch keinen Kontakt zu Betty aufzunehmen, da ich das selbst tun will. Ich muss nur die Zeit dazu finden.

Am nächsten Morgen ruft Wallace seinen ersten Zeugen auf, Detective Steven Prentice. Die Staatsanwaltschaft baut ihre Argumentation immer von unten auf, um all die Fakten unumstößlich einzuführen. Prentice war zum Zeitpunkt des Mordes ein junger Streifenpolizist und hatte als Erster auf den Notruf von Edward reagiert.

»Können Sie uns die Situation beschreiben, die sich Ihnen bot, als Sie am Tatort eintrafen?«, fragt Wallace.

Prentice nickt. »Die Leiche von Miss McGregor lag auf dem Bauch in dem Hof hinter der Bar. Ringsum war eine beträchtliche Menge Blut.«

Wallace bringt einige grauenhafte Fotos von Denise und dem Tatort ein, um die Aussage von Prentice zu stützen. »Und was unternahmen Sie als Erstes?«

»Ich hab den Bereich abgesperrt. Da standen Leute herum, Schaulustige, und ich wollte sichergehen, dass sie nichts anrühren konnten, bevor die Kripo eintraf.«

»Haben Sie irgendwo eine Mordwaffe entdeckt?«

Prentice schüttelt den Kopf. »Nein.«

»War jemand anwesend, den Sie für tatverdächtig hielten?«

»Nein, aber es gab eine Augenzeugin. Sie war ziemlich aufgewühlt. Ich habe sie in ein Zimmer über der Bar geführt, damit sie auf die Kriminalpolizei warten und denen dann ihre Aussage machen konnte.«

»Wie lange dauerte es, bis der erste Kriminalbeamte eintraf?«, will Wallace wissen.

»Etwa zehn Minuten.«

»Und wer war das?«

»Detective Pete Stanton.«

Wallace lässt ihn erklären, dass mit dem Eintreffen von Pete seine Aufgabe im Wesentlichen erledigt war. Prentice hat seine Arbeit offensichtlich professionell und lehrbuchmäßig ausgeführt, daher werde ich im Kreuzverhör nur begrenzt zusätzliche Informationen aus ihm herausholen können. Ich fange damit an, dass ich ihm die Polizeifotos von dem gesamten Hof in der Mordnacht zeige.

»Detective Prentice, sind Sie verheiratet?«

»Ja, bin ich.«

»Wären Sie beunruhigt, wenn Ihre Frau Ihnen sagen würde, dass sie sich heute Nacht gegen ein Uhr in diesem speziellen Hof aufhalten wird?«

»Ich würde ihr raten, es nicht zu tun«, sagt er.

»Und warum? Halten Sie es für gefährlich?«

Er versucht, der Frage auszuweichen. »Es gibt eine Menge Orte, die nachts nicht besonders sicher sind.«

»Danke. Ist das so ein Ort?«

»Ja, ich denke schon.«

»Gab es in jener Zeit dort in der Gegend ein Obdachlosenproblem?«

»Ich glaube, ja.«

»Sind Geisteskrankheiten Ihren Erfahrungen zufolge mit für den Anstieg der Obdachlosigkeit verantwortlich?«

»Einspruch! Geisteskrankheiten gehören nicht zu dem Fachgebiet des Beamten.«

»Ich bitte den Zeugen lediglich, sich über seine Ansichten aufgrund seiner Erfahrungen zu äußern«, erwidere ich.

»Abgewiesen. Sie können antworten.«

»Ich glaube, Geisteskrankheiten sind einer der Gründe für Obdachlosigkeit, ja«, sagt Prentice. »Aber es gibt noch andere.«

»War die Hintertür zur Bar abgeschlossen?«

»Nein. Der Barkeeper sagte, sie sei immer unverschlossen, wenn die Bar geöffnet ist.«

»Also hätte jeder, der über den Hof ging, die Bar durch diese Hintertür betreten können?«

»Ja, das nehme ich an.«

»Und wenn man das tat, käme man dann drinnen direkt zu der Tür der Damentoilette, wo Denise McGregor zuvor war?«

»Zunächst kommt eine Besenkammer und dann die Damentoilette.«

»Dann hatte die Arbeit von Willie Miller also nichts an sich, was ihm als Einzigem Zugang zu dieser Toilette verschaffte?«

Wallace erhebt Einspruch. »Es liegt außerhalb der Kenntnis des Zeugen, ob der Angeklagte als Einziger dort Zugang hatte.« Henderson gibt dem Einspruch statt.

»Also jeder hätte hineingehen können?«

»Ja.«

»Würden Sie sagen, dass der Hof zum Zeitpunkt Ihres Eintreffens sauber war?«

»Nun, da war eine Menge Blut auf dem Boden.«

»Ich verstehe, aber ich meine abgesehen von den Spuren des Mordes. Sah der Hof so aus, als sei er vor kurzem geschrubbt worden?«

»Nein, das würde ich nicht sagen.«

»Der Tatort war also bereits dreckig. Müll, Essensreste vom Restaurant, Tierkot?«

»Ja.«

»Detective Prentice, Sie sagten, dass sie als Erstes den Tatort absperrten. Warum taten Sie das?«

»Um die Leute davon abzuhalten, auf den Spuren herumzutrampeln und sie zu verwischen. Um das Beweismaterial zu erhalten.«

»Gelang Ihnen das?«

»Ja, ich denke, es gelang mir.«

»Haben irgendwelche Leute diesen Bereich betreten?«

»Nicht nachdem ich da war. Ich habe sichergestellt, dass sich alle vom Tatort fern hielten, damit die Kriminaltechniker ihre Arbeit erledigen konnten.«

»Ich bin kein Experte in solchen Dingen, also können Sie es mir vielleicht erklären … Gibt es ein Gesetz, demzufolge Spuren nur verwischt werden können, nachdem die Polizei eingetroffen ist?«

»Natürlich nicht«, antwortet er. »Spuren können jederzeit verwischt werden.«

»War jemand am Tatort, bevor Sie eintrafen?«

»Ja.«

Ich gebe mich überrascht. »Wer?«

»Nun, Edward Markham, sein Vater –«

Ich unterbreche ihn. »Edward Markhams Vater war dort? War das eine Art Familienausflug?«

»Nein, er hatte seinen Vater und die Polizei angerufen.«

Nach einigem Nachhaken muss Prentice zugeben, dass auch einige Leute aus der Bar am Tatort waren.

»Dann liefen also mindestens ein halbes Dutzend Leute auf dem Hof herum, bevor Sie eintrafen?«, frage ich.

»Ja«, gesteht er ein.

»Und hielten sich einfach dort auf, verwischten gemütlich jede Menge Spuren?«

Das gesteht er nicht ein, aber das muss er auch nicht. Ich habe den Geschworenen ein realistisches Bild vermittelt und mehr wollte ich im Moment nicht.

Wallace ruft als Nächstes die Kriminaltechnikerin auf, die

am Tatort die Sicherstellung des Blutes und anderer Beweise überwachte. Sie wirkt durch und durch professionell und kann voller Selbstvertrauen darlegen, dass sie ihre Arbeit gut erledigt hat. Ich bringe sie lediglich dazu, zuzugeben, dass sich die Methoden seither verbessert haben und dass sie nicht an die Möglichkeit von DNA-Analysen dachte, als sie die Beweise sicherstellte. Sie verlässt den Zeugenstand mit reiner Weste.

Der Nächste, der unbeschadet meinem Kreuzverhör entrinnt, ist Donnie, der Barkeeper. Wallace führt ihn durch seine Aussage, und seine Erinnerungen sind nach wie vor glasklar. Ich gebe mir kaum Mühe, ihn anzugreifen, da seine Informationen sachlich und für Willie nicht besonders schädigend sind. Aber ich muss einige Dinge hervorheben, damit sich die Geschworenen daran erinnern, dass man mit uns zu rechnen hat.

»Wie lange haben Sie mit Willie Miller zusammengearbeitet?«

»Etwa sechs Monate.«

»War er ein zuverlässiger Angestellter?«

»Er war in Ordnung. Er machte seine Arbeit, und abgesehen davon, hatten wir nicht viel miteinander zu tun.«

»Ihres Wissens wurde er also nie abgemahnt? Ihm wurde nie mit Entlassung gedroht?«

»Nein.«

»Haben Sie in Ihrem Lokal Alkohol ausgeschenkt?«

Donnie lacht. »Klar. Das war eine Bar.«

»Hatte Willie Miller Zugang zu diesem Alkohol? War er für ihn leicht zugänglich?«

»Ja, sicher. Ich mein', das war ja nicht so ein großer Laden.«

»Haben Sie ihn vor jener Nacht jemals betrunken gesehen?«

»Nein.« Schnell relativiert er das. »Angestellte dürfen während der Arbeit nicht trinken.«

»Das ist eine Vorschrift?«, frage ich.

»Ja.«

»Mr Miller hielt sich also an diese Vorschrift? Er trank während der Arbeit nicht?«

»Wenn doch, dann erinnere ich mich nicht daran.«

»Wäre er abgemahnt worden, wenn er beim Trinken von Alkohol erwischt worden wäre?«

»Klar.«

Ich wechsle das Thema. »Als Edward Markham Ihnen sagte, was passiert war, was taten Sie dann?«

»Ich ging nach hinten auf den Hof und ich sah … den Leichnam der jungen Frau.« Donnie sagt »junge Frau« und wirft dabei Laurie einen vorsichtigen Blick zu. Dieser Mann hat einen starken Hodenerhaltungsinstinkt. »Er sagte, er hätte die Polizei bereits benachrichtigt, also wartete ich einfach mit ihm zusammen.«

»Als die Polizei dann eintraf, erzählten Sie denen, dass Sie glaubten, Willie Miller könnte es gewesen sein? Ich rede von dem Zeitpunkt, bevor die Augenzeugin sagte, was sie gesehen hatte.«

»Nein.«

Ich entlasse ihn und übergebe wieder an Wallace. Er tut, was er zu tun hat: die nötigen Zeugen aufrufen, um seine Argumentation schnell aufzubauen. Jeder Einzelne von ihnen stellt einen Baustein für die Staatsanwaltschaft dar, und nachdem sie alle ausgesagt haben, geht die Anklage davon aus, ein Gebäude errichtet zu haben, das von dem Schaum schlagenden Verteidiger, mir, nicht umgepustet werden kann.

Als Nächster betritt Edward Markham den Zeugenstand. Seine Reise nach Afrika hat er eindeutig nicht mit einem

Hungerstreik verbunden, um dagegen zu protestieren, dass dem vermeintlichen Mörder seiner Freundin ein neuer Prozess zugestanden wurde. Er wiegt mindestens vierzig Pfund mehr als auf den Fotos, die zum Zeitpunkt des Mordes aufgenommen wurden, und obwohl er erst Mitte dreißig ist, wirkt er bereits wie ein alternder Playboy.

»Waren Sie und Denise McGregor schon seit langem ein Paar?«, fragt Wallace.

»Etwa drei Monate. Es war eine sehr intensive Beziehung.«

»Gab es Pläne für eine Heirat?«

»Ich hatte mit Sicherheit welche«, sagt Edward. Mit einem Grinsen fügt er hinzu: »Aber ich hatte noch nicht den Mut gehabt, sie zu fragen.«

Wallace führt ihn an die Mordnacht heran und an Denise McGregors verhängnisvollen Gang auf die Damentoilette.

»Wie lang war sie fort, als Sie anfingen, sich Sorgen zu machen?«

Edward scheint darüber nachzudenken, als wäre es das erste Mal, dass ihm diese Frage gestellt wird. Ich würde zweiundzwanzig Millionen Dollar darauf wetten, dass er und Wallace jedes einzelne Wort seiner Aussage mindestens zweimal geprobt haben.

»Ich würde sagen, etwa zehn Minuten oder so. Und selbst dann war ich noch nicht besonders besorgt. Ich meine, wer denkt denn schon an so etwas? Aber ich dachte, irgendetwas könnte vielleicht nicht stimmen.«

»Sie standen also auf, um nach ihr zu sehen?«

»Ja«, sagt Edward. »Ich ging zur Tür der Damentoilette und die stand etwas auf. Ich wusste nicht, ob ich hineingehen oder vielleicht lieber eine andere Frau bitten sollte, hineinzugehen und nach ihr zu schauen. Ich dachte, ihr wäre vielleicht übel oder so.«

»Was taten Sie also?«

»Ich rief ein paar Mal hinein, rief einfach nur: ›Denise!‹, bekam aber keine Antwort. Also drückte ich die Tür etwas auf und schaute hinein.«

»Was sahen Sie?«

»Nun, zuerst gar nichts. Ich schaute mich um und sie war nicht da, also wollte ich wieder zurück zum Tisch gehen. Ich wusste wirklich nicht, was ich davon halten sollte. Dann sah ich das Blut.«

»Blut?«

»So sah es jedenfalls aus und es war noch nass. Es war überall auf dem Boden unterhalb des Telefons. Und der Hörer hing herunter.« Edward leistet ganze Arbeit, er wurde gut vorbereitet.

»Was taten Sie als Nächstes?«, fragt Wallace.

»Ich hab mir richtig Sorgen gemacht … geriet in Panik … und fing an, mich umzusehen. Ich ging hinaus auf den Flur und sah dann, dass dort gleich der Ausgang zum Hof lag. Also ging ich hinaus und … und … sah sie.«

Edward tut so, als versuche er, seine Gefühle unter Kontrolle zu halten, während er das Geschehene noch einmal durchlebt. »Es war der schrecklichste Augenblick in meinem Leben.«

Wallace gibt ihm einige Sekunden, um sich zu fangen; ich kann die Zeit gebrauchen, um über meine Übelkeit hinwegzukommen.

»Was geschah als Nächstes?«

»Nun, ich ging zu ihr hin … Ich berührte sie, um zu sehen, ob sie atmete, aber sie war leblos. Also ging ich zurück in die Bar und rief die Polizei an und dann rief ich meinen Vater an. Anschließend erzählte ich es dem Barkeeper, und zusammen warteten wir darauf, dass alle eintrafen.«

Wallace übergibt Edward an mich. Ich will ihn nicht allzu viel fragen, weil ich ihn aufrufen werde, wenn die Verteidigung an der Reihe ist. Ich möchte nur einige Zweifel in den Köpfen der Geschworenen verankern und vielleicht dieses Bild von Edward als trauerndem Beinahewitwer zerstören.

Ich fange mit seiner Beziehung zu Denise an.

»Mr Markham, wie lautet der Vorname des Vaters von Denise McGregor?«

Die Frage überrascht ihn. »Das … das weiß ich nicht mehr.«

»Und der Name ihrer Mutter?«

»Ich weiß nicht … das ist schon lange her. Ich glaube nicht, dass ihre Eltern hier in der Nähe lebten.«

»Haben Sie sie seit der Beerdigung gesehen?«

»Nein, ich glaube nicht.«

»Haben Sie sie *auf* der Beerdigung gesehen?«

»Nein, ich war sehr aufgewühlt, stand unter Beruhigungsmitteln … Ich hab seither Schuldgefühle, weil ich nicht hingegangen bin, aber ich war nicht in der Verfassung –«

»Sie waren nicht auf der Beerdigung von Denise McGregor?« Ich bin so schockiert, dass man mich glatt mit einem juristischen Schriftsatz umhauen könnte.

»Nein, ich sagte doch gerade, ich –«

Ich unterbreche ihn. »Wissen Sie, an was Denise zum Zeitpunkt ihres Todes gerade arbeitete?«

»Nein, ich weiß nur, es war ein Artikel.«

»Ja, Mr Markham, genau das schrieb sie: Artikel.« Meine Stimme trieft vor Verachtung. »Aber wissen Sie, an welchem sie schrieb?«

»Nein.«

»Gibt es einen Artikel, den sie geschrieben hat, der Ihnen am besten gefällt?«

»Eigentlich nicht. Sie war eine tolle Journalistin. Alle ihre Arbeiten waren großartig, aber sie redete nicht viel darüber.«

»Erzählen Sie uns etwas von einem ihrer Artikel.«

Edward wirkt angeschlagen, also erhebt Wallace Einspruch. »Dies ist auch nicht im Entferntesten relevant.«

»Euer Ehren«, erwidere ich, »Mr Wallace hat uns den Zeugen eine Seifenoper vorführen lassen, wie nah er und das Opfer sich standen und dass er um ihre Hand anhalten wollte. Ich glaube, er bezeichnete ihre Beziehung als intensiv. Wenn das relevant war, dann ist es mit Sicherheit gleichermaßen relevant, wenn ich veranschauliche, dass das alles Unsinn ist.«

»Wir standen uns tatsächlich sehr nahe«, beharrt Edward. »Ganz gleich wie sehr Sie versuchen, alles zu verdrehen.«

Henderson ruft Edward zur Ordnung. »Der Zeuge möchte bitte nur die Fragen beantworten, die die Anwälte ihm stellen.«

Edward ist geläutert. »Ja, Sir. Entschuldigung.«

»Fahren Sie fort, Mr Carpenter«, sagt Henderson.

»Ja, Euer Ehren.« Ich amüsiere mich noch ein wenig mit Fragen zu diesem Thema und komme dann auf die Mordnacht zu sprechen.

»War da eine Menge Blut neben der Leiche, als Sie sie fanden?«

»Ja, es war überall.«

»Und als Sie ihre Haut berührten, war sie kalt?«

»Nein, nicht so ganz. Aber ich merkte, dass es schrecklich war … dass sie tot war. Sie atmete nicht.«

»Woher wussten Sie, dass sie nicht atmete?«, frage ich.

»Ich hab meine Hand auf ihren Brustkorb gelegt … hier.« Er legt sich die Hand aufs Brustbein, so als wolle er es uns vormachen. »Der bewegte sich überhaupt nicht.«

Ich nicke und gehe zum Tisch der Verteidigung. Kevin

reicht mir ein Blatt Papier, das ich hinüber zur Assistentin des Richters bringe. Es wird als Beweisstück der Verteidigung registriert und dann gebe ich Edward eine Kopie davon.

»Mr Markham, dies ist der Polizeibericht von der Mordnacht. Würden Sie den zweiten Absatz von unten den Geschworenen vorlesen?«

Edward sucht den Absatz und liest dann vor: »Die Kleidung von Markham, einschließlich Hemd, Pullover, Hose, Schuhe und Socken, wurde untersucht und es wurden keinerlei Spuren von Blut sichergestellt.«

»Danke«, sage ich. »Können Sie der Jury bitte erzählen, wie es Ihnen gelungen ist, durch die Blutlachen zu gehen, die das Opfer umgaben, und dann die Hände auf ihre Haut und den Brustkorb zu legen, ohne anschließend auch nur einen Tropfen ihres Blutes an sich zu haben?«

Ein sorgenvoller Blick huscht über sein Gesicht, und das ist merkwürdig, denn derselbe Mangel an Blut, der seine Glaubwürdigkeit in Frage stellt, schützt ihn gleichzeitig vor der Anschuldigung, selbst der Mörder zu sein. Er hätte Denise niemals auf die Art und Weise, wie es anscheinend geschehen ist, erstechen können, ohne Blutspuren an sich zu haben.

»Ich weiß nicht … ich war wohl einfach sehr vorsichtig. Ich war schon immer sehr zimperlich, wenn es um Blut ging, also hab ich es wahrscheinlich gemieden. Es ging alles so schnell.«

»Was ging so schnell?«

»Sie wissen schon, ich hab die Leiche gefunden, die Polizei und meinen Vater angerufen … es kam mir einfach vor wie ein Traum.«

Ich nicke, so als hätte er gerade alles aufgeklärt. »Ein Traum, in dem Sie Ihre Kleidung nicht schmutzig machen.«

»Einspruch!«

»Stattgegeben.«

»Keine weiteren Fragen, Euer Ehren«, sage ich. »Aber die Verteidigung behält sich das Recht vor, Edward Markham im Rahmen der Vernehmung unserer Zeugen noch einmal aufzurufen.«

Dem Ausdruck auf Edwards Gesicht nach zu urteilen, freut er sich anscheinend nicht darauf, noch einmal aufgerufen zu werden.

Betty Anthony wohnt in einer kleinen Wohnung mit Garten in Lyndhurst. Die Wohnanlage besteht aus vielleicht fünfhundert Einheiten, und wenn sie sich voneinander unterscheiden, dann sind es nur sehr feine Unterschiede. Da ich nur eine Adresse und keine Wohnungsnummer kenne, habe ich überhaupt keine Ahnung, in welcher Wohnung genau sie lebt.

Ich frage fünf oder sechs ihrer Nachbarn, von denen niemand je von ihr gehört hat. Also gehe ich ins Mietbüro, wo ich warten muss, während der einzige Angestellte einem älteren Paar die Vorzüge der Straßenbahn anpreist, die direkt von der Wohnanlage zum Supermarkt führt. Das hier ist eindeutig der geeignetste Wohnort schlechthin.

Schließlich sucht der Angestellte die Nummer von Bettys Wohnung heraus und ich gehe dorthin. Betty kümmert sich offensichtlich mit Hingabe um ihr kleines Stück dieser Erde; vor ihrer Wohnung befindet sich ein liebevoll gepflegtes Blumengärtchen. Betty ist nicht zu Hause, und ich überlege gerade, ob ich warten soll, als ich endlich auch einmal Glück habe. Ihr direkter Nachbar kommt nach Hause und erzählt mir, dass Betty wahrscheinlich noch im Carlton's Department Store Unterwäsche verkauft.

Die Damenunterbekleidung befindet sich im zweiten Stock des Carlton's und ist eindeutig kein Ort für Männer.

Die Kundinnen beäugen mich, als wäre ich ein Alien, und nur wenige lächeln mich mit diesem gönnerhaften Lächeln an, das so viel heißen soll wie: »Ist das nicht süß, er kauft etwas für seine Frau.«

Als Erstes fallen mir dort die Schaufensterpuppen mit ihren hauchdünnen, verführerischen BHs und Höschen auf. Sie sind unwahrscheinlich gut gebaut; wenn ich eine Frau wäre, die sich um ihre Figur Sorgen macht, dann würde ich alle Diätbücher aus dem Fenster werfen und herausfinden, was sie diesen Puppen zu essen geben.

Ich kann nicht für alle Männer sprechen, aber für mich ist es in solchen Situationen sehr schwierig, zu erkennen, wer im Geschäft arbeitet und wer nicht. Kundinnen und Verkäuferinnen sehen genau gleich aus. Ich versuche es bei drei Leuten, bis ich schließlich auf eine richtige Verkäuferin treffe. Ich frage sie, ob sie mir vielleicht helfen könnte.

»Gern, es sei denn, Sie wollen etwas anprobieren.«

Meiner Ansicht nach hat sie den Witz bereits vor den letzten fünfhundert Männern, denen sie in dieser Abteilung begegnet ist, zum Besten gegeben, also lächele ich sie halbherzig an und frage, wo Betty Anthony ist.

»Betty! Kundschaft!«

Betty steht an der Kasse und bedient gerade eine Kundin, während sie mir durch eine Geste andeutet, dass sie sofort käme. Ich gebe ihr nickend zu verstehen, dass ich warte, und nach wenigen Minuten kommt sie zu mir herüber. Sie ist Anfang sechzig, hat ein freundliches Gesicht und ein etwas müdes Lächeln. Sie würde gern die Füße hochlegen und sie hätte es verdient.

»Kann ich Ihnen helfen?«, fragt sie.

»Ich würde gern mit Ihnen über Ihren Mann reden.«

Sie zuckt ganz genau so zusammen wie Wally, als ich Denise erwähnte. Es ist anscheinend meine Mission, im Land herumzulaufen und bei Leuten, die es besser verdient hätten, alte Wunden aufzureißen.

Schließlich nickt sie, ganz langsam, das Nicken eines Menschen, der diesen Besuch erwartet und befürchtet hat. Meine Intuition sagt mir unvermittelt, dass ich alles herausgefunden habe, wenn ich den Grund dafür herausfinde.

Betty ist einverstanden, eine Tasse Kaffee mit mir zu trinken, und ich warte die fünfunddreißig Minuten, bis sie ihre Schicht beendet hat. Wir gehen in ein kleines Restaurant, in dem auf jedem Tisch so eine kleine Jukebox steht, die ohnehin nie funktioniert. Ich erzähle ihr, dass ich Willie Miller vertrete, und warte auf ihre Reaktion.

Es kommt keine. Sie hat keine Ahnung, wer Willie Miller ist, und kann sich nicht vorstellen, was ihr Mann mit ihm zu tun gehabt haben könnte.

Das ist keine gute Nachricht.

Ich erzähle ihr von dem Foto und von meinem Verdacht, dass es damit etwas auf sich hat, das viele Leben, vielleicht auch das von Mike, verändert hat.

Sie erzählt mir, dass Mike viele Freunde gehabt habe und ein Mensch gewesen sei, den man auf Anhieb mochte.

Dann erzähle ich ihr, dass die Frau, die Willie angeblich ermordet haben soll, Denise McGregor ist, und ich glaube einen kleinen Anflug von Angst in ihren Augen zu sehen, den sie schnell überspielt.

Ihre Antwort lautet: »Mike war ein wunderbarer Mann, ein großartiger Ehemann und Vater. Er liebte seine Arbeit.«

Solche Plattitüden reichen mir nicht; ich weiß, dass ich diesen Panzer irgendwie knacken muss. »Hören Sie, ich verteidige einen Mann, der vor Gericht um sein Leben kämpft. Ich glaube, Sie haben Informationen, die mir helfen können, vielleicht aber auch nicht. Doch das finde ich nur heraus, wenn ich direkt bin.«

Sie nickt verständig, scheint jedoch schon im Voraus zusammenzuzucken. Das wird kein Vergnügen.

»Warum hat sich Ihr Mann das Leben genommen?«

Einen Moment lang glaube ich, sie fängt an zu weinen, doch als sie antwortet, klingt ihre Stimme klar und sicher.

»Er war ein sehr unglücklicher Mann. Er fand keine Ruhe mehr.«

»Warum nicht?«

»Ich habe meinen Mann sehr geliebt«, weicht sie mir aus, »aber ich konnte ihm nicht richtig helfen, zumindest nicht mit der Art von Hilfe, die er brauchte. Und nun bleibt mir nur noch das Andenken an ihn und das werde ich nicht zerstören – nicht für Sie, nicht für Ihren Mandanten, für niemanden.«

Mir gegenüber sitzt die Antwort; ich fühle es, ich weiß es. Ich muss dem nachgehen, auch wenn das bedeutet, einer Frau zuzusetzen, die eindeutig leidet.

»Irgendetwas ist vor sehr langer Zeit geschehen, etwas, mit dem Mike zu tun hatte. Aber ganz gleich was es war, es ist Vergangenheit. Es ist nicht mehr zu ändern. Mein Mandant sollte nicht sein Leben verlieren, nur um das Geheimnis zu bewahren.«

»Ich kann Ihnen nicht helfen«, sagt sie.

»Sie *wollen* mir nicht helfen.«

Sie überlegt einen Augenblick, als denke sie über das nach, was ich gesagt habe.

Dann wird ihr Blick ausdruckslos und sie verschließt sich endgültig – so wie jemand einen Vorhang zuzieht. Das Fenster der Gelegenheit ist zu und lässt mich mit der Frage zurück, ob ich etwas hätte tun können, um es offen zu halten.

Ich glaube nicht; ich glaube, diese Entscheidung wurde vor langer Zeit getroffen.

»Ich werde nicht mit Ihnen streiten«, sagt sie. »Sie werden nicht das bekommen, was Sie hier haben wollten.«

Ein letzter Versuch: »Hören Sie, ich weiß, Sie wollen das Andenken Ihres Mannes wahren … seinen Ruf. Glauben Sie mir, ich möchte das Gleiche für meinen Vater tun. Aber das Leben eines Menschen steht auf dem Spiel. Ich muss die Wahrheit wissen.«

Ich habe sie verloren. Sie steht auf und will gehen. »Die Wahrheit ist, dass ich meinen Mann geliebt habe.« Sie sagt das mit einer tiefen Traurigkeit und dem Wissen, dass diese Liebe sich als nicht ausreichend erwies.

Sie verlässt das Restaurant, und so wie es aussieht, werde ich wohl die Rechnung übernehmen müssen.

Der nächste Tag ist der DNA-Analyse gewidmet, und Wallace ruft Dr. Hillary D'Antoni in den Zeugenstand, eine Wissenschaftlerin aus dem Labor, in dem die Tests durchgeführt wurden. Sie gibt eine detaillierte, aber knappe Beschreibung des Verfahrens und kommt dann zu den Ergebnissen der Analysen, die mit den unter den Fingernägeln von Denise sichergestellten Haut- und Blutpartikeln durchgeführt wurden.

»Dr. D'Antoni«, fragt Wallace, »wie hoch ist die mathematische Wahrscheinlichkeit, dass die Hautpartikel unter den Fingernägeln des Opfers von dem Angeklagten William Miller stammen?«

»Es steht eins zu 5,5 Milliarden, dass sie nicht von ihm stammen.«

»Und die mathematische Wahrscheinlichkeit, dass das Blut unter den Fingernägeln des Opfers von dem Angeklagten William Miller stammt?«

»Es steht eins zu 6,25 Milliarden, dass es nicht von ihm stammt.«

Mein Kreuzverhör konzentriert sich nicht so sehr auf die Wissenschaft als auf die Methoden der Sicherstellung. Dr. D'Antoni muss eingestehen, dass das Konzept »Müll rein, Müll raus« zutrifft. Mit anderen Worten: Die Ergebnisse, die ihr Labor erzielen kann, sind nur so gut wie die Proben, die eingereicht werden. Mein Problem ist, dass ich keine fundierte Grundlage für die Infragestellung der Proben habe, und wenn unter den Geschworenen nur *ein* kluger Kopf sitzt, dann werden sie das erkennen. Außerdem will ich die Beweisstücke später in einem anderen Kontext in Frage stellen.

»Dr. D'Antoni«, sage ich, »Sie haben einige sehr beeindruckende Zahlen bezüglich der Herkunft des Materials unter den Fingernägeln des Opfers genannt. So etwa eins zu 6 Milliarden.«

»Ja.«

»Sie sind sicher, dass das Blut und die Haut tatsächlich von dem Angeklagten stammen, nicht wahr?«

»Bin ich. Die Analysen sind ziemlich zuverlässig.«

»Gibt es bei diesen Analysen irgendeinen Hinweis darauf, der Sie glauben lässt, dass der Angeklagte nicht einem Komplott ausgeliefert war?«

»Ich verstehe die Frage nicht.«

»Tut mir Leid. Wenn wir einfach einmal von der Hypothese ausgehen, dass der Angeklagte einem Komplott erlegen ist und dass das von Ihnen analysierte Material untergeschoben wurde, bevor Sie es bekamen, würde irgendetwas an Ihrer Analyse beweisen, dass ich Unrecht hätte?«

»Nein, wir analysieren das Material, das man uns gibt.«

»Danke.«

Der nächste Zeuge von Wallace ist Pete Stanton. Darauf

freue ich mich nicht gerade. Pete ist ein herausragender Zeuge, und was er sagt, wird sehr negativ für Willie sein. Meine Aufgabe ist es, zu versuchen, ihn auseinander zu nehmen, und das tue ich einem Freund nicht gern an. Doch es wäre noch schlimmer, wenn ich ihn nicht auseinander nehmen würde.

Wallace fragt bei Pete die grundlegenden Informationen ab und fängt mit Petes Stellung in der Abteilung zum Zeitpunkt des Mordes an. Ziel ist es, seinen rasanten Aufstieg darzustellen und ihm so Glaubwürdigkeit zu verleihen.

»Ich war Detective, zweiter Rang.«

»Und Sie wurden seitdem befördert?«

Pete nickt. »Drei Mal. Zuerst zum Detective im dritten Rang, dann im vierten und vor zwei Jahren wurde ich dann Lieutenant.«

»Herzlichen Glückwunsch«, sagt Wallace.

»Einspruch!«, werfe ich ein. »Hat Mr Wallace eine Torte mitgebracht, damit wir die Kerzen ausblasen und die Beförderungen des Zeugen feiern können? Vielleicht können wir ja auch noch ›Zur Beförderung viel Glück‹ singen.«

»Die berufliche Laufbahn von Lieutenant Stanton ist für seine Glaubwürdigkeit relevant«, sagt Wallace.

Ich schüttele den Kopf. »Er ist hier nicht zu einem Bewerbungsgespräch gekommen. Er soll die Ergebnisse seiner Ermittlungen darstellen.«

»Stattgegeben«, sagt Henderson. »Machen Sie weiter.«

Wallace kommt bald zum zentralen Punkt seiner Vernehmung, zu dem die Tatwaffe gehört.

»Wo wurde das Messer gefunden, Lieutenant Stanton?«

»In einer Mülltonne etwa drei Straßen von der Bar entfernt. Die Tonne befand sich in einem Hof hinter Richie's Restaurant in der Market Street.«

»Wissen Sie, wem das Messer gehörte?«

Pete nickt. »Es gehörte zu einem Messerset aus der Bar, bei der sich der Mord ereignete. Es wurde kurz darauf von dem Barkeeper als vermisst gemeldet.«

»Und dieses Messer … was wurde darauf gefunden?«

»Blut des Opfers Denise McGregor. Und ein eindeutig mit dem Angeklagten Willie Miller übereinstimmender Fingerabdruck.«

Wallace stellt ihm noch ein paar Fragen, doch der Schaden ist bereits angerichtet. Wenn ich ihn nicht beheben kann, dann wird nichts von dem Folgenden mehr einen Unterschied machen. Ich erhebe mich und trete Pete gegenüber, der sich verschanzt, als würde er gerade auf der Null-Yard-Linie Position beziehen.

»Guten Morgen, Lieutenant Stanton.«

»Guten Morgen, Mr Carpenter.«

So weit die Höflichkeiten dieses besonderen Kreuzverhörs. Von nun an wird mit harten Bandagen gekämpft.

»Wie kam es dazu, dass Sie sich auf Willie Miller als Verdächtigen konzentrierten?«

»Er wurde von einer Augenzeugin identifiziert, die ihn neben der Leiche stehen sah, bevor er wegrannte. Sie heißt Cathy Pearl.«

»Diese Augenzeugin, Cathy Pearl, sagte Sie zu Ihnen: ›Ich habe Willie Miller gesehen‹?«

»Nein, sie kannte seinen Namen nicht. Sie beschrieb ihn, und der Barkeeper erzählte uns, dass die Beschreibung dem Angeklagten sehr nahe käme.«

»In diesem Moment wurde er also ihr Hauptverdächtiger?«

»Sicher, wir standen noch am Anfang unserer Ermittlungen, aber er war jemand, an dessen Auffinden und Befragung wir interessiert waren.«

»Und wo fanden Sie ihn?«

»Er lag in einem Hauseingang etwa zwei Straßen vom Tatort entfernt.«

»Leistete er Widerstand, als Sie ihn verhafteten?«

»Nein, er war vom Alkohol außer Gefecht gesetzt.«

»Er stand also auf, ging mit zum Wagen und Sie fuhren ihn auf die Wache?«

»Nein, wie ich bereits sagte, er war vom Alkohol außer Gefecht gesetzt und daher nicht in der Lage, zu gehen. Wir riefen eine Ambulanz und er wurde auf eine Bahre gelegt und ins Krankenhaus gefahren.«

Ich bin verwirrt. »Er rannte vom Tatort weg, konnte aber nicht einmal zum Wagen gehen?«

»Es war etwa eine Stunde vergangen, er hatte also genügend Zeit, um noch mehr Alkohol zu trinken.«

»Fanden Sie eine leere Flasche?«

»In der Gegend lagen eine Menge leere Flaschen herum.«

»Befand sich an einer von ihnen Willies Speichel?«

»Wir haben weder nach Flaschen gesucht noch sie analysiert. Er war offensichtlich schwer alkoholisiert; herauszufinden, aus welcher Flasche er getrunken hatte, hätte uns nichts gebracht.«

»Lieutenant, wenn Sie einen Fall wie diesen übernehmen, dann entwickeln Sie doch Theorien, nicht wahr? Sie versuchen, das durchzuspielen, zumindest in Gedanken, was passiert ist, oder?«

»Ich habe Theorien, aber ich wende mich erst dorthin, wohin mich die Beweise führen. Meine Theorien ergeben sich dann daraus.«

»Schön. Reden wir also über diese Beweise. Fangen wir mit dem Messer an. Sie haben ausgesagt, es stamme von einem Set aus der Bar, bei der sich der Mord ereignete und in der Willie Miller als Hilfskellner arbeitete. Ist das korrekt?«

»Ja, ist es.«

»Woher genau wissen Sie das?«

Pete wird ungeduldig. »Es war identisch mit denen, die in der Bar benutzt wurden, und außerdem fehlte eines.«

Ich nicke, so als ergäbe das einen Sinn. Dann erzähle ich Henderson, dass der Gerichtsdiener zwei verpackte Gegenstände hat, die ich ihm gegeben habe, und dass ich diese als Beweisstücke einbringen möchte. Henderson ist misstrauisch, lässt es aber zu, und der Gerichtsdiener gibt mir die Gegenstände.

Ich öffne eine der Verpackungen und nehme ein Messer heraus. Ich bitte um Erlaubnis, es dem Zeugen zu geben. Henderson gestattet es.

»Detective, das Messer, das Sie in den Händen halten, ist eines von denen, die zurzeit in der Bar, bei der sich der Mord ereignete, benutzt werden. Würden Sie es sich bitte ansehen?«

Pete betrachtet das Messer, während er mich gleichzeitig die ganze Zeit argwöhnisch im Auge behält. Dann öffne ich die andere Verpackung und nehme sechs weitere Messer heraus, die offensichtlich alle identisch mit dem ersten sind, und zeige sie Pete ebenfalls.

»Eines dieser sechs Messer stammt aus demselben Set wie das erste und wurde ebenfalls in der Bar benutzt. Bitte sagen Sie den Geschworenen, welches es ist.«

Das kann Pete natürlich nicht, und er ist gezwungen, das zuzugeben.

»Die Tatsache also«, stelle ich fest, »dass ein Messer identisch ist mit einem anderen, bedeutet noch nicht, dass sie aus demselben Restaurant stammen.«

»Nicht unbedingt, aber es erhöht mit Sicherheit die Wahrscheinlichkeit, vor allem wenn eines fehlt.«

Ich fahre fort: »Sie sagten aus, dass Sie ein Messer gefunden haben, egal woher es letztendlich stammte, und zwar drei Straßen von der Bar entfernt in einer Mülltonne.«

»Das ist richtig.«

»Nur damit ich es richtig verstehe …«, sage ich. »Da Sie diesen Geschworenen gerade erzählt haben, dass Sie Ihre Theorien aufgrund der Beweise entwickeln, ist es Ihre Theorie, dass Willie Miller ein Messer an seinem Arbeitsort entwendet, es für den Mord an einer Frau benutzt und dann weder ihr Blut noch seine Fingerabdrücke abgewischt hat?«

»Ja.«

»Es kommt selten vor, dass Mörder so dumm sind, oder?«

»Man braucht keinen Collegeabschluss, um jemanden umzubringen.«

»Danke, dass Sie den Geschworenen dies mitgeteilt haben, Lieutenant, ich bin sicher, sie hatten keine Ahnung.« Tut mir Leid, Pete, aber es hilft mir, wenn du arrogant und unkooperativ wirkst.

Er blickt mich wütend an, aber ich bohre weiter. »Nun, Lieutenant, Sie werden zugeben, dass sowohl Dummheit als auch ein kärglich entwickelter Selbsterhaltungstrieb vonnöten ist, um all das getan zu haben.«

Wallace greift ein. »Einspruch! Der Zeuge ist kein Psychologe.«

Henderson jedoch sagt: »Abgelehnt. Sie dürfen die Frage beantworten.«

Pete hat die passende Antwort. »Wenn Menschen betrunken sind, neigen sie oft dazu, unvorsichtig zu sein. Und wie gesagt, er war sehr, sehr betrunken. Er hätte auf keinen Fall einen klaren Gedanken fassen können.«

Ich nicke, als hätte er mir gerade alles verständlich gemacht. »Richtig. Er war besoffen. So besoffen, dass er vom

Tatort wegrennen, aber nicht zum Ambulanzwagen gehen konnte. So besoffen, dass er nicht klar genug denken konnte, um seine Fingerabdrücke abzuwischen, aber nüchtern genug, um den bewussten Entschluss zu fassen, das Messer drei Straßen weiter zu verstecken.«

Ich sehe einen besorgten Ausdruck in Petes Augen; darauf war er nicht vorbereitet.

»Morde sind nicht immer logisch.«

»Da haben Sie vollkommen Recht, Lieutenant. Manchmal sind die Dinge nicht so, wie sie scheinen.«

Er wird wütend. »Das habe ich nicht gesagt.«

»Das würde ich auch gar nicht von Ihnen erwarten. Ihre Aufgabe ist es, zu rechtfertigen, was Sie in diesem Fall unternommen haben, egal wie wenig Sinn es ergibt.«

Wallace erhebt Einspruch, Henderson gibt dem statt und unterweist die Geschworenen, die Bemerkung zu ignorieren.

»Übrigens, Lieutenant, wie kam es dazu, dass Sie das Messer fanden?«

»Ein Anruf ging in der Notrufzentrale ein. Jemand teilte uns mit, dass er ein Messer mit Blut daran gefunden habe.«

»Jemand?«

Pete fühlt sich nun sichtlich unwohl. »Ein Mann. Er hat uns seinen Namen nicht genannt.«

Mein Tonfall wird immer spöttischer und ich nehme öfter Blickkontakt mit den Geschworenen auf, vor allem mit den beiden, die Kevin und Marjorie ausgesucht haben. Ich versuche, sie auf meine Seite zu ziehen, damit wir zusammen Petes Glaubwürdigkeit anzweifeln können.

»Verstehe. Jemand, der seinen Namen nicht nannte, rief an und sagte, er habe ein blutiges Messer gefunden, als er mitten in der Nacht in einer Mülltonne herumwühlte.«

»Das kommt vor.«

»Anscheinend«, sage ich. »Hat dieser menschliche Metalldetektor das Messer angefasst? Waren seine Fingerabdrücke darauf?«

»Nein, es wurden keine weiteren Fingerabdrücke gefunden.«

Ich scheine überrascht, obwohl ich die Antwort im Voraus kannte. »Jemand durchwühlte also den Müll, entdeckte ein Messer mit Blut daran … ach übrigens, würden Sie es als sehr ungewöhnlich bezeichnen, wenn an einem Steakmesser Blut ist?«

»Zumindest kein menschliches Blut.«

»Hat dieser geheimnisvolle Jemand eine DNA-Analyse damit durchgeführt, während es noch im Müll lag?«

»Einspruch!«

»Stattgegeben.«

»Glauben Sie, dass ein durchschnittlicher Mensch, der seine Abende mit dem Durchwühlen von Müll verbringt, den Unterschied zwischen menschlichem Blut und dem Blut von einem Steak erkennen kann? Im Dunkeln?«

»Einspruch! Der Zeuge kann unmöglich das Ausmaß des Wissens anderer Leute kennen.«

»Stattgegeben.«

Mein Argument ist auch so deutlich geworden. »Aber diese anonyme Person war klug genug, das Messer nicht anzufassen, richtig?«

»Es gab keine weiteren Fingerabdrücke.«

»Dieser Mann suchte also nicht nach Dingen, die er aus der Mülltonne nehmen konnte. Er wollte einfach nur sichergehen, dass alles seine Ordnung hatte. Vielleicht führte er eine Inventur durch?«

»Ich weiß nicht, welche Intentionen er hatte.«

»Kommt Ihnen irgendwas von alldem ungewöhnlich vor, Lieutenant?«

»Ungewöhnlich, aber nicht unmöglich.«

»Kamen Sie jemals auf den Gedanken, etwas davon in Frage zu stellen?«

»Ich stelle alles in Frage.«

Ich bin diesen Weg so weit gegangen, wie ich konnte, also schlage ich einen anderen Pfad ein.

»Dann lassen Sie mich Ihnen eine hypothetische Frage stellen. Angenommen dies war ein Komplott.«

»Einspruch!« Dies wird allmählich zu Wallace' persönlichem Refrain.

»Abgewiesen.«

Ich fahre fort: »Nur um den Gedanken einmal durchzuspielen – nehmen wir mal an, es war ein Komplott. Angenommen, jemand wollte, dass Sie Willie Miller verhaften. Würden all diese ›ungewöhnlichen‹ Dinge so gesehen nicht einen Sinn ergeben?«

»Nein.«

»Nein?«, gebe ich ungläubig von mir. »Meinen Sie wirklich Nein, oder ist es lediglich so, dass Ihre gesamten Ermittlungen sich als Quatsch erweisen würden, wenn sich herausstellt, dass es ein Komplott war? Dass Sie mit dafür verantwortlich sind, dass Willie Miller sieben Jahre seines Lebens für ein Verbrechen im Gefängnis gesessen hat, das er nicht begangen hat?«

»Einspruch!«

»Stattgegeben. Die Geschworenen werden die Bemerkung außer Acht lassen. Mr Carpenter, wenn ich Sie noch einmal so reden höre, werden Sie wegen Missachtung des Gerichts zur Rechenschaft gezogen, wegen eines Verbrechens, das Sie sehr wohl begangen haben.«

Ich entschuldige mich und presche weiter vor, da ich nicht an Schwung verlieren will. »Trifft es nicht zu, dass Sie Willie

Miller gefunden und den Fall abgeschlossen haben, um gleich zum nächsten überzugehen?«

»Nein«, sagt er bestimmt, »das trifft nicht zu.«

»Trifft es nicht zu, dass Sie all diese Hinweise vor sich ausgebreitet haben und ihnen unkritisch gefolgt sind, so wie man sie Ihnen präsentiert hat?«

Henderson gibt gerade dem Einspruch von Wallace statt, während ich Pete anschreie, woraufhin er Pete anweist, nicht zu antworten. Dann ruft er mich noch zur Ordnung und teilt mir mit, dass ich ihm verdammt auf den Sack gehe, auch wenn er sich etwas gepflegter ausdrückt.

»Keine weiteren Fragen.«

Pete werden ein paar Fragen von Wallace gestellt, der ihn rehabilitieren will, während er mich die ganze Zeit über wütend anstarrt. Meine Freundschaft mit Lieutenant Pete Stanton hat soeben einen Knacks erlitten. Ich freue mich nicht darüber, dass ich ihn schlecht gemacht habe, aber damit verdiene ich meinen Lebensunterhalt.

Ich lege das abendliche Treffen mit Laurie und Kevin im Büro auf sieben Uhr, doch nur Kevin ist dort, als ich eintreffe. Mittlerweile vertraue ich seiner Intuition und seinem Urteil. Er ist der Meinung, dass ich heute mit Pete gute Arbeit geleistet habe, doch er erkennt auch unser Problem. Wallace hat Berge von Beweisen: das Messer, die Hautpartikel und das Blut, die Augenzeugin und so weiter. Ich kann sie allesamt in Frage stellen, doch wenn die Geschworenen auch nur einem davon Glauben schenken, dann ist Willie erledigt. Denn jeder einzelne dieser Beweise allein reicht schon aus.

Morgen wird Wallace seinen kriminaltechnischen Sachverständigen in den Zeugenstand rufen und so machen Kevin und ich uns an die Planung unseres Kreuzverhörs.

Laurie trifft ungewöhnlich spät ein, dafür aber mit einer

interessanten Neuigkeit. Sie hat ihre Beziehungen spielen lassen und herausgefunden, dass Edward Markham vor dem Mord an Denise McGregor zweimal wegen Misshandlung einer Frau verhaftet worden war.

Mindestens ebenso alarmierend ist die Tatsache, dass mein Vater, auch wenn die Unterlagen über diese Angriffe seitdem vernichtet worden sind, davon hätte wissen müssen, als er damals die Anklage gegen Willie Miller vertreten hat. Doch es gibt keinerlei Hinweise darauf, dass er dem je nachgegangen ist. Hielt er es für unwichtig, oder erwies er seinem mutmaßlichen Freund Victor Markham einen Gefallen, der ihm vielleicht einmal zwei Millionen Dollar gezahlt hatte? Aber wie hätte Markham einen Mordprozess vorhersehen können, der erst fast dreißig Jahre nach der Zahlung stattfinden sollte?

Laurie fragt, ob wir diese Verhaftungen im Prozess benutzen können, und Kevin weist zu Recht darauf hin, dass wir es nicht können, dass Henderson sie niemals zulassen würde. Das Gesetz ist eindeutig; vorherige Vergehen, auch wenn sie nachgewiesen wären, müssen fast identisch mit dem Verbrechen sein, das Gegenstand des Prozesses ist. Und das sind sie nicht.

»Schade«, sagt Laurie. »Der Mistkerl könnte es selbst gewesen sein.«

Ich glaube, ich höre nicht richtig. »Ich dachte, du wärst dir sicher, dass Willie Miller es war.«

»Das war ich. Jetzt bin ich es nicht mehr.«

Das ist ein beträchtliches Zugeständnis für Laurie, aber ich werde mich ihr gegenüber nicht als Besserwisser aufspielen.

Gegen zehn Uhr geht Kevin, und Laurie bleibt noch eine Zeit lang, während ich meine Vorbereitungen für den morgigen Tag im Gericht beende. Als sie gerade gehen will, kommt sie noch einmal zu mir und sagt: »Du machst das wirklich gut, Andy. Niemand könnte mehr tun.«

Ich schüttele den Kopf. »Weißt du«, erwidere ich, »mein Vater hat gesagt, ich könnte diesen Fall nicht gewinnen. Ich glaube, er hatte Recht.«

»Er wollte dich anstacheln und er hat sich geirrt. Gute Nacht, Andy.«

Wir stehen einfach nur da, nur etwa dreißig Zentimeter voneinander entfernt. Wir wissen beide, dass wir gefährlich nahe davor stehen, uns zu küssen, doch nach ein paar Sekunden ist die Gefahr vorüber. Laurie geht und lässt mich grübelnd zurück. Während meiner Ehe, oder zumindest vor unserer Trennung, hatte ich wenig Gelegenheit, andere Frauen zu küssen. Es klingt sentimental, aber ich habe nur selten über andere Frauen nachgedacht, so stark verinnerlicht hatte ich den Gedanken an den heiligen Bund der Ehe. Das hat sich nun geändert, und ich glaube nicht, dass das in nächster Zeit wieder in den Urzustand zurückkehren wird. Jetzt muss ich nur noch herausfinden, was das über meine Ehe oder über mich selbst aussagt.

Aber das werde ich nach dem Prozess herausfinden.

Nicole ist in Bezug auf den Prozess und die Auswirkungen, die er auf unsere gemeinsame Zeit hat, wirklich sehr verständnisvoll gewesen. Sie wartet abends auf meine Heimkehr und steht jeden Morgen auf, um mir zuzusehen, wie ich das Frühstück mache. Sie redet davon, dass wir nach dem Prozess irgendwohin fahren; vielleicht in das Luxushotel auf den Jungferninseln, wo wir unsere Flitterwochen verbracht haben. Das war in einem anderen Leben, zu einer Zeit und an einem Ort, zu denen ich jetzt überhaupt keine Beziehung mehr habe. Ich wünschte mir, es wäre anders.

Ich war bisher in der Lage, die romantisch-emotionale Seite meines Lebens während der Arbeit am Fall Miller auf Eis zu legen, aber ich weiß, dass sie da irgendwo existiert, im hintersten Winkel meines Bewusstseins, und dass sie nur darauf wartet, mir Ärger zu bereiten.

Ich war immer der Ansicht, dass es ein Hauptbestandteil der Liebe ist, Dinge – sowohl gute als auch schlechte – mit dem geliebten Menschen teilen zu wollen. Bei Nicole habe ich dieses Gefühl nicht.

In gewisser Weise ist mir klar, dass Nicole und ich nie wieder das erlangen können, was wir einmal hatten – oder scheinbar hatten. Ich hoffe immer noch, dass sich das ändern wird, aber mein Gefühl sagt mir etwas anderes. Ich glaube nicht, dass Lauries Anwesenheit daran schuld ist. Sie ist nicht das, was zwischen Nicole und mir steht.

Zum Glück habe ich nicht sehr viel Zeit, um über diese Fragen nachzugrübeln. Jeder in unserem Team schiebt 18-Stunden-Schichten, und dank des Adrenalins sind wir Tag für Tag ganz wild darauf, morgens um neun Uhr im Gerichtssaal zu erscheinen. Ein anderer Grund dafür, dass ich jeden Morgen pünktlich bin, liegt darin, dass ich auf dem Weg ins Gericht nicht einmal mehr an dem Zeitungsladen vorbeifahre; er ist geschlossen und ein Symbol meiner Erniedrigung.

Heute komme ich sogar ein paar Minuten zu früh, daher nutze ich die Zeit, um mich auf den nächsten Zeugen, den kriminaltechnischen Sachverständigen Michael Cassidy, vorzubereiten.

Wie Henry Higgins sagen würde: »Geist versprühend so wie Fett, schleicht Cassidy sich ölig aufs Parkett!« Ich empfinde ihn als durch und durch aufgeblasen und widerwärtig und hoffe, die Geschworenen sehen das genauso. Er ist im Wesentlichen hier, um über das unter den Fingernägeln von Denise McGregor gefundene Beweismaterial und über die Kratzspuren bei Willie auszusagen, die eben diese Fingernägel offensichtlich verursacht haben. Wallace hat damit eine Menge Munition zur Verfügung und er wird sein gesamtes Pulver verschießen.

Eine riesige Vergrößerung des Farbfotos eines benommenen und zerkratzten Willie Miller, das kurz nach der Verhaftung aufgenommen wurde, wird gezeigt. Noch schuldiger könnte er darauf nur aussehen, wenn er ein Schild hochhielte mit der Aufschrift »Ich war's«.

Wallace befragt Cassidy zum Foto, und Cassidy bringt seinen hölzernen Zeigestock zum Einsatz, einen von der Art, wie Lehrer ihn benutzten, bevor das Internet Einzug in die Klassenzimmer hielt.

Wallace fragt: »Wo waren die Kratzspuren?«

Selbst Stevie Wonder hätte auf dem Foto die Kratzspuren zeigen können, doch Cassidy weist mit dem Stock darauf, als bräuchten die Geschworenen wirklich seine Hilfe, um sie zu entdecken.

»Sie sind hier und hier, auf der linken und rechten Wange des Angeklagten.«

Dann braucht Wallace vielleicht dreißig Minuten, um ihm die Informationen zu entlocken, die er in zwei Minuten hätte haben können. Nicht nur stammen das Blut und die Haut unter Denise McGregors Fingernägeln von Willie Miller, sondern Cassidy hat auch festgestellt, dass die Kratzspuren auf Willies Gesicht von ebenjenen Fingernägeln stammen.

Wallace übergibt mir den Zeugen. Wenn ich bei den Geschworenen keine Zweifel an der Aussage Cassidys aufkommen lassen kann, dann heißt es: Spiel, Satz und Sieg.

»Mr Cassidy, welche anderen fremden Materialien, außer dem Blut und der Haut von Willie Miller, haben Sie unter den Fingernägeln des Opfers gefunden?«

»Was meinen Sie?«, fragt er.

»Welchen Teil der Frage haben Sie nicht verstanden?«

Wallace erhebt Einspruch, weil ich streitlustig sei und dem Zeugen zusetzen wolle. Und *ob* ich das will. Henderson gibt dem Einspruch statt. Ich stelle die Frage anders und Cassidy antwortet.

»Wir haben sonst nichts gefunden.«

Ich gebe mich überrascht. »War Willie Miller Ihres Wissens nackt, als er verhaftet wurde?«

»Ich war nicht dabei, aber ich glaube, er war vollständig bekleidet.«

»Gibt es irgendeinen Hinweis darauf, dass er nackt war, als er das Verbrechen beging?«

»Nicht dass ich wüsste.«

Ich bahne mir meinen Weg weiter voran. »Gab es irgendwo anders als in seinem Gesicht Kratzspuren?«

»Nein, das waren die einzigen Kratzspuren. Aber an jedem Arm sind Einstichstellen von Injektionsnadeln gefunden worden.«

Bei der ärztlichen Untersuchung von Willie sind an beiden Armen Einstichspuren entdeckt worden, doch da ein Bluttest ergab, dass sich keinerlei Drogen in seinem Organismus befanden, ist es der Staatsanwaltschaft nicht erlaubt, das im Verhör der eigenen Zeugen zur Sprache zu bringen. Wallace lächelt ein wenig, da er sicher davon ausgeht, dass ich die Tür, durch die die Geschworenen die Information erhielten, aus Versehen aufgestoßen hätte.

»Ja, die Einstichspuren, wir werden sicherlich noch mehr darüber hören«, sage ich. »Was trug der Angeklagte also, als er verhaftet wurde?«

»Einspruch!«, sagt Wallace. »Die Antwort ist bereits im Protokoll festgehalten. Sein Hemd und seine Jeans, *auf denen sich Blutspuren des Opfers befanden*, sind als Beweismaterial vorgelegt worden.«

Henderson gibt dem Einspruch statt und ich verbeuge mich dankbar vor Wallace. »Danke. Es ist nicht einfach, all diese schlüssigen Beweise im Kopf zu behalten.«

Ich frage Cassidy: »Sein Hemd war aus Baumwolle, oder?«

»Ja.«

»Aber unter ihren Fingernägeln sind keine Baumwollfasern gefunden worden?«

»Nein.«

»Sie ging also nur auf sein Gesicht los?«

»Nur sein Gesicht wurde zerkratzt«, sagt er. »Ich kann Ihnen nicht mit Sicherheit sagen, worauf sie losging, ich war nicht dabei.«

»Nein, ich auch nicht. Kann ich mir mal Ihren Zeigestock ausleihen? Das ist ja wirklich ein Prachtstück.«

Er würde gern damit auf mich einschlagen, doch stattdessen reicht er ihn mir widerwillig und ich gehe zu dem riesigen Foto von Willie in all seiner zerkratzten Größe.

»Übrigens, haben Sie neben der Leiche ein Lineal gefunden?«

»Ein Lineal?«

»Sie wissen doch, was ein Lineal ist, oder? Das sieht so aus wie dieser Zeigestock, ist aber kleiner, flacher und gerader.«

Wallace erhebt Einspruch und Henderson ermahnt mich – das übliche Spiel.

»Was mich verwundert, ist«, so erläutere ich, »dass ich persönlich nicht einmal eine einzige gerade Linie zeichnen kann und das Opfer hat gleich zwei davon zustande gebracht.«

Ich zeige auf die Kratzspuren auf beiden Wangen, die in der Tat nahezu perfekt gerade und senkrecht zum Boden verlaufen.

»Dafür gibt es keine üblichen Muster. Jeder Fall ist anders.« Er wird nun immer aufgeblasener. Es ist an der Zeit, ihm die Luft herauszulassen.

»Keine üblichen Muster? Ist nicht per definitionem unnormal, dass überhaupt ein Muster vorzufinden ist?«

»Ich weiß nicht, was Sie meinen.«

»Dann lassen Sie es mich Ihnen erklären, Doktor«, fauche ich ihn an. »Wir haben hier eine Frau, die von einem betrunkenen Mann, der sich selbst wohl kaum auf den Beinen halten kann, zu Tode geschlagen und gestochen wird. Sie fuchtelt also um sich, versucht verzweifelt, sich zu verteidigen, das Messer davon abzuhalten, sie zu durchbohren, versucht zu verhindern, dass die andere Hand auf sie eindrischt –«

»Einspruch!«, schreit Wallace. »Ist in dieser Rede irgendwo auch eine Frage enthalten?«

»Stattgegeben.«

Ich mache weiter. »Okay, ich habe einen Haufen Fragen. Warum hat sie seine Kleidung nicht berührt? Warum hat sie diese Hände nicht berührt? Warum hat sie sich in ihrer Panik entschieden, auf jeder Seite seines Gesichtes zwei tadellos gerade Kratzspuren zu hinterlassen?«

Die Aufgeblasenheit ist verschwunden. »Das kann ich nicht mit Sicherheit beantworten, aber es wäre möglich –«

Ich unterbreche ihn. »Es wäre möglich, dass jemand ihre Hände genommen hat – nachdem sie verstorben war – und Willie Millers Gesicht damit zerkratzt hat, als er zu betrunken war, um es überhaupt zu merken.«

Wallace erhebt sich erneut. »Einspruch, Euer Ehren! Müssen wir uns Mr Carpenters Märchenstunde noch länger anhören?«

Ich drehe mich um und wende mich direkt an Wallace, was mir Henderson noch vorhalten wird. »Wenn ich hier eine Märchenstunde abhalte, dann sollten Sie gut zuhören. Dieses Märchen ergibt anscheinend mehr Sinn.«

Nachdem die Sitzung vertagt wurde, treffe ich Wallace auf der Herrentoilette wieder. Wir halten den üblichen Urinal-Smalltalk ab, und dann stelle ich ihm eine Frage, die mich seit einiger Zeit nicht loslässt.

»Richard, Sie waren doch damals schon bei der Staatsanwaltschaft … warum hat mein Vater die Anklagevertretung gegen Willie Miller übernommen?«

»Ach, kommen Sie, Andy. Sie glauben doch selbst nicht,

was Sie da alles erzählen. Es gab schließlich Berge von Beweisen.«

»Darum geht es nicht«, sage ich. »Ich meine, warum hat er den Prozess selbst geführt? Er war damals schon Leiter des Büros; er betrat doch kaum mehr einen Gerichtssaal.«

Richard überlegt einen Augenblick. »Ich weiß es nicht; ich erinnere mich nur noch daran, dass ich mich das damals selbst gefragt habe. Aber er war in dieser Sache unerbittlich. Vielleicht weil es um ein Kapitalverbrechen ging. Vielleicht weil Markham damit zu tun hatte und dein Vater derjenige sein wollte, der den politischen Druck abfangen konnte, falls der Prozess nicht so gut lief.«

Ich nicke. »Vielleicht.«

Wallace macht seinen Reißverschluss zu, verabschiedet sich und lässt mich mit all den anderen Möglichkeiten zurück.

Henderson vertagt die Sitzung und ich gehe zurück ins Büro. Nicole hat angerufen und eine Nachricht hinterlassen: Sie erinnert mich an mein Versprechen, heute nach unserer abendlichen Konferenz zu Philip zu kommen. Er veranstaltet auf seinem Anwesen ein Fest, auf dem Geld für einen lokalen Kongresskandidaten gesammelt werden soll – dabei würde ich nicht einmal für diesen Herrn stimmen, wenn er gegen Moammar al-Gadhafi antreten wollte.

Wir beginnen früh mit unserer Besprechung, um fünf Uhr, hauptsächlich um das morgige Kreuzverhör der Augenzeugin Cathy Pearl zu planen.

Laurie kommt nicht zu unserem Treffen; sie besucht Betty Anthony, um das zu versuchen, was mir nicht gelang: sie zum Reden über ihren verstorbenen Mann Mike zu bringen.

Kevin und ich sprechen darüber, wie ich mich gegenüber Cathy Pearl morgen verhalten soll, und wir glauben, dass wir recht wirkungsvoll agieren können. Das Aufregende, Nervenaufreibende und Gefährliche an einem Kreuzverhör ist, dass es einfach keine Möglichkeit gibt, genau vorherzusagen, wie es verlaufen wird. Zwischen allen Beteiligten im Gerichtssaal entsteht ein Wortwechsel, der nicht festgelegt ist und in verschiedene Richtungen gehen kann.

Der Anwalt, der das Kreuzverhör durchführt, gleicht fast einem Point Guard beim Basketball. Es ist seine oder ihre Aufgabe, das Tempo vorzugeben und zu versuchen, die Spielweise zu bestimmen. Aber wie in einem Basketballspiel hat es der Anwalt nicht in der Hand, welche Verteidigung, welche Strategien die andere Seite anwenden wird.

Vor allem finden im Gegensatz zum Basketballspiel keine sieben Begegnungen statt; es gibt kein Rückspiel in zwei Tagen. Das Kreuzverhör eines Zeugen findet nur einmal statt und normalerweise gilt der Grundsatz »Der Sieger bekommt alles«. Das kann noch furchteinflößender sein als eine Fahrt durch den Lincoln Tunnel.

Kevin war in letzter Zeit etwas niedergeschlagen; seine Begeisterung schien zu schwinden, selbst als wir bei der Auswahl der Geschworenen einigen Erfolg hatten. Ich frage ihn danach, und er offenbart mir, dass ihn sein Gewissen plagt. Kurz gesagt, er meint, dass Willie Miller vermutlich schuldig ist, und obwohl Kevin möchte, dass wir gewinnen, befürchtet er, dass wir vielleicht die Entlassung eines brutalen Mörders in die Gesellschaft verursachen könnten.

»Sie denken also«, frage ich ihn, »dass wir besser sein könnten als die Staatsanwaltschaft?«

»Ich denke«, erwidert er, »dass Sie vielleicht der beste Verteidiger sind, den ich je gesehen habe.«

Über dieses Thema könnte ich stundenlang reden, aber ich versuche, mich weiter auf Kevin zu konzentrieren. Ihm macht diese Sache ziemlich zu schaffen und ich kann ihm vielleicht helfen. Er glaubt, dass ich eventuell so gut bin, dass es zu einem Fehlurteil kommen könnte.

»Und wenn wir ihn nicht verteidigen würden?«, frage ich.

»Dann würde er sich jemand anders besorgen.«

»Und wenn«, frage ich weiter, »dieser andere besser wäre als wir? Oder nicht im Entferntesten so gut wie Wallace? Könnte dabei nicht genauso einfach ein schlechtes Urteil herauskommen?«

Er nickt. »Natürlich.«

»Ich sag Ihnen mal, wie ich die Sache sehe. Für mich ist ein richtiges oder falsches Urteil keine Frage der korrekten Beurteilung der Schuld oder der Unschuld des Angeklagten. Für mich ist das Urteil richtig, wenn beide Seiten gut vertreten werden und ihre gerechte Chance vor Gericht bekommen.«

»Sie könnten das anders sehen, wenn Sie zu Unrecht verurteilt worden wären«, wendet er ein. »Oder wenn ein Mensch, den Sie lieben, ermordet worden wäre und der Schuldige freikäme.«

»Vielleicht, aber dann würde ich an mich denken und nicht an die Gesellschaft. Die Gesellschaft braucht dieses System. Hören Sie, Sie sind ein großartiger Anwalt, und wenn Sie hundert Fälle hätten, vielleicht bekämen Sie für ein paar Schuldige den Freispruch. Aber was wäre, wenn Sie die Fälle nicht übernehmen würden? Ein Großteil von ihnen bekäme nicht so gute Anwälte und einige der Unschuldigen würden vielleicht verurteilt.«

Er lächelt. »Aber dann hätte ich keinen von denen auf dem Gewissen.«

»Haben die Ihnen nicht gesagt, dass Sie Ihr Gewissen an der Uni im Spind lassen sollen?«

Heute Abend werden wir seine Zweifel nicht mehr ausräumen, sie plagen ihn schon zu lange. Aber ich glaube – besser gesagt, ich hoffe –, dass wir einen Schritt vorwärts getan haben. Kevin ist ein teuflisch guter Anwalt und ein noch besserer Mensch.

Ich lade Kevin ein, mich zu der Party bei Philip zu begleiten, aber er entschuldigt sich, da er in seinem Waschsalon noch die Münzen aus den Maschinen nehmen muss.

Ich fahre hinaus zu Philips Anwesen in Alpine. Er besitzt viereinhalb Hektar bestes Grundstück in der teuersten Gegend von New Jersey, eine herrliche Parkanlage mit einem riesigen Swimmingpool, einem Tennisplatz, einer Golfanlage und – man höre und staune – einem Hubschrauberlandeplatz.

Knapp hundert Meter vom Hauptgebäude entfernt steht noch ein außergewöhnliches Gästehaus mit drei Schlafzimmern, das für die meisten Familien ein Traum wäre. Philip nennt es »Nicoles Haus«, da er es kurz vor ihrer Geburt bauen ließ – in der Hoffnung, dass sie eines Tages dort einziehen würde.

Und damals, kurz bevor Nicole und ich heirateten, führte Philip in der Tat eine regelrechte Kampagne durch, um uns dazu zu bewegen, in diesem Gästehaus zu wohnen. Zu Recht wies er uns darauf hin, dass es wesentlich hübscher war als alles, was wir uns leisten könnten, und er versprach, dass es separat genug läge, damit wir unsere Privatsphäre genießen könnten. Immerhin, so argumentierte er, sei er sowieso die meiste Zeit in Washington.

Mein Vater warnte mich davor, das Angebot anzunehmen, aber ich war selbst schlau genug, es abzulehnen. Wären wir in dieses Gästehaus eingezogen, wäre Philips Macht über uns vollkommen gewesen.

Die Party an diesem Abend findet unter freiem Himmel

statt, in dem Bereich zwischen Gästehaus und Pool. Es gehört zu Philips langfristiger Strategie, andere in seiner Partei aktiv zu unterstützen. Philip hat seine herausragende Stellung als Vorsitzender des Verbrechensausschusses dazu genutzt, sich als möglicher Kandidat für das Amt des Vizepräsidenten bei den nächsten Wahlen ins Gespräch zu bringen, und er verdient sich politische Meriten, indem er Wahlkampfgelder für seine politischen Freunde auftreibt.

Als ich eintreffe, bin ich der einzige Mann weit und breit, einschließlich des Personals, der keinen Smoking trägt. Nicole kommt auf mich zu und scheint nicht zu bemerken, dass ich zu einfach gekleidet bin, da sie es sicher gewohnt ist. Sie hakt sich bei mir ein und führt mich fort, damit wir mit den Reichen, Möchtegernberühmten und Mächtigen plaudern können.

Wir plaudern etwa eine Stunde lang und ab dann ist jede Minute langweiliger als die zuvor. Schließlich halte ich es nicht mehr aus und erkläre Nicole, dass ich nach Hause fahren und mich aufs Ohr legen müsste. Sie wirkt enttäuscht, versteht mich aber. Mir wird plötzlich klar, dass sie diesen Abend tatsächlich genießt; hier ist sie in ihrem Element. Ein beunruhigender Gedanke.

Die Augenzeugin Cathy Pearl ist seit ihrem neunzehnten Lebensjahr allein erziehende Mutter, die den Lebensunterhalt für sich und ihre Tochter verdient, indem sie jede Nacht bis ein Uhr in einem kleinen heruntergekommenen Restaurant arbeitet. Diese Tochter, so lässt Wallace sie stolz offenbaren, hat gerade ein Stipendium für die Cornell University bekommen. Cathy ist so ein Mensch, dem die Geschworenen gern glauben und den sie im Zeugenstand mit Sicherheit nicht demontiert sehen wollen.

Wallace lässt sie ihre Geschichte erzählen, bis zu dem beängstigenden Augenblick, in dem sie Willie Miller neben dem blutüberströmten Körper von Denise McGregor stehen sah.

»Wie kam es, dass Sie sich in jener Nacht in diesem Hinterhof aufhielten, Miss Pearl?«

»Das Restaurant, in dem ich arbeite, ist eine Straße weiter. Auf dem Weg von der Arbeit nach Hause nehme ich die Abkürzung über diesen Hinterhof. Ich spare dabei etwa zehn Minuten und um ein Uhr morgens zählt jede Minute.«

Alle, einschließlich der Geschworenen, schmunzeln über diese Bemerkung. Alle außer mir.

»Bitte erzählen Sie, was Sie gesehen haben.«

Sie erzählt dann das Geschehene mit anschaulichen, sachlichen Worten. Sie sah Willie über der Leiche stehen und er sah sie ebenfalls, doch statt sie anzugreifen, rannte er fort. Sie dankt Gott jeden Tag dafür, und sie dankt Gott ganz besonders dafür, dass sie am nächsten Tag in der Lage war, ihn bei einer Gegenüberstellung zu identifizieren.

Cathy ist eine sehr glaubwürdige Zeugin, und angesichts der Reaktion der Geschworenen auf ihre Person weiß ich nicht, ob ich sie ins Kreuzverhör nehmen oder sie um ein Autogramm bitten soll.

»Miss Pearl, war es ungewöhnlich für Sie, dass Sie die Abkürzung über diesen Hinterhof nahmen?«

»Nein, ich nehme sie jede Nacht.«

»Jede Nacht? Zur gleichen Zeit?«

»Ja, ich hatte um ein Uhr Feierabend und ich bin mit Sicherheit nicht länger als nötig dort geblieben. Pünktlich um ein Uhr bin ich da weg. Jede Nacht.«

»Also hätte jeder, der Ihre Gewohnheiten eine Zeit lang beobachtet hätte, wissen können, dass Sie kommen würden?«

»Warum sollte das jemand tun? Ich glaube nicht, dass mich jemand beobachtet hat.«

»Das verstehe ich. Aber *falls* Sie jemand beobachtet hätte, selbst wenn Sie es nicht gemerkt haben, wusste er doch, dass Sie jede Nacht dort um kurz nach ein Uhr vorbeikommen?«

Sie blickt Hilfe suchend zu Wallace – vergeblich.

»Ich nehme es an, ja.«

»Danke. Sie sagten aus, dass Sie eigentlich nicht gesehen haben, wie der Angeklagte Denise McGregor erstach, Sie sahen nur, dass er neben der Leiche stand, richtig?«

Cathy nickt etwas zu heftig, da sie sich anscheinend freut, endlich einer Sache zustimmen zu können. »Richtig. Er stand einfach nur da und hat mich angeschaut. Hat sich nicht viel bewegt.«

»Ich könnte mir vorstellen, dass so etwas ganz schön beängstigend gewesen sein muss, besonders zu so einer Uhrzeit, mitten in der Nacht.«

Noch ein heftiges Nicken. »Ja, das war es.«

»Sind Sie weggerannt?«

»Also, nein … nicht gleich … zuerst wusste ich nicht, dass er neben einer Leiche stand. Es war dunkel.«

»Dunkel?«

Schnell wird ihr klar, dass sie ungeschickt geantwortet hat, und sie versucht, es wieder gerade zu biegen. »Nicht so dunkel, dass ich nichts hätte sehen können.«

Ich nicke. »Verstehe. Es war so eine Art von Dunkelheit, in der man ein Gesicht, aber keine Leiche sehen konnte. So eine Art von Dunkelheit.«

»Nun …«

»Und dann hat der Angeklagte Sie angeschaut. Ist das korrekt?«

»Ja. Und er schaute so merkwürdig. So benommen.«

»Betrunken vielleicht?«

»Genau, ja.«

»Und was tat er mit dem Messer?«

»Ich hab kein Messer gesehen«, sagt sie.

Ich werfe einen Blick zu den Geschworenen hinüber, um die Bestätigung zu bekommen, dass sie das genauso verwirrend finden wie ich. Sie finden das nicht, doch das wird sich noch ändern.

»Sie müssen mir ein wenig helfen. In so einer Art Dunkelheit, in der man Gesichter, aber keine Leichen sehen kann, sind Messer da zu erkennen?«

Wallace steht auf. »Einspruch, Euer Ehren! Das ist einschüchternd.«

»Stattgegeben. Formulieren Sie die Frage anders.«

»Ja, Euer Ehren.« Ich wende mich wieder Cathy zu. »Sie haben also kein Messer gesehen.«

»Das habe ich schon immer gesagt. Ich habe kein Messer gesehen. Ich sage nicht, dass es nicht da war, ich habe es nur nicht gesehen.«

»Sicherlich war er in der Zwischenzeit drei Straßen weiter gerannt, hatte es – noch mit seinen Fingerabdrücken und dem Blut daran – in die Mülltonne gelegt und ist dann gerade noch rechtzeitig zu Ihrem 1-Uhr-Spaziergang zurückgekehrt.«

Diese Ausführung war an Wallace gerichtet, doch Cathy sieht sich gezwungen, sich zu verteidigen.

»Ich weiß, was ich gesehen habe.« Sie zeigt auf Willie. »Ihn habe ich gesehen.«

Ich schüttele traurig den Kopf. »Nein, Miss Pearl, ich fürchte, Sie haben keine Ahnung, was Sie gesehen haben.«

»Einspruch!«

»Stattgegeben. Vorsicht, Mr Carpenter.«

»Ja, Euer Ehren«, sage ich. Also formuliere ich um: »Nun, Miss Pearl, da es hell genug war, um das Gesicht des Angeklagten zu sehen, und da er sie direkt anschaute, kann man davon ausgehen, dass er Ihr Gesicht sehen konnte?«

»Sicher … nehme ich an.«

»Aber er hat nicht versucht, Ihnen etwas anzutun? Ihnen das anzutun, was er Ihrer Meinung nach Denise McGregor angetan hat?«

»Nein, er ist einfach nur weggerannt.«

»Aber ihm muss doch klar gewesen sein, dass Sie ihn identifizieren konnten, richtig?«

»Nehme ich an …«

»Er müsste gewusst haben, dass Sie eines Tages als Augenzeugin auftreten würden, genauso wie es jetzt der Fall ist?«

»Wahrscheinlich.«

»Vielleicht hatte er nichts zu verbergen«, sage ich. »Keine weiteren Fragen.«

Wallace erhebt sich, um ihre Glaubwürdigkeit wiederherzustellen. »Miss Pearl, wann sahen Sie den Angeklagten nach jener Nacht zum ersten Mal wieder?«

»Am nächsten Morgen auf der Polizeiwache. Bei der Gegenüberstellung. Ich hab ihn sofort ausgemacht.«

»Sie haben ihn aus einer Reihe von Männern heraussuchen können?«

Cathy nickt. »Aus einem ganzen Haufen Männer.«

»Und Sie hatten keinen Zweifel daran, dass er der Mann war, den Sie in der Nacht zuvor auf dem Hinterhof gesehen hatten?«

»Nicht den geringsten Zweifel. Er war es. Ich war mir damals sicher und bin es heute noch genauso.«

Cathy verlässt den Zeugenstand. Ich habe eindeutig nicht genug unternommen, um ihr Schaden zuzufügen. Sie wirkte glaubwürdig und hat keine Veranlassung, zu lügen. Wenn ich auf der Geschworenenbank säße, würde ich ihr glauben. Und wenn ich ihr glauben würde, müsste ich dafür stimmen, Willie Miller des Mordes schuldig zu sprechen.

Ich habe kaum Zeit, darüber nachzudenken, wie niederschmetternd die Situation ist, als es noch wesentlich schlimmer kommt. Wallace sagt zu Henderson: »Euer Ehren, die Staatsanwaltschaft ruft Randy Sacich in den Zeugenstand.«

Das ist keine gute Nachricht; von Randy Sacich habe ich noch nie gehört, und Zeugen, von denen ich noch nie gehört habe, sind die absolut schlimmsten.

»Euer Ehren«, protestiere ich, »eine solche Person steht nicht auf der Zeugenliste der Staatsanwaltschaft.«

Wallace nickt. »Das bedauern wir, Euer Ehren, aber wir

wurden erst gestern spätabends auf Mr Sacich aufmerksam. Unsere Leute haben ihn heute Morgen befragt, um sicherzugehen, dass er ein zuverlässiger Zeuge ist.«

»Euer Ehren«, erwidere ich, »ich bin mir nicht sicher, ob unsere ›Leute‹ zu demselben Schluss kommen würden wie die ›Leute‹ von Mr Wallace. Aber auf alle Fälle sollten keine Überraschungszeugen vor diesen Leuten aussagen.« Ich deute auf die Geschworenen, um klar zu machen, wen ich meine.

Henderson schickt die Geschworenen aus dem Saal, woraufhin Wallace und ich noch etwas streiten. Henderson nimmt Wallace seine Argumente ab und Sacich wird als Zeuge zugelassen. Als die Geschworenen in den Saal zurückkehren, unterhalte ich mich mit Willie.

»Wissen Sie, wer dieser Typ ist?«

»Nee.«

Nachdem die Geschworenen Platz genommen haben, wird Randy Sacich hereingeführt und Willie zuckt überrascht zusammen. Er beugt sich zu mir herüber.

»Das ist der Typ in der Zelle neben mir.«

»Haben Sie ihm irgendetwas Inkriminierendes erzählt?«

»Wie bitte?«

»Etwas Schlechtes. Haben Sie ihm etwas Schlechtes erzählt?«

Willie ist verletzt. »Wie oft soll ich es Ihnen noch sagen, Mann. Ich hab nichts Schlechtes zu sagen.«

Wallace sieht das offensichtlich anders. Er geht mit Sacich seine Verbindung zu dem Fall durch, die hauptsächlich auf geographischen Gegebenheiten beruht.

»Ich bin in der Zelle neben ihm.«

»Und von dieser günstigen Position aus können Sie beide sich unterhalten?«

»Klar«, meint Sacich. »Direkt durch die Gitterstäbe.« Er

sagt das mit einer solchen Selbstverständlichkeit, als wären sie Nachbarn in einer Vorstadt und würden sich gegenseitig ab und zu Zucker ausleihen.

»Hat Mr Miller je das Verbrechen erwähnt, für das er zur Zeit inhaftiert ist?«, fragt Wallace.

Sacich nickt zustimmend. »Klar, er hat die ganze Zeit darüber geredet. Hat über nichts anderes geredet.«

»Hat er sich je zu der Berechtigung der Vorwürfe geäußert?«

»Hä?«

Wallace versucht es anders. »Hat er je gesagt, ob er es war oder nicht?«

Randy antwortet leise, fast schwer verständlich. »Ja, unzählige Male. Er hat gesagt, dass er es war.«

»Bitte sprechen Sie lauter, damit die Geschworenen Sie verstehen können, Mr Sacich.«

Wie geprobt, wendet sich Sacich nun an die Geschworenen. »Er hat gesagt, dass er sie aufgeschlitzt und dann zugesehen hat, wie ihre Gedärme herausströmten.«

Die Geschworenen zucken angeekelt zusammen und durch den Gerichtssaal geht ein Raunen. Henderson hämmert auf seinen Tisch und verlangt Ruhe. Er bekommt sie.

Wallace beendet seine Befragung, woraufhin der Richter uns zu sich bittet. Außer Hörweite der Geschworenen überlässt er mir die Entscheidung, ob für heute vertagt werden und das Kreuzverhör morgen stattfinden soll oder ob wir jetzt gleich damit beginnen.

Die Entscheidung fällt schwer. Wenn ich warte, grübeln die Geschworenen die ganze Nacht über diese Neuigkeit nach, die zweifellos wie eine Bombe eingeschlagen hat. Wenn ich weitermache, tue ich dies ohne jegliche Hintergrundinformationen über Sacich und seine Geschichte. Ich würde die größte Sünde begehen: Fragen stellen, deren Antworten ich nicht kenne.

Ich beratschlage mich kurz mit Kevin und er stimmt meiner Einschätzung zu. Wir müssen jetzt gleich weitermachen.

»Mr Sacich, wie kommt es, dass Sie in derselben Gegend wohnen wie Mr Miller?«

»Was meinen Sie?«

»Nun, ich frage Sie nicht, wer Ihr Immobilienmakler war oder wie groß die Hypothek ist, die Sie auf Ihre Zelle aufgenommen haben.«

»Einspruch!«

»Stattgegeben. Mr Carpenter, wir wären Ihnen dankbar, wenn Sie etwas weniger Sarkasmus und klarere Fragen einbringen könnten.«

»Ja, Euer Ehren. Mr Sacich, warum sind Sie im Gefängnis? Welches Verbrechens sind Sie für schuldig befunden worden?«

Wallace erhebt wegen mangelnder Relevanz Einspruch, doch ich wende ein, dass ich keine Zeit gehabt habe, vorher eine eidliche Aussage des Zeugen zu Protokoll zu nehmen, und daher wirklich etwas Freiraum bräuchte. Außerdem könne das Verbrechen, wegen dem er verurteilt wurde, durchaus auch eine Rolle für seine Glaubwürdigkeit spielen.

Henderson weist den Einspruch ab und bittet Sacich, zu antworten.

»Vergewaltigung.«

Ich nicke. »Vergewaltigung. Verstehe. Wen haben Sie vergewaltigt?«

Sacichs Blick wandert unruhig im Saal umher; er dachte, er wäre hier, um über Willie zu reden, und nun muss er unter Eid eine Vergewaltigung eingestehen.

»Ich hab nicht gesagt, dass ich's getan hab.«

»Haben Sie es getan?« Auf diese Frage gibt es keine richtige Antwort. Wenn er verneint, sieht er aus wie ein Lügner. Sagt er Ja, dann ist er ein Vergewaltiger.

»Nein«, lautet seine Antwort.

Ich gehe hinüber zu den Geschworenen. »Haben Geschworene, die so wie diese Menschen hier in der Jury saßen, Sie schuldig gesprochen?«

»Mhm.«

»Sie würden doch nicht lügen, wenn man Sie fragt, ob Sie die Vergewaltigung wirklich begangen haben, oder? Denn wenn Sie das täten, wie könnte dann diese Jury auch nur irgendetwas von dem glauben, was Sie zu diesem Fall zu sagen haben?«

»Ich lüge nicht.«

»Die Geschworenen haben sich also geirrt?«

»Einspruch! Bereits gefragt und beantwortet.«

»Abgelehnt. Antworten Sie bitte.«

»Mhm, die Geschworenen haben sich geirrt.«

»Und nun zu dem, was Willie Miller Ihnen angeblich erzählt hat –«

Er unterbricht mich. »Er hat mir erzählt, dass er es getan hat.«

»Hat sonst noch jemand dieses Geständnis gehört?«

»Weiß ich nicht. Da müssten Sie die anderen fragen.« Er wird immer streitlustiger.

»Aber als Sie davon erfuhren, als er es Ihnen erzählte, waren Sie beide da allein oder waren noch andere in der Nähe?«

»Wir waren allein.«

»Seit wann sind Sie mit Willie Miller befreundet?«

»Wir haben uns nur so kennen gelernt … wir sitzen den ganzen Tag herum und reden eben auch ein bisschen.«

»Halten die meisten Sie für einen guten Zuhörer? Vertrauen die anderen sich Ihnen gern an?«

Er nickt, dem kann er nur zustimmen. »Ich denke schon. Klar, ich bin ein ziemlich guter Zuhörer.«

»Haben Sie irgendwelche Erfahrungen in einem geistlichen Amt gesammelt?« Dies ruft Gelächter der Zuschauer und der Geschworenen hervor – und einen Einspruch von Wallace.

»Euer Ehren, das ist lächerlich!«

»Stattgegeben.«

»Hat Ihnen irgendjemand irgendeine Belohnung für Ihre Aussage heute versprochen?«

»Nein.«

»Es wurde nicht von einer milderen Strafe geredet oder davon, dass die Behörden Ihnen in Zukunft wohlgesinnter seien?«

Sacich schaut zu Wallace, da er anscheinend nicht genau weiß, was er zu antworten hat. Eine günstige Gelegenheit für mich: »Möchten Sie sich kurz mit Mr Wallace beraten? Wir könnten kurz unterbrechen, damit er sie weiter instruieren kann, falls Ihnen das behilflich wäre.«

»Einspruch! Dieser Zeuge ist nicht instruiert worden und ich ärgere mich über die Unterstellung.«

»Stattgegeben.«

»Mr Sacich«, fahre ich fort, »welche Auswirkung hätte den Behörden zufolge Ihre Aussage heute?«

»Die haben mir gesagt, dass es sich gut in meiner Akte machen würde.«

»Wer überprüft diese Akte?«

»Das Amt, das für die Bewährungen zuständig ist«, antwortet er widerwillig.

Es ist an der Zeit, den Sack zuzumachen. »Okay, Mr Sacich«, sage ich, »vergessen wir mal die Logik und Ihre mangelnde Glaubwürdigkeit einen Moment lang, und nehmen wir mal an, dass wirklich das geschehen ist, was Sie uns erzählen, nämlich dass Willie Miller Ihnen gesagt hat, er habe dieses Verbrechen begangen. Glauben Sie alles, was Sie im Gefängnis hören?«

»Kommt darauf an«, gesteht er zu.

»Glauben Sie, dass manche Leute lügen, vielleicht um in den Augen der anderen Insassen, solch bemerkenswerter, unschuldiger Bürger wie Ihnen, cooler zu wirken? Oder glauben Sie, dass alle in den Hochsicherheitstrakten bedingungslos ehrlich sind?«

»Hören Sie, ich weiß nur, was er mir erzählt hat, und es sah nicht so aus, als würde er lügen.«

Ich schüttele traurig den Kopf. »Ich bin überrascht, Mr Sacich, denn gerade Sie sollten es doch erkennen, wenn Sie jemand anlügt.«

Ich entlasse Sacich, und Wallace hat nur noch ein paar klärende Fragen an ihn. Kevin deutet mir mit einem leichten Nicken an, dass wir seiner Meinung nach die Aussage von Sacich wirkungsvoll relativiert haben, und ich stimme ihm zu.

Wallace ruft Diana Martínez auf, ebenfalls ein Name, der mir nicht vertraut ist. Ich will gerade aufstehen und Einspruch erheben, als Kevin ihren Namen auf der Liste entdeckt. Dort steht, dass sie bei Cranford Labs arbeitet, einem Labor, das DNA-Analysen und andere konventionellere Bluttests durchführt. Wir haben uns nie die Mühe gemacht, sie zu befragen, da wir unsere Strategie auf diesem Gebiet so geplant hatten, dass wir die Methoden der Sicherstellung und der möglichen Verunreinigung des Beweismaterials und weniger die Wissenschaft an sich anfechten wollten.

Es überrascht mich, dass Wallace die Zeugin Martínez an

diesem Punkt im Verfahren aufruft, doch beunruhigt bin ich deswegen nicht. Das ändert sich genau in dem Moment, als sie den Saal betritt und ich das Gesicht von Willie Miller sehe. Kaum vernehmlich gibt er von sich: »Ooooh, Scheiße!«

Ich kann jetzt einfach nur noch dasitzen und mich innerlich auf das vorbereiten, was mit Sicherheit katastrophal sein wird, und genau das ist es auch. Martínez ist eine sechsundzwanzig Jahre alte Lateinamerikanerin, die keineswegs aufgrund des Labors, in dem sie arbeitet, mit dem Fall in Verbindung steht. Das ist ein Zufall – ein Zufall, von dem Wallace wusste, dass die Wahrscheinlichkeit, dass wir sie im Vorfeld überprüfen würden, minimal war.

Wallace lässt sie ihre Geschichte erzählen, die sich an einem Juniabend von neun Jahren zugetragen hat, fast drei Jahre vor dem Mord an Denise McGregor. Mit einem starken spanischen Akzent berichtet sie davon, wie sie Willie Miller in einer Bar kennen lernte. Er trank sehr viel, doch sie begleitete ihn bereitwillig nach draußen. Er ging mit ihr auf einen Hof hinter der Bar, wo er sie zunächst verbal angriff. Als sie versuchte, wieder zurück in die Bar zu gehen, schlug und trat er auf sie ein.

»Ich hab geschrien. Ich hab ihn angefleht, dass er aufhören solle doch er schien mich gar nicht zu hören. Ich dachte, er würde mich umbringen.«

»Was passierte dann?«, fragt Wallace.

»Seine Freunde kamen heraus und zogen ihn von mir weg.«

»Fiel ihnen das leicht?«

»Nein, vier Leute waren dafür nötig. Er hatte vollkommen die Kontrolle über sich verloren. Er trat um sich und fluchte lauthals.«

»Haben Sie nachher mit einem von ihnen gesprochen?«

Sie nickt. »Ja, sie meinten, er hätte das schon mal gemacht, er hätte ein Alkoholproblem, das er nicht im Griff hätte.«

Wallace entlockt ihr die Tatsache, dass ihre Verletzungen im Krankenhaus behandelt wurden, und dann legt er das Protokoll der Notaufnahme vor, um ihren Bericht zu belegen. Dann übergibt er sie zum Kreuzverhör an mich. Ich habe keine Ahnung, was zum Teufel ich sie fragen soll.

»Miss Martínez, haben Sie diesen vermeintlichen Vorfall der Polizei gemeldet?«

»Nein, ich hatte damals keine Papiere, und –«

»Sie hielten sich hier illegal auf?«

»Ja, aber jetzt bin ich Amerikanerin. Vor zwei Jahren habe ich die Staatsbürgerschaft bekommen«, sagt sie stolz. Großartig, als Nächstes lasse ich sie die Flagge zeigen, die sie für das Gerichtsgebäude gestrickt hat.

Sie erzählt dem Gericht, dass sie Angst hatte, den Vorfall zu melden, weil sie nicht ihre Ausweisung riskieren wollte. Und über den ersten Prozess hat sie keinerlei Berichterstattung gesehen, da sie in einer anderen Stadt bei ihrer Schwester wohnte. Erst als sie die aktuellen Medienberichte sah, hat sie Willie wiedererkannt und sich gemeldet, was sie als Bürgerin von Amerika, dem von ihr geliebten Land, dem Land der Freien und der Heimat der Tapferen, als ihre Pflicht ansah.

Ich beende mein Kreuzverhör, bevor ich meinem Mandanten noch mehr Schaden zufüge, auch wenn ich ihn am liebsten dafür umbringen würde, dass er mir nichts von alldem erzählt hat.

Kevin, Laurie und ich organisieren im Anschluss an die Sitzung eine Besprechung mit Willie in einem Nebenzimmer, und während wir auf ihn warten, unterhalten wir uns. Kevin ist wütend auf sich selbst, weil er es vermasselt hat, indem er Martínez nicht weiter überprüft hat, doch ich gebe ihm nicht die Schuld. Ich gebe mir die Schuld.

»Ich hab ihre Aussage überhaupt nicht angekratzt.«

»Wie auch?«, meint Kevin.

Doch das ignoriere ich; es passt nicht in meine Selbstgeißelung. »Ich bin Anwalt, der einen Mandanten vertritt, um dessen Leben es in diesem Prozess geht. Ich habe gefälligst vorbereitet zu sein.«

Laurie versucht das Thema zu wechseln und über die Vernehmung der Zeugen der Verteidigung zu reden, die sich in rasantem Tempo nähert. Sie fragt, wer mein erster Zeuge sein wird.

»Zeugen?«, frage ich. »Willst du damit sagen, ich müsste Zeugen haben, die meinem Mandanten helfen können?«

»Andy –«

Ich lasse sie nicht zu Wort kommen. »Da muss ich in der Uni gefehlt haben, als das drankam. Denn ich habe rein gar nichts, und –«

Stundenlang könnte ich noch so weitermachen, aber ich werde unterbrochen, da Willie ins Zimmer geführt wird. Gott sei Dank, er ist der einzige Mensch, den ich noch lieber zusammenschlagen würde als mich selbst.

Willie erzählt uns auf eine für ihn untypisch reuevolle Art und Weise, dass die Geschichte von Diana Martínez wahr ist. Er hatte über drei Jahre lang ein Alkoholproblem, doch er war mindestens sechs Monate vor dem Mord an Denise McGregor trocken geworden.

»Sie haben uns gesagt, dass Sie zuvor nie ein Problem mit Alkohol hatten«, sage ich.

»Es war mir unangenehm, okay?«

Diesem Mann, der einen Großteil des vergangenen Jahrzehnts in der Todeszelle gesessen hat, war es peinlich, zu offenbaren, dass er ein Alkoholproblem gehabt hatte, das er dann allerdings tatsächlich in den Griff bekommen hatte. Es ist nicht zu fassen!

»Gab es sonst noch irgendwelche kleineren Vorfälle, die Ihnen unangenehm sind? Hatten Sie mit der Ermordung Kennedys etwas zu tun? Oder vielleicht mit der Lindbergh-Entführung?«

»Ach, kommen Sie. Sonst war da nichts.«

»Wie sind Sie trocken geworden?«

»Ich hab 'ne Therapie mitgemacht. Das war nicht leicht, Mann, aber ich hab's geschafft«, sagt er mit teilweise wiederhergestelltem Stolz. Er nennt uns den Namen von einem der Gruppenleiter und dann lassen wir ihn von dem Wärter wegführen.

Bevor er geht, sagt er noch: »Tut mir Leid, wenn ich's vermasselt hab.«

Mein Zorn ist verflogen, daher beruhige ich ihn und sage, es sei in Ordnung, wir bekämen das schon wieder hin, auch wenn das kaum möglich sein wird.

Laurie, Kevin und ich gehen noch zu unserer abendlichen Besprechung in mein Büro. Ich teile Laurie mit, dass sie weiterhin an Betty Anthony dranbleiben soll. Ich habe immer noch dieses unbestimmte Gefühl, dass der Schlüssel zu allem in diesem Foto liegt, und der Schlüssel zu diesem Foto liegt bei Betty Anthony.

Wir erörtern unseren Plan für die Befragung unserer eigenen Zeugen, und als wir fertig sind, geht Kevin als Erster. Laurie bleibt noch und wir unterhalten uns. Ich stelle ihr eine Frage, die ich nicht stellen sollte, doch ich bin mental einfach nicht in der Lage, sie mir zu verkneifen.

»Wie läuft's mit diesem … wie hieß er doch gleich?«

»Du meinst Bobby Radburn?«

Ich nicke. »Genau. Der Typ, der nicht mal einen Baseball durch eine Glasscheibe werfen könnte.«

»Er ist ein Scheißkerl«, sagt sie. »Kommt bei Männern häufiger vor.«

Diese Neuigkeit sollte mich froh stimmen und ich freue mich auch, aber gleichzeitig tut es mir auch Leid, dass sie offensichtlich verletzt und enttäuscht wurde.

»Hör zu, Laurie … ich muss dir etwas sagen.« Ich spreche das aus, ohne eine genaue Vorstellung davon zu haben, was ich ihr eigentlich sagen will.

»Lass es.« Sie lässt mich vom Haken.

Bevor ich mich wieder an den Haken befördern kann, klopft es an der Tür. Da ich in genau diesem Büro von einem Eindringling fast ermordet worden wäre, frage ich lieber nach, wer da ist. Die Antwort kommt von Nicole und ihrem Vater, die in der Nähe gegessen haben und vorbeikommen wollten, damit er kurz Hallo sagen kann. Fast wäre es mir lieber, es wäre wieder der Eindringling.

Nicole und Philip sind sehr freundlich und begrüßen Laurie herzlich. Nicole bemerkt staunend, wie viele Stunden wir in den Fall investieren, doch ich erwidere, dass wir anscheinend leider auf der Stelle treten.

»Das ist vielleicht nicht deine Schuld«, meint Philip. »Vielleicht ist dein Mandant dieses Mal eben einfach schuldig.«

»Jetzt fühle ich mich wesentlich besser«, sage ich.

Nicole und Philip warten, während Laurie und ich noch ein paar Aspekte des Falls erörtern, einschließlich des Fotos. Ich erzähle Laurie, dass ich am Montag, wenn die Verhandlung fortgesetzt wird, Henderson um Erlaubnis bitten werde, sowohl Markham als auch Brownfield in der Sache unter Eid zu vernehmen. Wir werden zwar ein wenig im Trüben fischen, aber ich glaube, die Chancen stehen nicht schlecht, dass er mich gewähren lässt.

Laurie, der diese kleine Familienzusammenkunft offensichtlich unangenehm ist, verabschiedet sich. Ich fahre Nicole nach Hause und weiß genau, dass ich neben der falschen Frau sitze. Eines schönen Tages bleibt dieses Wissen vielleicht nicht mehr vergraben und vielleicht bringe ich es sogar über die Lippen.

Der Samstag ist während eines Prozesses immer mein Ruhetag. Ich versuche, den Fall aus meinen Gedanken zu verbannen, zumindest die meiste Zeit, und etwas Entspannendes zu tun. Sonntags ist immer noch Zeit, die Vorbereitungen zu intensivieren, und wenn ich mir samstags frei- oder überwiegend freinehme, fühle ich mich bis zu einem gewissen Grade verjüngt.

Heute ist ein besonders perfekter Samstag, da der Gott der Entspannung mir ein Play-off-Spiel der New York Knicks im Fernsehen geschickt hat. Die Knicks spielen im Garden gegen die Pacers, nach vier von sieben Spielen steht es 2:2. Ich wette bei den Play-off-Spielen der Knicks nie, weil ich keine zusätzliche Veranlassung zum Anfeuern brauche und weil ich ohnehin niemals gegen die Knicks wetten könnte.

Tara und ich sitzen auf dem Sofa – Chips, Erdnüsse, Bretzel, Soda, Wasser und Hundekekse alles in Reichweite. Zumindest sitze ich am Anfang des Spiels auf dem Sofa; gegen Ende des ersten Viertels gehe ich im Zimmer auf und ab und schreie den Fernseher an. Tara ist ruhiger und zurückhaltender; sie bellt nur, wenn die Schiedsrichter besonders schlecht pfeifen.

Die Knicks führen mit elf Punkten, doch wie so oft scheint ihre Konzentration nachzulassen und so lassen sie Indiana wieder ins Spiel kommen. Als noch drei Sekunden zu spielen sind und die Knicks zwei Punkte zurückliegen, hebt Latrell Sprewell aus dem Dribbeln heraus zweieinhalb Meter ab und macht drei Punkte. Jalen Rose kratzt dann mit einem verzweifelten Wurf gegen die Sirene von der Spielfeldmitte aus am Korbrand. Die Knicks haben gewonnen und ich habe fast drei Stunden lang nicht ein einziges Mal an die Realität gedacht.

Ich überlege gerade, auf wen ich im folgenden Spiel der Lakers gegen die Blazers setzen soll, als Nicole das Zimmer betritt. Ich muss zweimal hinschauen, um zu glauben, was ich sehe: Sie trägt einen Picknickkorb.

»Lass uns fahren«, sagt sie.

»Wohin?«

»Nach Harper's Point.«

»Meinst du das ernst?«

Sie nickt. »Und ob. Du wolltest dir doch sowieso gerade noch ein Spiel anschauen, also musst du nicht arbeiten. Und so haben wir die Gelegenheit, mal allein zu sein und von diesem Fall wegzukommen. Das haben wir schon lange nicht mehr gemacht, Andy.«

Hässliche Schuldgefühle regen sich, also stimme ich zu. Tara nehme ich nicht mit, da von Klapperschlangen in der Gegend berichtet wurde und ich nicht möchte, dass die neugierige Tara irgendwohin läuft, wo sie besser nicht hinlaufen sollte und gebissen wird.

Harper's Point liegt etwa zwanzig Minuten westlich von uns in einer kleinen Gebirgskette. Nicole und ich sind in glücklicheren Zeiten öfter hier gewesen, denn es ist ein außergewöhnlich schöner Ort. Ein kleiner Wasserfall, ein reißender Bach und zahlreiche üppig bewachsene Lichtungen laden zu Picknicks ein.

Wir machen uns gleich auf den Weg zu unserem Lieblingsplatz. Wir setzen uns auf ein paar Felsen direkt an einem Bach, mit Blick auf den Wasserfall. Ich hab vergessen, wie friedlich es hier sein kann.

»Eine Menge Erinnerungen an diesen Ort kommen wieder hoch«, sagt Nicole.

»Und ob. Ich glaube, ich habe hier auf diesen Felsen meinen sexuellen Höhepunkt erreicht.«

Sie lacht. »Und von da an ging's bergab.«

Ich versuche, es zu leugnen, doch wahrscheinlich hat sie Recht. Wir lehnen uns zurück, nehmen die Sonne und das unglaublich beruhigende Geräusch des Wasserfalls in uns auf. Nicole weiß jedoch nicht, dass ich hier liege und überlege, ob das wohl der geeignete Moment ist, um ihr zu sagen, dass wir keine gemeinsame Zukunft haben. Ich möchte diese Unterhaltung nicht führen, bevor ich mir richtig sicher bin, denn wenn wir sie erst einmal führen, dann gibt es kein Zurück mehr.

Plötzlich – obwohl ich gerade entschieden habe, dass es nicht der richtige Zeitpunkt dafür ist – fängt mein Mund an zu reden. »Nicole, wir müssen miteinander sprechen.«

Sie erstarrt. »Nicht, Andy. Man sagt nicht ›wir müssen miteinander sprechen‹, wenn man über etwas Angenehmes reden will.«

Jetzt kann ich nicht mehr zurück. »Nicole … alle sagen immer, dass Ehen nicht funktionieren, weil sich die Leute in verschiedene Richtungen entwickeln. Aber ich glaube, das ist überhaupt nicht so.«

Sie wartet jetzt einfach nur ab, worauf ich hinauswill, doch ich glaube, sie weiß es bereits.

Ich fahre fort: »Ich glaube, wir waren schon immer sehr unterschiedlich. Sicher, wir haben uns weiterentwickelt, aber ich glaube, diese gewissen Unterschiede sind immer schon da gewesen. Ich glaube, je älter wir werden, umso deutlicher nehmen wir sie wahr. Wir sind immer weniger dazu bereit, über sie hinwegzusehen.«

»Was willst du damit sagen, Andy?«

Ich halte einen Moment inne, weil ich nur schwer Luft bekomme. Ich erinnere mich an eine Zeit, in der die Luft in Harper's Point nicht so dünn war. »Ich will damit sagen, dass es vorbei ist, Nicole.«

Nicole fängt an, das Essen auszupacken, so als könne sie die Unterhaltung durch ein normales Verhalten unwirksam machen. »Andy, nicht. Bitte! Du machst einen Fehler.«

Es tut mir unendlich Leid für sie – und für mich –, aber ich täte niemandem einen Gefallen, wenn ich jetzt einen Rückzieher machte.

»Nein, mache ich nicht.«

Sie packt noch immer den Picknickkorb aus und lässt dabei eine Gabel fallen.

Ich beuge mich vor, um sie aufzuheben, als ich ein merkwürdiges Geräusch höre. Einen Moment lang glaube ich, Nicole habe noch etwas fallen lassen, und das sei das Geräusch dieses anderen Gegenstands, der zu Boden fällt. Ich schaue mich um, doch ich sehe nichts.

Ich richte mich wieder auf und bemerke den merkwürdigen Ausdruck auf Nicoles Gesicht. Und dann sehe ich den immer größer werdenden roten Fleck auf ihrer Schulter, der von einer offenen Wunde zu stammen scheint.

»Nicole?«

»Andy, ich ...«

Erst als sie nach vorne in meinen Schoß fällt, verstehe ich wirklich, was geschehen ist. Nicole wurde angeschossen. Meine Gedanken rasen in Sekundenbruchteilen von wilder Panik hin zu messerscharfer Überlegung, und mir wird klar, dass ich nicht weiß, wo sich der Schütze verborgen hält, und dass er auch noch einmal schießen kann.

Ich ziehe Nicole hinter die Felsen und hoffe, dass sie uns Schutz bieten, doch sicher sein kann ich mir dessen nicht, da ich nicht weiß, von wo aus geschossen wurde. Ich schaue Nicole an, die anscheinend dabei ist, das Bewusstsein zu verlieren, denn ich sehe nur noch das Weiße in ihren Augen. Ich habe keinerlei Erfahrungen in erster Hilfe, sondern nur so ein unbestimmtes Gefühl, dass sie in einen Schockzustand fallen könnte, und ich weiß, dass ich schnell Hilfe holen muss. Die Frage ist nur wie.

Ich spähe hinter dem Felsen hervor, doch schon gleich ertönt wieder ein Schuss und die Kugel prallt nur wenige Zentimeter von meinem Kopf entfernt am Felsen ab. Keinesfalls schaffen wir es bis zum Auto, aber genauso wenig können wir hier bleiben und hoffen, zu überleben. Mir schießt der Gedanke durch den Kopf, dass dies so ein Moment wie in den alten Western ist, in denen sich der Held zu jemandem umdreht und sagt: »Gib mir Feuerschutz.«

Ich lege Nicole so hin, dass sie sicher aufgehoben ist und von den Felsen geschützt wird. Dann schleiche ich an den Felsen entlang, sodass sie die ganze Zeit zwischen mir und dem Schützen liegen. Als ich glaube, nicht mehr in seiner Schusslinie zu sein, gehe ich in den Fluss. Aus früheren Erfahrungen weiß ich, dass das Wasser sehr kalt sein muss, doch das spüre ich jetzt nicht einmal.

Ich lasse mich von der Strömung mitziehen, was sehr schwierig ist, da der Strom immer reißender wird, je weiter es flussabwärts geht. Nach etwa hundertfünfzig Metern greife ich nach einem Ast und ziehe mich ans Ufer.

Dann kämpfe ich mich ins Landesinnere vor, denn ich will den Hügel hinaufklettern und hinter dem Schützen wieder herunterkommen. Ich muss ihn überraschen und ihm die Waffe wegnehmen. Nicht gerade eine Spezialität von mir, aber merkwürdigerweise spüre ich kaum Furcht. Vielleicht habe ich zu viel Angst, um mich zu fürchten.

Als ich an die Stelle komme, wo ich ihn vermute, höre ich einen Motor aufheulen. Rasch laufe ich in Richtung des Geräuschs und erreiche gerade noch eine Lichtung, als das Auto wegfährt. Es ist ein neues BMW-Modell und ich erkenne noch das Nummernschild: CRS-432. Es prägt sich unauslöschlich in mein Hirn ein.

Schnell eile ich hinunter zum Fluss, wo Nicole immer noch liegt. Ich hebe ihren regungslosen Körper auf und trage ihn über die Schulter gelegt zum Auto. Nachdem ich sie auf den Rücksitz gelegt habe, drücke ich ihr rasch ein Tuch auf die Schulter, obwohl die Blutung größtenteils gestoppt ist. Was das bedeuten könnte, darüber will ich lieber nicht nachdenken, und so rase ich zum nächstgelegenen Krankenhaus, das ich über Handy benachrichtigt habe, damit sie auf unser Eintreffen vorbereitet sind.

Nach fünf Minuten, die mir wie fünf Stunden erscheinen, kommen wir am Krankenhaus an. Sie warten in der Tat schon auf uns und agieren vom ersten Augenblick an mit unglaublicher Effizienz. Die Sanitäter haben Nicole sofort auf eine Trage gelegt und bringen sie hinein, nachdem einer so umsichtig war, mir zu sagen, dass sie noch lebt.

Ich werde in ein Wartezimmer geführt, in dem ich die nächsten zwei Stunden in vollkommener Unwissenheit über Nicoles Zustand verbringe. Ich rufe Philip an und hinterlasse in seinem Büro die Nachricht, wo ich bin und was passiert ist. Mir wird gesagt, dass er sich in Washington aufhält, doch sie erreichen ihn und er wird auf der Stelle zurückfliegen.

Schließlich kommt eine junge Frau heraus und stellt sich als Dr. Summers vor. Sie verliert keine Zeit.

»Ihre Frau wird es schaffen. Die Kugel hat keine lebenswichtigen Organe getroffen.«

Es dauert einige Augenblicke, bis ich den Sinn dieser Worte verstanden habe und weitere Fragen stellen kann. Dr. Summers erklärt mir, dass Nicole eine beträchtliche Menge Blut verloren hat und dass gerade eine Transfusion beendet wird. Ihr Schlüsselbein ist zertrümmert, doch es wird mit der Zeit heilen.

»Wann kann ich sie sehen?«

»In etwa einer Stunde, denke ich.«

Ich bedanke mich bei ihr und setze mich. Die Polizei trifft ein, und ich erzähle einem Kriminalbeamten, was ich weiß. Das Einzige, was ich nicht erwähne, ist das Wichtigste: das Nummernschild. Im Moment traue ich niemandem mehr und so leicht werde ich mir nicht in die Karten schauen lassen.

Wenige Augenblicke nachdem die Polizisten gegangen sind, trifft Laurie ein, obwohl ich keine Ahnung habe, wie sie von dem Ganzen erfahren hat. Sie sieht mich, eilt auf mich zu und umarmt mich.

»Andy, mein Gott, es tut mir so Leid. Wie geht es ihr?«

Ich erzähle ihr, was mir die Ärztin gesagt hat, und Laurie fragt, ob ich eine Ahnung habe, wer hinter dem Anschlag stecken könnte.

»Nein«, antworte ich, »aber ich weiß, auf wen sie es abgesehen hatten. Auf mich.«

Plötzlich überkommen mich die aufgestaute Wut und der Frust und ich schlage mit der Faust ein Loch in die Wand. Na ja, eine Delle.

»Verdammt noch mal! Nicole hat gesagt, ich solle den Fall

hinschmeißen, und irgendjemand hat ihr eine Kugel verpasst, weil ich es nicht gemacht hab.«

Laurie legt die Hand auf meine Schulter, aber sie kann mich nicht trösten. Noch nie zuvor war ich so nah dran gewesen, vollkommen die Beherrschung zu verlieren, und muss mühsam um das bisschen Fassung ringen, das mir verblieben ist.

»Andy …«

»Laurie, kurz bevor das passierte, habe ich Nicole gesagt, dass es zwischen uns nicht funktionieren würde. Dass ich nicht mehr mit dem Herzen dabei wäre.«

»O Gott …«

»Und jetzt … jetzt liegt sie wegen mir da, und das Blut eines anderen wird in sie hineingepumpt, um sie am Leben zu erhalten.«

Laurie bleibt bei mir, bis mir die Ärzte sagen, dass ich Nicole nun sehen darf. Bevor sie geht, fällt mir noch ein, ihr das Nummernschild des Autos zu nennen, das ich am Tatort gesehen habe, und sie verspricht mir, es zu überprüfen.

Als ich Nicoles Zimmer betrete, bin ich von ihrem Anblick tief erschüttert. Blass und schwach liegt sie da, über verschiedene Schläuche mit Apparaten verbunden. Die Augen hat sie geöffnet, aber sie wirkt erschöpft.

Ich gebe mir Mühe, zuversichtlich zu klingen. »Nicole, wie fühlst du dich?«

Sie schaut in meine Richtung, und ich sehe, dass sie versucht, mich zu erkennen. Endlich sieht sie, dass ich es bin, und fängt leise an zu weinen.

»Andy … ach, Andy.«

Ich gehe zu ihr, nehme sie behutsam in den Arm und versuche, möglichst keinem der Schläuche in die Quere zu kommen.

»Beruhige dich … entspann dich jetzt. Du brauchst Ruhe. Die Ärztin hat gesagt, dass du ganz schnell wieder gesund wirst, aber du musst dich schonen.«

»Es tut so weh, Andy.«

»Ich weiß, ich weiß.«

»Wo ist mein Vater?«

»Er ist bald hier. Er war in Washington, aber er sitzt schon im Flugzeug. Er macht sich große Sorgen um dich.«

Sie nickt langsam und offensichtlich sehr müde.

»Nicole, es tut mir Leid. Du hast keine Ahnung, *wie* Leid es mir tut. Du hast mit alldem nichts zu tun … das hast du nicht verdient.« Doch sie schläft bereits und kann mich nicht verstehen. Wir sind schon seit langer, langer Zeit nicht mehr in der Lage gewesen, uns zu verstehen.

Philip trifft etwa eine Stunde später ein und nimmt sofort alles in die Hand. Er organisiert Nicoles Verlegung in ein renommierteres Krankenhaus in der Nähe seines Anwesens und hat bereits seinen Hausarzt angewiesen, mit den Ärzten, die sich um Nicole gekümmert haben, zu sprechen.

Philip hat mir nur sehr wenig zu sagen und das nehme ich ihm nicht übel. Er hat mich gewarnt und gesagt, etwas Schreckliches könne passieren, wenn ich mich nicht aus dem Fall zurückziehe, und er hat Recht behalten.

Unsere Verteidigung beginnt am Montagmorgen und unser erster Zeuge ist Lou Campanelli, der Leiter eines Rehabilitationsprogramms für Drogen- und Alkoholabhängige vor Ort. Kevin hat ihn am Wochenende befragt und mir dann berichtet, dass wir einiges gewinnen könnten, wenn wir ihn in den Zeugenstand rufen. Kevin ist dabei auch auf eine Möglichkeit gestoßen, wie wir Lou benutzen können, um unsere Theorie, dass Willie einem Komplott erlegen ist, zu stützen.

Viele Leute reden gern darüber, dass sie anderen Menschen helfen, doch Lou Campanelli hat sein Leben der Hilfe für andere gewidmet. Er ist vierundsechzig Jahre alt und hat die letzten zweiundvierzig Jahre damit verbracht, Menschen dabei zu helfen, mit ihren Abhängigkeiten umzugehen. Es gibt nicht genug Lou Campanellis auf dieser Welt.

Nachdem er uns einiges über seinen beruflichen Hintergrund erzählt hat und ich ihn das von ihm geleitete Programm erläutern ließ, frage ich ihn, ob Willie an diesem Programm teilgenommen hat.

Lou nickt. »Er war ein außergewöhnlicher Teilnehmer. Vollkommen dem Gedanken verschrieben, trocken zu bleiben.«

»Sie waren also überrascht, als Sie hörten, er sei in der Mordnacht betrunken aufgefunden worden?«

»Ich war ziemlich überrascht. Die Möglichkeit besteht natürlich immer, jeder Tag kann ein Kampf sein. Aber doch, in Willies Fall war ich überrascht und enttäuscht.«

»Wie sah es mit Drogen aus?«, frage ich. »Hat Willie Ihres Wissens je Drogen konsumiert?«

Lou schüttelt entschieden und nachdrücklich den Kopf. »Auf keinen Fall. Willie hat eine Schwester an Drogen verloren. Er war nicht nur dagegen, wenn es um ihn selbst ging; er tolerierte es auch nicht, wenn irgendjemand anders sie nahm. Das ist einfach unmöglich.«

Ich nicke. »Was würden Sie sagen, wenn ich Ihnen erzählte, dass ausgesagt wurde, Einstiche von Nadeln seien in Willie Millers Armen entdeckt worden?«

»Ich würde sagen, da lügt jemand.«

Ich gehe hinüber zum Tisch der Verteidigung, wo Kevin mir eine Akte reicht.

»Euer Ehren, ich würde dies gern als Beweisstück Nummer vier der Verteidigung vorlegen. Es sind die Ergebnisse des Bluttests, der damals durchgeführt wurde und bei dem keinerlei Drogen im Blut von Mr Miller nachgewiesen wurden.«

Ich gehe zurück zu Lou, auf dessen Gesicht eine Mischung aus einem Lächeln und einem höhnischen Grinsen zu sehen ist. »Sag ich doch.«

Ich muss lächeln. »Ja, das sagten Sie, Mr Campanelli. Erzählen Sie mir – als Experte für Alkoholismus – doch bitte, wie stellt man es an, betrunken zu werden?«

»Was meinen Sie? Indem man Alkohol trinkt.«

»Gelangt der Alkohol in den Blutkreislauf des Trinkenden?«

»Ja.«

»Funktioniert das nur, indem man trinkt?«

»Soweit ich weiß«, sagt er.

»Angenommen«, frage ich, »angenommen, ich würde Ihnen mit Hilfe einer Spritze eine große Menge Alkohol in den Arm injizieren. Würde das auch funktionieren? Könnten Sie so betrunken werden?«

Wallace merkt, worauf ich hinauswill. »Einspruch! Reine Spekulation.«

»Abgewiesen. Der Zeuge wird die Frage beantworten.«

Lou zuckt mit den Schultern. »Ich nehme es an. Sicher.«

»Einspruch! Euer Ehren, der Zeuge ist für dieses Gebiet nicht als Experte qualifiziert.«

Henderson weist den Einspruch erneut ab und Wallace bittet um eine Unterredung außer Hörweite der Geschworenen. Wir begeben uns wieder in das Büro des Richters, wo Wallace erneut argumentiert, dass ich wilde Theorien vortrage, vor denen er die empfindlichen Ohren der Geschworenen schützen müsse. Henderson weigert sich und wir gehen zurück in den Gerichtssaal.

Als ich aufstehe, um die Befragung unseres eigenen Zeugen Campanelli fortzuführen, betritt Laurie gerade von hinten den Gerichtssaal und setzt sich an den Tisch der Verteidigung.

»Mr Campanelli«, frage ich weiter, »könnte man eine so große Menge in den Blutkreislauf eines Menschen injizieren, dass dieser anschließend vollkommen betrunken wäre? Sturzbesoffen?«

»Sicher.«

»Sodass er sich im Nachhinein an nichts erinnern würde? Auch nicht an die Spritze?«

»Ich nehme an, es hinge von dem Menschen ab, aber … warum nicht?«

Ich lächele. »Ich weiß nicht, warum nicht, Mr Campanelli. Ich habe keine Ahnung, warum nicht.«

Ich gehe zurück zum Tisch der Verteidigung und Wallace beginnt sein Kreuzverhör. Er lässt Campanelli erläutern, wie häufig es vorkommt, dass Teilnehmer des Programms schwach werden und einen draufmachen.

Ich lehne mich zu Laurie hinüber. »Etwas Neues über das Nummernschild?«

Sie nickt. »Ja, aber es wird dir nicht gefallen. Es ist ein offizielles Nummernschild, höchste Sicherheitsstufe der Regierung. Es gibt keine Möglichkeit, herauszufinden, wer den Wagen fährt.«

Das sind erstaunliche Neuigkeiten. Die verdammte Regierung versucht, mich umzubringen?

Campanelli verlässt den Zeugenstand, und Henderson verkündet, dass einer der Geschworenen einen Arzt benötigt und die Sitzung vom Nachmittag daher vertagt wird. So wie die Dinge in meinem Fall liegen, hoffe ich, dass es sich um einen 24-Wochen-Virus handelt.

Nicole darf überraschenderweise das Krankenhaus bereits verlassen, hauptsächlich weil Philip in seinem Haus eigens alle für sie nötigen Apparate installieren ließ und darüber hinaus für eine Rund-um-die-Uhr-Betreuung durch Krankenschwestern und für einen Arzt gesorgt hat, der zweimal am Tag nach ihr sieht.

Eigentlich erfahre ich die Nachricht von Nicoles Entlassung nur zufällig, da ich sie gerade anrufe, als sie im Begriff ist zu gehen. Irgendwie habe ich das Gefühl, dass weder sie noch ihr Vater mich im Moment sehen will oder mich braucht. In Philips Augen habe ich die Todsünde begangen, seine Tochter einer ernsthaften Gefahr auszusetzen, selbst dann noch, nachdem ich vor dieser möglichen Gefahr gewarnt worden war. Dieses Vergehen wird dadurch verschlimmert, dass ich die Warnung auch noch zurückgewiesen habe. Seine Anschuldigungen sind berechtigt; ich bekenne mich schuldig im Sinne der Anklage.

Laurie und ich gehen in Charlie's Bar, um über die neuesten Ereignisse zu reden. Mir bleiben für die Verteidigung nicht mehr viele Möglichkeiten übrig; meine Strategie sah so aus, dass ich Zweifel an den Aussagen der Zeugen der Anklage aufkommen lassen und die Möglichkeit eines Komplotts ins Spiel bringen wollte.

Die Realität sieht schlicht und einfach so aus, dass ich zwar einige Erfolge verbuchen konnte, dass sie jedoch nicht ausreichen werden. Wenn nicht irgendetwas Bedeutsames geschieht, wird Willie Miller verurteilt. Und falls etwas Bedeutsames im Anmarsch sein sollte, dann ist mir das neu.

Laurie fragt: »Wirst du Willie in den Zeugenstand rufen?«

»Wie könnte ich? Er würde nur sagen, dass er keine Ahnung hat, was passiert ist. Wallace würde ihn verschlingen.«

Es ist eine Angewohnheit von mir geworden, dass ich das Foto aus dem Haus meines Vaters vor mir auf den Tisch lege, wenn ich in meinen irrsinnigen Frust verfalle. Ich kenne mittlerweile jeden einzelnen Quadratmillimeter des Fotos, aber ich schaue es unentwegt an und hoffe immer, dass es irgendetwas in meinem Hirn auslösen möge. Das geschieht nie; die traurige Wahrheit ist, dass ich keinen Deut näher daran bin, es zu verstehen, als am ersten Tag.

Die Liste der Dinge, von denen ich weit entfernt bin, sie zu verstehen, ist natürlich ellenlang. Ganz oben steht die Frage, warum die Person, die auf mich geschossen und Nicole getroffen hat, einen Wagen der Regierung – und noch dazu einen mit höchster Geheimhaltungsstufe – gefahren hat.

Und dann ereignet sich so ein Moment, den man nicht vorhersagen kann, der aber die Macht hat, alles zu ändern.

Während wir über das Nummernschild reden, wandert mein Blick zurück auf das Foto meines Vaters, das noch immer auf dem Tisch liegt. Zwischen meinen Augen und dem Bild steht die Bierflasche von Laurie. Das Glas lässt das Bild größer erscheinen und endlich fällt der Groschen.

»Weißt du was?«, sage ich. »Ich bin ein Genie.«

»Das hast du aber gut verheimlicht«, erwidert Laurie.

»Komm mit.« Ich lege Geld auf den Tisch, um die Rechnung zu begleichen, und gehe zur Tür. Laurie eilt mir nach. Als ich zum Parkplatz gehe, ruft sie hinter mir her:

»Wohin fahren wir?«

»Erzähle ich dir unterwegs.«

Vince Sanders ist in seinem Büro in der Zeitung, als wir hereinplatzen. Ich teile ihm mit, dass wir dringend seine Hilfe benötigen, doch ich bin nicht sicher, ob er mich versteht, da er seinen Blick nicht von Laurie abwenden kann. Vermutlich hält er sie für eine der Zwillingsschwestern, die ich ihm versprochen habe.

Schließlich wendet er sich mir zu. »Woher wussten Sie, dass ich so spät noch hier sein würde?«

»Wo sollten Sie sonst sein? Bei einem Rendezvous?«

Vince schaut Laurie an. »Ist der immer so ein Kotzbrocken?«

»Ich kann nur zu den letzten drei Jahren Stellung nehmen«, sagt Laurie.

Vince zuckt mit den Schultern. »Okay, was kann ich für Sie tun?«

Ich hole das Foto heraus und lege es auf den Tisch.

Vince seufzt. »Ich hab Ihnen doch schon gesagt, dass ich darauf nur Mike Anthony erkenne.«

Ich schüttele den Kopf. »Mir geht's nicht um die Leute. Mir geht's um das Nummernschild.«

Die ganze Zeit über habe ich mich auf die Leute auf dem Foto und nicht auf die Autos konzentriert. Jetzt deute ich auf das Nummernschild eines dieser Autos, das der Kamera gegenübersteht. Natürlich ist es zu klein, um es mit dem menschlichen Auge zu erkennen, aber ich sehe, dass die Buchstaben und Zahlen da sind.

»Können Sie das vergrößern, sodass es lesbar wird?«

Er schaut mit zusammengekniffenen Augen auf das Foto. »Wir können's versuchen.«

Er steht auf, schnappt sich das Foto und nimmt es mit aus dem Zimmer, in das er nur wenige Minuten später zurückkehrt.

»In fünf Minuten wissen wir es«, sagt er.

Er behält Recht, auch wenn mir die fünf Minuten wie fünf Wochen vorkommen. Endlich klingelt sein Telefon, er sagt nur »Mhm?« und legt auf.

Er wendet sich Laurie und mir zu. »Folgen Sie mir.«

Vince führt uns einen Flur entlang bis zu einem Raum, der mit Computern voll gestellt ist. Er stellt uns Chris Townshend vor, einen vierundzwanzigjährigen jungen Mann, den Vince als »den Besten überhaupt« bezeichnet. Er sagt nicht worin und ich werde auch nicht fragen. Nur eine einzige Antwort interessiert mich, und wenn ich ganz, ganz großes Glück habe, wird sie gleich auf dem Bildschirm erscheinen.

Chris führt uns zu dem größten Bildschirm im Raum. Wie ein Maestro werkelt er an einem Arbeitsplatz voller Tasten und verschiedener Geräte herum. Plötzlich hält er inne, drückt auf eine Taste und das Foto erscheint – immer noch viel zu klein, um das Nummernschild zu erkennen. Er fängt an, das Nummernschild heranzuzoomen; mit jedem Tastendruck wird es größer und größer. Ich spüre die Spannung steigen; es wird funktionieren.

Nach ein paar weiteren Mausklicks sagt Chris: »So weit kann ich herangehen, ohne dass es zu verschwommen wird.« Alle versuchen wir, das Nummernschild zu entziffern; es ist nicht leicht.

»J… B…«, sage ich.

Laurie zeigt auf den Buchstaben, den ich als B identifiziert habe. »Das ist ein R«, sagt sie. »Lass mich das machen, ich bin jünger als du.«

»Nichts dagegen«, meint Vince. »Ich bin so blind wie eine Fledermaus.«

Laurie liest weiter und ich schreibe mit. »J… R… C… 6… 9… 3.«

»Die letzte Zahl ist eine 2«, sagt Chris.

»Er ist jünger als du«, sage ich nur zu Laurie.

Sie wirft mir einen wütenden Blick zu, doch das belastet mich nicht im Geringsten. »Welcher Staat?«, frage ich.

Chris antwortet: »Sieht nach New Jersey aus.«

Ich stecke den Zettel ein und Laurie und ich gehen zur Tür.

»Haben Sie, was Sie brauchen?«, will Vince noch wissen.

»Das hoffe ich, verdammt noch mal«, antworte ich.

Ein fünfunddreißig Jahre altes Nummernschild ist der beste Anhaltspunkt, den wir bisher zur Klärung der Bedeutung des Fotos haben. Das an sich zeigt schon, wie wenig wir erreicht haben. Das Schild könnte zum Beispiel sehr wohl auf den Namen meines Vaters ausgestellt worden sein und dann wäre es für uns nutzlos.

Als Nächstes müssen wir aber dennoch herausfinden, wem das Auto mit diesem Nummernschild gehörte. Das wird nicht leicht werden, und ich kenne nur einen Menschen, der dies schnell und mit der nötigen Diskretion erledigen kann. Leider ist das genau der Mensch, den ich wenige Tage zuvor im Zeugenstand angegriffen habe: Pete Stanton.

Ich weiß, wo Pete wohnt, also fahren Laurie und ich dorthin. Der kleine Ort namens Cranford liegt etwa fünfundvierzig Minuten entfernt.

»Ich dachte immer, Polizisten würden in der Stadt wohnen«, murmele ich vor mich hin, unglücklich über die Dauer der Fahrt und in furchtvoller Erwartung von Petes Reaktion auf mein Auftauchen.

»Du solltest dich deswegen vielleicht lieber nicht bei ihm beschweren«, schlägt Laurie vor. »Er wird ohnehin nicht so erpicht darauf sein, dir einen Gefallen zu erweisen.«

Wir haben noch etwa fünf Minuten Fahrt vor uns, als wir abseits des Highways an einem Schild vorbeifahren. Es zeigt dem Fahrer eine Abzweigung nach rechts hin zum Preakness Country Club.

»Das ist der Club von Markham«, sage ich. »Wir sollten uns hineinschleichen und Rasierschaum in seine Golfschuhe sprühen.«

Laurie hält das nicht für eine von Reife zeugende Idee, also fahren wir weiter zu Petes Haus, einem bescheidenen Gebäude im Kolonialstil, das in einer ebenso bescheidenen Gegend liegt. Nur zu gern würde ich Laurie allein hineinschicken, doch mein männliches Ego hält mich davon ab, also gehe ich mit ihr die Stufen hinauf und drücke nervös auf die Klingel.

Wenige Augenblicke später kommt Pete an die Tür. Er öffnet sie und sieht mich.

»O Gott!«, sagt er.

Ich will mich sofort dafür entschuldigen, dass ich ihn im Zeugenstand so hart drangenommen habe. Ich werde über die Tatsache reden, dass ich nur meine Arbeit getan habe, so unangenehm sie nun manchmal ist. Ich werde ihn um Vergebung bitten, ihm erzählen, wie wichtig mir seine Freundschaft ist, und hoffen, dass das Vergangene ruhen kann.

Leider löst sich mein Vorhaben in Rauch auf, als ich sehe, dass er einen lächerlichen roten Bademantel trägt, der so komisch aussieht, dass ich weder körperlich noch geistig dazu in der Lage bin, mir einen bissigen Kommentar zu verkneifen.

»Hübsches Outfit, Pete. Hat die ganze Abteilung so etwas?«, frage ich.

Einen Augenblick sieht er so aus, als würde er mich gleich umbringen, doch ich glaube, er entschließt sich dagegen, weil es nicht den ganzen Papierkram wert wäre, der danach auf ihn zukäme. Stattdessen will er die Tür wieder zumachen.

Ich drücke von der anderen Seite dagegen, damit sie nicht ins Schloss schnappt. »Warte mal! Wir brauchen deine Hilfe!«

»Vergiss es.« Wir drücken tatsächlich in einer merkwürdig verqueren Art des Tauziehens von beiden Seiten gegen die Tür und ich behalte nicht die Oberhand.

»Ach komm schon, es tut mir Leid!«

Ich glaube, er merkt, dass dies keine der aufrichtigsten Entschuldigungen war, denn er drückt die Tür weiterhin zu.

Ich schreie Laurie an: »Steh doch nicht nur so da herum!«

Nach einem kurzen Augenblick, der mir wie eine Stunde erscheint, meint sie schulterzuckend: »Ich brauche deine Hilfe, Pete.«

Pete entspannt sich noch im gleichen Moment und öffnet die Tür. Er redet nur mit Laurie: »Warum hast du das nicht gleich gesagt? Was gibt's?«

Ich melde mich zu Wort. »Wir müssen den Halter eines alten Wagens ermitteln.«

Pete ignoriert mich und wendet sich erneut an Laurie. »Was gibt's?«

»Wir müssen den Halter eines alten Wagens ermitteln«, sagt Laurie.

So langsam ärgert mich das Ganze hier – Mann, ich habe im Gerichtssaal doch nur meine Arbeit gemacht. »Hey, was ist mit mir, bin ich unsichtbar?«

»Du hast Glück, dass du nicht tot bist«, schnaubt Pete wütend. »Du hast im Zeugenstand einen gottverdammten Idioten aus mir gemacht.«

»Du warst schon vorher ein gottverdammter Idiot. Ich hab's nur öffentlich gemacht.«

Dieses Mal bin ich mir ziemlich sicher, dass er mich erschießen wird, falls er eine Waffe in diesem süßen roten

Bademantel hat. Laurie sagt zu mir, dass ich im Auto warten soll, was ich für eine ziemlich kluge Idee halte.

Nachdem ich mich ins Auto gesetzt habe, dauert es nur noch etwa eine Minute. Laurie kommt zurück und setzt sich auf den Beifahrersitz.

»Fahr los«, sagt sie.

»Was ist passiert?«

»Er ruft an. Morgen müssten wir es haben.«

»Siehst du?«, frage ich. »Ich hab doch gesagt, ich käme mit ihm zurecht.«

Ich setze Laurie an ihrer Wohnung ab und fahre dann nach Hause.

Pete wird uns die Information besorgen und dann haben wir entweder etwas oder wir haben nichts. Selten habe ich mich so ausgeliefert gefühlt.

Am nächsten Morgen bitte ich um eine Besprechung im Büro von Henderson zusammen mit Wallace. Sie haben beide davon gehört, dass Nicole angeschossen wurde, und ich berichte ihnen von den Drohungen, die wir erhalten haben, und von dem Überfall in meinem Büro. Ich argumentiere, dass jemand mit aller Macht versucht, einen gerechten Prozess zu verhindern, daher bitte ich um die Erlaubnis, Victor Markham und Brownfield bezüglich des Fotos eidesstattlich vernehmen zu dürfen.

Wallace scheint meiner Situation aufrichtiges Mitgefühl entgegenzubringen, doch er ist gezwungen, darauf hinzuweisen, dass zwischen dem Foto und dem Prozess gegen Miller keine bedeutende juristische Verbindung besteht. Sachlich gesehen hat er Recht, und Henderson entscheidet ebenso sachlich richtig, indem er meine Bitte ablehnt.

Unser erster Zeuge heute Morgen wird Edward Markham sein, an dem ich meinen Frust ablassen will. Laurie hat sich zu mir und Kevin an den Tisch der Verteidigung gesellt, um den heutigen Feierlichkeiten beizuwohnen.

Als ich mich im Gerichtssaal umschaue, entdecke ich Victor, der seinem Sohnemann moralische Unterstützung geben will. Er wird sie brauchen.

Gerade als Henderson auf seinem Richterstuhl Platz nimmt, geht die Tür hinten im Gerichtssaal auf und Pete erscheint. Er kommt zu mir, während Henderson mich anweist, meinen ersten Zeugen aufzurufen.

Pete gibt mir einen kleinen Zettel und sagt: »Ich dachte, ich sollte dir das hier persönlich übergeben.«

Ich schaue auf den Zettel und sage: »Ach, du Scheiße!«

Laurie stupst mich an. »Was ist?«

Ich reiche ihr den Zettel; ihre geflüsterte Reaktion auf das Gelesene ist etwas biblischer als meine: »Heilige Mutter Maria!« Sie gibt den Zettel weiter an Kevin, aber ich verstehe nicht, was er murmelt.

Henderson beobachtet das Ganze. »Reichen wir heute Zettel durch die Klasse oder könnten wir einen Zeugen aufrufen?«

Ich erhebe mich. »Euer Ehren, wir rufen Edward Markham in den Zeugenstand, aber es ist eine bedeutende Entwicklung eingetreten und wir würden um eine kurze Pause vor seiner Aussage bitten.«

»Wie kurz?«

»Den Rest des Vormittages, Euer Ehren. Wir wären bereit, den Zeugen direkt nach der Mittagspause zu befragen.«

Henderson bittet Wallace und mich zu sich. Wir folgen seiner Bitte, und ich erzähle ihnen, dass dies ein wesentlicher Durchbruch sein könnte und dass ich den Vormittag benötige, um der Sache nachzugehen. Es könne eine Wende für den ganzen Prozess bedeuten.

Ich bin erschüttert, als Wallace keinen Einspruch erhebt. Er weiß, dass seine Position durch einige Stunden des Wartens nicht angegriffen wird, und er vertraut mir, dass es sich in der Tat um eine wichtige Entwicklung handelt. Um genau zu sein: Er stellt die Gerechtigkeit über den Sieg; mein Vater wäre verdammt stolz auf ihn gewesen.

Henderson ist einverstanden und ich gehe zurück zum Tisch der Verteidigung. Ich bitte Kevin, Edward so lange wie nötig zu befragen, falls ich nicht rechtzeitig zurück sein sollte – auf keinen Fall darf er den Zeugenstand verlassen, bevor ich wieder da bin. Ich warte nicht einmal auf eine Antwort; schon habe ich das Gebäude verlassen und bin auf dem Weg zu meinem Auto.

Meine Fahrt hinaus zu Betty Anthony ist ziemlich nervenaufreibend. Die Information von Pete birgt die Aussicht darauf, diesen Fall weit aufzureißen und die seit langem verborgenen Geheimnisse herausströmen zu lassen; doch das alles wird wertlos, wenn ich Betty Anthony nicht auf meine Seite bekomme. Und bisher war ich darin nicht erfolgreich.

In der Hoffnung, dass sie nicht bei der Arbeit ist, versuche ich es zuerst bei ihrer Wohnung. Als ich ankomme und gerade klingeln will, höre ich die Klänge eines Cole Porter singenden Frank Sinatra aus der Wohnung dringen. Sie ist zu Hause.

Betty kommt an die Tür und der Ausdruck auf ihrem Gesicht bei meinem Anblick ist eine Mischung aus Verzweiflung und Angst. Bisher hat sie mich abgewehrt, aber sie hat Angst, dass ich sie von einer Seite angreifen werde, die sie nicht gedeckt hat, und dass ich so ihre Welt erschüttern werde. Und genau das habe ich vor.

»Hallo, Betty.«

»Mr Carpenter, ich muss Sie wirklich bitten, mich nicht mehr zu belästigen. Es ist nicht –«

»Ich weiß von Julie McGregor.«

Die Wirkung ist unmittelbar und spiegelt sich in ihren Augen wider. Zuerst überkommt sie Furcht, als sie die Bedeutung der Worte verarbeitet, die sie gehofft hatte, nie zu hören. Dann folgt die Erkenntnis, dass es gegen diese Worte keine Verteidigung gibt, dass Widerstand zwecklos ist. Dann sinkt die Erkenntnis in ihren ganzen Körper ein und sie sackt merklich in sich zusammen; der Widerstand ist gebrochen.

Ihre Reaktion zu sehen, stimmt froh und entsetzlich traurig zugleich.

Sie sagt kein Wort, sondern macht die Tür nur weiter auf, damit ich hineinkomme. Die Wohnung ist genau so, wie ich sie mir vorgestellt habe: klein, schlicht eingerichtet, aber bis ins Detail gepflegt. Einige Devotionalien sind zu sehen, ebenso wie Fotos von Familienmitgliedern, viele davon von Mike.

Betty fängt an aufzuräumen, Staub zu wischen, wo kein Staub ist, und Dinge umzustellen, die nicht umgestellt werden müssen. Das ist wohl ihre Art, Ordnung in das zu bringen, was bald eine chaotische Situation sein wird.

»Möchten Sie einen Kaffee?«, fragt sie.

»Ja, gern.«

Sie sucht etwas, was sie tun kann. Wir wissen beide, dass sie mit mir reden wird, aber ich bin ihr dabei behilflich, es zumindest noch ein paar Minuten hinauszuschieben.

Sie macht den Kaffee und bringt ihn mir dann. Schließlich fragt sie: »Wie viel wissen Sie?«

»Genug, um der ganzen Welt die Geschichte zu erzählen. Nicht genug, um sie zu beweisen.«

Sie nickt. »Nach jener Nacht war er nie wieder der Gleiche. Er dachte, es würde besser werden, doch es wurde mit den Jahren nur schlimmer.«

»Kannten Sie ihn damals?«

»Ja, wir waren verlobt. Aber er hat mir die ganze Geschichte von dem, was passiert ist, erst Jahre später erzählt.«

Sie schweigt kurz, während sie mit ihrer eigenen Schuld kämpft. »Aber ich konnte ihm dabei nicht helfen.«

»In seinem Innersten muss er gewusst haben, dass es herauskommen würde«, sage ich. »Er konnte es nicht mehr für sich behalten. Und das können Sie auch nicht. Nicht mehr.«

Sie seufzt. »Ich weiß.«

»Erzählen Sie mir von jener Nacht.«

Sie atmet tief durch und lässt es heraus. »Sie waren zu einem Dinner in Manhattan, irgend so eine Preisverleihung für die besten Studenten aus dem ganzen Land. Für die zukünftigen ›Leader‹, oder so wurde das genannt. Die meisten von ihnen kannten sich vor diesem Abend nicht.«

Ich will sie gerade fragen, ob sie deren Namen kennt, aber ich entschließe mich, sie nicht zu unterbrechen. Die Geschichte wird aus ihr herausströmen, und ich werde nichts unternehmen, um sie zu beeinflussen oder in andere Bahnen zu lenken.

Sie fährt fort: »Eine Gruppe von ihnen fing an, auf dem Bankett zu trinken, und dann gingen sie weiter in eine Bar auf der Upper West Side. Sie waren einzig an Alkohol und Frauen interessiert, aber es war schon spät in einer langweiligen Dienstagnacht, daher hatten sie wesentlich mehr Glück mit dem Alkohol.

Die Bar wurde bald geschlossen und es war nicht mehr viel los, also nahmen sie das Angebot von einem aus der Gruppe an, zu ihm nach Hause zu fahren, wo sie weitertrinken und in seinem Pool baden konnten.

Auf dem Weg nach Jersey riefen sie zu Fahrern in anderen Wagen hinüber, schrien ihre Frotzeleien durch die Gegend und hatten ihren Spaß dabei. Ein paar Leute riefen etwas zurück, aber die meisten ignorierten sie einfach.

Fünf Minuten von dem Haus entfernt stellte sich eine junge Frau, die auf ihre ausgelassene Stimmung einzugehen schien, an einer Ampel neben sie. Die Tatsache, dass sie jung war und toll aussah, war fast zu schön, um wahr zu sein, und sie fragten sie, ob sie ihnen nicht zum Haus folgen und eine Runde mit ihnen schwimmen wolle, ohne wirklich zu glauben, dass sie es tun würde.

Doch sie folgte ihnen tatsächlich und parkte ihren Wagen in der Auffahrt hinter ihren Autos.

Das wusste ich bereits, denn ihr Wagen sollte später in der Nacht auf einem Foto festgehalten und viele Jahre später ihr Nummernschild auf einem Computer vergrößert und lesbar gemacht werden. Lieutenant Pete Stanton hatte dieses Nummernschild überprüft und ihre Identität ermittelt.

Die junge Frau hieß Julie McGregor. Ehefrau von Wally. Mutter von Denise.

Schließlich unterbreche ich Betty, um sie zu fragen, ob sie die anderen Männer kennt, mit denen Mike in jener Nacht zusammen war.

Sie schüttelt den Kopf. »Nein, das wollte Mike mir nie sagen. Ich kannte nur einen von ihnen; er war der Freund, mit dem Mike nach New York kam.«

Dann zögert sie, so als wüsste sie nicht genau, ob sie weitererzählen sollte. Doch sie weiß, dass es jetzt kein Zurück mehr gibt. »Sie sollten noch etwas wissen.«

»Was?«

Sie geht gerade durch die Hölle. »Diese arme junge Frau. Die Reporterin, die ermordet wurde.«

»Denise McGregor«, sage ich.

Sie nickt. »Ja. Sie war hier und wollte herausfinden, was

passiert ist. Sie war dabei, das Puzzle zusammenzusetzen. Sie tat mir so Leid.«

»Wie lange vor ihrer Ermordung war das?«

»Ich glaube, ein paar Monate. Ich habe erst viel, viel später von ihrem Tod erfahren.«

»Hat sie in Erfahrung gebracht, wer in jener Nacht dabei war?«, frage ich.

»Sie wusste nur von denselben beiden Männern wie ich … von Mike und von Victor Markham.«

Es ist schon halb zwölf, als ich mich von Betty Anthony verabschiede. Die Verhandlung geht um zwei Uhr weiter, doch ich muss noch etwas erledigen, auch wenn das eventuell bedeutet, dass ich zu spät komme. Es geht nicht um einen Zeitungsladen und ich muss auch keinem Aberglauben frönen.

Ich muss mit meinem Vater reden.

Der Friedhof ist nicht so überfüllt wie beim letzten Mal, als ich dort war; nur einige Besucher zollen den geliebten Verstorbenen Respekt. Ich finde das Grab meines Vaters und brauche ein paar Augenblicke, um meine Gefühle unter Kontrolle zu bringen.

»Dad, ich muss heute etwas machen … ich weiß nicht, wie es ausgeht.«

Ein Gefühl der Nähe zu ihm überkommt mich; ich habe noch nie so richtig an ein Leben danach geglaubt, und doch weiß ich in meinem tiefsten Inneren, dass er mich hören kann.

»Ich weiß von dem Geld … und von Victor … und Mike Anthony … und jetzt weiß ich auch, was in jener Nacht passiert ist. Aber ich weiß nicht, was du damit zu tun hast. Warst du dabei oder wusstest du nur davon? Warum hast du das Geld angenommen, wenn du es dann doch nie anrühren wolltest?

Dad, ich weiß, wer du bist, nichts kann das jemals ändern. Aber bitte versteh mich, ich muss wissen, was du getan hast.«

Eine Frau kommt vorbei und sie spricht mich zögerlich an.

»Entschuldigen Sie«, sagt sie. »Haben Sie etwas zu mir gesagt?«

Da ich nicht wie ein Vollidiot dastehen möchte, antworte ich: »Ja, ich habe Sie gefragt, wie spät es ist.«

Sie schaut auf die Uhr. »Ein Uhr.«

»Danke«, sage ich. Und dann wende ich mich wieder meinem Vater zu. »Es ist an der Zeit, weiterzumachen.«

Ich rase zurück zum Gericht und treffe kurz nach zwei Uhr ein. Als ich den Gerichtssaal betrete, befragt Kevin gerade Edward Markham. Offensichtlich hat Henderson ihm keinen weiteren Aufschub eingeräumt.

Ich bleibe noch etwas hinten im Saal stehen, beobachte Kevin und überlege, wie genau ich vorgehen werde. Kevin hat eigentlich keine Fragen mehr an Edward; ich habe ihm auch keinerlei Anweisungen dahin gehend gegeben, was genau ich erreichen will. Er schindet Zeit und lässt Edward im Grunde genau das wiederholen, was er bereits in der Befragung der Staatsanwaltschaft ausgesagt hat.

»Nachdem Sie sie gefunden haben, was taten Sie dann?«, fragt Kevin.

»Wie ich schon sagte, ich habe zuerst die Polizei angerufen. Ich wollte, dass sie sofort einen Krankenwagen herbeischaffen, nur falls es noch Hoffnung geben sollte. Dann rief ich meinen Vater an.«

»Er war zu Hause?«

Wallace erhebt Einspruch und stellt das Offensichtliche fest, nämlich dass all diese Fragen zuvor schon gestellt und beantwortet wurden. Henderson weist den Einspruch ab, doch seine Geduld geht ihrem Ende entgegen.

»Nein, es war an einem Freitagabend«, antwortet Edward. »Freitagabends ist er immer im Club.«

Kevin will gerade eine weitere Frage stellen, auf die er die Antwort bereits kennt, als er sich umdreht und mich auf sich zukommen sieht. Der Ausdruck der Erleichterung auf seinem Gesicht ist greifbar.

»Keine weiteren Fragen, Euer Ehren«, sage ich.

»Ach, Mr Carpenter«, meint Henderson. »Schön, dass Sie sich auch zu uns gesellen.«

»Danke, Euer Ehren, ich freue mich, hier zu sein.«

»Würden Sie gern einen weiteren Zeugen aufrufen oder haben Sie noch etwas anderes zu erledigen?«

»Wenn es dem Gericht recht ist, würde die Verteidigung gern Victor Markham in den Zeugenstand rufen.«

Victor scheint es nicht zu überraschen, dass er aufgerufen wird, und ebenso wenig scheint es ihn zu beunruhigen. Er ist nur zu bereit, sich trotz seines prall gefüllten Terminkalenders Zeit zu nehmen, um der Gerechtigkeit einen Dienst zu erweisen. Je höher die Tiere, desto netter.

Ich gehe mit einem friedfertigen Lächeln auf den Lippen auf Victor zu und frage bedächtig: »Mr Markham, hatte ich vor ein paar Wochen die Gelegenheit, Sie unter Eid im Büro Ihres Anwalts zu befragen?«

»Hatten Sie.«

»Hätten Sie gern das Protokoll in Händen, damit Sie sich darauf beziehen können?«

»Das wird nicht nötig sein. Ich habe Ihnen nur die Wahrheit über das erzählt, was ich weiß. Das hat sich nicht im Geringsten geändert.«

»Erinnern Sie sich daran, dass ich Sie fragte, ob Sie wussten, an welcher Story Denise McGregor in den Tagen vor ihrem Tod arbeitete?«

»Ja.«

»Und was haben Sie geantwortet?«

»Ich habe Ihnen gesagt, dass ich keine Ahnung habe.«

»Aber Sie kannten sie doch?«, frage ich.

»Ich kannte sie eigentlich nur flüchtig. Sie schien sehr nett zu sein. Für mich war wichtig, dass mein Sohn sie mochte. Und das war in der Tat so.«

»Und mochte sie ihn?«

»Es sah so aus.« Er antwortet schnell, sodass Wallace sich noch erheben kann, aber nicht mehr die Zeit hat, Einspruch zu erheben, da Victor unmöglich wissen kann, wie die Gefühle von Denise aussahen.

Henderson weist Victor an, einen Augenblick mit seinen Antworten zu warten, damit Wallace Zeit hat, Einspruch zu erheben, sollte er es für nötig halten.

»Ist es möglich, dass sie ihn überhaupt nicht mochte, sondern nur mit ihm zusammen war, um Informationen von ihm zu bekommen?«

»Ich kann mir nicht vorstellen, warum sie das hätte tun sollen.«

»Vielleicht hätten diese Informationen hilfreich für die Story sein können, an der sie gerade arbeitete?«

»Davon weiß ich mit Sicherheit nichts. Ich glaube nicht, dass Edward irgendwelche Informationen gehabt hätte, die einer Reporterin hätten hilfreich sein können. Vielleicht hätten Sie ihn das fragen sollen, als er im Zeugenstand war.«

Victor ist gut; er muss sich besorgt fragen, wohin dies führt, aber er lässt es sich nicht anmerken.

Ich nicke. »Vielleicht kann ich Ihnen weiterhelfen. Als Ihr Sohn Sie in jener Nacht anrief, um Ihnen zu erzählen, dass Denise McGregor ermordet worden war und dass er ihre Leiche entdeckt hatte, wirkte er da bestürzt?«

»Sicher.«

»Und teilten Sie seinen Kummer? Schockierte Sie die Nachricht ebenfalls?«

Er schüttelt leicht den Kopf, um den Geschworenen mitzuteilen, wie genervt er angesichts solch offensichtlicher Fragen ist.

»Natürlich war ich das. Eine junge Frau war ermordet worden.«

»Was taten Sie zu dem Zeitpunkt gerade?«

»Ich war in der Lobby des Clubs, plauderte mit ein paar Freunden.«

»Mit welchen Freunden?«

Ein Stirnrunzeln. »Ich fürchte, daran kann ich mich wirklich nicht erinnern. Dies alles ist vor einigen Jahren geschehen, Mr Carpenter, und ich bin mir sicher, dass es zwanglose Gespräche waren. Außerdem habe ich das Glück, viele Freunde zu haben. Wir haben uns an einem Freitagabend im Club einfach nur entspannt.«

Ich lächle verständig. »Aber könnten Sie sich über Golf, das Wetter oder solche Dinge unterhalten haben?«

Er erwidert das Lächeln; so langsam werden wir gute Kumpel. »Wahrscheinlich über Golf.«

»Sie sind also in der Lobby, unterhalten sich wahrscheinlich über Golf und dann kommt dieser Anruf. Wer rief Sie ans Telefon?«

»Daran erinnere ich mich nicht. Wahrscheinlich der Empfangschef.«

»Ihr Club hat einen Empfangschef? Toll!«

»Einspruch! Relevanz.«

»Stattgegeben. Mr Carpenter, kommen Sie zur Sache.«

»Ja, Euer Ehren. Sie erhielten also den Anruf, Edward erzählt Ihnen, dass er seine Freundin in einem Hinterhof gefunden hat, und – Mann, waren Sie bestürzt. Sind Sie zu Ihrem Auto geeilt?«

»Ja, sofort.«

»Ach übrigens, wo lassen die Leute in so vornehmen Clubs ihr Auto stehen?«

»Was meinen Sie?«, will er wissen.

»Stehen sie draußen vor dem Gebäude? Parken sie weiter weg und nehmen sie die Bahn bis zum Club?«

»Es gibt einen Parkservice.«

»Ach natürlich, einen Parkservice.« Ich schlage mir gegen die Stirn, so als wolle ich sagen: »Was bin ich doch nur für ein blöder Bauerntrampel.« Die Geschworenen lachen.

»Sie erhalten also diese Nachricht, Sie eilen hinaus und Sie sagen: ›Mensch vom Parkservice, hol mir mein Auto, und zwar pronto!‹«

Ich halte kurz inne. »Sagen reiche Leute ›pronto‹?«

Wallace erhebt wieder Einspruch und geht mir nun richtig auf die Nerven. »Euer Ehren«, sagt er. »Mir gelingt es nicht, die Relevanz des Ganzen zu erkennen.«

»Euer Ehren«, erwidere ich mit einigem Zorn, »ich verfolge hier ein gewisses Ziel und werde permanent von Mr Wallace unterbrochen, der behauptet, er erkenne die Relevanz dessen, was ich sage, nicht. Daher möchte ich um zwei Dinge bitten. Erstens, dass das Gericht Mr Wallace anweist, mich nicht mehr zu unterbrechen, und zweitens, dass Sie ihn zwingen, einen Abendkurs in den Methoden der Relevanzerkennung zu belegen.«

Wallace ist wütend. »Euer Ehren, das ist unerhört –«

Hendersons Hammer unterbricht ihn. »Es reicht, Sie beide. Mr Wallace, ich werde Ihren Einspruch abweisen. Mr Carpenter, auch ich habe Mühe, zu erkennen, worauf Sie bei diesen ganzen Fragen hinauswollen, und ich habe nicht die

Absicht, zur Abendschule zu gehen. Also kommen Sie zur Sache.«

Ich verspreche es ihm und wende mich wieder Victor zu. Seine Haltung ist feindseliger geworden, denn er hat sicher das Gefühl, dass die Geschworenen seiner Meinung sind und ich ihrer aller Zeit verschwende.

»Nachdem Sie also Ihr Auto bekamen, sind Sie da zu der Bar gefahren, bei der sich der Mord ereignet hat?«

»Ja.«

»Ist das eine Bar, in der Sie selbst verkehrten, die Sie kannten, oder hat Edward Ihnen erzählt, wo sie war?«

»Er hat es mir erzählt. Es war nicht schwer zu finden.«

»Sind Sie schnell gefahren?«

Er nickt. »Sehr. Ich war ziemlich bestürzt.«

»Ich weiß. Das sagten Sie uns bereits. Was würden Sie sagen – wie weit ist die Bar von Ihrem Club entfernt?«

Er zuckt mit den Schultern. »Das weiß ich nicht. Vielleicht zwanzig Meilen.«

»Es sind genau 29,7 Meilen. Ich bin sie gefahren. Ich hab es in siebenundvierzig Minuten geschafft, aber ich habe mich nicht beeilt, weil ich nicht so unglaublich bestürzt war wie sie. Wie lang haben Sie wohl in etwa gebraucht?«

»Ich weiß es nicht, aber ich bin mir sicher, dass es schneller ging.«

»Wie schnell?«, will ich wissen.

»Ich weiß es nicht; ich hatte keine Veranlassung, die Fahrt mit der Stoppuhr zu messen. Aber ich fuhr schnell.«

»Weil Sie so bestürzt waren.«

»Ja.«

»Glauben Sie, Sie könnten es in vierzig Minuten geschafft haben?«

»Vielleicht … ich kann es nicht sagen.«

Ich gehe auf ihn zu und feuere Fragen auf ihn ab, fast noch bevor er seine Antworten zu Ende bringen kann.

»Fünfunddreißig? Dreißig?«

Er wird nervös. »Ich sagte doch, ich kann nicht –«

»Fünfundzwanzig? Zwanzig? Fünfzehn? Glauben Sie, Sie könnten es in fünfzehn Minuten geschafft haben?«

»Natürlich nicht«, antwortet er.

»Denn den Polizeiberichten und Tonbandaufnahmen zufolge war die Polizei vierzehn Minuten nach Edwards Anruf am Tatort und Sie waren bereits dort.«

»Und?«

»Und Edward hat ausgesagt, dass er die Polizei zuerst angerufen hat.«

Victor kann die Sorge, die sich in seinem Kopf ausbreitet, nicht verhehlen. »Das ist unmöglich. Er muss sich irren, was die Reihenfolge seiner Telefonate angeht. Er war sehr aufgewühlt. Eine Frau war ermordet worden.«

»Er hat diesen Geschworenen erzählt, dass er die Polizei zuerst angerufen hat. Er war sich dessen ziemlich sicher.«

»Nun, da hat er sich geirrt. Menschen machen nun mal Fehler.«

»Ja, das tun sie«, sage ich, »und dann tun sie, was immer nötig ist, um sie zu verbergen.«

»Sie denken sich da etwas aus, Sie versuchen, etwas aus dem Hut zu zaubern. Sie wollen mich und meinen Sohn in ein schlechtes Licht stellen, so als würden wir lügen.«

»Sie lügen.«

»Ich sage die Wahrheit.«

»Mr Markham, warum haben Sie Miss McGregor vergewaltigt?«

Wallace springt auf, so als säße er in einem Schleudersitz. »Einspruch, Euer Ehren, das ist verrückt! Es gibt absolut keine Hinweise darauf, dass Denise McGregor in jener Nacht irgendeine Art von Sex hatte, ob mit ihrer Einwilligung oder nicht. Mr Markham auf diese Weise zu beschuldigen, ist unverschämt.«

Henderson beäugt mich streng. »Mr Carpenter, wenn Sie irgendwelche Beweise dafür haben, dass das Opfer in der Nacht ihres Todes Geschlechtsverkehr hatte, dann schlage ich vor, dass Sie sie jetzt vorlegen.«

»Oh, es tut mir Leid«, sage ich, »ich habe nicht von jener Nacht geredet … ich hab von einer anderen Nacht geredet. Und ich habe auch nicht von Denise McGregor geredet, ich meinte ihre Mutter.«

Der Gerichtssaal explodiert in Zeitlupe, allein Victor scheint das Gesagte nicht zu erregen. Sein Blick ist starr auf die Tür hinten im Saal gerichtet, durch die soeben Betty Anthony schreitet und der Versammlung durch ihre bloße Gegenwart unmittelbar Würde verleiht. Er scheint in sich zusammenzusacken; seine Befürchtung der letzten Minuten ist zur Gewissheit geworden.

Er weiß, dass ich es weiß.

Ich möchte den Augenblick genießen, ich will, dass er sich so lange wie möglich da oben windet. Ich will, dass er dort sitzt und sich mit der Tatsache konfrontiert sieht, dass für Denise und Julie McGregor Gerechtigkeit geübt werden wird. Also warte ich einige Augenblicke, bis Henderson mich anweist, fortzufahren.

Schließlich sage ich zu Markham: »Es war vor fünfunddreißig Jahren, aber Sie erinnern sich daran, als wäre es gestern gewesen.«

Markham streitet alles ab, und ich entlasse ihn aus dem Zeugenstand mit dem Hinweis, dass er sich weiterhin zur Verfügung halten soll. Ich rufe Betty Anthony als nächste

Zeugin der Verteidigung auf. Wallace erhebt Einspruch und behauptet zu Recht, dass Betty nicht auf der Zeugenliste steht, die wir der Staatsanwaltschaft vorgelegt haben.

Ich bitte um eine Unterredung in Abwesenheit der Geschworenen und so machen Wallace und ich uns auf den Weg in Hendersons Büro. Ich lege dar, dass Betty erst an diesem Morgen mit den Informationen zu uns kam, und ich berichte in allen Einzelheiten, was genau sie sagen wird.

Wallace werde ich es ewig hoch anrechnen, dass er seinen Einspruch zurückzieht, woraufhin Henderson die Aussage von Betty zulässt. Ich glaube, er hätte ohnehin so entschieden, doch Wallace will selbst sicherstellen, dass es auch wirklich zur Aussage von Betty kommt. Wallace ist einer dieser überaus seltenen Staatsanwälte und Anwälte, die der Meinung sind, dass es wichtiger ist, die Wahrheit ans Licht zu bringen, als einen Prozess zu gewinnen. Wenn die Wahrheit ans Licht kommt, gewinnen alle.

Betty Anthony betritt den Zeugenstand, um ihre Geschichte zu erzählen, obwohl sie sich geschworen hatte, das niemals zu tun. Sie wird die Schwächen ihres Mannes offenbaren, die sie niemals offenbaren wollte, und sie wird das Unrecht wieder gutmachen, von dem sie nun weiß, dass sie es nie mehr wieder gutmachen kann.

Ich lasse sie kurz erzählen, wer sie ist, wo sie arbeitet und mit wem sie verheiratet war – gerade genug, um sie als gute, aufrichtige und tüchtige Frau vorzustellen, die den Geschworenen sicherlich glaubwürdig erscheint. Dann komme ich auf jene Nacht zu sprechen und darauf, wie Julie die Gruppe von Männern kennen gelernt hat und ihnen bis zum Haus gefolgt ist. Sie erzählt das Geheimnis, das ihr Mann sein gesamtes Erwachsenenleben gehütet hat, das Geheimnis, das ihn veranlasst hat, dieses Leben selbst zu beenden.

»Mike hat gesagt, sie wollte schwimmen, trinken und vielleicht ein bisschen herumalbern«, erzählt Betty. »Aber das war nicht das, was die anderen wollten. Sie wollten mit ihr schlafen. Das würde einem unvergesslichen Abend in New York City die Krone aufsetzen, einem Abend, von dem sie ihren Freunden noch lange erzählen konnten.«

Sie gerät ins Stocken, also muss ich sie anspornen. »Aber es kam anders, oder?« Das ist eine Suggestivfrage, doch Wallace erhebt keinen Einspruch.

Sie schüttelt traurig den Kopf. »Nein. Sie wurden ihr zu aufdringlich, befummelten sie, und sie war nicht zu betrunken, um das abzuwehren. Sie wurde sauer auf sie, verließ den Pool und wollte zu ihrem Auto gehen. Aber ich nehme an, der Alkohol hat ihren Mut zum Übermut angestachelt und ihre Intelligenz zur Dumpfheit benebelt, denn sie liefen hinter ihr her und zogen sie zurück. Sie durfte ihnen nicht den Abend verderben, nicht nachdem sie schon so weit gegangen war.«

Betty atmet tief durch und saugt die Stärke in sich auf, um weiterzumachen. »Sie schlug und trat um sich, schrie und kratzte zwei von ihnen. Das machte die Männer wütend und sie griffen sie an. Sie schrie und wehrte sich, aber sie waren zu stark für sie und hatten vollkommen die Beherrschung verloren.«

Betty stolpert über ihre Worte, kann kaum ihre Gefühle kontrollieren. »Erzählen Sie den Rest«, sage ich leise. »Es ist an der Zeit, dass die Wahrheit ans Licht kommt.«

Sie nickt. »Sie vergewaltigten sie alle nacheinander, hielten sie abwechselnd fest und kümmerten sich nicht um ihr Schreien. Schließlich riss sie sich los und rannte weg, doch in ihrer Panik rutschte sie aus und fiel auf den nassen Boden neben dem Pool. Ihr Kopf krachte gegen einen Zementtisch.

Sie war bewusstlos und blutete, und sie wussten nicht, ob sie noch lebte oder nicht. Einer von ihnen …«

»Erzählen Sie weiter, Betty«, sage ich.

»Einer von ihnen … ich weiß nicht wer … schubste sie mit dem Fuß in den Pool. Sie ertrank und blieb dort im Pool liegen.«

Die Geschworenen und alle anderen, die Betty Anthonys Stimme vernehmen konnten, sind von ihrer Geschichte gefesselt. Sogar Henderson scheint von Betty in den Bann gezogen, als sie die Geschichte erzählt, die sie so lange verschwiegen hat.

Ich blicke zu den Zuschauerbänken und sehe, dass Victor den Gerichtssaal verlassen hat; das ist in Ordnung, er wird morgen alles darüber lesen. Ich muss jetzt nur noch die Aussage von Betty zu Ende bringen.

»Mrs Anthony, hatten Sie je Gelegenheit, Denise McGregor kennen zu lernen, die Frau, wegen deren Ermordung wir heute alle hier sind?«

»Ja, sie hat mich aufgesucht.«

»Warum hat sie das getan?«

»Sie erzählte mir, sie sei Reporterin und recherchiere für eine Story über einen Mord, der ihrer Meinung nach vor vielen Jahren begangen wurde. Sie sagte mir, sie sei die Tochter des Opfers.«

»Erzählen Sie bitte weiter.«

»Sie wusste ziemlich viel darüber, sie wusste, dass mein Mann und noch ein anderer Mann dabei waren.«

»Sagte sie, wer dieser andere Mann war?«

»Ja … Victor Markham. Das wusste ich jedoch bereits.«

Ein Gemurmel geht durch den Gerichtssaal und Henderson bringt es mit seinem Hammer zum Schweigen.

»Danke, Mrs Anthony«, sage ich. »Ihre Zeugin.«

Wallace graut vor diesem Kreuzverhör, doch er muss es durchziehen. Er bringt Betty dazu, einzuräumen, dass sie diese Informationen die ganzen Jahre über geheim gehalten hat, um dadurch ihre Aussage in ein fragwürdiges Licht zu rücken. Er stellt auch heraus, dass sie keinerlei Beweise für das Verbrechen hat, sondern nur das Wort ihres verstorbenen Mannes. Er erledigt seine Arbeit in einer heiklen Situation sehr professionell.

Als ich sie noch einmal befrage, bringe ich das Foto meines Vaters als Beweisstück ein. Es soll ihre Aussage unterstützen, indem es die Gruppe von Männern in Zusammenhang mit Julies Auto stellt. Natürlich ist es kein eindeutiger Beweis für ihre Schuld.

Als ich zurück zum Tisch der Verteidigung gehe, beugt sich Willie zu mir herüber und fragt, ob wir schon gewonnen hätten. Er glaubt, jemand käme gleich zu ihm und nähme ihm seine Handschellen ab, damit er nach Hause gehen kann. Ich erkläre ihm, dass wir noch weit davon entfernt sind, und ich verabrede mich mit Kevin und Laurie zu unserer Besprechung um sieben Uhr in meinem Haus.

Das Gästehaus auf Philips Anwesen ist in ein kleines Krankenhaus verwandelt worden. Nicole verfügt über ein Krankenhausbett, moderne medizinische Geräte, ein ganzes Team von Krankenschwestern und einen Arzt, der regelmäßig zur Visite kommt. Eine erstaunliche Verwandlung.

Philip ist bei einem Dinner mit politischen Freunden – ein kleiner Segen, für den ich sehr dankbar bin. Ich hatte vorher angerufen und Nicole gefragt, ob ich vorbeikommen könnte, und sie hat nicht gesagt, dass ich es nicht tun solle. Das ist kein Besuch, auf den ich mich freue, aus nahe liegenden Gründen, aber einer, den ich machen muss.

Ich teile einer ihrer Krankenschwestern mit, wer ich bin,

und sie informiert Nicole, die gleich darauf erscheint. Es geht ihr erstaunlich gut; ihr Oberkörper ist bandagiert, um die Heilung des gebrochenen Schlüsselbeins zu unterstützen. Doch sie kann aufstehen, wenn auch vorsichtig, und obwohl sie blass ist, kann man kaum glauben, dass nur wenige Tage vergangen sind, seit sie bewusstlos hinter jenem Felsen lag.

Die Spannung zwischen uns ist greifbar. Kaum haben wir Hallo gesagt, fühle ich mich auch schon gezwungen, das Thema zu wechseln. Ich schaue mich um. »Ich hatte vergessen, wie umwerfend dieses Haus ist.«

Sie lächelt. »Mein Vater wollte, dass wir hier wohnen, erinnerst du dich?«

»Wenn ich so zurückblicke, weiß ich nicht mehr, woher ich den Mut hatte, ihm zu erzählen, dass wir es nicht wollen.«

Sie lacht. »Ich musste es ihm erzählen.«

»Schon damals war ich so tapfer.«

»Du behauptest dich ihm gegenüber besser als die meisten.«

Ich nicke; das ist wahrscheinlich wahr. »Wie geht's dir?«

»Ziemlich gut. Ich meine, so oft werde ich ja nicht angeschossen, aber ich glaube, ich erhole mich recht schnell.«

»Ich werde es mir nie verzeihen, dass dir so etwas zugestoßen ist«, sage ich.

Sie antwortet nicht darauf, sondern wechselt das Thema. »Ich habe heute Abend in den Nachrichten gesehen, was mit Victor Markham geschehen ist. Heißt das, dass ihr gewinnen werdet?«

»Nicht unbedingt, aber es ist sicher hilfreich. Morgen werden die Schlussplädoyers gehalten.«

Sie nickt. »Hast du schon gegessen? Möchtest du zum Dinner bleiben?«

Ich schüttle ablehnend den Kopf. »Nicole, ich bin nicht sicher, ob wir alles gesagt haben, was es zu sagen gibt.«

Sie verspannt sich. »Nicht, Andy. Ich hatte nichts zu sagen, und du hast viel mehr gesagt, als ich hören wollte.«

»Es tut mir Leid … ich wollte nicht, dass es so endet.«

Auf ihren Lippen liegt ein kleines, ironisches Lächeln. »Siehst du? Wir haben doch etwas gemeinsam.«

Ich setze noch einmal an, um ihr zu sagen, wie Leid es mir tut, doch sie kann nicht mehr zuhören.

Sie schüttelt nur den Kopf, dreht sich um und geht zurück in ihr Zimmer. Ich verlasse das Haus und fahre zurück zu meinem.

Zu Hause wartet Tara schwanzwedelnd auf mich, um mir zu einem guten Tag im Gericht zu gratulieren. Laurie trifft ein und teilt Taras Begeisterung, die durch die Dosis Realismus gedämpft wird, die Kevin bald darauf einbringt und der ich beipflichte.

Tatsache ist, dass Willie Miller sich weiterhin in einer sehr prekären Lage befindet. Gegen Victor Markham liegen keinerlei Beweise vor, und es ist leider nicht die Aufgabe unserer Jury, über seine Schuld oder Unschuld nachzudenken. Sie sollen einzig über Willie urteilen und die Beweise gegen ihn bleiben überwältigend. Was immer auch in jener Nacht vor all den Jahren geschehen oder nicht geschehen sein mag, es bedeutet nicht, dass Willie Miller an dem Mord an Denise McGregor unschuldig ist.

Laurie und ich gehen mein Abschlussplädoyer durch, das dem von Wallace morgen folgen wird. Wir werden im Großen und Ganzen zwei Punkte vortragen: Wir werden behaupten, dass Willie einem Komplott erlegen ist, und wir werden Victor Markham als die Person präsentieren, die für dieses Komplott verantwortlich ist. Ich halte das für eine

Strategie, die zum Sieg führen kann, doch es wäre nicht das erste Mal, dass ich mich irre.

Pete Stanton ruft mich an und fragt, ob wir uns noch vor der morgigen Sitzung treffen können. Er hat einen Bericht über die Aussage von Betty Anthony erhalten und er will sofort mit den Ermittlungen gegen Victor Markham beginnen. Wir verabreden uns auf einen kurzen Kaffee.

Kevin und Laurie gehen gegen zehn Uhr, ein verhältnismäßig früher Feierabend für diesen Prozess. Ich schlafe gut heute Nacht; ich wache nur einmal auf, als Tara mir mit ihrem Schwanz im Gesicht herumwedelt. Ich kraule sie am Bauch, und als ich wieder wach werde, ist es Morgen.

Pete steht unter Strom – die Aussicht, sich Victor Markham zu schnappen, lässt ihn anscheinend zumindest im Moment vergessen, wie sehr er mich dafür verabscheut, dass ich ihn neulich im Zeugenstand fertig gemacht habe. Während des Frühstücks erzähle ich ihm die gesamte Geschichte von dem Foto und dem Geld im Nachlass meines Vaters, bis hin zu den neuesten Erkenntnissen. Er glaubt, genügend Anhaltspunkte zu haben, damit Anklage gegen Victor erhoben werden kann, doch wir wissen beide, dass das nicht rechtzeitig geschehen wird, um Willie vor den Geschworenen besser dastehen zu lassen.

Die Zeitungen heute Morgen waren voll mit den Neuigkeiten im Prozess; Victor Markhams mögliche Demontage hat die Angelegenheit von einer großen Story zu einer Megastory gemacht. Ich werde von den gleichen Experten, die mir eine Niederlage prophezeit haben, vorsichtig gerühmt, auch wenn sie noch das Gefühl haben, dass uns ein harter Kampf bevorsteht.

Die Menge vor dem Gerichtsgebäude ist am nächsten Morgen ebenfalls wesentlich größer und es sind auch viel mehr Pressevertreter anwesend. Als Wallace sich erhebt, um sein Abschlussplädoyer vor dicht besetzten Zuschauerrängen zu halten, ist die Spannung im Gerichtssaal wesentlich größer als an jedem anderen Prozesstag zuvor.

»Meine Damen und Herren Geschworenen, Sie befinden sich jetzt auf der Zielgeraden. Ich werde ein paar Anmerkungen machen und Mr Carpenter dann ebenfalls. Darauf folgt der wichtigste Moment dieses Prozesses: Richter Henderson wird Sie über Ihre Verantwortung gegenüber dem Gesetz belehren. Er wird Ihnen eine Menge erzählen, doch das Wichtigste, was er Ihnen sagen wird, ist, dass Sie sich nach den Beweisen richten müssen.

Es ist meine Aufgabe, Sie darum zu bitten, dass Sie Ihren Blick nicht von diesen Beweisen abwenden, nicht während unserer Plädoyers und auch nicht während Ihrer Beratungen. Mr Carpenter wird von einem vermeintlichen Mord sprechen, der vor über fünfunddreißig Jahren begangen wurde, einem Mord, bei dem nie eine Leiche gefunden wurde. Er wird auch von einer vermeintlichen Verschwörung reden, die nur durch die Aussage einer Dritten belegt wird und die günstigerweise all die Jahre zurückgehalten wurde, bis genau zum Vorabend Ihrer Beratungen.

Er wird versuchen, den Bösewicht, den er vertritt, Willie Miller, gegen einen anderen, Victor Markham, auszutauschen. Aber nicht Victor Markhams Blut und Haut wurden unter den Fingernägeln von Denise McGregor gefunden. Nicht Victor Markham wurde von einer sehr glaubwürdigen Zeugin neben der Leiche gesehen. Nicht Victor Markhams Fingerabdrücke befanden sich überall auf der Mordwaffe. Und nicht Victor Markham hat in der Vergangenheit bereits Frauen angegriffen, wenn er unter Alkoholeinfluss stand.

Die einzige Person, auf die all diese Beweise hindeuten,

ist Willie Miller und über ihn sollen Sie hier urteilen. Ich bitte Sie darum, dass Sie ihn im Sinne der Anklage schuldig sprechen.«

Wallace schenkt mir ein kurzes Nicken und ein angedeutetes Lächeln, als er sich setzt. Ich weiß, dass er zu Recht zufrieden sein kann mit seiner gut erledigten Aufgabe, zugleich aber erleichtert ist, dass diese jetzt hinter ihm liegt. Nun bin ich an der Reihe, und es scheint, als wendeten sich alle Blicke im Gerichtssaal gleichzeitig mir zu.

Als ich diesen Fall übernahm, habe ich mir eingeredet, es bestünde eine Möglichkeit, dass Willie unschuldig ist. Das brauche ich, um auf höchstem Niveau zu arbeiten. Doch damals glaubte ich nur an die Möglichkeit seiner Unschuld und jetzt bin ich zur Gewissheit darüber gelangt. Der Druck, zu gewinnen, ist somit viel größer für mich, und genau dieser Druck droht mich zu ersticken, als ich mich erhebe, um mein Schlussplädoyer zu halten.

Kurz bevor ich anfangen will, schaue ich noch einmal zu den hinteren Zuschauerrängen und entdecke Wally McGregor, der zum ersten Mal im Gericht ist und dort nun aufrecht sitzend auf Gerechtigkeit für seine Familie wartet. Das jetzt ist für dich, Wally.

»Meine Damen und Herren, ich glaube, dass Victor Markham zu einer Gruppe von Männern gehörte, die Julie McGregor vor vielen Jahren vergewaltigt und ermordet haben. Aber in einem Punkt stimme ich mit Mr Wallace überein: Sie sind nicht hier, um über diesen Fall zu entscheiden. Und jener Mord, wie grausam er auch gewesen sein mag, betrifft Sie nur aus einem einzigen Grund: Er wurde zum Motiv für Victor Markham, die Tochter von Julie, Denise McGregor, zu ermorden, da sie die Wahrheit herausgefunden hatte und sie ans Licht bringen wollte.

Er hat das Leben einer Mutter beendet und dann fast dreißig Jahre gewartet, um das ihrer Tochter ebenfalls auszulöschen.

Doch Sie haben keine Möglichkeit, ihn den Preis für diese beiden Morde bezahlen zu lassen. Das muss eine andere Jury tun, und glauben Sie mir, ich werde nicht ruhen, bis genau das geschehen ist. Sie können aber eines tun: Sie können sicherstellen, dass Victor Markham nicht noch ein Opfer auf dem Gewissen hat – meinen Mandanten Willie Miller.

Es gibt eine Menge Beweise gegen Willie Miller, und Mr Wallace hat hervorragende Arbeit geleistet, als er sie Ihnen präsentierte. Aber jeder einzelne Beweis kann schlüssig damit erklärt werden, dass Victor Markham seine unglaubliche Macht genutzt hat, um ihm den Mord anzuhängen.

Mr Wallace hat Ihnen bereits erklärt, was Richter Henderson Ihnen sagen wird. Doch das Wichtigste hat er ausgelassen. Der Richter wird Ihnen einschärfen, dass Sie keinerlei begründete Zweifel hegen dürfen, wenn Sie Willie Miller schuldig sprechen. Und ich möchte Ihnen mit größtem Respekt unterstellen wollen, dass sie haufenweise begründete Zweifel haben.«

Ich gehe zu Willie und lege ihm die Hand auf die Schulter.

»Dieser Mann hat die letzten sieben Jahre seines Lebens in der Todeszelle gesessen, für ein Verbrechen, das er nicht begangen hat. Wir alle können uns kaum vorstellen, wie furchtbar das sein muss, doch er hat es durchlebt.

Das ist nicht Ihre Schuld, Sie hatten nichts damit zu tun und Sie können es auch nicht ungeschehen machen. Aber Sie können etwas tun: Sie können es beenden. Sie können ihm seine Würde zurückgeben, seine Selbstachtung und seine Freiheit.

Meine Damen und Herren, Sie können in den Geschworenenraum gehen und Sie können etwas ganz Wunderbares tun: Sie können Willie Miller sein Leben wiedergeben.«

Ich gehe zurück zum Tisch der Verteidigung, zu den geflüsterten Glückwünschen von Laurie und Kevin und zu der Dankbarkeit von Willie. Doch ich bin erfüllt von der Angst, dass ich nicht genug getan oder gesagt habe, damit die Geschworenen es verstehen, und ich möchte mich wieder dort hinstellen und sie anschreien, damit sie die Wahrheit so wie Andy Carpenter sehen.

Henderson belehrt die Geschworenen. Ich habe das Gefühl, dass er zu sehr betont, dass die Geschworenen nicht über die Schuld oder Unschuld von Victor Markham zu urteilen haben, aber im Großen und Ganzen halte ich es für gerecht.

Hendersons Verhalten während des ganzen Prozesses hat mir eigentlich gefallen; ich glaube nicht, dass er die eine oder die andere Seite bevorzugt hat. Alles in allem bin ich froh, dass er den Antrag auf Verlegung des Prozesses abgelehnt hat.

Henderson schickt die Geschworenen zur Beratung in ihren Raum und nun liegt in diesem Fall offiziell nichts mehr in meiner Macht. Bevor sie Willie wegführen, fragt er mich noch, was ich denke, und ich antworte ihm, was ich zu diesem Zeitpunkt immer zu meinen Mandanten sage:

»Ich denke nicht, ich warte.«

Die Anspannung während man darauf wartet, dass die Geschworenen ihre Beratung beenden, ist mit nichts anderem vergleichbar, das ich je erlebt habe. Ähnlichkeit damit hat vielleicht nur – und zum Glück weiß ich das nicht aus eigener Erfahrung – das Warten auf einen Biopsiebericht, von dem einem gesagt wurde, dass er entweder auf eine unheilbare Krankheit oder auf beste Gesundheit hindeuten wird. An diesem Punkt liegt nichts mehr in den Händen von Patient und Arzt. Anwälte empfinden das gleiche Gefühl von Ohnmacht, wenn sie auf ein Urteil warten.

Jede schrullige Eigenheit, jede persönliche Macke, jeder Aberglauben, der mir eigen ist, kommt in dieser Wartezeit zum Vorschein. Zum Beispiel sage ich mir: Wenn die Geschworenen klare und gerade Prinzipien haben, werden wir gewinnen. Daher mache ich alles nur mit geraden Zahlen. Ich steige morgens nur aus dem Bett, wenn die Digitaluhr mir eine gerade Zahl anzeigt, ich zapfe eine gerade Anzahl Gallonen Benzin in meinen Tank, ich schalte nur Fernsehsender mit geraden Zahlen ein und so weiter, und so fort.

Außerdem sage ich mir, dass wir im Recht sind, woraufhin ich alles mit der rechten Hand erledige, lieber dreimal rechts abbiege als einmal links und dergleichen. Es besteht kein Zweifel: Wenn ich auf ein Urteil warte, werde ich zum kompletten Spinner.

Zum Glück für den Rest der Welt werde ich gleichzeitig auch zum Eremiten. Ich untersage allen, die mit der Verteidigung zu tun haben, ausdrücklich, sich mit mir in Verbindung zu setzen, es sei denn, es handelt sich um einen absoluten Notfall. Ich will mit Tara und meinen Gedanken allein sein, und ich will alles unternehmen, um diese Gedanken möglichst weit weg von dem Fall und dem Gerichtssaal abschweifen zu lassen.

Die Beratungen im Fall Miller gehen in den dritten Tag, ohne dass sich die Geschworenen bisher gemeldet hätten. Sie haben nicht darum gebeten, dass ihnen irgendeine Zeugenaussage noch einmal vorgelesen wird; und sie wollten auch keinerlei Beweisstücke noch einmal in Augenschein nehmen. Hätten sie um eines dieser Dinge gebeten, hätte Henderson die Anwälte benachrichtigen müssen, und wir haben keine solche Benachrichtigung erhalten.

Dummerweise höre ich einen Fernsehkommentator, einen »ehemaligen Staatsanwalt«, sagen, dass die lange Beratungszeit ein schlechtes Zeichen für die Verteidigung sei, aber ich schalte das Gerät aus, bevor ich die Begründung hören kann.

Ich nehme Tara mit in den Park, um mit ihr Ball zu spielen, und nehme mein Handy mit für den Fall, dass die Assistentin des Richters versucht, mich zu erreichen. Wir spielen nur etwa fünfzehn Minuten Fangen; Tara scheint mit zunehmendem Alter langsamer zu werden. Wenn es einen Gott gibt, warum lässt er es zu, dass Golden Retriever kaum älter als fünfzehn Jahre werden?

Auf dem Weg nach Hause halten wir an einem Café, wo wir uns draußen an einen Tisch setzen. Ich bestelle mir einen Eiskaffee und eine Apfeltasche und für Tara einen Bagel und eine Schale Wasser. Wir haben gerade aufgegessen, als das

Handy klingelt und mein Magen mehrere Purzelbäume schlägt.

»Hallo?«

»Mr Carpenter?«

Mich überkommt der überwältigende Drang, der Assistentin des Richters zu sagen, sie habe sich verwählt, aber ich unterdrücke ihn. »Am Apparat.«

»Richter Henderson bittet Sie um vierzehn Uhr ins Gericht. Die Geschworenen haben ein Urteil gefällt.«

Da ist es. Es ist vorbei, aber ich weiß noch nicht, wie es ausgegangen ist. Ohnmächtiger als während der Warterei auf die Entscheidung der Geschworenen fühlt man sich nur, *nachdem* sie diese Entscheidung gefällt haben. Jetzt liegt das Ergebnis nicht einmal mehr in *ihren* Händen.

Ich bringe Tara nach Hause, steige unter die Dusche und ziehe mich um, dann fahre ich zurück zum Gericht. Ich treffe dort um Viertel vor zwei ein und kämpfe mich durch das Gewühl von Reportern und Kameramännern, die mir alle durcheinander ein einziges Gewirr an Fragen hinterherrufen.

Sie wollen wissen, was ich denke – dabei gibt es doch wirklich in diesem Augenblick auf der ganzen Welt nichts Unwichtigeres als das, was ich denke. Die Würfel sind gefallen; es ist so, als hätte man ein Play-off-Spiel aufgenommen und sehe es sich später an, ohne das Ergebnis zu kennen. Es bringt nichts mehr, anzufeuern, zu hoffen, zu tippen oder zu denken. Es ist schon vorbei, so oder so. Der Zug ist, wie man so schön sagt, abgefahren.

Ich nicke Kevin und Laurie zu, die bereits am Tisch der Verteidigung Platz genommen haben, als ich den Saal betrete. Richard Wallace reicht mir die Hand, wünscht mir alles Gute und gratuliert mir zu einer guten Leistung. Ich erwidere das Kompliment in aller Aufrichtigkeit.

Als Willie hereingeführt wird, lese ich an seinem Blick, seinen Gesichtsmuskeln, seiner Körpersprache die Anspannung ab. Wenn die Ärzte sagen, dass bereits normaler, alltäglicher Stress das Leben um Jahre verkürzen kann, welche Auswirkungen muss diese Situation dann auf Willie haben? Ist etwa ein ganz anderes Todesurteil bereits über ihn gefällt?

Willie nickt uns nur kurz zu und setzt sich. Er ist klug genug, mich nicht zu fragen, was ich denke; er wird einfach nur mit uns zusammen abwarten.

Henderson kommt herein und es wird um Ruhe im Gerichtssaal gebeten. Er verliert keine Zeit, bittet darum, dass die Geschworenen hereingeführt werden, und wenige Augenblicke später sind sie schon da, ihre unbewegten Mienen verraten jedoch nichts.

Henderson hält seine obligatorische Rede, in der er die Anwesenden ermahnt, nach Verlesung der Urteils Ruhe und Ordnung zu bewahren, und so streng, wie er ist, wird es wahrscheinlich befolgt werden. Dann wendet er sich an die Geschworenenbank:

»Meine Damen und Herren Geschworenen, haben Sie ein Urteil gefällt?«

Der Obmann erhebt sich. »Das haben wir, Euer Ehren.«

»Bitte übergeben Sie es dem Gerichtsdiener.«

Der Gerichtsdiener geht zum Obmann und nimmt von ihm einen Zettel entgegen. Diesen bringt er dann zur Assistentin des Richters.

»Der Angeklagte möge sich erheben«, sagt Henderson.

Willie, Kevin, Laurie und ich stehen gleichzeitig auf. Ich sehe, dass meine Hand auf Willies Schulter liegt, doch ich erinnere mich nicht, sie dorthin gelegt zu haben.

»Die Assistentin des Richters wird das Urteil verlesen.«

Sie nimmt das Blatt Papier zur Hand und schaut darauf.

Es scheint, als würde es Stunden dauern, bis sie anfängt zu lesen, doch wahrscheinlich sind es in Echtzeit nur vier Sekunden. Jedes Wort von ihr saugt mehr Luft aus dem Saal, bis ich das Gefühl habe, gleich in Ohnmacht zu fallen.

»Wir, die Geschworenen, befinden im Fall des Staates von New Jersey gegen William Miller den Angeklagten William Miller für … nicht schuldig im Sinne der Anklage.«

Auf den Zuschauerrängen bricht tosender Lärm los und der Saal und meine Lungen füllen sich wieder mit Sauerstoff. Willie wendet sich mir mit fragendem Blick zu, so als bräuchte er eine Bestätigung dafür, dass er das gehört hat, was er zu hören glaubte. Ich verspüre zugleich das Bedürfnis, zu jubeln und zu weinen, was meine gehemmte Art in ein Lächeln und ein Nicken umsetzt. Willie dreht sich um und umarmt mich, dann Laurie und dann Kevin, und dann umarmen wir uns alle gegenseitig. Wie schon erwähnt, bin ich kein großer Fan von Umarmungen, doch diese stören mich kein bisschen. Am wenigsten die mit Laurie.

Henderson stellt mit seinem Hammer die Ruhe wieder her, dankt den Geschworenen für ihren Beitrag zum Wohle der Gesellschaft und schickt sie nach Hause. Dann macht er eine unglaubliche, für »Richter Hackebeil« untypisch menschliche Geste und entschuldigt sich bei Willie für seine jahrelange Einkerkerung, mit der Hoffnung, dass er sich trotz alledem ein neues Leben aufbauen kann. Dieser Fall weise, so Henderson, auf die Mängel unseres unvollkommenen Rechtssystems hin, während er jedoch gleichzeitig auch dessen unglaubliche Fähigkeit, letzten Endes doch alles wieder ins rechte Lot zu rücken, deutlich mache.

Wallace kommt zu mir herüber, um mir zu gratulieren, und schüttelt dann Kevin, Laurie und Willie die Hand. Der Gerichtsdiener will Willie wegführen, woraufhin Willie mich besorgt und verwirrt anschaut. Ich versichere ihm, dass er nur noch einigen Papierkram hinter sich bringen muss, bevor er hinaus in die Freiheit entlassen wird.

Das Verteidigungsteam verabredet sich zu einer Siegesparty mit Willie in Charlie's Bar und ich gehe zu einer ruhigen Feier nach Hause zu Tara. Zusammen verbringen wir einige Stunden vor dem Fernseher und lauschen den versammelten Experten, die mich zum juristischen Genie salben. Wie es scheint, sind sie doch nicht so dumm.

Tara wirkt ziemlich unbeeindruckt, also gehen wir lieber in den Park. Ich nutze meine fünfzehn Minuten Weltruhm dazu, für Tara ein paar Bälle zu werfen, und werde dabei tatsächlich dreimal von anderen Hundebesitzern unterbrochen, die mich um ein Autogramm bitten, das ich ihnen mit einer schwungvollen Geste gewähre.

Als ich nach Hause komme, um mich für die Feier umzuziehen, ist eine Nachricht von Nicole auf dem Anrufbeantworter, die mir zu dem Urteil gratuliert.

Auf dem Weg zu Charlie's Bar halte ich noch am Polizeirevier, um mit Pete über seine Ermittlungen in Sachen Victor Markham zu sprechen. Er ist Feuer und Flamme und will ihn unbedingt auf den Mord an Denise festnageln. Die Aussage von Betty liefert das Motiv, und die Schwachpunkte in Victors Geschichte, wie zum Beispiel die Dauer seiner Fahrt zu der Bar, sind überaus belastend.

Die Polizei hatte nie eine Veranlassung, gegen Victor zu ermitteln, daher hat sie erst jetzt Dinge in Erfahrung gebracht wie zum Beispiel die Tatsache, dass es überhaupt kein Telefonat von Edward mit dem Club in jener Nacht gegeben hat. Außerdem führen die Bediensteten des Parkservice im Club erstaunlicherweise detailliert Buch über die Zeiten, in denen die Autos der Mitglieder geholt und gebracht werden, und diese Bücher werden nicht etwa weggeworfen, sondern sind zu einer lebenslangen Lagerung verdammt. Sie wurden ausgegraben und stehen in völligem Widerspruch zu Victors Geschichte.

Beunruhigt ist Pete nur, weil Victor die Tat unmöglich allein durchgeführt haben kann und er auch gar nicht der Typ ist, der sich die Finger schmutzig macht. Edward, der ebenfalls gerichtlich verfolgt werden wird, kann am eigentlichen Mord nicht beteiligt gewesen sein, weil er die ganze Zeit über in der Bar war und kein Blut an sich hatte. Pete glaubt, dass Victor Hilfe hatte, aber er hat keinerlei Anhaltspunkte dafür, wer ihm geholfen haben könnte.

Bei Charlie's ist es gerammelt voll; anscheinend hat es sich herumgesprochen, dass wir kommen würden. Willie feiert seinen Triumph und genießt diesen ersten Hauch von Freiheit. Er hat Lou Campanelli eingeladen, und als Laurie und Kevin eintreffen, führt uns der Eigentümer der Bar in ein Nebenzimmer, in dem wir unter uns feiern können.

Willie kippt – zu seiner Ehre und zu Lous offenkundiger Erleichterung – eine Virgin Mary nach der anderen. Gleichzeitig winkt und schielt er jeder Frau in der Bar anzüglich hinterher; er genießt seine Berühmtheit und hofft offensichtlich, Kapital daraus zu schlagen. Virgin Marys sind keineswegs die einzigen Jungfrauen, an denen Willie im Moment interessiert ist.

Er erhebt sein Glas auf mich und spricht einen Toast aus.

»Ey«, sagt Willie, »du bist das erstaunlichste Genie aller Zeiten.«

Bescheiden wehre ich das Kompliment ab, obwohl dessen Richtigkeit auch dem flüchtigen Betrachter nicht entgehen kann. Ich erkläre Willie, dass das noch lange nicht alles gewesen sei und dass er mit seinem Lob lieber noch warten solle, bis ich mich für ihn, in einem Zivilprozess, auf Victor Markham stürze.

Nach etwa einer Stunde auf der Party werde ich allmählich unwahrscheinlich müde. Der starke Druck und die Emotionen haben ihren Tribut gefordert, daher verabschiede ich mich. Ich vereinbare ein Treffen mit Willie, damit wir uns wegen des Zivilprozesses und überhaupt wegen seines zukünftigen Lebens unterhalten können, mit Kevin, damit wir die Möglichkeit besprechen können, ihn aus seinem Waschsalon heraus- und in eine Art der Partnerschaft mit mir hineinzulotsen, und mit Laurie … tja, wer weiß?

Doch all diese Treffen werden zwei Wochen warten müssen, denn – wie sagt man doch so schön – ich bin weg.

Loveladies heißt eine kleine Stadt auf Long Beach Island. Der interessante Name hat jedoch überhaupt nichts mit der Stadt zu tun, wie sie heute existiert; es ist ein angenehmer Ort, gelegen am herrlichsten, weißesten Strand von New Jersey.

In den letzten Jahren habe ich eine Menge Zeit hier verbracht; es ist ein Ort, an dem ich mich nach den Strapazen eines Prozesses entspannen und wieder neue Kräfte tanken kann. Die nächsten zwei Wochen wird mein Leben darin bestehen, dass ich mit Tara am Strand liege, am Strand mit Tara spazieren gehe und am Strand mit Tara lese. Es gibt dort auch ein Fischrestaurant namens The Shack, in dem Tara und ich draußen sitzen und köstliche Shrimps und Hummer essen können. Wenn ich sage, dass ich mich auf diese Zeit freue, dann wird die Unzulänglichkeit der Sprache deutlich.

Doch bevor es so weit ist, muss ich noch ein Versprechen einhalten, daher mache ich einen Umweg hinaus zum Wohnwagen von Wally McGregor. Er sitzt in seinem Schaukelstuhl, so als warte er in aller Ruhe auf meinen Besuch, obwohl ich vorher nicht angerufen hatte. Sein Kamerad, der Schäferhund, sieht so gefährlich aus wie eh und je, doch Tara scheint in ihm etwas zu erkennen, was ich nicht sehe, denn sie springt sofort aus dem Auto und geht gemächlich zu ihm hinüber. Sie beschnüffeln sich, was zu ihrer gegenseitigen Zufriedenheit zu führen scheint, denn schon nach wenigen Sekunden legen sie sich nebeneinander in die Sonne.

»Hallo, Wally«, begrüße ich ihn. »Ich habe Sie am Tag der Schlussplädoyers im Gerichtssaal gesehen, aber danach habe ich Sie gesucht und Sie waren schon weg.«

»Sie schienen ziemlich viel um die Ohren zu haben«, sagt er.

»Haben Sie gehört, was passiert ist?«

Er nickt. »Lieutenant Stanton hat mich angerufen und es mir erzählt. Er meinte, Markham war der eigentliche Mörder.«

»Ja.«

»Er hat mir meine ganze Familie genommen. Es scheint mir nicht richtig, dass er all die Jahre in Freiheit gelebt hat und Willie Miller nicht.«

»Nein«, sage ich, »das ist sicher nicht richtig.«

»Aber besser spät als nie.«

»Viel besser«, stimme ich zu.

»Sie haben etwas Gutes getan und dafür möchte ich Ihnen danken«, sagt er.

»Glauben Sie mir, ich hab's gern getan.«

Ich bleibe noch zwei Stunden, in denen kein weiteres Wort über die Morde oder den Prozess fällt. Wir reden hauptsächlich über Baseball, ein Thema, bei dem sein Wissen im wahrsten Sinne des Wortes enzyklopädisch ist. Als ich gehe, ist Wally McGregor nicht mehr der Mann, dem ich geholfen habe, und auch keiner, der mir Leid tut. Er ist schlicht und einfach ein guter Freund.

Tara und ich kommen am frühen Abend auf Long Beach Island an und ich sehne mich nach einer friedvollen, ruhigen Zeit wie noch nie in meinem Leben. Da ich weiß, dass es sonst wie ein Damoklesschwert über mir schweben wird, versuche ich als Erstes, zu verstehen, welche Rolle mein Vater bei den vergangenen Ereignissen gespielt hat, die so viele Leben bestimmt und zerstört haben. Leider führen meine Überlegungen nur begrenzt zum Erfolg. Niemand kann mir sagen, ob er direkt am Mord von Julie McGregor beteiligt war oder warum er die zwei Millionen Dollar genommen und dann nie angerührt hat. Ich kann nur Vermutungen anstellen, einige davon rechtfertigend, andere peinigend, doch sie alle müssen wohl reine Vermutungen bleiben.

Über seine Rolle im Prozess gegen Willie Miller kann ich mir ein fundierteres Urteil erlauben. Ich glaube, dass er Willie für schuldig hielt. Wahrscheinlich hat er den Namen von Julie McGregor nie erfahren und hatte daher keinerlei Grund, den Mord an Denise mit jener schrecklichen Nacht vor all diesen Jahren in Verbindung zu bringen. Vielleicht hat er als Staatsanwalt aufgrund seiner früheren Freundschaft mit Victor seinen Einfluss geltend gemacht, doch er muss geglaubt haben, dass Willie schuldig war. Ich vermute, dass er Jahre später vielleicht diese Überzeugung in Frage gestellt und mich deshalb gebeten hat, den Fall zu übernehmen.

Ich habe einigen Leuten die Erlaubnis gegeben, mich auf dem Handy anzurufen, sie aber gleichzeitig ermahnt, dies nur in einem Notfall zu tun. Ich liege am zehnten Tag gegen neun Uhr morgens im Bett, als das Telefon klingelt. Pete Stanton ist am anderen Ende der Leitung und hat nur wenig zu sagen: »Schalt CNN an.«

Er legt auf, ohne auf eine Antwort von mir zu warten, daher eile ich zum Fernseher und tue, was von mir verlangt wurde. Eine Pressekonferenz wird abgehalten, in der Hauptrolle unser derzeitiger Bezirksstaatsanwalt, der Chef von Richard Wallace. Wallace selbst steht neben seinem Vorgesetzten, als dieser die Verhaftung von Victor und Edward

Markham bekannt gibt. Sie haben sich selbst gestellt, anstatt sich der Schmach auszusetzen, in Handschellen abgeführt und ins Gefängnis gesteckt zu werden. Die Verlesung der Anklageschrift soll am nächsten Morgen stattfinden.

Ich bin zufrieden und voller Genugtuung, und ich nehme an, dass mein Rachedurst zumindest teilweise gelöscht ist, aber diese Nachrichten lassen mich auch auf merkwürdige Weise unberührt. Meine Rolle in diesem Fall ist beendet, und ich habe nicht das Verlangen, sie wieder aufleben zu lassen. Der Fall liegt in kompetenten Händen, wie die Schnelligkeit der durchgeführten Ermittlungen beweist, und so kann ich ohne weiteres die Finger davonlassen.

Was also die letzten vier Tage meines Aufenthaltes hier am Strand angeht, würde ich die Auswirkungen dieser Neuigkeiten nicht als durchschlagend bezeichnen. Anstatt wie bisher meine Zeit nur mit Spaziergängen, Sonnenbädern und Büchern zu verbringen, füge ich dieser Mischung noch einen Walkman hinzu und höre gelegentlich Radioberichte über die Entwicklungen im Fall Markham.

Ich erfahre, dass eine bedingte Kaution auf zwei Millionen Dollar sowohl für Victor als auch für Edward festgesetzt wurde – ein Betrag, den Victor natürlich mit Leichtigkeit aufbringen kann. Er und Edward stehen unter elektronisch überwachtem Hausarrest, und das bedeutet, dass sie auf Victors Anwesen bleiben müssen, beaufsichtigt durch modernste Fußfesseln, die ihre Bewegungen aufzeichnen und sicherstellen, dass sie nicht fliehen können. Victor mit elektronischen Fußfesseln – um das zu sehen, würde ich mir glatt Eintrittskarten kaufen.

Tara und ich packen zögerlich das Auto voll und fahren nach Hause. Auf der zweistündigen Fahrt hören wir Songs der Eagles, *Ragtime* und *Greatest Hits.* Es soll uns nur niemand eines allzu modernen Musikgeschmacks beschuldigen.

Ich spüre, dass mir die Auszeit gut getan hat, und in meinem tiefsten Inneren spüre ich sogar ein gewisses Bedürfnis, mich wieder in die Arena zu begeben. Schwer zu sagen, was als Nächstes kommen wird, aber der Rummel um den Fall Miller wird sicher für ein großes Aufgebot an Mandanten sorgen, die meine Dienste in Anspruch nehmen wollen.

Etwa fünf Minuten von meinem Haus entfernt stelle ich fest, dass ich gar nicht zu meinem Haus fahre. Unbewusst scheine ich zu Laurie fahren zu wollen, obwohl ich sie natürlich nicht angerufen und ihr gesagt habe, dass ich komme. Um genau zu sein, seit ich weggefahren bin, habe ich nicht mit ihr gesprochen.

Ich bin etwa drei Straßen von ihrem Haus entfernt, als ich sie in gleicher Richtung vor mir am Straßenrand joggen sehe. Sie sieht in ihren Shorts und dem T-Shirt phänomenal aus, und da ich nicht auf den Anblick verzichten will, fahre ich den ganzen Weg bis zu ihrem Haus langsam hinter ihr her.

Als sie das Haus erreicht, beschleunige ich, halte vor ihr an und tue so, als sehe ich sie gerade zum ersten Mal.

Sie kommt etwas außer Atem zum Auto herüber. »Bist du unter die Spanner gegangen?«

»Du wusstest, dass ich dich beobachtet habe?«, frage ich.

Sie nickt. »Ich bin eine geschulte Detektivin. Und ich verfüge über einen inneren Detektor, der über Kilometer hinweg lüsterne, sabbernde Männer ausfindig macht.«

Laurie zu sehen ist erschütternd, auf aber positive Weise. Zwei Wochen lang habe ich mich unter eine Käseglocke zurückgezogen und das wahre Leben nicht an mich herangelassen. Jetzt sehe ich Laurie und bin unglaublich froh, dass sie Teil dieses wahren Lebens ist. Die Erkenntnis, wie sehr sie mir gefehlt hat, haut mich um.

Laurie beugt sich ins Auto, gibt mir einen Kuss auf die Wange und tätschelt Tara den Kopf. »Kommt rein«, sagt sie, und genau das machen Tara und ich dann auch.

Laurie gibt Tara ein paar Hundekekse, die sie für die Hunde ihres Nachbarn im Haus hat, geht dann unter die Dusche und zieht sich etwas Frisches an. Tara springt auf das Sofa, um ein Nickerchen zu machen, und Laurie und ich gehen ins Charlie's zum Essen.

Wir bestellen uns Burger mit Pommes frites, wobei ich mir Letztere getrennt servieren lasse. Ich mag meine Pommes sehr, sehr knusprig, aber in der Küche scheint man sich stets zu weigern, sie so zuzubereiten. Mittlerweile bestelle ich sie »bis zur Unkenntlichkeit verbrannt, sodass nicht einmal mehr ihre eigenen Kartoffelmütter sie wiedererkennen würden«, aber auch das scheint nicht zu helfen.

Wir trinken beide eine Flasche Amstel light und stoßen auf Willies Freiheit an. Das Gespräch wendet sich dann anderen Fällen, zukünftigen Mandanten und sonstigen beruflichen Themen zu. Laurie übernimmt den Großteil des Redens, während ich für das Anstarren verantwortlich bin.

Schließlich merkt sie es und fragt, warum ich sie so anstarre, und als ich nicht gleich antworte, kommt sie von alleine darauf.

»Ach komm, Andy.«

»Was?«, frage ich unschuldig.

»Du kannst doch nicht erwarten, dass wir einfach so wieder zusammenkommen, als wäre nichts gewesen.«

»Kann ich nicht? Nein, natürlich, das kann ich nicht. Oder doch?«

»Nein, kannst du nicht. Ich weiß, dass du studiert hast,

Andy, aber warst du je auf der Grundschule? Denn du führst dich gerade so auf, als kämst du direkt von dort.«

»Ich schlage doch nur vor, dass wir langsam, ganz langsam prüfen, ob wir die nichtberufliche Seite unserer Beziehung wieder aufbauen können.« Ich krieche jetzt. »Die ich versaut habe, weil ich mich wie ein Idiot benommen habe.«

»Das hört sich schon besser an«, sagt sie etwas schwach werdend.

»Außerdem weiß ich nicht mehr, ob ich es schon mal erwähnt habe, aber ich bin wirklich reich.«

»Das hört sich noch viel besser an«, meint sie sehr schwach werdend.

»Ich bin Multimillionär und brauche verzweifelt eine Frau, die ich mit Geschenken überhäufen kann.«

Sie nickt mitfühlend. »Und ich bin eine Frau, die an zweite Chancen glaubt«, sagt sie.

Ich lehne mich über den Tisch und küsse sie; sie erwidert den Kuss. Wie Jackie Gleason sagen würde: »How sweet it is.« Leider wird der Augenblick von einem Typen zerstört, der mit einem Fotoapparat zu uns kommt – ungewöhnlich, denn das Charlie's ist nicht gerade eine Touristenbar. Der Mann hat mich im Zusammenhang mit dem Fall Miller im Fernsehen gesehen und bittet mich, sich mit mir zusammen fotografieren zu lassen. Laurie erklärt sich bereit, das Foto zu schießen, und der Kerl zieht anschließend glücklich von dannen. Ach, das Leben eines Stars!

Wir gehen zurück zu Laurie, doch ich glaube nicht, dass ich eine sexuelle Annäherung versuchen werde; es wäre wahrscheinlich etwas übereilt. Zum Glück ist Laurie anderer Meinung und versucht eine sehr deutliche sexuelle Annäherung. Sie versucht es nicht nur, es funktioniert auch. Und wie!

Es funktioniert so gut, dass ich mich erschöpft hinlege; doch obwohl wir vereinbart haben, dass ich über Nacht bleibe, kann ich nicht gleich schlafen, weil Tara noch einmal an die Luft muss. Wir gehen nach draußen auf einen, wie ich hoffe, kurzen Spaziergang, doch dann dehne ich ihn aus, weil sie den Duft dieser neuen Gegend so sehr genießt.

Ich fühle mich gut, nein großartig angesichts der neuen alten Situation mit Laurie, und ich durchlebe den Tag noch einmal in Gedanken. Als ich an unseren Abend im Charlie's denke, an diesen Kerl, der das Foto haben wollte, trifft es mich wie ein Schlag und ich zerre Tara im Spurt zurück zu Lauries Haus.

Wir stürmen hinein und ich laufe direkt ins Schlafzimmer, obwohl sich Laurie noch im Tiefschlaf befindet. Ich versuche, sie aufzuwecken, doch das ist nicht einfach. Wenn eine Frau durch mein Wirken erschöpft ist, dann ist sie richtig erschöpft.

Endlich habe ich sie so wach, dass sie antworten kann. »Was zum Teufel willst du?«

»Laurie, es geht um das Foto.«

Ich glaube, mein aufgeregter Tonfall rüttelt sie nun vollends wach. »Welches Foto?«

»Das Foto von meinem Vater, das mit den vier Männern.«

»Was ist damit?«, will sie wissen.

»Einer ist nicht darauf.«

»Wer?«

»Der, der es gemacht hat«, antworte ich.

Ich warte mit einer Papiertüte vor dem Büro von Vince Sanders, als dieser um halb zehn Uhr morgens eintrifft. Er hat während meiner Abwesenheit eine überraschend herzliche Nachricht auf meinem Anrufbeantworter hinterlassen, in der er mir gratuliert und für meine Arbeit bei der Suche nach dem wahren Mörder von Denise dankt.

»Oh, Scheiße!«, sagt er, als er mich erblickt. »Was zum Teufel machen Sie denn hier?« Offensichtlich hält seine Herzlichkeit nie lange vor.

»Ich brauche Ihre Hilfe«, sage ich.

»Vergessen Sie's. Ich hab zu viel zu tun.«

Ich halte die Tüte hoch. »Ich hab Ihnen ein Dutzend fischlose gefüllte Donuts mitgebracht.«

Er schaut auf die Tüte, öffnet dann die Tür und winkt mich herein. »Fühlen Sie sich ganz wie zu Hause.«

Wir gehen ins Büro, wo er in anderthalb Minuten drei Donuts und zwei Tassen Kaffee vertilgt. Die Zeit ist jedoch nicht ohne Informationswert. Er erklärt mir, dass man die Marmelade daran hindern kann, aus dem Donut zu kleckern, indem man in das Loch an der Seite beißt, durch das die Marmelade hineingespritzt wurde. Genial, aber um das zu lernen, bin ich nicht hier. Vince sieht mir an, dass ich unbedingt zur Sache kommen will, daher hält er mitten im vierten Donut inne, um mich zu fragen, was ich von ihm will.

»Ich möchte die Ausgaben Ihrer Zeitung aus der Woche des 14. Juli 1965 durchgehen. Sie haben das sicher auf Mikrofilm.«

»Mikrofilm?« Er lacht. »Das wäre heutzutage so, als hätte man das auf Pergament. Das wurde alles auf Computer umgestellt.«

Ich nicke. »Umso besser.«

»Wonach suchen Sie?«

»In der Nacht, in der Julie McGregor umgebracht wurde, waren mein Vater, Markham, Brownfield und Mike Anthony auf einer Art Konferenz für zukünftige Führungspersonen in Manhattan. Ich will wissen, wer sonst noch dabei war.«

Er sieht mich zweifelnd an. »Was machen Sie dann hier? Falls Sie es vergessen haben sollten, dies ist eine Zeitung für New Jersey. Darüber haben wir sicher nicht berichtet.«

»Ich wette, doch.«

Fünf Minuten später gehen Vince und ich die alten Zeitungen durch. Er findet den Artikel fast auf Anhieb und versteht augenblicklich, warum ich in seinem Büro sitze.

»Herr im Himmel!«, sagt er.

Ich springe auf und gehe hinüber zu seinem Computerbildschirm. Da ist der Artikel, und die Überschrift springt mir ins Auge:

PHILIP GANT ZUM ZUKÜNFTIGEN LEADER VON AMERIKA ERNANNT

Ich kann nicht sagen, dass ich genau das erwartet habe, aber meiner eigenen Intuition bringe ich jetzt nur noch mehr Respekt entgegen. Die potenzielle Beweiskraft dieser Schlagzeile ist überwältigend und mein Mund steht vor Staunen offen. Es ist der einzige Mund im Raum, der nicht voller Donut ist.

Vince schaut mich an und sucht nach einer Bestätigung. »Gant war dabei?«

Ich zucke mit den Schultern. »Kann ich nicht mit Sicherheit sagen.«

»Aber Sie glauben, er könnte dabei gewesen sein?« Vince ist Reporter und er riecht eine wunderschöne Story.

Ich nicke. »Ja, das glaube ich.«

Vince schluckt ein letztes Mal; er möchte diesen Punkt deutlich aussprechen können. »Wenn er dabei war, dann bekomme ich die Story zuerst. Ist das klar?«

»Glasklar«, antworte ich.

Ich treffe mich mit Laurie im Büro. Sie hat dasselbe allein herausgefunden, und es überrascht mich nicht, dass sie sogar noch weiter gekommen ist als ich. Sie hat nicht nur die Bestätigung dafür bekommen, dass Philip in jener Nacht dort war, sie hat auch die vollständige Liste aller zukünftigen Leader aus jenem Jahr.

Ein kurzer Blick darauf zeigt, dass junge Männer und Frauen aus dem ganzen Land zu dieser Veranstaltung eingeladen waren und dass Philip abgesehen von meinem Vater der Einzige aus New Jersey war. Ich weiß mit Sicherheit, dass mein Vater an seinem Haus keinen Swimmingpool hatte, also kann es sehr wohl sein, dass Julie McGregor bei Philip getötet wurde. Die Frage ist nur, wie man das beweisen soll.

Laurie weist zu Recht darauf hin, dass ein so lang zurückliegendes Verbrechen nicht durch Beweismaterial gelöst werden kann, sondern dass ein Zeuge notwendig ist. Victor hat sich eisern dagegen gewehrt, irgendjemand anders mit hineinzuziehen, und daher befindet sich auch Brownfield nicht in Haft. Mit einer Anklage wegen Mordes an Denise McGregor im Nacken ist Victor jedoch derjenige, der noch am ehesten auspacken könnte.

Wir fällen zwei Entscheidungen, nicht unbedingt nach Priorität. Erstens: Wir werden Pete Stanton zu unseren Beratungen hinzuziehen. Und zweitens: Ich werde die Nacht bei Laurie verbringen. Daher holen wir Tara ab, machen einen kleinen Spaziergang mit ihr und nehmen sie dann mit aufs Revier. Vielleicht kann ich sie einem Rüden von der Hundestaffel des Drogendezernats vorstellen.

Pete ist nicht da, als wir eintreffen, aber wenige Minuten später taucht er auf. Natürlich ist er überrascht, als er Laurie, mich und besonders Tara dort sitzen sieht.

»Was zum Teufel ist das hier? Ein Familienausflug?« Er zeigt auf Tara. »Ist der stubenrein?«

»Sie«, entgegne ich. »Sie heißt Tara und eher würdest du auf den Boden scheißen als sie.«

»Okay«, meint er schulterzuckend, »was wollt ihr?«

Ich fange an, ihm die Geschichte zu erzählen, und er hört zu, ohne mich ein einziges Mal zu unterbrechen. Als ich fertig bin, denkt er einige Augenblicke nach, bevor er etwas sagt. »Du kennst Gant gut. Glaubst du, er könnte etwas damit zu tun haben?«

»Ich denke, er ist ein anmaßendes, machtbesessenes Arschloch, aber ich habe ihn nie für einen Mörder gehalten.«

»Das habe ich nicht gefragt.«

Ich nicke. »Ich glaube, er war in jener Nacht dabei. Ich glaube, er würde alles tun, um seine Stellung zu schützen. Ja, ich glaube, er hatte damit zu tun.«

Pete trifft den Nagel auf den Kopf. »Ihr braucht Markham, um ihn zu belasten.«

»Würde er das tun?«, fragt Laurie.

Pete zuckt mit den Schultern. »Bisher hat er es jedenfalls nicht getan.«

»Kannst du mich zu ihm bringen?«, frage ich.

Pete lacht. »Er würde sich wirklich sehr über deinen Besuch freuen. Ihr seid ja beste Kumpel.«

»Bring mich einfach nur zu ihm.«

Pete nickt. »Okay. Aber nur mit Wallace an Bord. Soll ich mit ihm reden?«

Ich sage Pete, dass ich selbst mit Wallace reden werde. Als ich ihn anrufe, ist er skeptischer als Pete, vielleicht weil er die Macht meines Charmes in einem persönlichen Gespräch nicht so klar erkennt. Der Chef von Wallace muss alle zwei Jahre neu gewählt werden, wodurch er von den politischen Realitäten stark abhängig ist. Wallace klingt, als täte es ihm Leid, dass er ans Telefon gegangen ist.

»Andy, ich rede noch nicht einmal davon, ob Gant schuldig ist oder nicht oder ob wir ihn festnageln können, selbst wenn Markham ihn belastet. Allein die Entscheidung, gegen Gant zu ermitteln, ist von ungeheurer Tragweite. Eine Entscheidung, bei der wir beide uns verdammt sicher sein müssen.«

»Das sehe ich genauso, aber die Entscheidung müssen wir jetzt noch nicht fällen. Im Moment wollen wir nur mit Markham reden.«

Schließlich stimmt er zu, wie ich es von ihm erwartet hatte. Wallace ist nicht der Typ Mensch, der Dinge unter den Teppich kehrt, egal wie politisch brisant diese Dinge sein mögen.

Pete führt ein Telefonat, damit wir Markham in seinem Haus aufsuchen können. Ich fahre Laurie und Tara nach Hause und hole anschließend Wallace ab, um dann mit meinem Auto hinaus zu Markham zu fahren.

Als wir dort ankommen, lässt uns ein Polizeibeamter am Tor durch. Das Rechtssystem hat entschieden, dass elektronische Fußfesseln nicht ausreichen, um Victor und Sohn einzusperren, und dass bewaffnete Wärter notwendig sind, um ihre mögliche Flucht zu verhindern. Ich pflichte dem bei.

Das Haus steht dem von Philip in nichts nach, anders ausgedrückt, es ist ein prachtvolles Gebäude. Mir kommt der Gedanke, dass dieser Ort sich gehörig von Willies Aufenthaltsort der letzten sieben Jahre unterscheidet, auch wenn er – zeitlich begrenzt – Victors Gefängnis darstellt.

Ein anderer Polizeibeamter begleitet uns ins Haus, und wir werden ins Wohnzimmer geführt, in dem uns Victor mit seinem Anwalt Sandy Michelson erwartet. Victor hat seit der eidesstattlichen Aussage seinen Rechtsbeistand gewechselt – eine kluge Entscheidung, denn Sandy ist ein erstklassiger Anwalt in Strafsachen. Ich hatte darum gebeten, dass Edward dem Treffen nicht beiwohnt, und anscheinend war Victor einverstanden, denn Edward ist nirgends zu sehen.

Der Anblick von Victor Markham verblüfft mich. Er ist etwas blass, hat sich sonst körperlich aber kaum verändert. Doch sein Benehmen hat sich so drastisch gewandelt, dass er wie ein vollkommen anderer Mensch wirkt. Er ist besiegt und erniedrigt worden und jede einzelne seiner Bewegungen scheint dies in die Welt hinauszuschreien. Zumindest würden sie das, wenn er die Erlaubnis hätte, sein Haus zu verlassen.

Victor ist sogar freundlich, bietet uns etwas zu trinken und einen Platz an, doch er wirkt vollkommen kraftlos. Wallace teilt ihm mit, dass es in dem Fall eine neue Entwicklung gegeben hat, und dann überlässt er mir die Bühne, um die Situation zu schildern.

»Victor, ich bin nicht hier, um Ihnen zu sagen, dass Ihre rechtliche Situation ziemlich prekär ist. Das kann Sandy tun, aber ich nehme an, Sie wissen, dass es kein gutes Zeichen ist, wenn man elektronische Fesseln trägt. Und ich bin auch nicht hier, um Absprachen über Schuldigerklärungen zu treffen; das ist die Aufgabe von Mr Wallace, falls er dies beabsichtigen sollte. Ich bin hier, um Ihnen zu berichten, was ich weiß.«

Victor sitzt nur da und hört ohne merkliche Regungen zu; ich bin mir nicht einmal sicher, ob er versteht, was ich sage. Aber ich fahre fort: »Ich weiß, dass Sie, Frank Brownfield, Mike Anthony und mein Vater in der Nacht, in der Julie McGregor starb, bei diesem Haus waren. Und ich weiß, dass Philip Gant ebenfalls dort mit Ihnen war.«

Ich beobachte Victors Augen, als ich Philips Namen erwähne, und die Reaktion ist unmissverständlich. Sie spiegeln Überraschung, dann einen Anflug von Angst und dann deutliche Resignation wider. In dem Moment wird mir klar, dass Victor davon ausgegangen war, Philip könne ihm in irgendeiner Weise helfen, anstatt ihm in der Haft Gesellschaft zu leisten.

»Ich glaube, dass das Ganze bei Philip zu Hause geschah. Das kann ich noch nicht beweisen, aber glauben Sie mir, das werde ich. Es wäre in Ihrem Interesse, wenn Sie mir helfen würden.«

Ich erwarte, dass Victor das Angebot, zumindest zunächst, ablehnt, doch er überrascht mich. »Inwiefern wäre es in meinem Interesse?«

Wallace antwortet: »Ich bin bereit, über die Möglichkeit einer Strafminderung zu sprechen, wenn Sie eine wahrheitsgemäße und vollständige Aussage machen.«

Victor lacht, doch es ist nicht gerade ein freudiges Lachen. »Ich bin vierundsechzig Jahre alt. Mein Leben ist zu Ende, egal welche Vereinbarung wir vielleicht treffen. Was wollen Sie mir anbieten? Ein Fenster in meiner Zelle? Zusätzliche Zigaretten?«

Sandy lehnt sich hinüber und flüstert seinem Mandanten etwas zu, woraufhin Victor leicht nickt.

»Ich habe nicht von einem Deal zu Ihren Gunsten geredet«, sagt Wallace. »Ich habe von Ihrem Sohn gesprochen. Sie haben nicht nur Ihr eigenes Leben zerstört.«

Das Gespräch dauert noch etwa eine Stunde, doch Wallace regelt das meiste auf unserer Seite. Ich bin den Großteil der Zeit über mit meinen Gedanken bei Nicole, für die es verheerend sein wird, wenn wir mit diesem Treffen unser Ziel erreichen. Ich kann Nicole auf keinen Fall darüber unterrichten, was auf sie zukommen wird, und doch habe ich das Gefühl, sie zu hintergehen, wenn ich es verschweige.

Beide Seiten kommen überein, ihre jeweiligen Positionen zu überdenken. Wallace wird mit dem Bezirksstaatsanwalt darüber sprechen, was sie für Edward tun könnten, und Victor wird mit Sandy besprechen, was er aussagen würde. Sowohl Wallace als auch ich sind überrascht, dass das Gespräch so gut verlaufen ist.

Noch überraschter sind wir zwei Tage später, als Sandy Michelson Wallace einen Vorschlag und ein Angebot hinsichtlich Victors möglicher Aussage unterbreitet. Der Vorschlag lautet, dass sich Edward bei einer Anklage wegen eines Mordkomplotts schuldig bekennt, wobei er vermutlich mit zehn Jahren Gefängnis rechnen muss. Weiterhin legt Victor ein Geständnis bezüglich des Mordes an Julie McGregor ab, in dem er sowohl Philip Gant als auch Brownfield belastet und Philips Haus als den Tatort identifiziert. Victor zufolge ist Philip derjenige gewesen, der sie mit dem Fuß in den Pool gestoßen hat, und Victor glaubt, dass sie zu dem Zeitpunkt bewusstlos, aber noch am Leben gewesen sei.

In dem Geständnis werden darüber hinaus die Einzelheiten um den Mord an Denise geschildert, der – wie Victor behauptet – von einem unbekannten Killer erledigt wurde, den Philip angeheuert hatte. Anscheinend hatte Philip einige Beziehungen aus seiner Zeit als Staatsanwalt, in der er mit entsprechenden Verbrechern zu tun hatte, spielen lassen und sie mit Hilfe seines beträchtlichen Reichtums bezahlt. Wenn das der Wahrheit entspricht, würde es auch erklären, wer für die verschiedenen Attentate und Drohungen der letzten Wochen verantwortlich ist.

Ein Geständnis dieser Art ist ein von dem sich schuldig Bekennenden geschriebenes Dokument, in dem der Betreffende festhält, worin seine Aussage bestehen wird, falls eine Vereinbarung getroffen werden kann. Sollten sich die Parteien nicht einigen, so steht es im Gesetz, darf die Staatsanwaltschaft in keinerlei Hinsicht von diesem Dokument profitieren. Es wird in dem Fall zu einem Geständnis und einer Aussage, die rechtlich gesehen nie existiert haben. Der Sinn liegt darin, dass die Staatsanwaltschaft genau weiß, für welche Aussage sie Zugeständnisse macht. Für den Fall, dass der Angeklagte anschließend sein Wort bricht und anders aussagt, wird die Reduzierung seiner Strafe wieder rückgängig gemacht.

Wallace weiß bereits, was sein Chef hinsichtlich der Strafe von Edward anstrebt, und dieser von Victor und seinem Anwalt unterbreitete Vorschlag entspricht dessen Vorgaben. Wallace teilt Sandy mit, dass die Staatsanwaltschaft einverstanden ist; jetzt muss nur noch Henderson seine Unterschrift darunter setzen. Wallace bietet mir an, dieser Besprechung im Büro von Henderson beizuwohnen, und dafür bin ich ihm sehr dankbar.

Auch wenn ich in der Besprechung keine bedeutende Rolle spielen werde, möchte ich doch vorbereitet sein, daher nehme ich mir ein paar Bücher mit nach Hause, um mich über die entsprechenden rechtlichen Grundlagen zu informieren. Auf dem Anrufbeantworter befindet sich eine Nachricht von Nicole. Sie klingt zögerlich, etwas nervös, und will im Grunde einfach wissen, wie es mir geht. Ich rufe sie nicht zurück; ich kann ihr nicht erzählen, was mit ihrem Vater passieren wird, und es kommt mir unehrlich vor, mit ihr zu reden, ohne das ansprechen zu können.

Am nächsten Morgen um neun Uhr werden Wallace, Sandy und ich in Hendersons Büro geführt. Sein Blick ruht auf mir. »Was machen Sie hier?«

»Ich bin ein Freund des Gerichts«, antworte ich gut gelaunt.

»Seit wann?«

Die Besprechung verläuft reibungslos. Henderson ist sicher überrascht, als er Philips Namen hört, doch er lässt es sich nicht anmerken. Er stellt Wallace und Sandy die erforderlichen richtigen Fragen und sie geben die angemessenen Antworten. Am Ende unterschreibt er die Vereinbarung. Nichts Besonderes, aber wenn die Ergebnisse dieser Besprechung an die Öffentlichkeit dringen, wird es einen politischen Aufruhr geben, den es in dieser Form seit der öffentlichen Anklage gegen Clinton nicht gegeben hat.

Als wir das Büro des Richters verlassen, wechseln wir drei nur wenige Worte. Wir alle kennen die Bedeutung dessen, was wir tun, und wir werden unsere jeweiligen Aufgaben professionell erledigen. Sandy geht zu Victor, damit dieser und Edward die endgültige Vereinbarung unterschreiben, Wallace geht zu seinem Chef, um diesen auf die am Nachmittag stattfindende Pressekonferenz vorzubereiten, in der die Nachricht verkündet wird, und ich gehe nach Hause zu einem vielversprechenden und aufregenden Abend vor dem Fernseher.

Der Anruf von Sandy Michelson kommt um drei Uhr. Mit relativ fester Stimme informiert er mich darüber, dass sein Mandant Victor Markham tot ist. Nachdem er Sandy mit dem Dokument und seinem Geständnis das Haus verlassen sah, ist er in sein Badezimmer gegangen und hat so viel starke Schmerzmittel genommen, dass es ausgereicht hätte, um sich gleich dreimal das Leben zu nehmen.

Sandy denkt, dass Victor vielleicht trotz der ausführlichen Erläuterungen seines Anwalts sehr wohl geglaubt haben könnte, dass die bloße Unterschrift unter der Aussage genüge, um den Deal für Edward zu sichern. Er glaubt auch, dass Victors Ego der öffentlichen Erniedrigung, die auf sein Geständnis gefolgt wäre, nicht hätte standhalten können.

Mir ist nicht so richtig danach, über die Tragödie des Victor Markham nachzusinnen. Tatsache ist, dass die Aussage als Beweismittel nutzlos ist; sie wird im Gerichtssaal zu unzulässigem Hörensagen.

Ohne andere Beweise hat Philip den Kopf aus der Schlinge gezogen, noch bevor er überhaupt wusste, dass sie um seinen Hals lag.

Tiefe Niedergeschlagenheit erfasst mich. Laurie kommt vorbei, um mich zu bedauern, doch ich will im Moment eigentlich niemanden um mich herum haben. Ich möchte allein sein in meinem Elend. Das erzähle ich ihr jedoch nicht, denn selbst in dieser Niedergeschlagenheit behalte ich meine Qualitäten als Schwächling bei.

Laurie ist der Meinung, dass wir nicht aufgeben sollten und dass es noch irgendeine Möglichkeit geben muss, Philip mit der Affäre in Verbindung zu bringen. Ich sehe das anders und sage es ihr auch, doch sie bringt ständig neue Ideen ein, die ich immer wieder verwerfe.

Sie bittet mich, noch einmal das Foto herauszuholen, was ich zögernd mache. Wir beide haben es uns wahrscheinlich schon fünfhundertmal angesehen, doch nun betrachtet sie es sehr sorgfältig, so als hätte sie es noch nie zuvor gesehen. Von dieser Ermittlungsmethode hat sie mir schon des Öfteren erzählt. Sie ist in der Lage, sich zu einer frischen, unvoreingenommenen Annäherung an ein Beweisstück zu zwingen.

Doch diesmal scheint es sie auch nicht weiterzubringen. Sie schaut sich das Foto fast fünf Minuten lang an und fragt mich dann: »Bist du sicher, dass sich im Hintergrund nichts befindet, was es als Philips Grundstück identifizieren könnte?«

»Ich bin mir sicher«, sage ich.

Sie versucht, mir das Foto aufzudrängen. »Schau es dir noch einmal an.«

Das will ich nicht; ich will dieses dämliche Foto nie wieder sehen. »Ach komm, Laurie ...«, jammere ich.

»Bitte, Andy, ich kann es nicht mit ansehen, wenn du dich so hängen lässt.«

»Es wird noch schlimmer, bevor es besser wird.«

Sie bleibt hartnäckig, also nehme ich seufzend das Foto in die Hand und schaue es mir an. Ich stelle fest, dass es sich nicht viel verändert hat, und das teile ich ihr auch mit.

»Du kannst also nicht erkennen, dass es Philips Haus ist?«, fragt sie.

Ich schaue noch einmal darauf. »Nee. Diese Bäume da zum Beispiel habe ich noch nie gesehen. Er muss sie gefällt haben.«

Jetzt schaut sie sich das Foto noch einmal an. »Warum sollte er so schöne Bäume fällen?«

Also betrachte ich das Foto erneut, mit diesem frischen Blick, den Laurie mich gelehrt hat. Und plötzlich weiß ich genau, warum Philip Gant so schöne Bäume gefällt hat.

Ich treffe um elf Uhr am nächsten Vormittag auf dem Anwesen von Philip Gant ein, nachdem ich zuvor den Eigentümer telefonisch informiert habe, dass ich mit ihm sprechen müsste. Er war höflich und klang überhaupt nicht beunruhigt; er schien nichts von Markhams Geständnis zu wissen. Ich klingele und der Butler Frederick erscheint in der Tür.

»Guten Tag, Mr Carpenter.«

»Hallo, Frederick. Der Senator erwartet mich.«

Frederick nickt. »Ja, Sir. Er ist am Pool.«

Ich nicke und gehe schnell durchs Haus und hinten wieder hinaus. Am Pool finde ich Philip in seiner Badehose im Schatten eines Sonnenschirms am Tisch sitzen, wo er an einem Drink nippt und ein Buch liest. Er hört mich kommen und schaut auf.

»Hallo, Andrew.«

»Hallo, Philip. Unterbreche ich dich bei etwas Wichtigem?«

»Nein … nein, gar nicht. Das mit dir und Nicole ist eine große Enttäuschung. Ich wollte wirklich, dass ihr es schafft.«

»Und üblicherweise bekommst du, was du willst«, erwidere ich.

Ich sehe, dass ihn die Bemerkung stutzen lässt; normalerweise würde hier niemand auftauchen und ihm so etwas sagen, auch wenn es offensichtlich der Wahrheit entspricht. Er entschließt sich, es diesmal durchgehen zu lassen.

Er grinst. »Ja, das ist wohl richtig. Glückwunsch zu deinem Sieg in diesem Prozess.«

»Hast du das von Victor Markham gehört?«, frage ich.

Er nickt. »Habe ich. Die ganze Geschichte ist schrecklich. Einfach schrecklich.«

»Weißt du«, sage ich, »es ist komisch. So ein Geheimnis wird fast vierzig Jahre bewahrt und dann kommt es heraus, einfach so. Da kommt man ins Grübeln, oder?«

»Worüber?«, fragt er.

»Darüber, dass man nie sicher sein kann, ob das, was man verbergen will, wirklich geheim bleibt. Man lebt ständig mit dieser Sorge, diesem Wissen, dass man vielleicht nicht an alles gedacht hat.«

»Ich nehme an, das ist wahr.« Philip klingt nun etwas verunsichert, zögerlich.

»Denk doch nur mal an diesen Fall. Es gibt immer noch ein Geheimnis, das gelüftet werden muss. Es gibt noch einen Menschen, der noch nicht identifiziert ist.«

»Und wer sollte das sein?«, fragt er.

»Der Kerl, der das Foto geschossen hat.«

Der Blick in seinen Augen sagt mir, dass ich seine volle Aufmerksamkeit habe, also fahre ich fort: »Vielleicht ist er derjenige, der meinem Vater das Geld gab. Vielleicht ist er derjenige, dessen Haus es war.«

Philip sitzt da und nippt gelassen an seinem Drink. Dieses Arschloch. »Andrew«, sagt er, »du willst sicher nicht weiterreden.«

Doch das will ich und ich werde es. »Vielleicht ist er derjenige, der Angst davor hatte, dass er am Ende sein könnte … dass seine perfekt geplante Zukunft zerstört sein könnte.

Vielleicht ist er derjenige, der Julie McGregor ermordet hat, um sich selbst zu schützen.«

Philip stellt sein Glas ab. Es ist seine Art, zu sagen, dass es an der Zeit ist, Tacheles zu reden. »In Ordnung, Andrew, was genau willst du damit sagen?«

»Ich will sagen, wenn ich dieser Mensch wäre, dann würde ich mir Sorgen machen. Denn Geheimnisse wie diese sind nur sehr schwer zu bewahren. Und wenn dieser Mensch irgendein Prominenter wäre, irgendein verdammt hohes Tier, dann könnte sein ganzes Leben den Bach runtergehen, langsam … sicher … vollkommen.«

Sosehr ich diesen Mann verachte, so sehr fasziniert er mich beinahe. Er wird mit der Enthüllung eines Geheimnisses konfrontiert, das so schrecklich ist, dass er gemordet hat, um es zu bewahren. Und doch scheint er unberührt und vollkommen beherrscht. Entweder steckt ein Selbstvertrauen dahinter, das auf einen Glauben an seine Unbesiegbarkeit begründet ist, oder eine Oscar-verdächtige schauspielerische Leistung.

»Auf Wiedersehen, Andrew«, sagt er.

Doch ich gehe nirgendwohin. »Ich weiß, dass mein Vater dein Geld genommen hat, und das war falsch. Aber du hattest ihm das Leben gerettet, als er ins Eis eingebrochen war, und nun rettete er dir das Leben. Du warst sein ältester Freund und diese Tatsache hat sein Urteilsvermögen getrübt. Aber das spielt jetzt keine Rolle mehr, denn weißt du was, Philip? Die schlechte Neuigkeit für dich ist, dass ich nicht mein Vater bin.«

»Das ist wohl wahr«, sagt er. »Du bist weit davon entfernt.«

»Victor Markham hat ein Geständnis mit dem Ziel eines Strafnachlasses abgelegt, Philip. Er hat gesagt, dass du dabei warst … dass ihr alle Julie McGregor zu diesem Haus mitgenommen habt.«

Einen kurzen Moment lang ist eine Unsicherheit in Philips Augen zu erkennen, doch sie wird sofort durch Selbstsicherheit ersetzt.

»Ich glaube nicht, dass das wahr ist. Aber selbst wenn es das wäre, sein Tod macht seine Aussage nutzlos.«

»Weißt du«, sage ich, »der Leichnam von Julie McGregor wurde nie gefunden.«

Philip lächelt, ist sich seiner Sache überaus sicher. »Ach, wirklich?«

»Wenn ich es wäre, wenn ich so ein Schwein wäre wie du, dann hätte ich die Leiche vergraben. Und dann hätte ich sie unter etwas versteckt … vielleicht unter so etwas wie einem Gästehaus. Das nicht lange nach jener Nacht gebaut wurde. Du hast es nicht als zukünftiges Zuhause für dein Kind gebaut, Philip. Du hast es als Grabstein für Julie McGregor gebaut.«

Ich erkenne es: ein kurzer, panischer Blick, als sich die stählerne Messerklinge der Wahrheit in sein Inneres bohrt. »Andrew …«

»Philip, du hast doch in Yale Jura studiert; wie wär's also mit einem juristischen Rätsel? Bist du bereit? Wann ist eine derartige nutzlose Aussage nicht nutzlos?«

Philip antwortet nicht, also rede ich weiter. »Gibst du auf? Wenn man sie benutzen will, um einen Durchsuchungsbefehl zu beantragen.«

Er weiß, dass ich ihn habe, aber er gibt nicht auf. Er lächelt, fast traurig. »Wir können eine Übereinkunft treffen, Andrew. All das war vor so langer Zeit.«

Einige Dinge muss ich wissen, bevor dies vorbei ist. »Warum hast du es getan, Philip? Ein Typ mit deiner Herkunft, gut aussehend, klug – du hättest eine Menge Frauen haben können. Warum musstest du Julie McGregor in jener Nacht haben?«

»Sie war kein unschuldiges Lamm, Andrew. Sie wollte es ebenso sehr wie wir; und dann tat sie so, als hätte sie ihre Meinung geändert. Tja, leider hatten wir unsere nicht geändert.«

»Also habt ihr getan, was ihr tun musstet.«

»Und mussten seitdem damit leben. Nicht gerade einfach, kann ich dir sagen.«

»O ja, du hast wirklich gelitten. Wo war mein Vater, als all das passierte?«

»Im Haus.« Philip lacht, als würde er eine witzige, lang zurückliegende Geschichte erzählen. »Er hatte zu viel getrunken und sich übergeben.« Er lacht wieder, noch lauter. »Er hatte einen empfindlichen Magen und der hat mich zwei Millionen Dollar gekostet.«

Ich muss mich beherrschen, um ihn nicht zu erwürgen. »Du bist Abschaum, Philip. Mein Vater hat in jener Nacht einen Teil seines Selbst verloren – und es nie wieder zurückbekommen. Und du verdienst alles, was auf dich zukommen wird.«

Philip will etwas sagen, doch es ist nicht seine Stimme, die ich nun höre. »Andy, was machst du?« Es ist Nicole, die uns überrascht hat. Ich weiß nicht genau, wie viel sie gehört hat, aber ich nehme an, es war genug.

»Es tut mir Leid, Nicole. Es ist schon passiert.«

»Andy, wozu soll das gut sein? Um Himmels willen, er ist mein Vater!«

»Dein Vater ist ein Vergewaltiger und ein Mörder.«

Bevor sie antworten kann, kommen Pete, Wallace und zwei Streifenbeamte aus dem Haus und zum Pool. Frederick kommt ebenfalls, so als würde er sie eskortieren. Wallace geht zu Philip und reicht ihm einen Zettel, den Philip nicht anrührt. Wallace legt ihn auf den Tisch.

»Das ist ein Untersuchungsbefehl für dieses Grundstück,

Senator. Es berechtigt uns, den Grund unter dem Gästehaus auszuhöhlen, was heute Nachmittag legal durchgeführt werden wird.«

Nicole geht zu Philip und klammert sich an seinen Arm. »Daddy …«, sagt sie, als würde er dies alles wieder in Ordnung bringen.

Er sitzt nur da, hat nichts zu sagen oder zu tun. Nicole setzt sich zu ihm. Wahrscheinlich werden sie noch immer da sitzen, wenn die Leiche von Julie McGregor ausgegraben wird. Aber ich werde nicht da sein. Ich möchte jetzt so schnell wie möglich von hier weg.

»Ob reich oder arm, es ist immer gut, Geld zu haben.« Das sagte meine Mutter immer mit aufeinander gepressten Zähnen, wenn sie einen prahlerisch zur Schau gestellten Reichtum sah. Natürlich hatte sie keine Ahnung, dass sie aufgrund des versteckten Vermögens meines Vaters bereits reich war, aber ich lerne, das zu akzeptieren und damit zurechtzukommen.

Mehr Schwierigkeiten bereitet es mir, zu lernen, wie man reich ist.

Zwei Monate sind seit dem Ende des Prozesses gegen Willie Miller vergangen und ich habe das Geld immer noch nicht angerührt. Ich mache Pläne, es anzurühren, ich entwickle Strategien, um es anzurühren, aber bisher ist es noch zu keiner richtigen Berührung gekommen.

Laurie glaubt, ich bräuchte psychiatrische Hilfe – eine Meinung, die noch heftiger vertreten wird, seit sie zufällig einmal in meinem Haus war, als die Post kam. Es ist nämlich so, dass ich neuerdings Kataloge von jedem erdenklichen je hergestellten Produkt bestelle; mein Postbote hat geschworen, mir die Operation seines Bruchs in Rechnung zu stellen. Viele der Waren erscheinen mir interessant, und Tara hat ein Auge auf ein Kaschmir-Hundebett geworfen, das im Katalog »Yuppie Puppie« abgebildet ist. Aber gekauft habe ich noch nirgends etwas. Dafür ist immer noch Zeit.

Philip ist von seinem Senatorenposten zurückgetreten und wartet im Gefängnis auf seinen Prozess. Er befindet sich in einem richtigen Gefängnis, da das Rechtssystem in seiner unendlichen Weisheit – angesichts der Erfahrungen mit Victor Markham – zu dem Schluss gekommen ist, dass die Idee mit den Fußfesseln vielleicht doch noch einige Mängel aufweist. Philip wurde in dem Moment verhaftet, in dem die Überreste der armen Julie McGregor ausgegraben wurden.

Ich spreche mindestens einmal in der Woche mit Wally McGregor. Er nahm die Neuigkeit über Philip fast unbeteiligt auf und dann unterhielten wir uns wieder über Baseball. Wally findet, dass Willie Mays besser war als Mickey Mantle, und das freut mich, denn es bedeutet, dass wir immer etwas haben werden, über das wir uns streiten können.

Von Nicole habe ich seit jenem Tag in Philips Haus nichts gehört, aber ich habe sie im Fernsehen bei der Verlesung der Anklage gesehen. Ich habe einige Male versucht, sie anzurufen, doch sie nimmt meine Anrufe nicht entgegen.

Cal Morris ist noch immer nirgends zu finden. Ich stelle mir vor, wie er an einem Strand in der Karibik sitzt, Pina Coladas trinkt und Touristen die *Des Moines Registers* verkauft. Ich hege ihm gegenüber keinen Groll, und um ihn zu ersetzen, habe ich mir andere abergläubische Gewohnheiten zugelegt.

Ich habe ziemlich viel zu tun und arbeite an unzähligen Fällen gleichzeitig. Kevin versuche ich aus dem Waschsalon herauszuködern, doch bisher widersteht er. Wenn er nicht bald nachgibt, muss ich jemand anders einstellen, um die Arbeit bewältigen zu können.

Laurie und ich haben uns herrlich aufeinander eingespielt, lassen es langsam angehen und genießen die Zeit miteinander. Sie ist ebenso sehr eine Freundin wie eine Geliebte und ich will dieses Schiff durch nichts zum Kentern bringen. Ich habe in der Beziehung mit Nicole Fehler begangen – Fehler, die ich nicht wiederholen möchte.

Mir wurde noch nie vorgeworfen, ein Intellektueller zu sein, und in der Tat hole ich mir meine Lebensweisheiten, wo immer ich sie finden kann. In dem Film *Der Unbeugsame* sagt Glenn Close zu Robert Redford: »Ich glaube, wir haben zwei Leben: das Leben, in dem wir lernen, und das Leben, mit dem wir danach leben.«

Ich möchte, dass Laurie in meinem »Leben danach« eine Hauptrolle spielt.